마이더스의 덫

마이더스의 덫

김 명 조 장편소설

문이당

작가의 말

얼마 전 베를린에 본부를 둔 〈국제투명성기구〉에서 우리나라의 부패인식지수가 OECD 국가 중에서 30위라고 발표했다. 우리나라의 부패가 심각하다고 하니 영 기분이 언짢다. 신문과 방송 등 매스컴을 보고 있으면 이 나라가 당장 무너지지 않을까 마음이 조마조마하기도 한다. 정치권이나 공직사회뿐만 아니라 나라 전체가 구석구석 썩어가는 꼴을 보면 여기저기서 혀 차는 소리도 들리고 가치판단에 대혼란이 일어나고 있다. 입만 벌리면 정의와 공정을 외치지만 정작 자신에게 위기가 오면 비공식 루트를 찾아서 어떤 비겁한 수단이라도 마다하지 않고, 아무리 사악한 짓이라도 자기편이 하면 개의치 않거나 두둔하기조차 한다. 급기야 '내로남불'이라는 괴상한 조어가 국제적 조롱거리로 등장한 나라가 되고 말았다.

이 소설은 우리 사회의 부정과 부패에 정면으로 맞서는 어느 강력계 형사의 이야기이다. 아무리 사회가 썩었다고 해도 당장 무너지지 않는 까닭은 이런 청지기가 사회 요소요소에서 활약하며 버팀목이 되고 정화기능을 담당하기 때문이다. 어떤 압력이나 생명의 위험 앞에서도 굴하거나 흔들리지 않고 자신이 맡은 일에 최선을 다한다. '노가다'라고 경시하는 험한 일을 천직으로 알고 승진, 복지 등의 혜택에서 소외되고 뒤처지는 불이익을 당하면서도 씩 웃고 만다. 배운 게 형사질뿐이어서 그럴까? 물론 그런 까닭도 없지 않겠지만 그보다는 그들의 가슴속에는 남다른 사명감이 있다.

그들은 누명으로 억울하게 죽은 피해자를 향해 눈물을 뿌리는 대신 진범을 쫓아 일망타진한다. 부패한 상관의 부당한 지시를 단호히 거부하며 사회정의를 실현하고, 좌천을 당하지만 좌절하지 않는다. 비호세력이 사방에서 눈과 귀를 가려 비록 완전범죄 같이 보이지만 바늘구멍 같은 틈을 비집고 들어가 음모를 걷어내고 실체적 진실을 밝혀낸다. 왜 이들이라고 편하게 사는 방법을 모를까. 실속 있는 자리를 차지하고 앉아 때를 놓치지 않고 승진하고 싶지 않을까. 단지 이들은 세상에 대한 가치관이 남들과 조금 다를 뿐이다.

지난 3년 동안 주인공과 함께 좌절과 희열과 가슴 아린 슬픔을 함께하다가 마침내 이 작품을 세상에 내보는 이 순간, 아쉽기도 하고 홀가분하기도 하다. 제발 이 소설이 이 나라가 회생하는데 작은 지렛대 역할이라도 해주었으면 좋겠다.

이 땅에서 활동하고 있는 수많은 '유진하 형사'들의 건승을 기원하면서······.

신축년 여름, 玄岡齋에서

김 명 조

차례

작가의 말

형로교

출동장소인 형로교는 21번 지방도로에서 구산읍 방면으로 나가는 지선 중간쯤에 있었다. 영탄강 남북을 가로지른 형로교 주변에는 새 교량 신축공사가 한창 진행되고 있어서 주변이 어수선했다. 다섯 개의 높다란 교각을 연결하여 주위를 호령하듯 길게 이어진 신설 교량과 비교해보면 기존의 철근 콘크리트 구조물로 길이 2백여 미터에 불과한 왕복 2차로인 형로교는 구닥다리였다. 유진하劉眞河 형사는 공사현장 입구에 차를 바짝 붙여놓고 밖으로 나왔다. 어젯밤 내린 소나기의 영향인지 강의 유속은 약간 빠른 편이었다. 강안江岸과 바닥에는 크고 작은 바위가 얽혀 있어 그 사이로 흐르는 물의 수심은 꽤 깊어 보였다. 진하는 샛길을 따라 다리 밑으로 내려갔다. 강 중심부에서 북쪽으로 약간 경사진 너럭바위 위에 정복경찰관 두 명과 사복 차림의 사내 하나가 앉아 있었다. 아래로 내려갈수록 요란해지는 물소리 때문에 귀가 멍했다.

"정형근 형삽니다."

바위 쪽으로 가까이 다가가자 사복 차림의 사내가 진하 앞으로 나오며 거수경례를 했다. 안면이 있었다. 엊저녁, 회식 자리에서 인사를 나눈 것 같았다. 취중이었지만 그 기억이 맞는다면 그는 어제 진하가 보직을 받은 강력3팀 직원이었다. 키는 진하보다 좀 작고 비만한 체격이었다. 진하는 그와 악수를 하면서 주위를 둘러보았다. 세 사람이 앉아 있던 바위의 끝 오목한 곳에 이불 호청 같은 것으로 덮어씌운 물체가 보였다. 정 형사가 다가가 덮은 것을 벗겼다. 신장이 160cm 정도이고 다소 왜소한 체격인 남자가 반듯한 자세로 누워있었다. 나이는 쉰을 훨씬 넘긴 것 같았다, 얼굴이 작고 턱이 뾰족해 성격이 꽤 까다로운 인상이었고 입고 있는 옷은 스펀 청바지와 누빔 재킷 점퍼 차림으로 물에 젖어 후줄근했다.

"저 교각에 걸려있던 것을 교량 건설현장에서 숙식을 하던 공사장 인부가 처음 발견했답니다. 신고를 받고 출동했던 형사계의 변사담당 팀이 이곳으로 옮겼나 봐요. 검시 결과 시신에 타살의 흔적이 있어서 우리 몫이 됐다는군요."

그는 형로교에서 시작하여 시신 쪽으로 손짓을 하며 설명했다. 손놀림처럼 그의 음성도 꽤 투박했다. 1팀장도 진하에게 출동명령을 전달하면서 비슷한 말을 했었다. 새벽 운동을 하던 중 수사과장의 지시를 전달받았는데 수사과장이 진하의 핸드폰 번호를 알고 있음에도 1팀장을 거친 것은 최고참 팀장이 현장 분위기를 설명해 주라는, 전입 신참에 대한 배려인 것 같았다. 어쨌든 새로 전입한 부서에서 첫 딱지를 떼는 사건이었다. 그래선지 쏴와쏴와, 흘러내리는 물소리처럼 낯선 업무환경이 주는 긴장감이 꽤 컸다. 진하는 심호흡을 하며 시신을 살펴보았다.

목 전면의 외피에 폭 5cm 정도의 울혈현상이 있고, 얼굴 피부가 충혈된 것으로 미루어 사내는 무언가에 졸려 질식사한 것으로 보였다. 무릎이나 팔꿈치같이 돌출된 부분에 긁힌 흔적이 보였고 목덜미 위쪽 외에는 거의 상처가 없었다. 머리카락을 잡고 좌우로 흔들어보았으나 목뼈는 손상된 것 같지 않았다. 손등이나 손톱 같은 곳은 저항의 흔적도 없이 깨끗했다. 급습을 당했거나 가해자가 왜소한 피해자를 압도할 만한 체격이었을 것으로 짐작되었다.

시신에는 아직 부패현상이 시작되지 않았다. 정확한 사망시간은 부검을 해봐야 알겠지만 일단 아직 각막이 혼탁한 상태는 아니었고 사체경직 현상이나 피부의 변색 정도로 봐서 사후 24시간 이내가 아닌가 싶었다. 그러나 6월 중순에 계곡 사이로 빠르게 흐르는 물의 영향도 있어 다리 밑은 서늘한 기운이 느껴졌고 게다가 시신이 물에 잠겨있었으므로 성급하게 단정할 수는 없을 것 같았다.

진하는 스마트폰에 전자지도를 올려놓고 시신이 걸렸다는 교각을 중심으로 주변을 살펴보았다. 인근에 5~6채의 인가가 있으나 현장은 남북을 가로지른 강 때문에 차량의 통행 외에는 인적이 드문 곳이었다. 목에 난 교살 흔적으로 봐서 피살된 건 확실하지만 이곳이 범행 장소는 아니었다. 우선 이곳은 강을 사이에 두고 행정 관할 구역이 다르고 각 마을이 일정하게 떨어져 있어서 주민들이 걸어서 이동할 만한 장소가 아니었다. 주변은 시야가 트인 장소여서 이런 외진 곳에서 누군가 접근하면 방어본능으로 경계를 하기 마련이므로 시신이나 주변에 공격과 방어의 흔적이 남아 있어야 했다. 난간과 교각 주위의 상황도 그랬다. 교량의 상판에서 바닥까지의 높이가 30m 정도 되므로 위에서 살해하여 난간으로 집어 던졌다면 물이 흐르고 있더라도 그 무게로 인하여 바위투성인 바닥에 부딪혀 신체가 온전할 리 없었다. 그러나 시신의 외관에는 그런 충격의 흔적이 없었다. 여기저기 겉옷이 찢겨 졌고 무릎과 팔꿈치 같은 돌출 부분만 긁히고 쓸렸을 뿐이었다.

진하는 사내의 호주머니를 뒤져보았다. 점퍼의 안과 밖 주머니에는 아무것도 나오지 않았다. 옷차림으로는 외출 중 사고를 당한 것 같은데 지갑이나 신원을 알 수 있을 만한 신분증도 없었다. 다만 바지 주머니에서 명함이 한 장 나왔다.

'원클릭노래방'

한북시에 주소를 둔 업소였다. 피해자는 소지품도 없었지만, 교각이나 사체가 누워있는 현장 주위에도 유류품이 전혀 없었다. 진하는 이 시신이 상류 어딘가에서 살해되거나 버려져 물살에 휩쓸려 떠내려왔다는 결론을 내렸다.

오래지 않아 국립과학수사연구원 직원들이 도착했다. 그들은 수사담당자인 진하가 지켜보는 가운데 교각의 높이와 추락 부분에 대한 현상들을 세밀히 조사한 뒤 시신의 각 부위를 촬영했다. 일을 마친 국과수 직원들이 시신을 실어 가자 진하도 정 형사와 함께 현장을 떠날 준비를 했다. 수사본부는 본서에 설치될 모양이었다. 그러나 현장 출동 인원을 보더라도 그 수사본부는 명목뿐일 것이다. 정 형사의 수사역량이 어느 정도인지는 모르지만 이제 갓 전입한 진하

에게 사건을 떠맡긴 모양새로 봐서 이곳의 수준을 알만했다. '대강대
강 해요.' 1팀장이 전화를 끊으면서 분명 그런 뉘앙스를 풍겼다. 강
을 끼고 있어 자살이나 실족으로 인한 익사 사고가 꽤 자주 발생한
다는 귀띔이었다. 이곳은 편제상 수사과장 휘하에 3개의 강력팀이
있고 과장의 직접 지휘를 받으므로 오늘처럼 갑작스러운 사건은 통
상 선임자인 1팀장을 통해 지시가 하달되는 모양이었다.

　대충하라고? 진하는 피식 웃었다. 사고야 늘 발생하지만, 특히 살
인사건을 대할 때 그는 늘 도전하듯 수사에 임했다. 새로운 사건을
맡을 때마다 습관처럼 가슴이 두근대는 현상도 어쩌면 직무상 쾌감
일지 모른다. 경찰학교 졸업 후 기동대에서 근무했던 초기 1년을 제
외하면 지난 12년 동안 계속 강력반 형사로만 근무했었다. 그가 다
뤄온 사건들이 대개 일촉즉발의 위급한 사건이거나 사회의 이목을
집중시킨 대형사건이어서 일단 배정을 받으면 다른 일상을 접고 그
사건에만 매달려 전력을 다했다. 그리고 늘 기본에 충실해가며 수
사에 임했다. 자신이 확보한 증거는 아무리 사소해도 반박할 자료가
나올 때까지는 버리지 않았다. 비슷한 아홉 개의 자료가 있더라도
그것들 때문에 다수와 상충하는 하나를 가볍게 보지 않았다. 다만
강력사건 현장에는 조작된 증거가 많아서 취사선택할 수밖에 없지
만 어쨌든 수사는 모든 자료를 종합하여 가장 정확한 상황을 추론하
고 결론을 내는 과정이었다. 그렇게 확보한 증거는 사건 해결의 중
심으로 활용했고 상관의 지시나 명령 보다 앞세웠다. 진하의 이러한
열의와 신중함을 상관들은 좋아하고 신뢰를 하였으나, 저돌적이고
굽히지 않는 업무 자세 때문에 괘씸죄가 붙어 이번처럼 좌천의 계기

가 되기도 했다.

　시신의 부검 결과가 나오면 대부분 사망시점과 사인 등은 밝혀지게 된다. 수사는 사망시점의 피해자 주변부터 훑어 나가야 하지만 신원이 정확히 파악될 때까지 시신이 여기까지 이른 경로를 먼저 파악해야 할 것 같았다. 차를 세워둔 곳으로 올라와서 카메라만 챙겨 들었다.

　"제게 주시죠."

　정 형사가 따라붙으며 손을 내밀었다. 진하는 잠시 망설였다. 무겁지도 않은 카메라를 대신 들겠다는 것은 상급자에 대한 배려이겠지만 뭔가 께름칙했다. 팀마다 팀장을 포함하여 5명이 활동한다고 하지만 진하는 엊저녁 술좌석에서 한 번 스쳤을 뿐 아직 팀원들의 얼굴도 채 익히지 못한 상태였다. 스스럼없이 행동할만한 사이도 아니었다. 게다가 살인사건 현장에 팀장이 출동했음에도 정 형사 외에는 코빼기도 보이지 않고 있었다. 그래서 더욱 행동이 조심스러웠다. 흔히 있는 일이어서 변사체에 묻어 있는 타살징후쯤은 대수롭지 않게 생각하고 있거나, 아니면 현재 여유 인력이 두 사람밖에 없을지도 모른다는 생각도 들었다. 대체로 이런 것들이 낯선 곳에서 처음 겪는 어색함이었다. 진하는 그에게 카메라를 내주면서 주위를 살폈다. 부근에는 지역 파출소 소속으로 보이는 순찰차와 진하의 개인 승용차밖에 없었다.

　"우리 서에 가끔 출입했어요. 저 양반."

　팀장인 진하가 무엇을 하려는지 감을 잡았다는 듯 앞장을 서면서 정 형사가 그렇게 말했다.

"누구요, 피살자?"

뜻밖이었다. 사내의 옷에서는 노래방 명함밖에 없었는데 이미 피해자의 신원은 밝혀져 있었다는 말이었다.

"예. 모르는 사람이 없을 정도로…… 자주 기웃거렸어요."

정 형사는 되도록 물을 피해 가며 진로를 잡았다.

"그래요?"

그는 상대의 반응을 봐가면서 말을 잇는데 능한 듯했다.

"뭐 하는 사람인가요?"

진하는 바지 아랫단을 무릎까지 걷어 올린 뒤 운동화를 벗어들었다. 계곡의 수위로 봐서 물에 발을 담글 수밖에 없을 것 같았다.

"들리는 말로는 민원제기를 자주 하고, 경찰서의 유형무형의 행사에 심심찮게 찬조금도 냈던 모양입니다. 나는 직접 상대해보지 않아서 자세히는 모릅니다."

그럼 사건 브로커라는 말이 아닌가? 정 형사의 말이 사실이라면, 수사과장도 이미 피살자의 신원을 알고 있었다는 것이 된다. 피살자가 평소 경찰서에 수시로 출입해서 얼굴이 잘 알려진 사람이라면 기존 수사관으로는 수사 활동에 여러 제약이 따를 수도 있었다. 수사 결과에 따라 공연한 의심을 살 수도 있으니 결국 전입 직원의 몫이 된 듯했다. 진하는 바위와 바위 사이를 건너뛰면서 상류 쪽으로 거슬러 올라가기 시작했다. 강의 형세로 봐서 수색을 끝낸 뒤 다시 되돌아 나오기는 어려워 보였다.

건지천

강바닥은 크기가 다른 여러 종류의 바위가 얽혀 있었고 물 위에 드러난 암석 가장자리에는 모래톱이 형성되어 계곡은 전체적으로 틈새가 없이 꽉 찬 느낌을 주었다. 크고 작은 바위를 골라가며 건너 뛸 때마다 발바닥에 닿는 감촉은 부드러웠고 계곡을 굽이쳐 흐르는 물소리는 형로교 부근과는 달리 여러 악기가 어울려 내는 화음처럼 잔잔하고 감미롭기까지 했다. 물에 오래 담그고 있으면 발이 시리기는 해도 이런 게 신선놀음이 아닐까 싶었다. 매연과 소음으로 뒤범벅이 된 서울에서는 어림도 없을 경험이었다.

"강남서에서 근무하셨다죠?"

따라오기 힘든 듯 숨을 몰아쉬면서도 정 형사는 계속 말을 붙였다. 진하는 그의 얼굴을 유심히 살펴보았다. 이목구비가 투박하고 덩치는 우람한데 약간 가늘고 높은 음정이었다. 나이는 자신보다 서너 살 어려 보였다.

"그래요."

"어쩌다가 이런 곳까지……."

어쩌다가? 공연한 자격지심인지는 몰라도 어제 아침 전입신고를 할 때 서장과 과장들은 무슨 짓 하다가 이런 데로 쫓겨 왔느냐는 표정을 짓고 있었다. 상급자든 하급자에게서든 한동안 이런 질문이나 수상스러워하는 눈치를 받을 것이다.

"글쎄요."

얼버무려 보지만 기분은 별로 좋지 않았다. 무슨 실수를 했다거나 근무실적 때문이었다면 어떻게든 감수해야겠지만 그 괘씸죄라는 굴레는 극복하기가 쉽지 않았다. 오래지 않아 이곳에도 소문이 퍼질 것이다. 결국 시간이 약일 테니 참을 수밖에 없었다. 정말 며칠 새 너무 많이 달라졌다. 근무환경이나 사람들의 행동거지와 생활양식들이 모두 낯설다 보니 마음이 잘 정리되지 않았다. 물론 업무지침이나 환경이 체계화되어 있는 서울과는 다를 거라고 짐작은 했다. 그러나 이건 너무했다. 살인사건에 지원인력이 달랑 한 명이라니……. 그렇다고 좋은 점이 없는 것은 아니었다. 생소한 환경자체가 긴장과 자극이 되기도 하고 그동안 이런 한적한 곳에서 일할 기회가 없었다. 사이렌을 울리며 혼잡한 서울시가지를 질주하는 대신 시골길을 먼지 날리며 달리는 기분, 특히 이렇게 발을 벗고 강을 거슬러 올라가는 경험이 새롭고 산뜻했다. 그때 진하의 스마트폰에 본서에서 보낸 신원회보가 떴다.

성명 : 장기호 590527-125435*

주소 : 영포시 중동로 599번길 25(갈현면, 동구마을)

　진하는 잠시 걸음을 멈추고 바위에 앉아 다시 한번 지도 검색을
했다. 장 형사에게 물어봐도 되겠지만 일단 주위환경에 익숙해질
필요가 있었다. 동구마을은 북쪽으로 2km 정도 떨어진 곳에 있으
나 조금 더 강을 훑어보기로 했다. 피해자의 집도 중요하지만 우선
살해했거나 시신을 버린 장소를 찾아야 했다. 정확한 사망시간은
국과수의 부검결과가 나오면 알게 되겠지만 하루가 지나지 않았을
거라는 판단이 맞는다면 그리 멀지 않은 곳에 시체유기 장소가 있
을 것이다. 수심이 깊은 강과는 달리 비교적 센 물살이긴 해도 바닥
에 붙박인 크고 작은 바위 사이에 형성된 V자형 계곡을 거쳐 시신
이 떠내려왔기 때문이었다. 이 수사는 거기서부터 시작해야 할 것
같았다. 대부분 범죄가 그렇지만 특히 살인사건의 경우, 범행 현장
은 증거의 보고寶庫였고 시신을 옮겨놓은 유기 현장도 그에 못지않
았다. 아무리 주도면밀한 범인일지라도 자신도 모르게 발자국이라
든가 무심결에 버린 담배꽁초, 침이나 가래, 휴지 같은 유류품이 있
게 마련이었다.

　가팔랐던 강안은 상류로 올라갈수록 그 기울기가 조금씩 완만했
다. 강폭이나 모양새는 거의 비슷했으나 뾰족하게 날을 세웠던 암벽
의 키도 낮아졌고 바위를 덮은 활엽수 숲도 꽤 무성했다. 그렇게 30
분쯤 거슬러 올라갔을까, 왼쪽 기슭에 숲에 둘러싸인 주거지가 보
였다. 진하는 물에서 나와 언덕 쪽으로 방향을 튼 뒤 운동화를 신었
다. 단층으로 된 시멘트블록과 목조로 지은 축사가 대여섯 개 보였

으나 문짝이나 벽과 천장이 모두 부서져 있었다. 진입로인 듯 북쪽으로 향한 샛길에 세워진 녹슨 간판에는 '우리 농장'이라고 적혀 있었다. 이젠 칠이 거의 벗겨진 경계용 철조망의 길이로 봐서 꽤 규모가 큰 농장인 듯했다. 주위를 모두 둘러봐도 사람이나 가축은 보이지 않았다.

"보상금 타갖고 다른 곳으로 떠났나 봐요."

부지런히 주위를 살피던 정 형사가 말했다. 사건 현장을 포함한 이 일대가 머지않아 수몰된다는 사실은 1팀장이 귀띔을 해주었다. 그렇다면 이 일대의 집이나 땅, 숲과 산도 모두 물에 잠기게 된다. 정 형사의 말처럼 보상을 받은 농장 가족은 이미 자진해서 터전을 옮긴 모양이었다. 강에서 이곳에 이르기까지 오솔길은 이끼로 뒤덮여 있었다. 오랫동안 사람이 출입하지 않았다는 표시였다. 두 사람은 다시 강으로 나와 걷기 시작했다.

"여긴 천렵을 할 수 있는 곳이 많아요. 수질이 일급수여서 민물이지만 잡은 물고기를 회를 쳐 먹을 수도 있거든요. 오신 김에 푹 쉬다 가세요."

정 형사가 환하게 웃으며 말했다. 그러고 보니 바위로 둘러싸인 곳은 수심도 깊고 강폭도 넓었다. 수영은 물론 낚시나 투망도 가능할 것 같았다. 문득 힘든 일이 있을 때마다 일사불란하게 달려들어 그의 수사를 돕곤 하던 후배들의 얼굴이 떠올랐다. 임용 후 체육대학에 위탁생으로 입교하여 무술교육을 받으면서 사귀었던 사람들인데 대부분 체육관을 경영하거나 경호회사에서 근무하고 있었다. 올여름에는 그들과 함께 여기서 막걸리 파티라도 열어야겠다고 작정을 했다. 엎어진 김에 쉬어 간다는 말처럼 언제 또 이런 곳에 올 수 있을까 싶었다.

계곡의 분위기는 묘했다. 뿌연 물안개가 신비하게 뻗어있었고 뭔가를 속삭이듯 단조로운 물소리가 조화를 이룬 그런 정적이었다. 첨벙첨벙, 진하는 한 걸음, 한 걸음 위로 올라갔다. 정 형사는 되도록 물을 피해 바위와 바위 사이를 건너뛰며 앞으로 나갔다. 오래잖아 강이 두 갈래로 나누어졌다. 주류천의 왼쪽으로 나 있는 것은 폭 5m쯤 되는 지천이었다. 지도 검색을 해보니 지명이 '건지천'이었다. 마을과 연결된 좁은 개천으로 인근에 있는 자종산과 관수봉에서 흘러내린 빗물을 흡수하여 영탄강으로 내보내는 배수구였다. 무엇보다 피살자 장기호의 거주지인 동구마을은 이 개울의 끝에 있었다. 진하는 우선 그 지천 일대를 살펴보기로 했다. 마을로 이어지는 오솔길이 여기서 시작되고 있었다. 거리상으로는 멀지만 아까 살펴봤던 농장보다 강으로 접근하는데 더 용이한 지역이었다.

건지천은 수심이 얕고 그 흐름이 약해 무엇을 떠밀어 내릴만한 물이 없었다. 5m 정도의 강폭 중 실제 물이 흐르고 있는 면적은 1~2m에 불과했다. 그렇지만 건지천에서 흘러내린 물이 영탄강 본류와 합하는 지점은 다른 곳보다 깊었다. 진하는 잔자갈이 잔뜩 널려있는 합수지점부터 주변을 유심히 살펴나갔다. 어제 내린 폭우의 영향인지 바닥에 깔린 자갈이 물에 씻겨 말끔했다. 내가 범인이라면 어디에다 시신을 버릴까. 그 정도의 체중을 띄울 수 있는 부력이 생기려면 어느 정도 물이 깊고 물살도 세야 한다. 그런 기준으로 물가를 수색해 나가던 진하는 건치천 좌측 경사진 언덕에서 길게 패인

검은 띠를 찾아냈다. 산사태가 아니라 무언가를 끌어내린 자국이었다. 거의 40도 이상의 급경사인데다 주위의 나무가 꺾이고 풀이 눕혀진 자국으로 봐서 사람들이 오르내리는 기존 통로는 아니었다. 언덕과 연해 있는 강바닥에는 검은 흙이 자갈을 덮고 있었고 발자국 같은 흔적도 여럿 보였다. 혹시 근래 부쩍 개체 수가 늘었다는 멧돼지나 고라니 떼의 흔적이 아닐까 하고 유심히 살폈으나 짐승이 지나간 자리치고는 그 범위가 너무 넓고 깊었다. 두 사람은 앞서거니 뒤서거니 하며 바닥이 패여 있는 지역을 피해 잡목 둥치와 가지를 붙잡으며 언덕 위로 올라갔다. 바닥이 단단하지 못해 발걸음을 옮길 때마다 흙이 무너져 내렸다.

언덕 위로 두 개의 층이진 공간이 나왔다. 아랫부분은 폭 2m쯤 되는 황토지역이었고 바닥에는 텐트의 고정핀으로 보이는 쇠붙이가 여기저기 박혀 있었다. 침엽수와 활엽수의 낙엽이 몇 겹 깔려 있어 스펀지를 밟듯 폭신했다. 안쪽 구석에는 생활쓰레기가 잔뜩 쌓여 있었다. 상표의 색깔이 바랜 깡통이나 비닐봉지도 보였다. 이 일대가 한여름 물 놀이터이고 이곳은 야영지로 사용되는 곳인 듯했다. 거기서 좀 더 위로 올라가니 지도로 살펴본 대로 논밭으로 이뤄진 넓은 들판이 한눈에 들어왔다. 여기서 시작된 비포장의 좁은 길은 멀리 산자락의 마을을 관통하는 지방도로까지 이어져 있었다. 자동차 한 대 정도는 다닐 수 있는 폭이었다. 일단 이곳은 전 방향이 노출된 평지여서 꽤 먼 거리임에도 산과 마을과 도로 등이 선명하게 눈에 들어왔고 전망도 훤했다. 여기가 장기호를 살해했거나 그의 시체를 버린 장소라면 주위가 어두워진 후, 사람들의 시선이 미치지 않을 시간에 뭔가를 하지 않았을까. 진하는 스마트폰으로 음력과 최근의 날씨를 조회해 봤다. 지금은 중순께이고 어젯밤 폭우가 쏟아지기 전에는 며칠 동안 맑았다. 달이 있었으니 전조등 없이도 접근이 용이한 곳이었다.

"여기 차바퀴 자국이 있는데요?"

밑에서 정 형사가 소리쳤다. 진하는 천천히 아래로 내려갔다. 아래층 초입에는 흙보다 자갈이 많았지만 정 형사가 서 있는 곳에는 두어 개의 뚜렷한 타이어 자국이 나 있었다. 진하는 정 형사로부터 카메라를 받아들고 줌을 조정하여 초점을 맞춰가며 여러 각도와 크기로 그 자국을 찍었다. 정 형사가 타이어 자국 부근에서 아직 필터가 깨끗한 담배꽁초 다섯 개와 씹다 버린 껌 두 개를 채집했다. 그곳에서 경사진 비탈에는 뭔가를 끌어내린 듯한 흔적이 있었는데 주변에는 간격이 일정하지 않은 아까 강가에서 보았던 발자국이 몇 개 찍혀 있었다. 널려있는 발자국은 형성된 모양으로 봐서 대충 서너 종류였는데 깊이가 다른 두어 종류와 바닥을 질질 끈 듯한 모양도 보였다. 발자국 골의 깊이로 미루어 운동화나 등산화로 보였고 길이를 재어보니 대충 260mm 정도였다. 진하는 언덕에서 강가에 이르는 전 경로를 카메라로 세세하게 촬영했다. 중턱쯤에서 나뭇가지에 걸려있는 30cm 정도 길이의 짙은 녹색 비닐 끈을 수거하여 정 형사가 들고 있는 채집봉지에 넣었다. 길게 찢긴 끈이었다. 지도상으로 보면 영탄강과 건지천이 합류하는 지점에서 상류로 4km 정도 더 거슬러 올라가야 마을과 만나게 되어있었다.

"이왕 시작한 김에 이 마을까지만 가봅시다."

진하는 지도에 표시된 곳을 가리키며 정 형사에게 말했다. 이 정도면 됐지 않아요? 그는 그렇게 묻는 듯한 표정이었으나 진하가 출발하자 말없이 따라왔다. 뭐든 추측으로 시작한 수색은 대개 흐지부지되기 마련이었다. 결국 얼마나 의욕을 갖고 있느냐에 따라 집중력도 생기게 된다. 아직 손발을 맞춰가며 수사를 해본 적이 없었고 특히 이런 일은 혼자서 하는 것이 능률적이지만 여기서 그를 돌려보내기는 좀 애매했다.

강원도 평강에서 시작되는 영탄강은 임진강과 합류하지만 지나온 경로로 봐서 강폭이 좁아 집중호우 때 급류로 변할 수밖에 없는 구조였다. 바닥은 자갈과 크고 작은 바위로 구성되어 있었다. 올라갈수록 건지천 인근과 달리 완만하던 계곡의 형세가 다시 거칠고 험하게 변했다. 인적이 없으니 왠지 섬뜩한 기운과 함께 뒤통수가 쭈뼛해 왔다. 깎아지른 듯한 자연의 위세 때문인지 내내 누가 노려보고 있다는 느낌이 들었다. 상류로 갈수록 점점 강바닥에서 올라오는 기운은 서늘했다. 형로교에서 출발하여 물의 흐름을 거슬러 걸었던 내내 땀이 등을 적셨으나 이젠 그 땀이 으스스한 한기로 변했다. 중간중간 수심이 깊어 기슭으로 우회하느라 시간이 많이 지체되었고 체력의 소모도 심했다. 인적이 거의 없었고 야영의 흔적도 찾기 어려웠다. 슬며시 꾀가 날 즈음에 둑이 나타났다. 물은 계속 넘쳐흘렀으나 둑을 덮을 만큼 수량이 많지 않으면 무게가 있는 부유물은 떠내려갈 수 없게 되어있었다. 시신이 여기를 통과하기는 어려워 보였고 이제 탐색은 시간낭비라는 생각이 들었다. 막상 돌아가겠다고 작정하자 공연히 마음이 바빠졌다. 오던 길을 되돌아보니 마냥 까마득했다. 주위는 온통 절벽이었다. 두 사람은 운동화 끈을 단단히 죄고 암벽등반을 하듯 아슬아슬하게 위로 올라갔다. 숨을 헐떡이며 마지막 바위를 넘어서자 산기슭을 따라 뻗어있는 지방도로가 보였다. 두 사람은 큰길까지 나와 지나가는 자동차를 얻어타고 다시 형로교로 나왔다. 마치 긴 여행을 다녀온 기분이었다. 아까 함께 현장을 떠났던 순찰차가 반대쪽에서 나타났다. 진하는 정 형사를 옆에 태우고 시동을 걸었다. 순찰차에서 내린 순경 하나가 다가왔다.

"서울에서 오신 형사님이시죠?"

그는 성큼성큼 다가오더니 열린 차창을 들여다보며 진하에게 물었다. 명찰에 김진영이라고 적혀 있었다. 아직 코밑에 솜털이 보송보송했다. 진하는 피식 웃으며 정 형사를 바라보았다. 김진영의 억양이 어쩌다 이런 곳에 왔느냐고 하던 그와 비슷했기 때문이었다. 이런 벽지에서 초임을 보내고 있는 순경에게는 본서나 서울의 강력팀 형사가 특별해 보였는지 모른다.

피해자의 집

인근에 산과 강이 있어 공기가 맑았다. 숲과 함께 옹기종기 집들이 모여 있는 동네는 평온한 느낌을 주었다. 자동차에 설치된 멀티미터의 고도계에 350이 찍혀 있었다. 해발 350m. 전형적인 산촌이었다. 지나가는 자동차도 거의 없었다.

두 사람은 관수봉 등산로 입구라는 큰 표지판이 서 있는 마을에서 점심으로 막국수를 먹었다. 정 형사는 일대에서 가장 맛있는 집이라며 떠벌였지만, 진하는 참기름 냄새 때문에 맛을 제대로 음미할 수가 없었다. 새벽운동을 하다가 출동명령을 받고 달려오느라 차 안에서 빵과 우유로 아침을 때웠고 세 시간 동안 힘든 탐색을 한 뒤였으므로 뭐든 먹어 허기진 배를 채워야 했다. 시간은 어느새 정오를 지나고 있었다. 스마트폰에 찍혀 있는 피살자의 주소는 지방도로를 따라 길게 능선을 뻗은 용출산 건너편인 조그만 동네였다. 주택과 축사를 포함하여 여남은 채의 집들이 띄엄띄엄 서 있는 마을이었다.

슬레이트 지붕을 한 농가 몇 채를 제외하면 대부분 조립식 주택들이었다. 피해자 장기호의 집은 약간 경사진 산기슭에 자리하고 있었다. 녹색 철망으로 담장을 두르고 안에는 넓은 텃밭도 갖춘 서향 건물이었다.

"아담한 집이네."

정 형사가 차문을 열고 내리면서 중얼거렸다. 대부분의 조립식 주택처럼 지붕은 짙은 갈색의 육각형 마감재를 붙였고 외벽은 빨간 벽돌과 흰색 강판이었다. 진하는 전에 이런 조립식 주택을 짓는 과정을 구경한 적이 있었다. 공사업자의 설명으로는 보통 뼈대는 철근과 조립식 패널로 지어놓고 외벽을 벽돌로 둘러 모양을 낸다고 했다. 이 집은 벽돌을 두른 부분과 흰색 강판이 반반씩이어서 시각적으로 잘 조화가 되었다. 서울에서는 이런 건축물이 흔하지 않지만, 그가 다녔던 강남의 유도장 휴게실이 이와 비슷한 형식이었다. 먼저 차에서 내린 정 형사가 대문으로 다가가자 갑자기 개 짖는 소리가 요란하게 들려왔다. 진하도 차에서 내렸다. 현관 근처에 쇠줄로 묶여있는 흰 털의 진돗개였다. 자동차가 들어올 때는 아무 기척이 없다가 사람이 집으로 접근하자 비로소 짖어대기 시작한 것이다. 진하는 카메라에서 SD 메모리카드를 뽑아 노트북에 꽂아놓고 영상을 확대한 후 대문 입구에 나 있는 자동차 타이어 자국과 비교해봤다. 조금 전 수색했던 건지천과 영탄강 본류가 합하는 그곳이 범행과 연관이 있다 하더라도 여러 흔적과 정황으로 봐서 살해 장소는 아니었다. 그렇다면 그곳에서 2km 정도 떨어져 있는 피해자의 집 역시 소홀히 볼 곳은 아니었다. 가족 간의 우연한 충돌로 목숨을 잃는 경우도 적지 않기 때문이었다. 그럴 때 피해자의 주거는 곳곳에 증거가 남게 마련이었다. 그러나 대문 입구에 깔린 마사와 같은 굵은 모래 주위로 듬성듬성 풀이 나 있어 타이어 자국을 찾아내기가 어려웠다. 일단 영상자료를 확보하는 편이 나아 보여 다시 카메라로 바닥을 몇 컷 찍었다. 개는 목줄을 철렁대며 계속 이쪽을 향해 맹렬하게 짖었다. 개가 사납게 날뛰고 있고 분명히 사람 사는 집인데도 안에서는 기척이 없었다.

"누구 없으세요?"

정 형사가 안쪽을 향해 고함을 질렀다. 가장이 피살된 집치고는 너무 조용했다. 가족이 처한 상황도 살필 겸 수사에 방해가 되지 않는다면 우선 사고소식을 전해주어야 했다.

"누구세요?"

두 사람이 담장 주변을 돌며 안을 기웃거린 지 20여 분이 지났을 무렵, 현관을 열고 여자가 나왔다. 부스스한 머리카락과 흰색 통바지에 구겨진 밤색 점퍼를 걸친 옷차림새가 단정해 보이지는 않았다. 여자가 가까이 오는 동안 진하는 얼른 장기호의 나이를 떠올렸다. 환갑을 넘긴 장기호의 배우자로는 너무 젊어 보였다. 얼굴 상태로 봐서 여자는 이제 마흔을 갓 넘은 듯 보였다. 짖는 개를 다루는 태도와 별 거침이 없는 동작을 보면 일하는 사람 같지는 않았다. 여자가 나온 뒤부터 진돗개는 전혀 짖지 않았다.

"여기가 장기호 씨 댁입니까?"

"예. 누구세요?"

여자는 심드렁하게 물었다. 얼굴이 둥글고 큰 눈에 코와 입이 균형 잡혀 있어 언뜻 보기에도 순박한 인상이었다. 키는 160쯤 된 것 같았다.

"영포경찰서에 근무하는 유진하 형삽니다."

진하는 지갑에서 명함을 한 장 뽑아 대문 위로 내밀었다. 왼쪽 위에 포돌이 로고와 경찰서명이 찍힌 명함은 부임신고를 할 때 서장이 준 것이었다. 수사업무든 행정업무든 시민을 대할 때, 특히 사복 차림일 때에는 먼저 신분을 밝힌 뒤 일을 시작하라는 당부도 했다. 가장 기본적인 직무예절이지만 강력계 형사들에게는 익숙하지 않았다.

"경찰서에서 무슨 일로?"

명함을 받아든 여자의 눈에 설핏 긴장감이 스쳤다. 강원도 영동지방의 억양이었다.

"장기호 씨, 댁에 계십니까?"

진하는 사고소식을 어떻게 전해야 할지 잠시 망설이다 그렇게 물었다.

"아니요. 지금 없는데요."

여자는 별 망설임 없이 대답하면서 문의 빗장을 풀었다.

"어디 가면 만날 수 있을까요?"

"잘 모르겠어요. 요 며칠 동안 집에 들어오지 않는데요."

여자는 태연히 말했다. 며칠 동안? 진하는 대문 안으로 들어서면서 물었다.

"혹시, 부인이세요?"

"예."

30

단정하기는 어렵지만 뭔가 부자연스러운 대답이었다.

"장기호 씨가 언제부터 집에 들어오지 않았나요?"

"한 사나흘……."

여자는 대수롭지 않은 듯 대답했다.

"남편이 며칠 동안 집에 들어오지 않았는데 걱정이 되지 않으셨나요?"

뭔가 상황이 꼬여가는 것 같은 느낌이 들었다.

"흔히 있는 일이니까요."

"무슨 말인가요?"

"……."

여자는 물끄러미 진하의 얼굴을 바라다볼 뿐 대답하지 않았다.

"장기호 씨가 죽었습니다."

필요한 답변을 얻기 위해 서두르기로 작정했다.

"예?"

"피살되었습니다. 장기호 씨가."

"……."

순간 여자의 움직임이 멎었다. 그런데 표정이 묘했다. 어디서, 어떻게 피살되었고, 시신은 어디 있는가? 범인은 누군데 왜 죽였느냐? 가족이라면 이런 질문이 당연히 이어져야 하는데, 그래요? 죽었군요. 단지 그런 표정이었다.

"이 사람은 함께 일하고 있는 정형근 형사입니다. 잠시 장기호 씨의 방을 좀 봐도 되겠습니까?"

진하는 정 형사를 여자에게 소개한 후 마당으로 들어섰다. 직감

적으로 현재 이 집에는 여자 혼자 있는 것 같았다. 이럴 때 금기사항
이나 주의할 점이 많지만 일단 정 형사가 함께 있어서 행동의 제약
이 좀 덜한 편이었다. 여자가 돌아서서 건물 쪽으로 걸어갔다. 진돗
개가 꼬리를 흔들며 그녀를 향해 앞발을 들고 껑충껑충 뛰었다. 뱃
가죽이 연한 보라색으로 뒤덮인 수컷이었다. 진하는 그녀를 따라 현
관으로 들어섰다. 대형 신발장이 놓여 있고 거기서 미닫이문을 열고
들어서니 바로 거실이었다. 상당히 넓은 공간이었다. 거실의 안쪽
에는 붉은 벽돌로 쌓은 벽난로와 오른쪽에는 건너편 마을이 다 내다
보일 만큼 한 면 전체가 통유리 창이었다. 아까 개가 짖기 시작할 때
부터 여자는 여기에 서서 바깥을 내다보지 않았을까. 그녀의 차림새
와는 어울리지 않게 집안은 깔끔하게 정돈되어 있었다. 창틀이나 탁
자, 가구 위에는 먼지 한 톨 없이 말끔했다. 방은 모두 3개였다. 여
자는 거실과 나란히 붙어있는 방의 문을 열었다.

"그이 혼자 사용하는 방이에요."

들여다보니 방안에는 침대가 없었고 캐비닛과 철제금고 하나만
달랑 보였다. 캐비닛 안에는 캐주얼 상하의 두어 벌이 걸려있을 뿐
이었다. 여자는 다른 방도 모두 열어서 보여주었다. 남자용 옷이나
가구는 처음 열었던 장기호의 방외에는 보이지 않았다. 그녀의 행동
으로 보면 안주인이 분명한데 말투나 행동에 서먹한 뭔가가 느껴졌
다. 무엇 때문일까. 남편이 죽었다는데 너무 태연했다.

"자녀는 없으세요? 가족이 두 분뿐이세요?"

정 형사도 이상한 느낌이 들었는지 여자에게 물었다. 이 정도면
대가족이 살아도 넉넉할 공간이었다.

"따로 살아요. 애들은 집에 잘 오지 않아요."

"모두 결혼했나 보죠?"

진하가 물었다.

"그…… 그런 셈이죠."

그런 셈이란 또 뭔가. 사위나 며느리를 맞을 나이는 된 것 같지 않았다.

"궁금하지 않으세요? 남편이 어떻게 사망했는지?"

정말 그녀의 속을 좀 들여다봤으면 싶었다. 그녀와 마주한 지 20여 분이 지났으나 남편의 죽음에 대하여는 전혀 관심이 없다는 눈치였다.

"알려주려고 오신 거 아니세요?"

여자는 빈정대는 듯한 표정을 지었다. 묻는 사람이 오히려 민망할 정도였다.

"오늘 새벽에 시신이 형로교 교각에 걸렸습니다. 아직 확실히 모르지만, 누군가에게 피살된 것 같아요."

일부러 '피살'에 힘을 주었다. 아까처럼 잠시 그녀의 눈썹과 입가에 가벼운 경련이 일었으나 그뿐이었다.

"남편이 언제 집을 나갔어요?"

혹시 별거 중인가 싶어서 다시 물었다. 시신에는 피살된 지 적어도 만 하루를 지나지 않은 듯한 흔적이 여러 군데 보였으므로 국과수의 부검결과가 나오더라도 피해자가 집에서 나간 때도 사망시간을 산정하는데 참조가 되어야 할 것이다.

"사흘 전이에요."

그녀는 퉁명스럽게 대답했다.

"자녀들에게 알려야 하지 않겠어요?"

"그래야겠죠. 손님이 가시고 나면……."

여자는 역시 표정 없이 그렇게 대답했다.

"혹시 저 금고를 열 수가 있어요?"

진하는 텅 비어있는 장기호의 방을 가리키며 여자에게 물었다. 원칙적으로 압수수색을 위해서는 법원의 영장이 필요했다. 그러나 상대방이 동의한다면 이 정도는 용납이 된다. 피살자가 사용하던 물건이므로 우선 살펴야 할 물건이었다.

"그인 이 방 물건을 만지지 못하게 해요. 그렇지만 정말 그 양반이 죽었다면 상관없어요."

여자는 지갑에서 작은 열쇠를 꺼내더니 금고로 다가가 손잡이 옆의 홈에 꽂았다. 다이얼은 건드리지 않고 손잡이만 돌려 금고 문을 열었다. 안에는 누런 서류봉투 하나와 컴퓨터용 외장 하드디스크 1개가 들어 있었다.

"이것 좀 봐도 되죠?"

진하는 내용물을 가리키며 여자에게 물었다.

"그러세요."

여자는 금고 안의 내용물에는 관심이 없는 듯 대수롭지 않게 말했다. 그녀를 지켜보고 섰던 정 형사가 금고 속의 물건들을 꺼내 들었다. 진하는 먼저 외장하드를 집었다. 곁에 표시된 용량은 32Gb였다. 10여 년 전에 제작된 것이었다. 서류봉투에는 몇 장의 문서와 사진들이 들어 있었다. 그녀는 적당한 거리를 유지하며 두 사람을 따라 함께 움직였다.

"참, 장기호 씨가 무슨 일을 했나요?"

"예전에 살롱을 했는데, 지금은 안 해요. 놀아요."

살롱이라면 술을 파는 유흥업소? 진하는 잠시 장기호의 시신을 떠올렸다. 왜소한 체격과 신경질적인 얼굴 윤곽, 그리고 꽤 세련된 입성들……. 그러고 보니 여자는 묻는 말에나 답을 하지 자기 의사를 먼저 말하지 않았다. 행색으로 미루어 여자도 일정한 직업이 없어 보였다.

"그럼 생활은 어떻게 하세요?"

"상가가 하나 있어요. 매달 3백씩 월세가 나와요."

외장하드를 열어봐야겠지만 아직은 피살과 관련된 것은 하나도 없었다.

"혹시 장기호 씨가 핸드폰을 두고 나가지 않았나요?"

시신에는 노래방 명함 한 장외에는 소지품이 없었다는 생각이 들어서 물어보았다.

"아뇨. 집에는 없어요. 늘 들고 다니는걸요."

"장기호 씨에게 남의 원한 살 만한 일이 있었나요?"

"……."

"최근에 누구하고 다툰 일이 없었나요?"

"글쎄요. 그 사람은 늘 혼자 다녀요. 동네 사람과도 잘 어울리지 않아요."

여자는 흡사 투정하듯 투덜거렸다. 아무래도 읍사무소나 통신사를 통해서 사실확인을 하는 것이 더 빠를 것 같았다.

"이것 좀 가져갈게요."

진하는 자신의 스마트폰의 메모란에 이 집 전화번호와 그들 부부의 핸드폰 번호를 적어 넣은 후 정 형사로부터 하드디스크와 금고에서 나온 서류봉투를 받아들었다.

"그러세요."

여자는 고개를 끄덕이면서 말했다.

비공식적인 수색이므로 행동 하나하나가 조심스러웠다. 여자는 아무 말 없이 대문까지 배웅해주었다.

"지금 '국립과학수사연구원'에서 시신을 부검하고 있습니다. 조사가 끝나면 영포의료원 영안실로 옮기게 됩니다. 그때 다시 연락드리지요."

진하는 앞으로의 절차를 간단히 말해주고 차에 올랐다. 보통 사고 소식을 전하면 유족은 이웃을 의식해서라도 과장된 몸짓으로 통곡을 하거나 격렬한 반응을 보였다. 그러나 오히려 이쪽이 당황스러울 정도로 여자는 무덤덤했다. 동네 또한 너무 조용했다. 골목을 돌아 나오면서 집마다 기웃거려 봐도 사람이 보이지 않았다. 본서로 들어갈까 하다가 인근의 지리도 살필 겸 진하는 면사무소로 차를 몰았다. 말단 행정관서까지 온라인이 되어있어서 어디서든 가족관계등록부 열람은 가능하기 때문이었다. 범죄수사는 환경과 여건에 따라 결과가 엉뚱하게 나오는 경우가 많으므로 특히 인적 물적 정보는 이런 지방관서의 도움이 절대적이었다. 진하는 인터넷을 통해 동구마을과 북구마을의 상황을 구석구석 살펴보았다. 동구마을의 집과 그 부속 토지는 이경혜의 소유였다.

최후의 접근자들

아카시아 꽃이 지고 난 뒤 산 중턱은 온통 누런 밤꽃 천지였다. 강남경찰서 강력반에 처음 전입된 후 진하가 자주 파견을 나갔던 서울지검 형사부에는 서울 일간지 신춘문예에 시로 등단한 검사가 있었다. 지금은 강력부장으로 있는 신형철 검사였다. 그의 시 중에 '밤꽃에는 정액의 냄새가 난다'는 구절이 있었다. 무슨 소린가 의아해하는 진하에게 그는 밤느정(밤꽃)이가 필 때쯤 시골 아낙들의 가출이 가장 잦다는 말을 들려주었다. 어쩐지 아랫도리가 묵직해지는 느낌이 들었다. 한창 녹음이 우거졌고 야릇한 향기가 질펀한 산촌의 한낮은 그렇게 젊은 혈기를 자극하는지도 몰랐다. 나이도 대여섯 살 위인데다 다정다감한 성격이 좋아서 형처럼 따랐고 수사기법에 관한 설명도 자주 들었다. 부장검사로 승진한 뒤로는 좀 소원해졌지만 언젠가 이 좌천의 어수선한 분위기를 그가 들으면 위로 전화라도 해주지 않을까.

장기호의 처 이경혜의 나이는 서른아홉 살이었고 장기호와 사이에 딸 하나를 두고 있었다. 그녀가 친모로 기록되어 있는 딸 장미현의 나이는 열아홉 살이었다. 이경혜가 스물에 낳은 딸이었다. 그녀가 스물두 살 때 재혼인 장기호와 결혼했고 그때 딸은 이미 세 살이었다. 장기호의 전처가 죽었을 때 딸 장미현이 두 살이었는데 장기호가 친아버지로 올라 있었다. 날짜를 보니 두 사람의 혼인신고일과 딸의 출생신고일이 같았다. 그리고 장기호는 장미현 외에 아들 둘이 더 있었다. 이미 결혼한 장남과 독신인 차남은 이경혜와 상관이 없는 자녀였다. 전처소생인 아들들은 다른 곳에 주민등록이 되어있었고 그들 부부는 딸 장미현과 함께 동구마을의 그 집으로 주민등록이 되어있었다.

　시신이 발견된 현장과 유기장소로 보이는 건지천 일대, 그리고 장기호의 집과 그의 가족관계를 확인하는 데까지 외부 수사를 마친 진하는 장 형사와 함께 본서로 돌아와서 수사과장에게 수사결과를 간단하게 보고했다.

　"지역의 형편이나 분위기를 익힐 겸 이 사건은 혼자서 처리해 보지?"

　장기호 사건에 대한 수사는 팀장인 진하 혼자서 해결하라는 말이었다. 수사과장은 이 사건을 흔히 발생하는 변사사건 수준으로 취급하고 있음이 분명했다. 오늘 정 형사를 현장에 파견한 것은 전입 바로 다음 날 사건을 맡게 된 진하에 대한 배려인 듯했다. 그동안 강력3팀은 정원만 만들어놓았을 뿐 실제로 운영되지 않았던 모양이었다. 엊저녁 회식 자리에서 3팀이라고 인사를 했던 직원들은 장 형사

외에는 모두 다른 팀에서 뛰고 있었다. 수사과장은 본서 내에 설치되어 있는 자료분석 기구나 정보 공유체계를 간단히 설명하면서 지원인력이 필요할 때는 언제든지 요청하라는 말로 지시를 끝냈다.

과장실에서 나온 진하는 바로 지역 통신사로 달려갔다. 장기호와 이경혜, 딸 장미현의 휴대전화는 모두 K통신공사에 등록되어 있었다. 진하는 장기호의 마지막 통화기록을 꼼꼼하게 살폈다. 마지막 통화는 그저께 23시 40분이었는데 수신은 거의 없고 송신기록만 13회였다. 그가 통화를 가장 많이 한 것은 딸 장미현이었다. 오후 7시부터 마지막까지 열한 번 신호를 보냈으나 모두 통화를 하지 못한 것으로 나와 있었고 그의 처 이경혜와는 그날 초저녁 무렵 두 번 통화를 한 것으로 나와 있었다. 지난 15일 가까이 장기호와 이경혜 간 통화기록이 없었는데 유독 그날만 20~30분 간격으로 두 번 전화를 한 것으로 나와 있었다. 통화시간은 처음이 35초였고 두 번째는 10초 정도로 짧았다. 장기호의 통화대상은 거의 비슷했다. 매일 서너 시간마다 규칙적으로 딸에게 전화했는데 저녁 5시부터 2~3번씩 잦아지다가 오후 10시 무렵에 끝이 나곤 했다. 장기호는 왜 자신의 처를 두고 딸에게만 집중적으로 전화를 했을까.

어쨌든 마지막 신호를 보냈던 그저께 23시 40분까지는 장기호가 살아있었다는 증거를 찾은 셈이었다. 진하는 그날 통화기록에서 장미현과 이경혜의 것이 아닌 3개의 번호도 찾아냈다. 그중 2개는 같은 번호로 수신을 한 기록이었고 통화시간은 오전 9시 32분에 36초간, 오후 8시 15분에 15초간이었다. 진하는 바로 그 번호로 전화를 했다.

"여보세요."

나이 지긋한 사내의 목소리가 흘러나왔다.

"저는 영포경찰서 강력3팀에 근무하는 유진하 형사입니다."

"영포경찰서? 그런데 강력계 형사님이 어쩐 일이신가요?"

"혹시 장기호 씨라고 아시는지요?"

"……."

상대방은 뭔가를 생각하는 듯 약간 뜸을 들이다가 대답을 했다.

"함께 한북지검 주민위원회 위원으로 일하고 있는 사람인데요."

한북지검? 그럼 검찰청이란 말인데, 검찰청 주민위원회 위원이라면 사회적으로 예민한 검찰사건들의 양형결정을 돕는다던 그 위원회인 것 같았다. 장기호가 그 위원회의 위원이었다는 건 뜻밖이었다. 장 형사는 그가 영포경찰서 출입이 잦았다고 했는데 그 때문이었을까?

"혹시 시간 좀 내주실 수 있으신지요. 계신 곳이 한북지역이면 지금 찾아뵐 수가 있습니다."

"무슨 일이지요?"

"만나 뵙고 말씀을 드리겠습니다. 아직 대외적으로 공개가 되지 않은 사건이라서……."

"좋습니다."

그는 자신의 집이 속한 동명과 그 주위에 있다는 '델리로티'라는 커피숍 상호를 불러 주면서 도착하면 다시 연락하라고 했다. 전화를 끊은 뒤 진하는 주차장으로 가면서 그가 일러준 상호와 주소를 스마트폰의 '빠른 길 찾기'에 등록했다.

아직 길은 붐비지 않았다. 퇴근시간까지는 두 시간 정도의 여유가 있었다. 범인추적이나 시간을 다투는 현장 출동을 위해 수사관은 근무지의 도로현황을 숙지해야 한다. 물론 사이렌이 장착된 공용차를 이용하면 되지만 개별행동과 잠행이 많은 강력팀 형사는 최신 정보와 장비를 사용할 수만 있다면 개인 승용차가 더 효율적이었다. 그래서 부임신고를 하던 날도 그 일대의 도로망을 파악하면서 시간을 보냈다. 진하는 신호대가 많이 설치된 호국로를 피해 신설도로인 부흥로를 이용해서 20분 만에 '델리로티'에 도착했다. 전화를 하자 그는 금방 커피숍에 나왔다.

"윤경석이라고 합니다."

자리에 앉자마자 두 사람은 서로 명함을 교환했다. 약간 큰 키에 얼굴이 둥글고 머리가 약간 벗겨져 있었다.

한북지방검찰청 주민위원회 회장

명함에는 직함이 길게 표시되어 있었다. 이들 중에서는 가끔 수사와 관련하여 공공연히 청탁이나 압력을 행사한다는 소문도 있었다.

"장 총무에게 무슨 일이 있습니까?"

그는 장기호가 5년째 그 위원회의 총무를 맡고 있다면서 그렇게 물었다. 의도적으로 표준어를 구사하고 있으나 전라도 남부지방 억양이 꽤 섞여 있었다. 장기호의 사망은 아직 가족에게만 통지된 상태이므로 일반에게는 대외비인 셈이었다. 진하는 그의 표정을 유심히 살폈다. 태연한 척해도 불안한 몸짓을 숨기지 못했다.

"사망했습니다."

"예? 이 무슨…… 죽다니요?"

그는 눈을 부릅뜨고 진하를 쳐다봤다. 눈이 길게 찢어져 있어 성질이 꽤 사나워 보였다. 마치 속내를 들키기라도 한 듯 그는 정도 이상으로 목청을 높였다.

"사인은 아직 밝혀지지 않았으나 시신이 집 밖에서 발견되어 몇 가지 조사를 하고 있습니다."

"……."

"그저께 윤 선생님도 만나셨죠?"

진하는 표정 없이 그렇게 물었다. 통화기록으로 보면 그는 아침에 한 번, 저녁에 한 번 장기호와 통화를 했었다.

"예. 검찰청 주민위원회 소집이 있었어요. 그런데 어떻게 된 일인가요?"

"좀 전에 말씀드린 대로 아직 수사가 진행되고 있습니다. 만나시던 날 상황을 좀 들려주시지요."

마침 주문용 진동벨이 울려 진하가 카운터로 가서 커피를 들고 왔다. 두 사람은 잠시 말을 끊고 커피를 마셨다. 동료가 죽었다는 소식에 대한 반응치고는 그의 얼굴에 나타나고 있는 표정들이 복잡하고 어색했다. 한참 후에 그가 입을 열었다.

"보통 한 달에 한 번씩 위원회가 소집되는데 그날은 신임 검사장이 위원들을 만나고 싶다고 해서 보름 만에 회의가 열렸어요. 그래서 아침부터 독려를 좀 했지요. 장기호 총무가 행사 준비와 기금을 관리하거든요. 게다가 그날은 저녁 회식에 검사장도 참석했기 때문에 그걸 대비하느라 꽤 힘이 들었을 겁니다. 그렇지만 혈압이나 당뇨도 없고 우리 위원 중에서 제일 건강했던 사람인데……."

인상이나 언행에 꽤 둔탁함이 묻어나왔다. 요즘은 외모만으로 나이를 짐작하기는 쉽지 않지만, 눈두덩과 팔자주름으로 미루어 예순은 좀 넘어 보였다.

"오후 5시경부터 헤어질 때까지 시간별로 좀 구체적으로 말씀해 주시면 좋겠습니다. 예를 들면 회의가 몇 시에 끝났고, 몇 시부터 몇 시까지 어디에서 저녁식사를 했고, 몇 시쯤 어디에서 헤어졌는지 말입니다."

"……."

새삼 심문을 받고 있다고 느꼈는지 윤경석은 잠시 말을 끊은 뒤 볼멘소리를 했다.

"검사장님과 함께 한 자리여서 함부로 드러내기가 그러네요."

이런 부류 중에는 검찰청에 출입한다고 말단 경찰관쯤 우습게 여기는 사람도 없지 않았다. 아무래도 좀 자세하게 보충설명을 해야 할 것 같았다. 현재로선 피살자와 가장 최근에 만났던 사람이었다.

"국과수에서 부검 결과가 나오기 전에 행적 수사를 마치라는 위의 지시 때문에 좀 서두르고 있습니다. 아직은 장기호 씨의 그 날 행적이 제대로 드러나지 않고 있거든요. 그러나 윤 선생님의 진술은 참고만 하고 기록으로 남기지 않겠습니다."

당신에게 혐의를 두고 있지 않으니 사실대로 그날 상황만 말해달라는 취지였다.

"글쎄요. 내 진술이 필요하다면…… 그날 장 총무의 행동이 다른 날에 비해서 좀 이상하긴 했어요. 저녁 식사 중에도 자꾸 자리를 뜨는 거예요. 신임 검사장 접견 때문에 예정보다 일정을 당겨 열렸던 회의였으므로 오후 1시에 모여 이미 접수된 사건 몇 건을 처리하고 오후 4시쯤 마무리를 했지요. 그리고 검사장과 인사를 나누고 환담을 하다가 퇴근 시간이 되어 검사장, 차장검사, 사무국장, 그리고 우리 위원 10명이 용마루라는 생고기 전문점에서 식사를 했어요. 보통 검사장은 식사만 끝나면 돌아가는데 약주가 과했는지 노래방까지 동행할 눈치였어요. 그런데 식사가 끝날 즈음에 장 총무가 보이지 않는 거예요. 전화도 계속 통화 중이고…… 그날은 검찰청 공식행사여서 검찰 사무국장이 밥값을 계산했지만, 우리도 격식은 차려야 했는데 장 총무가 없어져서 애를 좀 태웠어요. 겨우 연락이 되어 노래방 준비를 맡겼는데 그날 장 총무가 무척 취했어요. 중얼대는 소리를 들어보니 집에 무슨 일이 있는 것 같더군요. 검사장 일행이 자리를 뜬 뒤 11시쯤 위원들끼리 계속했던 3차 자리에는 빠지고 택시를 부르더군요. 끝까지 자리를 지켰던 평소와는 좀 달랐지요."

그는 꽤 구체적으로 그날 상황을 설명해나갔다.

"노래방에서 택시를 불렀습니까?"

"예. 회의가 있는 날 우리 회원들은 특별한 일이 없으면 차 없이 모였다가 각자 택시를 타고 집으로 돌아갑니다."

진하는 피해자의 호주머니에서 나왔던 명함을 꺼내 들었다.

"노래방 상호가 '원클릭' 노래방이었습니까?"

"원클릭? 아, 그랬던 것 같군요."

그걸 어떻게 아느냐는 표정으로 윤경석은 말을 계속했다.

"그날은 검사장이 동석한다고 해서 보통 때보다 음식점과 노래방 선택을 신중하게 했어요. 시설 좋은 곳을 찾다 보니 처음 간 곳이었어요."

그는 스마트폰을 꺼내 이리저리 살펴보더니 화면 하나를 내밀었다.

"아, 여기 있네요. 원클릭이 맞네요."

그는 술 취한 목소리가 나오고 파도가 넘실대는 장면에 가사가 적혀나가는 동영상 하나를 보여주었다. 벽에 걸린 대형 스크린이었는데 그 아래에 노래방의 상호와 전화번호가 달려있었다. 이 정도면 사망 당일의 마지막 행적도 일부 파악되었고 무엇보다 다음 조사대상이 확보된 셈이었다. 이 사람과 대면하여 얻을 것이 현재로선 더 없다는 생각이 들었다.

"협조해주셔서 감사합니다."

뭔가 찜찜한 구석이 있는 듯 머뭇거리고 있는 윤경석에게 진하는 시간을 내어준 데 대해 감사를 했다. 그리고 오늘 들은 말은 참고자료로만 쓰겠다고 다시 한번 다짐을 해준 뒤 자리에서 일어섰다. 마음이 급했다. 윤경석을 배웅한 진하는 승용차에서 원클릭 노래방으로 전화를 했다. 아직 저녁 영업시간이 아니어서인지 금방 전화를 받았다. 진하는 윤경석이 일러준 대로 13명이 그저께 밤 9시 반부터 11시까지 이용했다는 상황설명부터 했다.

"그날 참석자 중에서 살인사건이 발생해서 그럽니다."

"……."

전화를 받은 사내는 한참 동안 대꾸를 하지 않았다. 전화로 정보를 얻어내는 것이 시원찮으면 직접 달려갈 생각도 해보았다.

"밤 11시경, 그곳에서 불러 준 택시를 타고 간 뒤 소식이 끊긴 사람입니다."

진하는 다시 한번 채근했다. 사내는 한참을 머뭇거리다가 대답했다.

"여긴 콜택시 두 곳을 상대하지만 손님이 원할 때 그냥 택시회사에 전화만 해주고 적어놓지는 않습니다."

그러면서 사내는 콜택시의 상호와 전화번호 두 개를 불러 주었다. 8시가 막 지난 시간이었다. 더는 전화로 확인하기가 무리란 생각이 들었다. 콜택시는 본격적인 영업을 시작했을 것이다. 진하는 주위를 둘러보다가 눈에 띄는 설렁탕집에 들어가서 저녁 식사를 한 뒤 경찰서로 돌아왔다. 낮에 현장에서 채취해온 담배꽁초와 껌, 그리고 노끈 등에 대한 타액이나 치형, 지문 등에 대한 검사의뢰서를 작성했다. 그리고 경찰 경비전화를 통해 콜택시 회사를 관할하는 지구대에 운전기사 수배를 부탁해놓고 퇴근을 했다.

밤새 꿈을 많이 꾼 것 같은데 잠에서 깨어나니 아무것도 생각이 나지 않았다. 진하는 늘 하던 대로 경찰서 체육관의 유도장으로 가서 30분간 몸을 푼 뒤 철봉과 평형봉으로 신체의 균형을 잡았다. 경찰학교에서 시작한 이래 벌써 15년째 계속해 오던 아침 운동이었다. 수사 도중 예기치 못한 기습을 당할 때를 대비해서 이렇게 늘 신체를 단련해야 했다. 극한상황에 맞닥뜨렸을 때 이를 극복하는 능력을 기르는 것이다. 땀 한 방울이 피 한 방울을 대신한다는 말은 여기에도 적용이 되었다. 운동을 끝낸 뒤 속옷을 챙기려고 옷장을 열어보니 스마트폰에 낯선 번호가 하나 찍혀 있었다.

구내식당에서 이른 아침을 먹은 뒤 어제 작성해 놓은 감정의뢰서에 결재를 받아 국과수로 발송했다. 사체에 대한 부검결과가 나오기 전에 기초조사를 완료해야 했다. 장기호의 금고에서 가져온 외장 하드디스크를 꺼내 들고 과학수사팀 사무실로 향하면서 진하는 새벽에 찍혔던 번호로 전화를 걸었다.

"밤새 일 하다 조금 전 퇴근하면서 회사로부터 연락을 받았습니다."

어젯밤, 지구대에 수배를 의뢰했던 바로 그 택시회사의 운전기사였다.

"아, 전화 주셔서 고맙습니다. 그저께 밤 11시경, 원클릭 노래방에서 60대 남자 손님을 태운 일이 있지요?"

진하는 윤경식이 말했던 당시 시간대와 출발장소를 언급하며 물었다.

"예. 술에 곤죽이 되었던 그 손님 말이지요?"

기사가 그렇게 말하자 제대로 짚었다는 생각이 들었다.

"아, 예. 바로 그 손님인 것 같습니다. 그 사람에게 사고가 생겨서 그러는데 시간 좀 내주시겠습니까?"

"예. 그렇게 하겠습니다. 그런데 밤새 영업한 터라……."

약간 탁한 음성이라고 생각했는데 밤샘 영업으로 인한 피로감 때문인 모양이었다. 진하는 출발하기 30분 전에 연락해줄 것과 영포경찰서 수사과 강력3팀장을 찾으라고 부탁하고 전화를 끊었다.

농적자금 유용사건

"구닥다리군요. 나온 지 한 10년쯤 되었을 거예요."

과학수사팀의 여직원이 외장하드의 내용을 USB에 담아 주면서 말했다. 내용물의 용량은 2GB도 채 되지 않았다. 장기호의 방에 컴퓨터가 없었던 것으로 봐서 최근의 자료는 아닐 것으로 짐작은 했다. 내용물은 수백 장의 사진과 계약서 14장이었고, 스캐닝한 시중은행 팸플릿도 몇 장 들어 있었다. 함께 가져온 서류 봉투에는 외장하드의 내용물 일부를 출력해놓은 사진도 있었다.

먼저 관심을 끄는 것은 우루과이 라운드에 대비한 농민지원이라는 팸플릿과 한글문서로 작성된 계약서의 내용이었다. 오래된 내용으로 국가가 농민들의 영농을 돕기 위해 지원한 융자사업과 관련된 듯했다. 단어들이 친숙하긴 했으나 선뜻 전체적인 개념을 파악하기 쉽지 않아서 인터넷의 검색사이트에 들어가 우선 '우루과이 라운드'를 찾아보았다.

우루과이 라운드 : 관세 및 무역에 관한 일반 협정GATT의 새로운 다각적 무역교섭회의를 말하며, 1986년 9월 남미의 우루과이에 있는 푼타델에스테에서 각료 회의 선언으로 시작되었다. 이 협상에서 미국은 서비스무역의 자유화를 강력히 주장하고 있으며, 농업문제에 있어서도 각종 보호조치를 10년 이내에 철폐해야 한다는 입장을 고수하고 있다.

진하는 그제야 경찰학교에서 배운 내용을 희미하게 떠올렸다. 당시 우루과이 라운드 협상에 관하여 개발도상국이나 후진국은 농업 분야에서 가장 예민하게 반응했다. 각국이 자국 농민을 보호하기 위해 취했던 수입제한 조치는 그 대상이 주로 농산물이었기 때문이었다. 이 협상 과정에서 대부분 농산물에 대한 관세가 철폐되어 농민에게 직접 타격을 미칠 수 있는 상황이었다. 그래서 우리나라도 정부가 피해 농민에 대한 지원을 시작했다는 강의를 여러 차례 들었다. 그때 강의를 했던 교수가 대다수 전문가들이 부작용을 예상했던 정책이라 앞으로 현직에 나가면 써먹을지 모른다며 잘 정리해두라고 했었다.

다시 GATT를 찾아보았다.

관세와 무역에 관한 일반협정GATT : 회원국들이 세계무역기구WTO로 재편성하기 전에 상품교역을 위하여 농민을 보호하려고 수입제한을 하던 285개 농산물을 1997년 7월 1일 자로 쌀을 포함하여 대부분 제한을 풀도록 한다. 이에 정부는 이러한 제한을 단계적으로 푸는 동안 우리 농가의 경쟁력을 높이기 위해 소작농에게 농업생산 자금을 지원한다.

그는 이어서 계약서에 몇 차례 언급되고 있는 '농적자금'이라는 단어를 입력했다.

농적자금 : 공적자금과 함께 양적자금의 하나로 일정한 농지를 소유하고 있으면 무상으로 돈을 빌려다 쓸 수 있는 농촌 부흥을 위한 기금.

농적자금 외에는 모두 경찰학교에서 공부한 내용이어서 오랜 기억을 떠올려가며 수사자료들을 분석해 나갔다. 외장하드에 들어있는 이 계약서는 그 농적자금과 관련된 것이었다. 파일 생성일자가 대부분 8년 전이었으나 농적자금과 관련 없는 최근에 작성한 듯 보이는 계약서도 4장이 있었다. 이 4장의 계약서는 목적물 란에 유실수와 벌통, 이동식 컨테이너 등이 적혀 있었다. 댐 수몰지역의 보상과 관련된 내용이었다. 대부분 8년 전에 작성된 자료여서 이 사건 수사에 무슨 도움이 될까 싶기도 했다. 그러나 장기호의 유품에서 나온 심상찮은 내용이 대개 돈과 관련되어 있어서 소홀히 할 수도 없었다. 진하는 우선 이 자료를 분석해 보기로 했다.

농적자금을 취급하는 기관은 주로 농업과 수산업 등을 관장하고 있는 단위농업협동조합이었고 건마다 수급자와 연대보증인이 1개 조로 되어 사업별로 계약이 체결되어 있었다. 모든 계약의 알선자는 장기호였다. 총 계약서 14개 중에서 댐과 관련된 4개를 제외한 10개가 단위농협에 청구하는 농적자금 또는 시설자금이었고 대출조건과 농민부담의 내용이 모두 같지는 않았다. 8건의 계약서는 농업시설물 설치자금으로 단위농협에서 자금을 타내는 문서였다. 대출금 중 반은 무상이었고 반은 3년 거치 30년 분할 상환하는 장기융자금이었다. 그러니까 농민들은 대출금의 50%를 무상으로 지원받고 나머지 50%는 거치기간 3년을 경과한 뒤부터 30년간 원리금을 분할 상환한다는 조건이었다. 상환비율을 보니 이자가 거의 없었지만 상환 지연에 대한 연체율은 10%가 넘었다. 만일 1억 원을 대출받은 농민이라면 우선 5천만 원은 공짜이고, 나머지 5천만 원은 대출일부터 3년이 지난 후 30년간 분할상환하면 되었다.

그런데 모든 계약서와 별도로 작성된 계약자 간의 특약에는 연대보증인을 확보해주고 대출금 수령을 도와주는 대가로 장기호가 총 대출금의 10%를 차지한다고 적혀 있었다. 그러니까 빈손으로 1억 원을 대출받은 계약자는 9천만 원을 손에 쥐고 후일 5천만 원만 은행에 3년 거치 30년 상환을 하면 되었고, 2억 원짜리 대출은 그 배액이었다. 이 계약대로라면 장기호는 계약마다 지원금의 10%를 자신의 몫으로 챙긴 셈이었다. 은행에서 발행한 팸플릿에는 이 자금이 소규모 영농을 하는 농민에게 쌀농사 대신 채소, 과수, 축산을 통해 농가 수입이 보전되도록 지원한다고 적혀 있었다. 항상 돈이 매개되는 곳에는 사고가 생길 수 있으므로 각 계약 건을 눈여겨보았다.

진하는 이 계약서에 등장하는 인물 중 장기호를 제외한 15명의 인적사항을 뽑아 신원조회를 의뢰했다. 계약 당사자들과 보증인들이었다. 대출금 중에서 농민들이 공돈으로 받은 50%보다는 장기호가 알선료로 받은 10%가 더 큰 문제라는 생각이 들었다. 인터넷 검색을 해보니 이렇게 나눠 먹은 농적자금 정책이 참담한 실패로 돌아갔다는 기록이 여럿 보였다. 돈과 관련된 일련의 과정에서 사고가 터질 개연성은 충분했다. 과연 신원조회 결과도 그러했다. 관련자 15명 중 4명은 이 세상에 없었다. 사태가 심상찮음을 깨달은 진하는 이 기록들을 기초로 해서 조사를 해보니 생존자들도 무사하지 않았다. 11명의 생존자 중 8명이 소재 불명이었고 거주지가 확인된 3명 역시 현주소는 정확하지 않았다. 일단 사망자의 가족관계를 집중적으로 조사할 필요가 있었다. 그들 대부분은 계약일로부터 2~3년 뒤에 사망했는데 3명이 자살, 1명이 병사였다. 진하는 스마트폰의 메모난에 사망자의 가족 중 관할구역 내에 거주하고 있는 남자를 중심으로 인적사항을 적어 넣었다. 그리고 외장 하드디스크의 내용물 중에는 과학수사팀이 열지 못한 'ks'라는 명칭으로 된 1mb 분량의 폴더가 하나 있었다. 진하는 이것을 경찰청 사이버 수사대에서 근무하는 경찰학교 동기인 이정수 경위에게 보냈다. 그의 실력은 웬만한 해커를 능가하고 있어 경찰청 수사과에 사이버 수사대가 설치될 때 창설요원으로 선발되어 맹활약 중이었다. 그동안 처리했던 몇 사건의 증거 중에서 삭제된 자료를 복구해 내기도 했고, 숨겨진 부분을 찾아내기도 하면서 여러모로 진하를 도와주었다. 이정수의 실력이라면 이 정도는 금방 풀어내지 않을까 싶었다. 그리고 사진 폴더에 저장되어 있던 가족사진 3장을 컬러프린터로 출력하고 나머지는 모두 4GB짜리 USB 메모리 3개에 담아 서랍에 넣어 두었다.

농적자금의 피해자

    산과 계곡의 도시라는 별칭답게 영포시는 조금만 시내를 벗어나면 산을 깎아 만든 도로와 맑은 물이 흐르는 깊은 계곡을 만난다. 지방도로를 따라 시가지를 품고 있는 해발 737m인 발왕산 어깨를 넘어 만나게 되는 북일천도 그런 종류의 계곡 하천이었다. 그런데 지도를 가만히 보면 해발 200~500m의 크고 작은 봉우리를 거느린 발왕산 계곡에서 흘러내린 물이 남과 동으로는 신포읍에서 시작하는 영포천을 통해 연북천으로, 북으로는 '깊은 골 저수지'로 모이고 북일천을 통해 각각 영탄강으로 흘렀다. 이렇듯 영포시 배수로는 거의 영탄강과 연결이 되었다. 진하는 가속기를 힘차게 밟으며 고개를 넘었다. 오래잖아 왼쪽으로 깊은 골 저수지가 나왔는데 그곳에는 농적자금 수혜자로서 자살을 한 4명 중 1명의 유족이 살고 있었다. 피해자의 가족을 만나는 일은 거듭할수록 조심스러웠다. 어제 만났던 이경혜의 경우처럼 예외는 있지만 대개 낯선 사람을 피하거나 경계를 하고 어떤 이들은 수사관을 가해자 편으로 생각하여 배척하거나 공격하기도 했다. 게다가 오래전의 일이어서 자칫 아물어 가던 상처를 덧나게 할지도 몰랐다.

"뜻밖이군요. 아직도 그 사건에 관심을 가진 사람이 있다는 것이 신기하네요."

자살자 중에서 가장 나이가 많았던 김상식의 아들 김종규는 처음에는 그렇게 빈정거리며 진하를 맞았다. 그러나 명함을 건네고 방문 목적을 말하자 그의 표정이 달라졌다. 누나들은 모두 외지로 시집갔고 자신은 고향을 멀리 떠나지 못했다며 어색하게 웃었다. 남의 유휴지를 빌려 콩 농사를 짓고 있다는 그는 막 밭에서 돌아온 듯 온몸이 땀투성이였다.

"미안합니다. 몇 가지만 물어보고 가겠습니다."

진하는 그가 자리를 권한 대나무 평상에 앉으며 말했다. 슬레이트로 지붕을 한 기역자로 된 건물이 살림집이었고 마당에 있는 흙벽돌로 지은 조그마한 구조물은 창고인 듯했다. 마사가 깔린 마당에는 풀 한 포기 없이 깨끗했다. 진하는 김상식에 관한 서류철을 꺼내놓았다. 대출금 계약서상 김상식의 주소는 동구마을의 바로 남쪽에 붙은 남구마을이었다. 공부상으로는 김종규가 이곳에 자리를 잡은 시기는 10여 년 전이었다.

"장기호 씨, 알고 있지요?"

"그 개 같은 놈을 어찌 잊을 수 있겠어요?"

김종규는 공부상 서른일곱 살로 나와 있으나 훨씬 겉늙어 보였다. 진하는 문제의 계약서를 그 앞에 펼쳐놓았다.

"이 계약서, 본 적 있습니까?"

"그것 때문에 아버지가 40여 년 가꾸었던 터전을 몽땅 날려버렸는데 모를 리가 있겠어요?"

계약서를 보자 그의 입가에 남아 있던 미소가 싹 가셨다. 감정의 변화를 얼굴과 몸짓에 바로 드러내는 사람이었다.

"당시 상황을 좀 들려주시겠어요?"

"재산 정리한 지도 벌써 10년이 넘었는데…….."

"아, 누가 장기호 씨를 고소했는데 그 사람의 과거 행적을 조사하고 있습니다."

피살 사실을 일부러 드러낼 필요는 없었다. 방문목적을 노출하면 자신이 혐의를 받고 있다고 느낄 것이고 그 순간부터 진술에는 쓸데없는 가지가 붙게 된다.

"하긴 그 치에게 당한 사람이 한둘이 아니었으니까…….."

고개를 끄덕이던 그가 정색하며 말했다.

"그런데 무슨 일이랍니까? 그때는 청와대에 두 번이나 편지를 보내고 호소를 했는데도 모른 척하더니…….."

수사기관에 고소했음에도 가해자가 처벌되지 않을 때 감사원이나 청와대로 진정서를 넣는 사람도 있었다. 그러나 고소에 관련된 문서는 대개 다시 관할 수사기관으로 넘어가고 만다. 이런 과정에서 피해자가 겪는 혼란도 무시할 수 없다. 이 집도 그런 경험을 한 모양이었다.

"그 자금을 받은 뒤 무슨 일이 있었나요?"

"처음 대출이 시작됐을 때 나는 군 복무를 하고 있어서 자세히 몰랐는데 제대하고 집에 돌아와 보니 이미 일은 돌이킬 수 없는 데까지 갔더군요. 참 기가 막혔어요. 우르과이 라운든가 뭔가가 농민들 생활을 몽땅 뒤집어놨지요. 자세한 건 모르지만 그것 때문에 정부가 농민들에게 쌀에만 의존하지 말고 다른 작물 재배를 하라고 은근히 압력을 넣었고 쌀 대신 채소나 화훼단지 같은 대체 작물 생산설비를 원하는 사람에게는 그 자금을 지원하겠다고 했답니다. 그리고 농가에 어마어마한 돈을 풀었어요. 그런데 그건 먼저 먹는 놈이 임자였어요. 사실 자기 농토만 가지고 있으면 대출금을 준다는데 그중 50%는 공짜였고, 50%는 30년 동안 나눠 갚아도 되는 돈이었어요. 농촌 망하지 않도록 풀어낸 돈이 농사와 상관없는 모텔 수리비와 사채놀이 자금으로 흘러들었다더군요."

안쪽에서 인기척이 나더니 키가 작고 얼굴에 기미가 잔뜩 낀 여자가 커피잔을 들고나왔다. 냄새로 봐서 믹스커피였다. 부인인 듯했는데 표정은 걱정 반, 호기심 반이었다. 김종규가 잠시 말을 끊고 진하에게 커피를 권하자 그녀는 슬그머니 남편 뒤로 가서 앉았다.

"뒤늦게 대출 소식을 알게 된 주민들이 웅성거리기 시작했어요. 시청과 은행 앞에 몰려가 항의도 했지요. 아무리 낮은 이자라도 은행 돈 빌리는 일은 앞뒤를 좀 가려야 하는데 농사만 짓고 살던 사람들이라 그 자금 중 50%가 공짜라는 사실에 그만 눈이 뒤집혀버렸지요. 나머지 50%를 어떻게 해서 갚을 건지, 그 돈들을 어떻게 이용할 건지는 별로 중요하지 않았어요. 자금을 풀어내는 정부도 그랬고 돈을 현장에서 나눠주는 농협도 마찬가지였어요. 농민들이 어떤 작물을 심고 키워 수익을 올려야 하는지는 관심 밖이었어요. 거의 주먹

56

구구식으로 돈을 푸는 데만 급급했지요. 이 틈새를 장기호 같은 악한이 끼어든 겁니다."

찻잔과 받침에서 딸그락 소리가 날 만큼 그의 손이 심하게 떨렸다. 그의 아내가 찻잔을 받아 침상 위에 놓고 두 손으로 남편의 오른팔을 잡았다.

"공돈 5천만 원에 혹했던 아버지는 장기호의 권유로 이웃 동네 새마을지도자라는 청년과 상호보증인가 뭔가를 섰대요. 서로서로 협조해서 나랏돈 잘 갚겠다는 뜻으로요. 그리고 서류를 접수한 지 한 달 만에 아버지는 공짜 돈 5천만 원과 일 년에 1.5%만 이자로 내는 5천만 원, 총 1억 원을 받았는데 그중에서 장기호가 알선비로 1천만 원을 챙겨갔어요. 그래도 아버지는 공돈 9천만 원이 생겼다고 동네 사람들과 춤을 추고 다녔어요. 그 무렵에 휴가를 나와 보니 동네 분위기가 묘했어요. 갑자기 많은 돈이 풀리자 농민들의 허파에 바람이 잔뜩 들었어요. 아버지와 상호보증을 섰던 그 새마을지도자는 다른 이보다 두배나 많은 지원금을 타낸 뒤 강가에 1천 평이 넘는 화훼용 유리 온상을 지었고, 어떤 이들은 비닐하우스를 세워 오이, 고추, 토마토 재배를 시작했어요. 그리고 약용재배에 관심이 있는 이들은 서둘러 약초 단지를 조성했고요. 아버지는 다섯 동의 버섯 재배사를 지어 각종 버섯의 종균을 뿌렸어요. 그러나 실제 농사에 투자한 돈은 그리 많지 않았어요. 밤이면 마을회관에 동네 사람들이 모여서 점당 만 원짜리 고스톱판을 벌이기도 했고요. 그러나 이런 소동은 몇 년을 넘기지 못했지요. 비단 우리 마을만 그런 것이 아니고 전국의 농가가 다 비슷하지 않았나 싶어요. 꽃을 심건 유기농을 했건 1

년도 안 돼 농민들은 가격 폭탄을 맞았지요. 비슷한 농산물이 한꺼번에 쏟아져 나오니까 모두 똥값이 되고 말았거든요. 농민들은 인건비는 말할 것도 없고 비료대금도 제대로 건지지 못했어요. 여윳돈을 다른 곳에 써버린 사람들이나, 야금야금 생활비로 사용하던 사람들도 점차 눈덩이처럼 불어나는 이자 때문에 당황하기 시작했어요. 기한 내 이자는 연 1.5%에 불과했으나 연체이자는 10.5%나 되었거든요."

김종규는 자기 아내에게 냉수 한 잔을 청했다. 진하는 잠시 주위를 둘러보았다. 담장도 없이 볼품없는 시골집이지만 계곡과 뒷산의 정취를 고스란히 품고 있었다. 그런데 점차 짙어지고 있는 뒷산의 신록과는 달리 몇 달째 계속되고 있는 가뭄으로 밭작물의 상태가 그리 좋아 보이지 않았다. 여자가 냉수를 한 대접 가져오자 그것을 단숨에 들이켠 뒤 김종규가 다시 말을 이었다.

"원래 지원금 중 50%였던 융자는 3년 동안 사용한 후 30년간 나눠서 갚는 거였고 처음 3년간 이자는 월 8만 원 정도여서 별 부담이 없었어요. 그러나 3년이 지나자 사정이 전혀 달라졌지요. 농사에 실패한 농민들은 벌이가 없어서 한 달에 50여만 원의 연체이자를 감당하기가 버거웠지요. 그렇게 1년 이상 이자가 밀리자 농협에서는 농민들의 재산을 법에 넘기기 시작했어요. 게다가 자신의 빚만 책임을 지는 게 아니고 상호보증을 선 상대방의 빚도 갚아야 한댔어요. 여기저기서 밤중에 도망하는 사람들이 생겼지요. 아버지와 상호보증을 했던 그 새마을지도자는 겨울이면 폭설에 지붕이 내려앉고 장마철에는 햇볕을 제대로 받지 못해 가득 심었던 꽃들이 모두 시들어

결국 2억 원 전부를 날리고 말았어요. 점점 허물어져 가는 유리온실을 바라보다 결국 농약을 마시고 자살을 하고 말았어요. 농민 후계자나 새마을지도자는 가진 재산이나 땅이 많지 않아도 부농들의 보증으로 이중 삼중으로 몇억 원을 지원받았지요. 보증 무서운 줄 몰랐던 동네 유지들은 그렇게 함께 망해갔어요. 아버지는 자살한 그 지도자의 빚을 고스란히 떠안은 뒤 40여 년 손바닥이 다 닳도록 농사를 지어 처자식 먹여 살리면서 마련한 3천 평의 논과 1천 평의 밭을 집터와 함께 몽땅 경매로 빼앗기고 말았어요. 아버지는 장기호를 찾아가 상호보증을 소개한 책임을 지라고 따졌어요. 겨우 3백 평의 밭을 가진 사람과 상호보증을 세운 책임을 지라고 했으나 그치는 콧방귀만 뀌고 상대를 해주지 않았어요. 장기호가 그 바닥에서 색시장사하면서 지역 인사들을 구워삶아 이 일을 벌인 사실을 대부분 농민은 다 알고 있었어요. 아버지가 청와대까지 진정서를 넣었으나 장기호는 살살 잘도 빠져나갔어요. 법원과 검찰청에 무슨 위원을 맡고 있어서 건드려봐야 소용이 없다는 소문도 돌았어요. 매일 엉망으로 술에 절어 지내던 아버지는 결국 장마로 물이 불어나고 있던 영탄강에 몸을 던지고 말았어요.”

그의 말을 듣고 있자니 마치 딴 세상을 헤매고 있는 듯한 기분이 들었다. 물론 신문기사에서 읽은 듯했으나 현장에서 농촌의 피폐상을 직접 확인해보니 가슴까지 서늘해 왔다. 최근 도시 근로자들이 죽음과 같은 핍절의 세월을 보내는 모습은 자주 목격됐으나 시골에도 이런 난리가 났는지 까맣게 모르고 있었다. 그러나 마냥 이러고 있을 수가 없었다.

"혹시 담배 있습니까?"

피해자의 고민을 들으면서도 우선 수사의 자료는 확보해야 했다. 미안한 일이지만 이 정도면 원한 관계는 충분했다.

"아, 나는 담배를 안 피워요. 한 갑 사다 드릴까요?"

김종규는 마치 무슨 잘못을 저지른 사람처럼 미안해하며 진하와 자기의 아내를 번갈아 쳐다봤다. 이런 사람에 대한 의심 자체가 모욕이 아닐까 싶었으나 일은 일이었다.

"아닙니다. 나가면서 사지요. 뭐."

진하는 2년 전에 담배를 끊었으나 며칠 전 이곳으로 좌천되면서 홧김에 다시 피우기 시작했다. 그러나 가능하면 피우지 않으려고 일부러 담배를 가지고 다니지 않았다. 진하는 승용차로 가서 카메라를 꺼내 들고 마당 구석에 피어있는 노란 장미를 찍는 척하면서 곁에 세워져 있는 화물차의 타이어를 찍었다. 그리고 김종규의 옷깃에 묻은 머리카락을 몰래 집어 카메라 가방의 주머니에 넣었다.

"아버지가 돌아가신 후 혹시 빼돌린 재산이 없는지 농협에서 식구들의 신상털기를 철저하게 했다고 들었습니다."

뭔가 미진한 기분이 들었던지 김종규는 차에 시동을 걸 때까지 곁에 서서 묻지도 않은 말을 늘어놓았다. 취객들이 지구대나 파출소에 들어가서 경찰관의 멱살을 잡고 주먹질을 하는 세상이지만 이런 농촌 주민은 아직 사건을 수사하는 형사에게 고분고분했다. 협조를 해줘서 고맙다는 말로 인사를 한 후 진하는 일단 본서로 돌아왔다. 김종규의 머리카락을 추가 감정의뢰목록에 첨가한 뒤 잠시 휴식을 취했다.

마지막 목격자

장기호에 대한 부검 및 종합감정서는 오후 늦게 도착했다. 감정서는 의사들이 감정한 내용을 엑셀로 기록해놓은 이미지 문서와 동영상 기록물이었는데 전 부검 과정이 들어 있었다. 컴퓨터가 눈부시게 발전했던 지난 몇 년간 감정서 기록 방법도 혁신적으로 변했다. 마치 직접 부검 과정이 눈앞에서 진행되는 것처럼 모든 정보가 생생했다.

1. 사인 : 질식사

기도가 폐쇄되어 있고 경부연조직에 출혈과 경부연골의 골절이 있으며, 점막이나 장막 밑에 일혈점溢血點이 보이는 점, 혈액이 응고되지 않고 유동성이며 혈액의 헤모글로빈은 CO_2-Hb로 되어 암적색을 띄고 있고, 뇌와 폐에서 현저한 울혈이 보이는 점으로 미루어 사인은 질식사이다. 목 부분에 탄성체로 조른 흔적이 뚜렷하게 나타난다.

2. 사망시간

시신이 오랫동안 물에 잠겨있었던 것을 고려하더라도 하복부의 피부에 아직 녹색이 보이지 않고 시체경직 상태가 완전히 소실된 것으로 보아 대략 부검 시간(6월 26일 오전 10:00) 기준으로 40~44시간 전에 사망한 것으로 보인다.

3. 참고사항

살해 당시 피해자는 만취상태였고 살해되기 직전에 먹은 음식의 성분은 소고기, 쌀밥 등인데 이 음식물들이 위에서 암죽 같은 형태로 분해되어 소장으로 넘어가고 있는 것으로 보아 식사 후 4~5시간 내에 살해되었다고 사료됨.

첨부물은 탄력이 있는 물체로 목을 졸라 형성된 내부의 상처 부위와 간, 폐, 뇌의 각 부분에 대한 부검 현황과 그 설명, 그리고 복부, 등, 엉덩이와 같이 부검과 검시의 대상이 된 신체 부위에 대한 영상과 이에 대한 감정인의 의견서였다. 진하는 부검보고서에 기재되어 있는 사망 추정 시간과 장기호가 마지막으로 식사를 했던 시간 등을 스마트폰의 메모지에 기록하고 사진과 영상물을 저장했다. 그때 옆의 조사계에서 누군가 큰소리로 불렀다.

"유 팀장님, 누가 찾아왔어요."

날 찾아올 사람이 있었나? 의아한 생각이 들어 출입문 쪽을 쳐다보다가 진하는 아침에 통화를 했던 그 택시 기사를 떠올렸다. 미리 전화를 하고 오라고 했는데……. 오래잖아 머리카락이 새하얀 사내가 실내로 들어섰다. 진하가 손을 들자 그는 긴장된 표정으로 다가왔다. 둥근 얼굴에 눈이 큰 편이어서 서글서글해 보였다. 중키에 선한 인상 때문인지 머리가 하얗게 셌음에도 그렇게 나이가 들어 보이지는 않았다.

"어서 오세요. 와주셔서 고맙습니다."

진하는 웃으며 사내의 손을 잡았다. 아침의 통화 때문인지 낯선 느낌이 들지는 않았다.

"그 손님에게 무슨 일이 생겼다고요?"

의자를 권하자 조심스럽게 앉으며 그가 물었다. 현재로선 사망시점과 제일 근접한 사람이어서 장기호가 죽었다는 말은 하지 않았으나 낌새는 알아채고 있는 모양이었다. 진하는 명함을 건넨 뒤 담배를 권했다. 자신도 잘 피우지 않는 담배를 만나는 용의자마다 권하는 행위가 그리 내키지는 않았다. 그러나 그런 용도 외에도 맞담배는 상대방에게 친밀감을 주어 대화를 유도하는 역할은 했다. 그는 홍연수라는 이름과 휴대전화 번호가 크게 적힌 택시회사 홍보용 명함을 내밀었다.

"어제 아침에 영탄강에서 시신으로 발견되었어요."

"예? 그 분이 죽었다고요?"

담배에 불을 붙이다 말고 시신이라는 말에 즉각 반응했다. 순간적으로 그의 얼굴에 난감해하는 표정이 스쳐 지나갔다. 진하는 말없이 그를 지켜보고만 있었다.

"제가 도와드릴 일은……."

굳은 표정을 풀면서 홍연수는 금방 태연한 척했다. 이런 일은 대수룹지 않다는 듯 무엇을 말할지, 어떤 도움이 필요한지 이미 다 알겠다는 표정이었다. 진하는 윤경석으로부터 들었던 진술과 대조하기 위하여 홍연수의 택시 운행 날짜와 시간이 6월 26일 11시 경이었음을 확인한 뒤 질문을 시작했다.

"그날 노래방에서 출발하여 어느 경로를 통해 운행했고 어디에서 몇 시쯤 그 사람을 내려주었는지, 그리고 도중에 무슨 일은 없었는지, 그가 무슨 말을 했고 행동 중 기억에 남는 건 빠뜨리지 말고 다 말해주세요."

윤경석보다 사망시점과 더 근접해 있었던 이 사람의 정확한 진술은 장기호의 마지막 동향을 파악하는데 결정적일 수 있었다.

"시청 인근에 있는 노래방을 출발한 시간은 밤 11시가 조금 지나서였습니다. 그 손님은 만취 상태였습니다. 겨우 집 주소를 알아내어 내비에 입력을 한 뒤 출발을 했습니다. 야간운전이었지만 보통 취객에 비해 너무 악취가 나서 앞뒤 차창을 모두 열었습니다. 내비는 지름길을 안내했으나 그냥 4차선인 지방도로를 이용하였습니다. 신호가 많은 도로이긴 해도 늦은 시간이라 한산했습니다. 11시 40분쯤 내비에서 목적지 도착 안내가 나오자 손님이 내렸는데 가로등 사이로 마을의 불빛도 보였습니다."

"40분 정도 걸렸군요. 차 안에서 이상한 행동은 하지 않았습니까?"

"계속 어딘가로 전화를 하는 데 상대방이 받지 않는 모양이었어요. 그럴 때마다 '내 이년을 당장' 하며 화를 냈어요. 처음 탔을 때는 사람들이 부축해줬는데 내릴 때는 몸을 가눌 정도는 됐어요."

"혹시 차에 휴대전화를 두고 내리지 않았나요?"

"아뇨. 택시에서 내리면서도 전화를 한걸요."

"아무도 마중을 나오지 않았습니까?"

"날이 흐렸는지 달도 없어서 가로등 부근이 아니면 주위를 분간할 수 없을 정도로 어두웠어요. 보이는 사람도 없었고요. 욕을 하고 구시렁거리는 소리로 봐서 일부러 마을 입구에서 내린다고 생각했어요."

"왜요?"

"아마 저녁 내도록 여자가 전화를 받지 않았던 모양인데, 뭐랄까, 꼭 의처증 있는 사람 같기도 했고……."

진하는 문득 이경혜의 무표정한 얼굴을 떠올렸다. 사흘간 남편을 만나지 못했다고 하지 않았는가. 의처증이라니……. 참, 통화기록이 있었지. 진하는 스마트폰에 기록해놓은 장기호의 당일 통화기록을 열었다. 당일 장기호는 초저녁에 두 번 이경혜에게 전화했었고 자기 딸 장미현에게는 열한 번이나 전화한 것으로 나와 있었다.

"그날 갔던 주소가 남아 있나요?"

"내비에 찍혀 있어요."

홍연수는 바로 나가서 내비게이션을 가지고 왔다. 찍혀 있는 주소는 이경혜의 집이 아니었으나 같은 면으로 마을 이름만 달랐다.

"참, 신용카드로 택시요금을 결제했다고 했지요?"

장기호의 시신에는 없었으나 마지막까지 신용카드를 가지고 있었으니 이 결제현황이나 그 행방 또한 중요한 수사단서가 될 것이다.

"일부러 출력을 해왔습니다."

홍연수는 지갑에서 영수증 하나를 꺼내주었다. 뒤 4자리가 별표로 되어있으나 카드번호가 찍힌 전표였다.

"많이는 못 드려도 미터요금은 드리겠습니다. 그 승객을 내려준 곳까지 좀 안내해 주세요."

진하는 책상에 있는 담배와 재떨이를 책상 서랍에 넣어놓고 수사과장에게 종합보고서는 저녁에 제출하겠다고 전화를 한 뒤 바로 주차장으로 나왔다. 홍연수가 택시에 시동을 걸고 출발을 하자 적당한 거리를 유지하며 그 뒤를 따라가기 시작했다.

장마가 시작됐다는 보도가 있었지만, 비구름은 아직 남부지방에만 머물고 있었다. 막 벼 이삭이 패기 시작했음에도 양수기로 논에 물을 대느라 농민들의 손놀림은 여전히 바빴다. 기층이 불안정하여 부분적으로 쏟아내는 소나기만으로 갈라진 논바닥을 달래기는 역부족이라는 보도도 있었다. 진하는 지금 진행하고 있는 이런 수사가 벼농사와 많이 닮았다는 생각이 들었다. 저러다가 폭우가 내리면 이번에는 넘치는 논물을 빼느라 허리를 펴지 못하듯 수사 초기에는 증거를 찾지 못해 애를 먹다가 종결할 무렵에는 물적, 인적 정황 등 취사선택을 해야 할 만큼 무수하게 쏟아져 나온다. 아직 결정적인 증거를 찾아내지 못했지만, 지금까지 수집한 자료는 체계적으로 분석해서 정리해두어야 했다. 우선 영탄강과 건지천의 합수지점에서 채취한 담배꽁초와 씹다 버린 껌에 대한 표본을 만들어놓고 용의자들의 머리카락이나 담배꽁초의 타액검사를 통해 유전자 비교를 해야 한다. 또한 발자국과 타이어 자국의 본을 뜨는 작업도 필요했다. 장기호의 사망 전 행적을 통해 확보한 자료는 각종 시료와 비교하는 거푸집인 셈이었다.

43번 국도 상행선은 늘 한산했다. 도로 현황을 익힐 때 주말에는 구간별로 정체가 된다고 들었는데 지난 이틀간 오르내리면서 경험한 바로는 이 도로의 정체 요인은 이상한 신호체계뿐이었다. 연이어 있는 5군데의 사거리마다 멈춰서 진행신호를 기다린 적도 있었다. 연동으로 조작해놓으면 한 번에 빠져나갈 수 있을 길을 신호등마다 멈춰야 했다. 자동차로 이 도로를 달리는 사람들의 입에서 좋은 소리가 나올 리 없었다. 문득 밤에 만나기로 한 김진영 순경의 천진한 얼굴이 떠올랐다. 서울과 이곳의 교통체계를 비교하다 보니 십수 년 강력계에서 경력을 쌓은 자신과 이런 산골의 초임 순경인 김진영 간의 어쩔 수 없는 수준차인 것 같았다. 순간 진하는 공연히 그를 비하한 것 같아서 미안한 마음이 들었다. 사무실에서 사망자 4명의 가족관계를 훑어보다가 눈에 익은 이름이 있었다. 그래서 유심히 봤더니 어제 진하에게 말을 걸었던 그 인중에 솜털이 보송하던 경찰관과 동명이었다. 직원명부와 대조해 보니 주민등록번호가 같았다. 피살자로부터 피해를 당했던 주민의 가족이 관할 파출소 순경이었고 그 순경이 장기호의 시신을 지키고 있었다는 게 마음에 걸려서 좀 만나자고 했다. 밤 9시에 교대를 한다고 해서 저녁에 안치될 예정인 장기호의 장례식장 인근으로 장소를 정했다. 신호가 바뀌자 진하는 다시 현실로 돌아왔다. 택시는 그런 도로를 달려 정확히 30분 만에 목적지에 도착했다. 한적한 시골 마을의 초입이었다. 홍연수 기사는 조서를 작성할 때 진술했던 내용대로 장기호가 택시를 내릴 때의 상황을 다시 한번 차근차근 말해준 뒤 차를 돌렸다. 그는 진하가 내미는 수고비를 한사코 사양했다.

"사건이 잘 해결되거든 서장님 표창장이나 주선해 주세요."

택시 기사들은 실수로 면허가 취소되거나 정지될 때 봉사 시간과 표창으로 벌칙 기간을 단축 받고 어떨 땐 면제를 받기도 한다. 또한 개인택시 신청 시 가점도 받는다. 그 때문에 그들은 기회만 나면 표창장에 눈독을 들였다. 수사에 협조해서 고맙긴 하지만 아직 이곳에선 신출내기나 다름이 없는 처지라서 선뜻 약속이나 언질을 주기도 그랬다. 적당히 얼버무릴 수밖에 없었다.

북구마을

진하는 장기호가 택시에서 내렸다는 지점을 중심으로 주위를 찬찬히 살펴나갔다. 전자지도에는 북구마을이라고 표시되어 있었다. 어제 가족부를 확인하기 위해 들렸던 갈현면사무소 입구를 조금 전에 지나왔으니 이경혜가 거주하는 남구마을과도 그리 멀지 않은 곳이었다. 자정 가까운 시간에 택시를 타고 이곳까지 왔다면 그가 처와 한집에서 동거하지 않거나 그날 밤에 딸 장미현에게 십 수통의 전화를 한 사실로 보아 짐작되는 게 있었다. 남편이 죽었다는 사실 앞에서도 큰 동요가 없었던 이경혜의 태도에 대해 어렴풋이 감이 잡혔다.

진하는 시멘트로 포장이 된 진입로를 따라 걷기 시작했다. 논과 밭 사이의 소로를 따라 띄엄띄엄 10여 가구가 들어서 있는 마을이었다. 대부분 낡은 농가였는데 나지막한 동산 기슭에 산뜻한 주택 한 채가 보였다. 가까이 가보니 청색 기와에 붉은 벽돌로 지은 단층 주택이며 담장은 붉은 벽돌 기둥 사이사이에 하트 무늬인 알루미늄 창살이 처져있어서 안이 훤히 들여다보였다. 잔디가 깔린 마당은 단정한 느낌을 주었다. 마당 한구석에 바퀴 달린 제초기도 보였다. 그런데 집과 분위기가 눈에 익었다. 아무리 신축건물이라고 해도 서울 주택과 비교해보면 특징이 있는 것도 아닌데 어디서 봤을까. 진하는 혹시나 싶어 스마트폰에 저장해놓은 사진을 꺼내 보았다. 장기호와 이경혜를 포함한 남자 셋, 여자 둘이 함께 찍은 사진의 배경으로 나온 바로 그 주택이었다. 그렇다면 장기호가 이경혜를 따로 두고 여기서 거주하고 있는 것일까. 대문을 흔들어보고 주인을 불러 봐도 안에서는 아무 기척이 없었다. 어제 이경혜는 끝내 이 집을 입에 올리지 않았다. 무슨 사연이 있는 게 분명했다. 온종일 전화를 받지 않은 딸 때문에 장기호는 화가 머리끝까지 났고 만취한 채 이곳에 도착했다. 그렇다면 이 집에 딸 장미현이 살고 있다는 말이었다. 만일 그렇다면 그날 밤, 이 좁은 동네가 발칵 뒤집혔을지도 모른다.

　택시를 내린 지점에서 집까지는 천천히 걸어도 5분 거리였다. 진하는 텅 빈 장기호의 집 주위를 살피다가 그곳에서 20여 미터 떨어져 있는 낡은 기와집으로 걸음을 옮겼다. 이웃의 반응을 살필 작정이었다. 이런 시골은 해만 지면 깊은 암흑으로 변하지만 마을의 형태로 봐서 이웃집에서 벌어지는 소란에 무심할 수는 없을 것이다. 기와지붕에 회벽으로 된 30평 남짓한 낡은 집이지만 터는 꽤 넓었다. 역기와 평행봉 같은 운동기구가 차지하고 있는 공간을 제외하면 뒤꼍 대부분은 고추밭이었다. 그런데 진하의 눈에 얼른 들어오는 것이 있었다. 바로 짙은 녹색 비닐 끈이었다. 역기와 철봉이 놓여 있는 곳의 기둥에 테라밴드를 묶어놓은 것도 그랬고 모종 상태를 갓 벗어난 고추의 지지대를 가지런하게 엮은 것도 녹색 비닐끈이었다. 그날 합수터에서 그 끈을 채집한 것은 바로 시중에 잘 유통이 되지 않는 색깔 때문이었다. 진하는 열려있는 대문을 통해 마당으로 들어섰다. 소리를 질러봤으나 안에서는 아무도 내다보지 않았다. 흡사 폐가와 같은 정적이었다. 진하는 뒤뜰로 걸음을 옮겼다. 밖에서 보는 것보다 더 넓었다. 담장 쪽 고랑 3개는 고추밭이었고, 사이에 1m 정도를 띄우고 건물 쪽으로는 체력단련 공간이었다. 안쪽 구석에는 문이 없으나 곡괭이, 삽 등을 진열하는 스레트 지붕의 농기구 창고가 있었다. 돌과 진흙으로 된 담장은 보통 키의 사람이면 집안을 훤히 들여다볼 수 있을 정도로 높지 않았다. 여기서는 조금 전 택시에서 내렸던 동네 입구의 시멘트 포장길이 보였다. 진하는 먼 곳에서부터 마을 주위로 천천히 살펴보다가 담장 밖 공간에 나 있는 차량 타이어 자국에 눈이 갔다. 토질에 황토가 많이 섞였음인지 그 패인 자국이 꽤 깊었다. 진하는 급히 담 밖으로 나갔다. 부근에 차량은 없었으나 최근에 만들어진 자국인 듯 바닥이 촉촉했다. 스마트폰을 꺼내 합수터에서 촬영했던 영상과 비교해봤다. 같은 무늬였다. 가슴이 두근거리기 시작했다. 이 타이어 자국은 짙은 녹색끈과 함께 시체 유기현장으로 짐작되는 합수터의 것과 거의 비슷했다. 특히 이 두 증거물은 피해자의 집과 불과 20m 떨어진 곳에서 발견한 것이어서 더욱 의미가 있었다. 진하는 바로 장 형사를 호출했다. 그는 기다리고 있었다는 듯 즉시 전화를 받았다.

"영장 신청 좀 해주세요."

장기호가 실종된 당일의 상황에 관한 택시 기사의 진술과 이곳의 현황, 그리고 합수터에서 수집한 유류물과 이곳에서 확인한 유사 물품들의 영상과 함께 대문에 적힌 주소를 불러 주었다. 압수수색을 위한 신상 정보는 신원조회 절차를 통해서 확보될 것이다. 진하는 마을 입구까지 빠른 걸음으로 나와서 차의 시동을 걸고 남구마을로 향했다. 이제 영장이 나올 때까지 하나 더 확인해야 할 일이 있었다. 이경혜가 협조했으면 어제 이루어졌을 장기호의 딸 장미현에 대한 신문이었다.

　남편의 사고소식을 듣고도 무덤덤했는데 오늘은 이경혜의 표정이 의외로 활짝 펴져 있었다. 이번에는 혼자가 아니었다.

　"딸이에요."

　진하가 현관에 들어서자 거실 소파에 앉았다가 엉거주춤 일어서는 여자아이를 가리키며 이경혜가 말했다. 사진을 통해 모습을 확인했으나 실물은 매우 달랐다. 주민등록상 그녀의 딸 장미현은 19살이었다. 키가 진하의 가슴께에 닿을 듯 말듯 눈앞의 아이는 전체적으로 체격이 왜소했다. 그러고 보니 얼굴 윤곽이 이경혜를 빼닮았고 가족사진 속의 여자아이라고 믿기 어려웠다. 바람이 세게 불면 바로 서 있지도 못할 정도로 가냘픈 체격이었다. 그녀는 진하를 똑바로 바라보지 않았다. 그렇다고 수줍어하거나 겁을 집어먹은 것도 아니었다. 뭔가 이상했다. 이경혜의 행동이 어제와 전혀 달랐다. 원래 상가의 분위기는 침울하게 가라앉기 마련이었다. 함께 생활하던 가족이 곁을 떠났다는 슬픔과 공허감 때문에 상당히 오랫동안 그런 현상이 계속된다. 그런데 집안 분위기도 그렇지만 무표정하게 남편의 부음을 접하던 어제의 이경혜가 아니었다. 표정이 밝은 것은 확실한데 딸을 대하는 눈빛에 가식적인 뭔가가 어려 있었다. 두 사람은 보통 모녀간의 편하고 만만한 그런 관계가 아닌 듯했다. 정확하게 감은 잡히지 않았지만, 딸을 바라보는 시선도 그렇고 딸을 마주하고 있는 그녀의 행동이 영 어색해 보였다. 특히 실내복 차림의 딸에게 옷을 갈아입으라고 권유하는 모습이라든지 음성이 뭔가 크게 약점이라도 잡힌 것처럼 보였다.

"장기호 씨와 따님이 이 집에서 살고 있나요?"

방으로 들어간 미현이 방문을 닫는 것을 확인한 후 진하는 스마트폰에서 그들 가족이 함께 찍은 영상을 보여주며 물었다.

"……."

"그렇게 입을 닫고 있다가 남편을 살해했다는 혐의를 받게 될지도 몰라요."

고의로 사실을 감추는 것 같지는 않아서 일부러 압박했다. 멍하니 미현이 들어간 방을 바라보고 있던 그녀가 한참 만에 입을 열었다.

"맞아요. 그이가 미현이만 데리고……."

그녀는 다시 말을 끊고 고개를 숙였다.

"왜 어제는 그 이야기를 하지 않았어요?"

피살자가 처를 놔두고 딸과 함께 따로 살고 있다는 사실을 알았으면 당연히 북구마을의 그 집을 먼저 수색했을 것이다.

"그게 무슨 자랑이라고……."

"장기호 씨와 통화를 한 적이 없다고 했지요?"

"……."

"왜 거짓말했어요? 가족이 협조해주어야 범인을 빨리 잡을 것 아닙니까?"

"……."

"그날, 저녁 무렵 장기호 씨의 전화를 두 번 받았지요?"

"……."

"대답하세요. 전화를 받았지요?"

"예."

"무슨 말을 했어요?"

"미현이가 여기 와 있느냐고 다그쳤어요."

"그날 미현씨가 여기서 잤나요?"

"아녜요. 그 집에 있었어요."

"그런데 왜 전화를 받지 않았답니까?"

"직접 물어보세요."

그녀는 마침 옷을 갈아입고 거실로 나오고 있는 미현에게 턱짓을 했다. 엄마를 제쳐놓고 아버지와 한집에서 사는 딸. 빼닮은 두 사람의 외모로 봐서 계모는 분명 아니었다. 앉을 만한 소파나 마땅히 기댈 곳도 없어서 진하는 선 채 미현에게 질문을 시작했다.

"몇 가지 물어봐도 될까요?"

그녀는 방바닥에 털썩 주저앉으며 대답 대신 고개를 끄덕였다.

"아버지와 이 집에서 함께 살지요?"

스마트폰에 뜬 영상을 그녀 앞에 내밀었다. 미현은 그것을 힐끗 쳐다보더니 대답 대신 자신의 어머니 쪽으로 고개를 돌렸다.

"그저께 아침, 아버지가 몇 시에 집에서 나갔나요?"

"……."

미현은 다시 고개를 숙였다. 뭐라고 대답을 해야 할지 전혀 자신이 없다는 태도였다.

"괜찮아. 말해 드려."

이경혜가 딸을 향해 고개를 끄덕이며 말했다.

"……."

그러나 여전히 묵묵부답이었다.

"평소 아버지는 아침 몇 시에 밖으로 나가나요?"

일정한 직업이 없는 사람이지만 답변을 유도해보려고 그렇게 물었다.

"정해진 시간이 없어요."

그녀는 겨우 입을 열더니 약간 뜸을 들인 뒤 말을 이었다.

"온종일 집에 있을 때도 있고요."

"그럼 그날은 어땠어요? 몇 시쯤 집을 나갔지요?"

"검찰청 회의가 있는 날은 보통 집에서 아홉 시쯤 나가요. 그날도…… 그날도, 그랬어요."

미현은 다시 자신의 어머니를 힐끗 바라다보며 대답했다.

"아버지 핸드폰의 통화기록을 보면 그날 오후 6시부터 밤 11시까지 아버지는 미현씨에게 모두 열한 번이나 전화했던데 왜 받지 않았어요?"

"……."

미현은 대답 대신 다시 어머니 쪽으로 고개를 돌렸다. 여전히 무엇을 말해야 할지 모르겠다는 표정이었다. 이경혜가 딸을 향해 다시 고개를 끄덕였다.

"평소에는 전화를 잘 받았던데 그날은 왜 그랬어요?"

장기호의 통화기록에는 매일 딸에게 서너 번 정도 전화를 한 것으로 나와 있었다.

"배터리가 다되어서…… 귀찮아서 충전하지 않았거든요."

"전화를 받지 않으면 혼나지 않아요?"

"까짓것 상관없어요."

그녀는 입술을 삐죽 내밀었다.

"집 전화는 없어요?"

"그건 필요 없다고 아빠가 없애버렸어요."

"아버지가 늦게 와서 걱정되지 않았어요?"

"걱정은 무슨…… 졸리면 자야죠."

미현은 더는 엄마 쪽을 바라보지 않고 즉시 대답했다. 질문이 의외로 단순해서 긴장할 필요가 없다고 느꼈는지 모른다.

"그날은 몇 시에 잠이 들었어요?"

"여덟 시쯤요."

"혹시 그날 아버지가 집에 들어오지 않았어요?"

무슨 일 때문이었는지 모르지만 열한 번이나 전화를 받지 않았으니 장기호가 그날 밤, 집에 들어왔다면 그냥 넘어가지는 않았을 것이다. 택시기사의 말도 그랬다.

"몰라요. 아침에 일어나보니 없었어요."

"택시기사가 밤 12시쯤 마을 입구에서 내려줬다고 하는데 집에 들어오지 않았다고요?"

"모르겠어요. 아무리 늦게 들어와도 날 먼저 깨우는데."

그녀는 다시 곁에 앉아 있는 이경혜를 슬쩍 바라보면서 말했다.

"아버지가 밖에서 자고 들어오는 일이 자주 있나요?"

"아뇨. 한 번도 없었어요. 이번이 처음이었어요."

"그런데도 걱정되지 않았어요?"

"……."

그녀는 다시 고개를 숙였다.

"여긴 언제 왔어요?"

"어제 낮에요."

어제 낮이라면…… 진하가 다녀간 뒤 이경혜가 딸을 불렀던 모양이었다. 이런 게 선입견의 함정 아닐까. 모호한 점이 널려있음에도 왜 이들은 이 사건과 관련이 없을 거라고 속단해버렸을까. 스스로 생각해도 이상했다. 아직 제대로 밝혀진 것이 없으므로 피해자 가족이라는 점 때문에 그런 것은 분명 아니었다. 이경혜가 조심스럽게 입을 열었다.

"미현이만 생각하면……."

양미간을 찌푸리더니 그녀의 눈에 이슬이 맺혔다.

"미현 씨가 왜요?"

딸에 대한 추궁이 자연스럽게 엄마에게로 옮겨갔다. 문득 그들 부부의 가족관계등록부상 두 사람의 결혼과 딸의 출생 연도가 뒤바뀌어 있었던 점이 떠올랐다. 장기호가 처와 별거한 채 딸과 한집에서 지냈다는 사실이 계속 엇박자를 만들었다.

"개 같은 인간!"

그녀의 입에서 뜻밖의 말이 튀어나왔다.

"예? 누가요?"

진하가 의아해하며 그렇게 묻자 이경혜는 멍한 표정으로 한참 동안 창밖을 내다보다가 갑자기 숨이 막힌 듯 컥컥거리더니 큰 소리로 울기 시작했다. 미현이 무릎걸음으로 다가가 두 손으로 자기 엄마를 감싸 안았다. 갑작스럽게 벌어진 일이지만 어쩌면 이런 돌발 상황이 그들 모녀의 수상쩍은 침묵을 걷어내는 계기가 될 수도 있겠다는 생각이 들어 진하는 말없이 두 사람을 지켜보고만 있었다. 그렇게 10여 분이 흘렀다. 두 사람은 가장의 사망에 따른 충격보다는 경찰관에 대해 낯섦과 본능적인 경계심 때문에 멈칫거리고 있었던 모양이었다. 모녀가 팔을 맞잡고 우는 동안 그렇게 닫혔던 마음의 문이 조금씩 열리고 있다는 느낌이 들었다. 이제 그들을 진정시키고 진술을 끌어낼 무언가가 필요한 것 같았다. 창 가득 들어찬 앞산의 신록과 구름 한 점 없는 맑은 하늘이 잘 조화를 이루고 있었다.

"혹시 미현 씨가 장기호 씨의 친딸이 아닌가요?"

유전자 검사만 해보면 금방 드러나겠지만 그녀 스스로 말을 하도록 일부러 가장 핵심적인 문제를 꺼냈다. 이들 가족 간에 일어나고 있는 이상하고 어색한 상황 중 가장 밑바닥에 깔려 있던 의구심이었다.

"……."

역시 쉽게 대답이 나오지 않았다.

"이렇게 따로 사는 것도 그렇고……."

부부는 별거 중인데 딸은 아빠와 따로 살고…… 그렇게 말을 하려다 조금 수위를 낮췄다. 가장이 처를 따로 두고 딸만 데리고 산다는 사실을 확인하는 순간 진하는 가끔 신문지상의 화제에 오르는 근친상간 문제를 설핏 떠올렸으나 바로 고개를 저었다. 아무리 계부와 의붓딸 사이라고 하더라도 엄연히 부녀관계가 아닌가.

"한두 해 이렇게 산 것도 아닌데…… 하긴 처음 보는 사람에게는 이상하겠네요."

눈에는 아직도 눈물이 그렁그렁했지만, 그녀의 목소리는 의외로 차분해서 가슴을 치듯 울음을 토하던 사람 같지 않았다. 마치 자신들의 어색한 집안 분위기를 몸으로 나타내는 것 같았다.

"어머니에게 들었지요? 어제 새벽 아버지 시신이 발견됐어요. 저 아래 형로교에서……."

피해자와 가장 가깝고 사망시점에 인접해있는 인물이므로 그녀의 언행은 수사의 실마리를 찾는데 중요한 자료가 된다. 상황을 보면 그녀 역시 이미 아버지가 사망한 것을 알고 있을 것인데 굳이 우회를 한 것은 그들 모녀가 스스로 마음을 열어주기를 바랐기 때문이었다.

"……."

"그러니까 아버지가 검찰청 회의에 간다고 집을 나간 뒤 돌아오지 않았군요?"

진하가 부드러운 말투로 묻자 미현은 고개를 끄덕였다.

"검창청 일이라면 사족을 못 쓰더니……."

이경혜가 끼어들었다.

"혹시 요 며칠 사이에 집에 찾아온 사람은 없었나요?"

"아뇨. 아빠는 절대 남을 집에 들이지 않아요."

절대. 미현이 그 단어에 힘을 주며 완강하게 말했다. 지금까지 미온적이던 말투와는 억양 자체가 달랐다. 그런 미현을 바라보며 이경혜의 표정이 애매하게 일그러졌다.

"평소와 다른 점이라도?"

그렇게 물으면서 진하는 지금 당장 해야 할 일을 떠올렸다.

"글쎄요."

미현이 꽤 어른스럽게 대답했다.

"북구마을 집을 좀 둘러볼 수 있을까요?"

진하는 두 여자를 번갈아 보면서 물었다. 뜻밖이었던지 두 사람은 서로 마주 보고만 있었다. 그들 표정에 순간적으로 난처해하는 기색이 스쳐 지나갔다.

"보통 피해자의 집에는 사건을 해결하는데 필요한 자료가 많습니다. 그래서 압수수색영장을 받아 강제로 조사를 하게 됩니다."

지금쯤 압수수색영장이 발부되었는지도 모른다. 어쨌든 영장이 도착하기 전이라도 수색을 시작할 작정으로 두 사람의 동의가 없어도 일을 진행할 수 있다는 점을 알려주었다. 주변 상황으로 봐서 건지천은 분명 살해 현장이 아니었다. 그런 면에서 피해자의 집은 유력한 범행 장소였다. 어제는 이곳을 살펴보면서 북구마을 집의 존재를 알지 못했지만, 지금이라도 신속히 조처해야 했다. 정식 절차를 밟다간 자칫 또 하루를 낭비할 수도 있다. 직감이 어떠하든 정황상으로는 두 사람을 용의자로 취급해야 했다. 늦기 전에 이들과 함께 피해자의 집을 살펴본다면 상황을 파악하고 증거를 확보하는 데 도움이 될 것이다. 압수나 수색이 강제수사의 일환이지만, 가족이 동행하여 현장에 참여하면 매건 마다 동의를 받아 증거를 확보하게 되는 장점이 있다. 이들은 피해자가 피살된 시간에 가장 근접해 있던 사람들이었다. 그렇긴 해도 건지천 현장에서 채집한 것과 같은 색깔의 노끈이 걸려있던 낡은 기와집은 장 형사가 영장을 갖고 와야 가능할 것이다.

의외의 용의자

　북구마을 현장에는 수사과장의 지시를 받은 마을의 파출소장이 경찰관 2명과 함께 기다리고 있었고 마을사람으로 보이는 남녀 십여 명이 웅성대고 있었다. 아직 장 형사는 도착하지 않은 모양이었다. 피해자 가족이 동행했고 수색에 동의도 했으나 진하는 따로 마을의 이장을 수색에 참여시켰다. 형사소송법 제123조에 따른 절차상 필요 외에도 자칫 분실물 시비가 발생하면 수사과정 전체에 영향을 미칠 수도 있기 때문이었다.

　"결국 야가 마을 분위기 다 버려 놓았네그려."

　이장은 키가 작고 얼굴이 둥글며 머리카락 반 정도가 회색인 초로의 사내였다. 그는 쉴 새 없이 뭔가를 중얼거렸으나 투덜거리는 듯한 그 말만 귀에 쏙 들어왔다. 진하는 그들 모녀로부터 문서로 수색 동의서를 받았고 그 공란에 이장이 서명하도록 했다.

　시기적으로 좀 늦긴했어도 장기호의 집에 대한 수색은 여러모로 의미가 있고 중요했다. 피살자의 흔적, 특히 마지막 행적을 찾아낼 가능성 때문에 특히 그랬다. 진하는 파출소장에게 외곽경계를 부탁한 뒤 그들 모녀와 이장을 데리고 대문 안으로 들어갔다. 잔디가 깔린 넓은 정원과 건축에 사용된 자재와 디자인이 꽤 고급스러워 보였다. 그런데 실내에 들어선 순간 입이 딱 벌어질 지경이었다. 거실 중앙에 이태리의 '보날드'나 '매지스' 제품으로 보이는 응접세트가 놓여 있었고 연분홍색 커튼이 드리운 통유리 벽면과 적색 벽돌로 정교하게 쌓은 난로, 그리고 천장 중앙의 각종 빛을 뿜어내는 샹들리에 조명등 같은 것은 명품이었다. 그런데 뭐랄까, 고급품으로 장식은 했으나 전체적인 분위기는 어색했다. 벽난로 돌출 부분에 얹힌 법무부 장관과 한북지검 검사장의 표창장도 실내 분위기를 이상하게 만들고 있었다. 바닥에 어지럽게 널려있는 전선과 약간씩 제자리를 이탈한 가구들 때문인지도 몰랐다. 바닥 군데군데 찍혀 있는 신발 자국을 살펴보면서 직감적으로 누군가가 침입을 했다는 기분이 들었다.

"조사가 끝날 때까지 아무것도 만지지 마세요."

진하는 들고 있던 가방을 바닥에 펼쳐놓고 참관자들을 가구가 없는 쪽으로 모이게 한 뒤 그렇게 당부했다. 영장 없이 강제집행을 하는 데에는 이런 불편과 제한이 따르기 마련이었다.

"컴퓨터가 없어졌는데요."

참관자들 속에서 눈을 동그랗게 뜨고 어수선한 실내를 살펴보고 있던 미현이 소리쳤다. 그녀는 내벽 쪽에 놓인 긴 받침 탁자를 손가락으로 가리키고 있었다. 그 탁자 위에는 대형 TV가 놓여 있고 그 옆에는 프린트와 모니터가 벽 쪽으로 삐뚜름하게 밀려있는데 그 주위에는 모체를 잃은 각종 연결선이 서로 얽힌 채 어지럽게 널려있었다. 진하는 연결선과 그 주위의 물체들에 묻은 지문을 채취한 후 바닥에 찍힌 신발 자국을 촬영하였다.

침실은 일반 주택과는 좀 다른 구조였다. 벽과 천장에는 유리거울이 설치되어 있었는데 벽의 스위치를 올리자 여러 형태의 빛의 조각들이 방안을 휘저으며 환상적인 분위기를 만들었다. 침대 옆 탁자에 놓여 있는 설명서를 보니 틀과 바닥은 편백나무에다 MDF(중밀도 섬유판) 소재라고 적혀 있었다. 침대 위에 깔린 매트리스는 부드러운 물침대였다. 딸과 단둘이서 산다면서 왜 이런 것이 필요했을까. 잠시 그런 생각을 하다가 고개를 흔들었다. 지금은 그런 것에 관심을 둘 여유가 없었다.

누군가 침입한 게 분명했다. 진하는 집 안팎을 꼼꼼하게 살펴나갔다. 도둑이 남기고 간 지문을 찾아보았고 마룻바닥도 샅샅이 훑어나갔다. 그러던 중 장기호의 행적을 추정할 만한 물건을 찾아냈다. 현관에 놓인 신발장 안에서였다. 그가 평소 휴대하고 다녔던 것으로 추정되는 시계와 손수건, 지갑이 나온 것이다. 지갑 안에는 여남은 장의 만 원권 지폐가 들어 있었고 신용카드도 2장이 나왔다. 번호를 대조해 보니 그중 하나는 며칠 전 장기호가 택시에서 사용했던 그 신용카드였다.

"이것, 누가 넣어둔 건가요?"

진하는 비닐로 감싼 지갑을 손에 들고 흔들며 아직도 사방을 두리번거리고 있는 미현을 향해 소리쳤다.

"모르겠어요. 나는……."

그들 모녀가 진하 앞으로 다가왔다.

"아버지가 그날 아침 집을 나간 뒤 돌아오지 않았다고요?"

진하는 미현의 눈을 들여다보며 물었다.

"예. 그래요."

그녀는 모호한 표정으로 그렇게 대답했다.

"그런데 이건 뭔가요?"

진하는 지갑을 그들의 눈앞에 들어 올리며 물었다.

"몰라요. 나는……."

미현은 눈을 둥그렇게 뜨고 지갑을 쳐다보면서 말했다. 사망 추정
불과 몇 시간 전에 사용했던 신용카드가 지갑과 함께 피해자의 집안
에서 발견된 것은 동네사람들이나 미현의 진술과 어긋났다. 장기호
를 마지막에 태웠던 택시기사 홍연수와 함께 이곳에 왔을 때 만났던
몇몇 인근 주민들은 그날 자정 무렵에 소란은 전혀 없었다고 했었
다. 장기호가 몰래 집에 들어왔을 가능성은 없을까? 그러나 술에 만
취한 채 화가 머리끝까지 나 있었을 게 뻔한데 그가 전화를 꺼놓은
채 잠을 자고 있던 미현을 그냥 놔두었을 리도 없었다. 미현의 진술
이 사실이라면 이 시계와 신용카드가 든 지갑은 누군가 의도적으로
갖다 둔 것이 된다.

"이 집에서 언제 나갔다고 했지요?"

"어제 오후 2시쯤요."

"나갈 때 컴퓨터가 있었어요?"

"예. 엄마가 전화했을 때 테레비를 보고 있었거든요."

진하는 시계와 지갑의 표면에 형광 분말을 뿌린 뒤 붓솔로 가루를

털어내고 지문 3개를 채취했다. 그러나 침입자는 바닥이나 벽, 집 안팎 어느 곳에서도 쓸만한 증거를 남겨놓지 않았다. 물론 싸웠거나 사람을 해쳤을 만한 흔적도 전혀 없었다. 컴퓨터는 이 집의 실정을 잘 알고 범죄행위에 익숙한 사람이 가져갔을 가능성이 농후했다. 지갑을 신발장에 넣어둔 사람이 바로 장기호를 살해한 범인이나 공범일 것이다.

장기호 본가를 살피기 시작한 지 40여 분쯤 지나서 정형근 형사가 영장을 가지고 도착했다. 진하는 현장 마무리를 정 형사에게 부탁한 뒤 옆집으로 향했다. 그 집 주인은 강선효라는 32세 된 남자였다.

"어릴 때 소아마비를 앓아 다리를 저는데……."

막 그 집 대문을 들어서는데 마을 이장이 불쑥 그렇게 말했다.

"강선효 씨가요?"

노끈과 타이어 자국 때문에 이 집에 대한 수색이 시작되긴 했으나 비로소 집주인의 실체에 접근하는 순간이었다. '할마시와 함께 사는데 할마시는 벌써 한 달 됐고, 갸는 한 사나흘쯤 됐나? 안보인지.' 이장은 흡사 넋두리하듯 그렇게 중얼거렸다. 진하는 걸음을 멈추고 이장을 돌아다보았다. 사나흘 전이라면 장기호가 살해된 날 즈음이었다.

"미현이와 참 친했는데……."

진하가 자신의 말에 관심을 보이자 이장은 조심스럽게 주위를 살피면서 말했다. 친했다? 이경혜와 장미현은 자기 집 대문 앞에서 마을사람들에게 둘러싸여 있었다.

"잠깐 좀 앉을까요?"

마당 한구석에 놓인 평상의 흙먼지를 대충 털어내고 이장에게 자리를 권했다.

"두 사람이 친했다고요?"

다리를 저는 장애인이라고 했고 또 두 사람의 나이 차이가 너무 많이 나서 어떻게 친했다는 것인지 좀 어리둥절했다.

"동네 사람들이 눈살을 찌푸릴 정도로 붙어 다니다가 장 씨한테 혼나기도 했고요."

우리는 미현이 아버지를 장 씨라고 불러요. 이장이 그렇게 덧붙이며 담배를 꺼내 물었다. 어제와 오늘, 이경혜와 그의 딸을 만나 피살자와 그들의 주변에서 일어난 사실관계를 살펴보려 했으나 강선효에 대하여는 전혀 감을 잡지도 못했다. 그들 모녀는 묻는 것도 제대로 대답하지 않았으니 묻지 않은 것을 스스로 말할 리가 없었다. 사전 정보도 없이 현장을 중심으로 사건을 파헤쳐나갈 때 자주 직면하게 되는 벽이지만 이럴수록 연막을 조금씩 걷어내며 나갈 수밖에 없는 일이었다. 어느 정도 친한 관계일까.

"강선효 씨가 미현이 아버지에게 혼이 났다고 했나요?"

"그냥 혼이 난 정도가 아니고 몽둥이를 휘둘렀다니까요. 그래서 선효는 장 씨의 눈치를 많이 살폈는데 미현이는 막무가내였어요. 틈만 나면 찾아왔거든요."

이장은 담배꽁초를 평상 밑에다 버리고 캭하고 가래침을 뱉은 후 계속 말을 이어갔다. 계속되는 이장의 말이 요령부득이긴 했으나 그 대강을 정리해 보면 장기호가 집을 비울 때마다 미현은 집이든, 밭이든 강선효가 있는 곳은 어디든지 찾아다녔고 그럴 때마다 장기호의 역정이 잦았다는 것이다. 이러한 사실은 건지천에서 채취했던 것과 같은 종류의 노끈과 타이어 자국이 강선효의 집에서 발견되었다는 점을 연관시켜보면 예사롭지 않았다. 그러나 그뿐이었다. 장기호와 강선효, 강선효와 미현 사이에 일어난 일을 좀 더 깊게 구체적으로 캐내 보려고 하였으나 이장은 비슷한 말만 언급할 뿐, 더는 새로운 것이 나오지 않았고 도움이 될 만한 내용도 기대하기 어려워 보였다. 자세한 것은 미현에게 직접 물어보기로 하고 진하는 집안 수색을 시작했다.

집은 일자형인데 부엌을 중간에 두고 좌우로 방이 하나씩 있었고 왼쪽 건물 끝에는 곡식이나 식료품을 쌓아놓는 곳간 같은 창고가 하나 있었다. 기와나 마루, 서까래 같은 집의 골격은 많이 낡았으나 뒤뜰의 벽처럼 앞마당 쪽 역시 하얀 석회가 발려 있어 그런대로 사람이 살고 있다는 느낌이 들었다. 진하는 부엌과 연해 있는 방의 문고리를 잡아당겼다. 좁은 격자 창살에 창호지를 바른 조그마한 문이 삐거덕 소리를 내며 열리자 시큼한 냄새가 와락 달려들었다. 정면 벽에 강선효의 모친으로 보이는 노인의 사진이 걸려있었다. 5~6평 정도로 꽤 넓은데 6칸짜리 낡은 옷장과 5단 서랍장, 그 중간에 낡은 TV 한 대가 낮은 진열대 위에 덩그러니 놓여 있었다. 진하는 신발을 벗고 방 안으로 들어갔다. 밖에서 들여다볼 때보다 방이 더 텅 빈 듯했다. 오른편 벽 쪽으로 다락문이 보였다. 알루미늄으로 된 손잡이를 당기자 나무로 된 계단 4개가 보였고 그 위로 넓은 공간이 나왔다. 곳곳에 매캐한 냄새가 배어있었다. 부엌의 천장이 다락의 바닥인 셈이었다. 낡은 고리짝 더미와 제기, 그리고 색이 바랜 사진액자

등이 한쪽에 놓여 있을 뿐 그곳도 텅 비어있었다. 이런 곳에서 무엇을 찾겠다고 압수수색 영장을 받았는지 한심한 생각이 들었다.

진하는 그 방을 나와 부엌 오른쪽 방으로 들어갔다. 그런데 그곳은 분위기가 사뭇 달랐다. 노인의 방보다 크기가 반밖에 되지 않았지만, 가구들이 반듯하게 놓여 있고 그런대로 짜임새가 있었다. 침대도 제법 깨끗하게 손질되어 있었다. 진하는 옷장을 열고 안을 들여다보았다. 실내에서 입는 캐주얼과 외출복으로 보이는 옷으로 채워져 있었으나 별로 관심 끌 만한 물건은 없었다. 진하는 책상 쪽을 살펴나갔다. 책상 위에 얹힌 책꽂이는 5단으로 꽂힌 책 대부분은 전집물이었으나 수필과 국내외 작가들의 소설도 있었고 『인간은 무엇으로 사는가』, 『시지프스의 신화』 같은 교양서도 보였다. 방의 주인은 꽤 독서량이 많은 것 같았다. 그런데 책상 서랍이 잠겨있었다. 진하는 비상용으로 가지고 있던 만능키를 사용하여 서랍을 열었다. 서랍 첫째 칸에는 필기도구와 예금통장 등이 들어 있었고 둘째 칸에는 여러 종류의 알약과 연고 등으로 채워져 있었다. 맨 아래 서랍에는 청색 표지를 한 대학노트 한 권이 나왔다. 꽤 두꺼운 분량이었는데 그중 반쯤은 청색 만년필 글씨로 채워져 있었다. 빈칸이 거의 없이 앞뒷면이 빽빽했다. 군데군데 날짜가 적혀 있었지만, 얼핏 눈에 들어오는 단어들을 보면 일기장 같지는 않았다. 첫 면에 있는 날짜는 2년 전이었고, 마지막은 바로 사흘 전의 날짜가 기록되어 있었다. 상당한 달필이었고, 전체적으로 글씨체가 골랐다.

그런데 앞부분을 대충 읽어 보니 내용 중에 미현이라는 이름이 자주 등장했고 감정이 절제되지 못한 신세한탄의 글도 보였다. 진하는 노트를 압수목록에 올리고 그 방을 나왔다. 기대했던 피해자의 집이나 이 집의 수색결과는 실망스러웠다. 마루 밑에서 주인의 것으로 보이는 운동화 2켤레를 수거한 후 뒤뜰로 나갔다. 애초 이 집에 관심을 두게 되었던 노끈을 확보할 작정이었다. 진하는 주머니에서 칼을 꺼내 둥그렇게 기둥에 걸려있는 노끈을 2m쯤 자르다가 문득 국과수가 보내준 종합감정서의 내용을 떠올렸다. 사인이 질식사였던 피해자의 목에 탄성체로 조른 흔적이 있다고 적혀 있었다. 테라밴드. 진하는 발밑에 있는 역기를 한쪽으로 밀어내고 그쪽 기둥에 노끈으로 묶여있는 테라밴드를 잡아 당겨보았다. 꽤 강한 탄력이 느껴졌다. 팔 힘을 기르는 데에는 제격이었다. 그것을 목에다 대어보니 폭도 알맞게 감겨왔다. 그는 기둥에 고정되어있는 밴드 3개 중에서 1개를 잘라냈다.

어느새 웅성거리던 구경꾼들도 돌아가고 주위를 경계하고 있던 파출소 직원들도 철수준비를 하고 있었다. 마을에 경찰차가 들어서고 기동대가 출동했다는 소식이 퍼졌음인지 들에 나갔던 이웃마을 주민들도 구경삼아 찾아드는 것 같았다. 공연히 마음이 바빠졌다. 사체 유기현장으로 추정되는 합수터에서 채집한 노끈도 그렇고 피해자의 목을 조른 탄성체가 이 테라밴드라면 강선효가 범인일 가능성도 없지 않았다. 그런데 강선효는 어디에 있을까. 이장의 진술에 의하면 그는 벌써 사흘째 잠적한 상태였다. 상황에 맞는 물증이 산발적으로 하나씩 나오는 것이 영 못마땅했다. 실마리를 잡고 의문점을 하나씩 풀어나갈 때마다 와 닿는 쾌감이 없었다. 국과수의 사정으로 장기호의 시신운구를 하루 미루었다는 연락이 와서 진하는 두 모녀를 동구마을로 데려다주고 경찰서로 돌아와 압수했던 물품을 정돈해 놓고 책상 앞에 앉았다. 강선효 집에서 가져온 노트를 꺼내 들었다.

비록 지체장애자이지만 내 마음은 어디에도 얽매이지 않은 자유인이다. 다리의 길이가 달라 남들처럼 활보하고 다니진 못해도 손으로 하는 일은 누구보다 잘 할 수 있으므로 농가의 삯일을 하든, 건축현장에서 미장일을 하든 어머니 모시고 밥은 굶지 않고 살았다. 일이 있으면 있는 대로, 비가 와서 작업장 문이 닫히면 정신수련을 하면서 사람마다 방식은 다르나 만족도에 따라 얼마든지 행복한 삶을 영위할 수 있다고 자부했다. 적어도 3년 전, 이웃동네에서 이곳으로 이사를 한 뒤 장미현이라는 영과 육이 모두 장애상태인 여자아이를 만나기 전까지는 그랬다.

백화점 인형 코너의 마네킹같이 생긴 그 아이를 처음 만났을 때 세상에 저런 여자애도 다 있구나, 싶었다. 화장을 전혀 하지 않았음에도 온갖 치장을 한 것처럼 보이는 아이였다. 외모뿐만 아니라 내면도 비슷했다. 나이에 비해 세상물정에는 너무 어두웠다. 동네 사람들 말로는 미현이가 고등학교 1학년까지 학교를 다녔다고 하는데 꿈 많은 여고생의 정서나 또래의 사고방식은 별로 보이지 않았다. 성장을 못하도록 온 둥치를 철사로 묶어놓은 분재처럼 형상은 갖췄으나 기형이었다. 마치 초등학교 학생처럼 먹는 것과 노는 것에 정신이 팔려있었고 하루 3번씩 옷을 갈아입곤 했다. 가만히 언행을 지켜보니 열 서넛 정도의 정신연령밖에 되지 않아 보였다.

처음 나는 미현이가 엄마 없이 아빠하고만 살아서 제대로 인성교육을 받지 못해 저런가하고 생각했다. 그때까지 한 번도 그 애의 엄마가 집에 찾아온 적이 없어서 잘 몰랐다. 그래서 학교에 가서도 친구들과 어울리지 못하고 늘 집안에서만 맴돌며 살았나보다 싶었다. 낯을 많이 가리는 미현이는 쉽게 사람을 사귀지 못했으며 나와도 말 한마디 나누지 않고 그저 눈길만 주고받으며 1년을 보냈다. 담장 너머이긴 했지만 바로 이웃에서 늘 얼굴을 대하면서도 그랬다.

강선효의 노트는 이렇게 시작되고 있었다. 지금은 컴퓨터로 문서가 작성되고 이메일이나 휴대전화 메시지로 의사소통을 하는 세상이다. 그런데 이렇게 자필로 자기 생각을 드러낸 글을 읽으니 신기해서 자꾸 뒷장을 넘겨보며 앞의 글씨와 비교해 보기도 했다. 마지막까지 같은 필체로 획이 골랐다.

그러나 그렇게 바라보기만 하면서도 정이 들었던 모양이었다. '안녕!, 잘 잤니?, 밥 먹었니?' 하며 마주칠 때마다 말을 걸었지만 대꾸도 하지 않고 돌아서곤 하던 아이가 어느 날 다가오더니 잘 익은 복숭아 두 개를 불쑥 내밀었다. 미현이 처음으로 호의를 보인 순간이었다. 나는 그 복숭아를 받자마자 그 자리에서 껍질을 벗긴 뒤 가지고 있던 포켓 나이프를 꺼내 예쁘게 잘라서 나눠 먹었고, 그 애 주려고 언제부터 사두었던 초콜릿을 꺼내와 손에 쥐여주었다. 지금도 그 순간의 기억을 떠올리면 설레듯 기뻤던 감정이 되살아나는 걸 보니 그 애에 대한 내 감정이 좀 특별했었나 보다.

한 번 그렇게 마음이 열리고 나니 미현은 아빠가 집을 비우기만 하면 나를 찾아왔다. 내가 집에 있든, 들판이나 공사장에 있든 슬그머니 다가와 손을 잡았다. 그때마다 나는 하던 일을 멈추고 그 아이를 트럭에 태우고 고석루, 현정폭포, 유원지 등 영탄강 줄기 중 경관이 빼어난 곳을 구경시켜주며 맛있는 음식을 사주곤 했다. 온종일 집에 갇혀 살던 아이의 표정에 화색이 돌았다. 인형 같기만 하던 아이가 깔깔거리며 즐거워하는 모습을 보며 나는 점차 마음을 빼앗겼다. 인형처럼 예쁜 아이가 마냥 측은하고 안타까웠다. 그런데 우리 둘만 사는 동네가 아닌지라 마냥 그럴 수는 없게 되었다. 동네 어른들의 잔소리가 시작됐기 때문이다. 어떤 분은 공연히 화를 자초한다고 역정을 내시기도 했다. 미현의 아빠, 장기호의 고약한 심보를 어떻게 감당하려느냐고 나무라셨다. 마을 사람들은 내가 다리를 절고, 그 때문에 여자들이 쳐다보지도 않으니 세상 물정 모르는 어린아이를 유혹한다고 여겼나 보았다. 그러나 그건 절대로 오해였다. 내 가슴 속 가득 찬 감정을 정확하게 꺼내 보면 그것은 연정이 아니라 연민일 것이다.

그러던 중에 너무 놀라운 일이 벌어졌다. 미현이와 놀러 다닌 지 1년쯤 되었던 어느 더운 여름날, 우리는 인적이 거의 없는 영탄강가에서 흐르는 물에 발을 담근 채 고기를 구워 먹고 있었다. 그때 미현이는 내가 마시는 소주를 따라 마셨다. 어떻게 된 노릇인지 어린 여자아이가 곧잘 소주를 마셨다. 나는 아이가 술에 관심을 보이는 게 별로 내키지 않았지만 미현이는 그것을 즐기고 있는 듯했다. 불콰한 얼굴을 바라보고 있노라니 미현이 내 곁에 바투 다가앉았다.

"아저씨, 그거 해줄게."

그러면서 미현이가 내 사타구니에 손을 댔다.

"응? 뭐, 뭐 말이니?"

나는 그 애가 무엇을 말하는지 채 깨닫지 못하고 다만 사타구니에 닿은 손의 감촉 때문에 멈칫했다. 그때나 지금이나 나는 한 번도 여자와 잠을 자본 적이 없었지만, 그냥 동물적인 반응이었다. 그런데 미현은 더 나아가서 내 바지의 지퍼를 내리더니 막 부풀고 있는 성기를 잡았다. 순간 나는 깜짝 놀랐다. 그 아이가 그런 행동을 할 줄은 정말 꿈에도 생각지 못했기 때문이었다. 나는 비로소 그게 무엇을 뜻하는지 깨달았다. 그래서 그 행동을 만류하고 도로 지퍼를 올린 뒤 미현을 바로 앉혔다.

"왜 이런 짓을 하니? 이게 무슨 짓인지 알기는 하는 거야?"

그때까지 내가 미현에게 화를 내거나 큰소리 한 번 지른 적이 없었기 때문인지 이러한 내 격한 반응에 그 아인 놀라 몸을 부르르 떨었다.

"왜 그래. 아저씨? 나 무서워. 그게 어때서? 좋아하는 사람에게 그렇게 해주면 좋은 거잖아?"

정색을 하며 호소하듯 말하는 그 아이를 바라보면서 뭔가 크게 잘못되고 있음을 알았다. 아, 정말 미현이는 그 짓을 사랑의 행위로 알고 있는 눈치였다. 나는 다시 표정을 고치고 여러 말로 미현을 안정시킨 뒤 집에서 일어나고 있는 일을 하나씩 캐물었다. 정말 놀라운 일이었다. 미현은 자기 아빠에게 그런 식의 애무를 한다고 했다. 그리고 그 행위는 섹스로까지 이어지고 있었다. 아, 부녀간에 어떻게 그런 일이 있을 수 있을까?

갑자기 전혀 예상하지 못했던 상황이 튀어나와서 진하는 잠시 노트를 책상 위에 놓았다. 지금 세상이 온통 성폭행 문제로 들끓고 있는데 그럼 이 사건도 그런 류인가 하는 느낌이 퍼뜩 들었다. 친엄마를 제쳐놓고 부녀가 한집에서 따로 생활하는 상황, 그리고 그 무기력하고 무표정하던 이경혜의 분위기를 좀 더 구체적으로 깨닫기 시작했다. 뭔가 엽기적인 상황에 이르지 않을까 하는 불안감 때문에 점점 마음이 불편했다.

미현이는 이미 일곱 살 때부터 자기 아빠로부터 그런 훈련을 받았다고 한다. 엄마가 외할아버지 간병 때문에 외갓집에 가던 날, 아빠는 미현을 이불 속으로 불러들였다고 한다. 좋아하는 사람들은 이렇게 만져주는 거라면서 아빠는 아직 밋밋한 미현의 젖꼭지를 비비기도 하고 잡아당기기도 하더니 손을 끌어다가 자신의 성기에 갖다 대더라고 한다. '아빠, 왜 그래, 응? 아빠.' 미현이 놀라서 소리치자 아빠는 얼굴과 몸을 쓰다듬어주면서 '괜찮아, 아빠가 널 너무 좋아해서 이러는 거니까.' 라면서 계속 손을 놀렸다고 한다. 그런데 처음에는 그랬지만 갈수록 미현이도 그 짓이 좋아지더라는 것이다. 날만 어두워지면 은근히 아빠의 그 손길이 기다려지기도 했단다. 뒤에 엄마가 다시 돌아왔어도 아빠는 자주 미현을 그렇게 잠자리로 불렀다고 한다. 그때마다 미현은 아빠의 성기를 손과 입으로 애무하는 기술을 하나씩 배웠다. 그리고 13살 되는 해, 미현에게 첫 생리가 있은 뒤, 아빠는 아예 엄마와 별거를 하고 본격적인 성교를 가르치기 시작했다. 나팔관까지 묶어놓고. 도대체, 이게 도대체 어떻게 된 노릇일까?

열아홉 살짜리 장미현의 왜소하고 어색한 몸매, 그리고 전혀 상황에 어울리지 않는 언행들의 원인이 바로 여기서 비롯된 듯했다. 오후 4시쯤부터 퍼붓기 시작하던 폭우가 잠시 소강상태를 보이고 있었다. 진하는 한참 동안 멍하니 창밖을 내다보다가 다시 노트로 시선을 옮겼다.

미현이 처한 상황을 하나씩 알게 되면서 나는 장기호라는 그 추악한 인간의 악행에 앞서 미현의 어머니를 도저히 이해할 수가 없었다. 자기 육신과 피를 나눠준 딸이 남편에게 성적 유린과 학대를 당한 것을 뻔히 알면서 이를 만류하지도 않고 그저 바라보고만 있었다고 한다. 뒷날 이 점을 지적하고 따지고 드는 내게 이렇게 말했다.

"도저히 어떻게 할 수가 없어요. 그 사람만 보면 주눅이 들고, 어떤 저항도 할 수가 없어요. 자기 뜻을 거역하면 내 앞으로 된 동구마을 집을 빼앗고 빈손으로 내쫓아버리겠다고 위협을 하는 바람에 꼼짝달싹할 수가 없었어요. 친정에는 늙은 부모님 외에 도움을 청할 만한 사람이 없어요."

이게 엄마로서 할 말일까? 장기호는 미현을 학교에 보내면서 아빠하고 있었던 일은 절대 남에게 말해서는 안 된다고 다짐을 시켰다고 한다. '학교 선생님이 알게 되면 아빠가 학생들 앞에서 두 사람이 밤에 어떤 일을 하는가를 말해야 한다. 그러면 아빠가 일하러 가지 못해 돈도 벌지 못하고 우린 굶어 죽게 된다. 때문에 다른 아이들도 그런 일을 친구에게 말하지 않는다.'고 입단속을 했다고 한다. 물론 미현이는 다른 친구들도 밤에 아빠하고 같은 일을 한다고 굳게 믿고 있었다. 고등학생이 되자 친구들이 자꾸 집에 놀러 오기 시작했는데 친구들이 집에서 자는 날에도 장기호는 딸의 친구들을 다른 방에 재우고 옆방에서 미현이와 밤새 그 짓을 할 때도 있었다고 한다. 친구들은 한없이 친절하게 구는 장기호를 보면서 아빠가 너무 딸을 사랑한다며 감탄을 했다고 한다. 그러나 친구 초대가 자주 반복되자 아빠는 딸에게 학교를 중퇴하고 집에서만 있게 했다. 이러한 사실을 알고 나서 처음 가졌던 연민이 세월이 갈수록 점차 묘한 감정으로 변하기 시작했다. 나는 밤마다 견딜 수 없는 분노로 잠을 이루지 못했다. 눈만 감으면 장기호와 미현이 벌거벗은 채 붙어있는 모습이 떠올랐다. 급기야 나는 미현이를 장기호의 손에서 구해낼 방법을 골똘히 생각하기 시작했다. 애를 데리고 남쪽 지방 어디로 가서 숨어 지낼 방법을 찾기도 해봤고, 어떨 땐, 더는 저런 수모를 당하지 못하게 미현을 죽여 버릴까 생각도 했다.

장기호의 감시가 시작되었다. 누가 나와 미현의 사이가 가까워지고 있다고 장기호에게 알려준 것 같았다. 외출했다 돌아올 때 장기호는 항상 마을 입구에서 다른 사람의 눈에 띄지 않도록 숨어서 집으로 가곤 했다. 혹시 내가 자기 집에 들어가 있거나, 미현이 내 집에 와 있는 현장을 잡으려는 시도인 것 같았다. 만일 그랬다면 그것을 빌미로 나를 동네에서 쫓아내든지 죽도록 때렸을지도 모른다. 그런 장기호의 경계와 위협에 늘 위기감을 느끼며 미현을 만나는 동안, 나는 미현을 저대로 두면 안 된다는 생각에 늘 휩싸인 채 살았다. 미현을 데리고 멀리 도망을 치는 문제는 그를 없애지 않는 한, 평생 쫓기며 살아야 하고 또 어머니 때문에 그럴 수도 없다. 다만 미현에게 지금까지 해오던 일을 그만두라고, 그것은 성적 노리개일 뿐 아빠가 딸을, 딸이 아빠를 사랑하는 행위가 아니라고 일깨워 주었다. 지금까지 장기호가 한 짓으로 미루어 어떤 보복이 따르겠지만 미현에게 옳고 그름을 깨닫게 해주고 싶었다.

도망도 못 가고, 경찰에 신고도 못 한다면 방법은 하나뿐이다. 스포츠용품점에서 테라밴드를 사놓고 팔운동을 시작했다. 사악한 놈, 나쁜 놈. 그런데 그럴수록 자유롭던 내 생활에 검은 그림자가 끼고 불안해진다. 비록 몸은 장애를 가졌으나 매사에 자신을 가지고 누구의 간섭도 받지 않았는데 왜 이렇게 되어버렸을까. 장기호를 묻을 구덩이까지 파놓고 기회를 기다렸고 그러다가 마음이 약해지면 직접적인 충돌은 피하고 싶기도 했다. 장기호와 부딪치면 결과가 어떻게 되는지를 지켜보면서 불안감은 눈덩이처럼 커졌다. 장기호! 그는 도대체 어떤 인간일까. 그의 집으로 찾아와 하소연도 하고 항의를 하는 사람들이 있었지만, 경찰은 한 번도 손을 대지 않았다.

미현이 반항을 시작한 모양인데 어쩐 일인지 장기호는 아직 별다른 제재를 가하지 않는다고 한다. 다행한 일이긴 해도 나는 점점 잠을 이룰 수가 없다. 뭔가 커다란 위해가 다가오는 것 같아 뜬눈으로 밤을 새우기도 한다. 죽여버려야지, 저 짐승 같은 놈을 내 손으로 죽여 버릴 테다.

사라진 용의자

글의 분량이나 문맥이 이어지지 않는 단락이 많고 군데군데 잉크 색이나 글자의 크기가 조금씩 다른 것으로 봐서 꽤 오랜 기간 작성한 듯했다. 형식은 일기체이지만 마지막 부분은 마치 누가 보라고 적은 것 같았으며, 어찌 보면 장미현의 비정상적 행태를 세밀하게 적어놓은 관찰기 같았다. 비로소 그들 모녀의 모호한 행동이 이해되었고 장기호에 대한 강선효의 증오심과 불안감도 새록새록 읽혔다.

다음 날 진하는 지금까지 확보한 증거와 상황을 수사과장에게 보고한 뒤 오전 11시쯤 경찰서를 나섰다. 강선효에 대한 전국적 지명수배 절차를 취하기 전에 우선 그의 모친이 입원하고 있는 동상읍의 신망애 요양원에 가볼 요량이었다. 노트 마지막 장에 그 병원 사무국장의 빳빳한 명함이 꽂혀 있는 것을 보면 짐작건대 장기호에 대한 살해계획을 세우면서 어머니를 요양원에 입원시킨 모양이었다.

한바탕 할퀴고 간 어제의 폭우로 시내 곳곳이 몸살을 앓고 있었다. 하수구 한쪽이 막힌 지하 주차장에서 겨우 차를 몰고 밖으로 나와 보니 거리는 침수로 인하여 난리였다. 아직 배수가 덜된 곳 주위에는 옷을 적신 보행자들이 자동차를 향해 삿대질하는 모습도 눈에 띄었다. 지난 밤 수도권과 북부지방에 내린 강수량이 80mm라고 하더니 많이 퍼붓긴 한 모양이었다. 들판에는 벼가 쓰러져 있는 논도 많았다. 진하는 건국 휴게소에서 송천 검문소 쪽으로 방향을 잡았다.

요양원을 방문한 후 그들 모녀로부터 몇 가지 더 확인할 것이 있었다. 강선효의 노트에 대한 사실 확인 작업과 그동안 장기호의 행적을 좀 더 캐고 싶었다. 그리고 강선효의 살해계획에 이들 모녀가 어느 정도 개입되었는지에 대하여도 조사가 이뤄져야 했다. 진하는 증거물의 우선순위와 검찰에 사건을 송치할 절차를 곰곰이 생각하며 송천 검문소와 육문교를 지났다. 누런 흙탕물로 변한 영탄강은 수량도 많았고 물살도 꽤 셌다. 다리 중간쯤에 들어서니, 마치 다리와 함께 자동차도 둥둥 떠내려가는 착시현상이 생겼다. 산과 계곡의 경사도에 따라 흘러내린 빗물의 속도에 차이는 있겠지만 일단 강의 원류와 합해지면서 유속은 가속도가 붙고 있었다.

요양원은 육문교에서 오솔길을 따라 4~5백 미터 거리인 강가에 있었다. 외벽을 하얗게 단장한 3층 건물인데 2층이 입원실이었다. 강선효 모친은 호적상 78세였는데 외모로는 호호백발 노파였다. 담당 간호사 말로는 가끔 엉뚱한 소리를 하지만 중증 치매환자치고는 정신이 멀쩡할 때가 많다고 일러주었다. 노파는 눈을 뜬 채 침대에 누워 천장을 바라보고 있었다.

"선효 친군데요."

역시 아들을 들먹이니 효과가 있었다. 누워있던 노파는 무료한데 잘 됐다는 표정을 지으며 일어나 앉았다.

"누구? 선효 친군데 왜 나는 모를까?"

진하를 물끄러미 쳐다보며 물었지만 처음 보는 사람에 대한 경계심은 없었다.

"죄송합니다. 어머니께 인사를 못 드렸어요."

"선효 친구치구 내가 모르는 아인 없다구 생각했는데……."

그러고 보니 발음이 정확하지 않고 이빨 사이로 말이 새는 듯했다.

"그래, 무슨 일인가?"

노파는 궁금한 게 많은 어린아이 같은 표정을 지었다.

"선효와 상의할 일이 있는데, 며칠째 연락이 잘되지 않아서요. 지금 선효 어디 있어요?"

"으응? 선효?"

그녀는 사방을 두리번거렸다.

"여기 있었는데……."

그렇게 중얼거리다가 무엇을 곰곰이 생각하는 듯하더니,

"집에 갔겠지 뭐. 올 거야. 금방."

그녀는 대수롭지 않은 듯 그렇게 말했다. 이 정도면 요양원 입원 후, 그들 모자간에는 며칠 보이지 않아도 별로 개의치 않았다는 말이 된다. 담당 간호사의 말로는 닷새 전 저녁 무렵에 다녀간 뒤 아직 오지 않았다고 했다. 장기호가 살해되던 전날이었다.

"친척은 없으세요?"

제적부에는 노파의 여동생 한 명이 있었었는데 그들 가족이 수원 인근에 살고 있다고 적혀 있었다.

"없어. 아무두……."

멍한 눈빛으로 그렇게 대답했다. 지금은 노파의 정신이 말짱했다. 생각과 감정을 금방 표정으로 나타냈다.

"평소에 친하게 지내는 사람은 없어요?"

"친한 사람? 있지. 막순네도 있고, 동길네도 있고……."

노파는 미소를 띠며 하나하나 이름을 댔다. 동네사람인 듯했다.

"미현이라고 아세요?"

"옆집 미현이? 그럼 알지. 내가 맛있는 거 많이 해줬지."

"미현이를 어떻게 생각하세요?"

"뭘 어떻게 생각해?"

"선효가 미현일 좋아했어요?"

"암, 좋아하구말구. 동생처럼 잘 따랐으니까. 싹싹하고."

"어머니는 미현이가 어떠세요?"

"좋지. 착하고 예쁘잖아."

"며느리로 맞고 싶으세요?"

"으응? 며느리…… 아직 어리잖아."

"미현이 아버지는 뭐라고 합니까?"

"그 사람? 미쳤어."

"왜 미쳤다고 생각하세요?"

"선효만 보면 잡아 먹을려구 그래. 때리기도 하구. 사람이 그러면 못쓰지. 자기 딸, 사람 만들어 주는 게 누군데…….

질문의 뜻을 금방 알아듣고 그에 대한 대답이 대체로 정확했다. 일부러 정신이 맑게 돌아온다는 낮에 방문했지만, 이 정도면 노파의 사리분별력은 멀쩡한 편이었다. 기저귀를 차고 소변 봉지를 달고 있지만 현 상태로는 증상이 그리 중하지 않았다. 어쨌든 노트에 적힌 내용처럼 강선효도 그의 어머니처럼 장미현에 대한 감정이 일정한 선을 넘지 않았음이 분명했다. 진하는 들고 간 보리빵과 요구르트 한 박스를 간병인에게 건네주고 병실을 나왔다. 아직 지명수배를 내리지 않았지만 강선효가 멀리 달아나지 않았다는 확신이 들었다. 스마트폰이 울리고 메시지 하나가 떴다.

'장기호 운구 국과수 출발'

진하는 시간을 확인했다. 2시 20분. 서울 신월동에 있는 서울과학수사연구소를 출발한 운구차가 도착하려면 아직 몇 시간의 여유는 있었다. 진하는 그들 모녀를 장례식장에 데려다주어야 할 것 같았다. 부검을 마친 장기호의 시신이 하루 늦게 반출된다는 말을 듣고 장례업자들을 수소문해두었으므로 지금쯤 장례식장에는 준비를 마쳤을 것이다. 이경혜에게도 오늘 시신을 인계한다고 전화를 했었다. 진하는 주차장으로 나오면서 낡은 기와집인 강선효의 집 전경을 떠올렸다. 마을 길은 택시가 들어갈 만큼 넓었고 시멘트 포장도 되어 있는데 왜 장기호는 입구에서 차를 내렸을까. 강선효는 노트에 장기호가 외출에서 돌아올 때 자기를 감시하기 위해서 자주 마을 입구에서 차를 내린다고 적었다. 그렇다면 그날도 강선효 때문에 그랬을까. 온종일 전화를 받지 않았던 딸이 강선효와 함께 있다고 의심했을까. 택시기사 홍연수도 그가 의처증이 있는 것처럼 보였다고 말했다. 그렇다면 집 앞까지 가서 대문을 탕탕 두들기며 소란을 피우는 대신 몰래 들어갔을 수도 있었다. 시신에 있어야 할 수첩 등이 집 신발장에 들어 있었던 것으로 보면 그럴 가능성도 있긴 하지만 그러나 장기호의 집을 수색한 결과 아니라는 결론을 내렸다. 그랬다면 범행현장은 마을 입구일 것이다. 택시요금을 계산할 때 미터기에 찍힌 시간은 밤 11시 47분이었고 부검에서 추정한 그의 사망시간은 24시 전후였기 때문이다. 오늘은 장기호의 장례식장에서 할 일도 있고 하루를 연기했던 김진영 순경도 만나야 하므로 시간이 없지만, 다시 한번 마을입구 부근을 살펴보기로 했다. 술에 만취했더라도 그냥 당하지는 않았을 것 같았다. 부근에 유류품이나 무슨 흔적이라도 있지 않을까 싶었다.

장례식장에서

오후 6시로 예정했던 운구차는 7시가 가까워서야 도착했다. 내부
순환도로에서 발생한 교통사고로 인한 정체가 원인이었다. 이경혜
와 장미현은 입던 옷 그대로였고 두 아들은 검은 양복차림이었다.
32살과 28살인 두 아들 역시 아버지를 여읜 자식들의 표정이 아니
었다. 장남은 결혼을 했다지만 그 가족은 보이지 않았고 모녀는 이
들과 따로 행동했다. 조문객이 하나씩 둘씩 나타나기 시작하자 진하
는 김진영 순경과 약속했던 삼겹살집으로 갔다.

김진영 순경은 사복차림이었다. 서로 악수를 하고 마주 보며 앉았
지만, 그의 얼굴표정은 굳어 있었다. 눈웃음 가득했던 며칠 전 낮의
모습과는 전혀 딴판이었다. 어떻게 보면 이 사람도 용의자 중 하나
였다.

"편하게 대하세요. 학교 선배처럼……."

삼겹살과 소주가 나오자 진하는 활짝 웃으며 술병을 들었다. 겸연

쩍게 미소를 지으며 잔을 받았으나 표정은 이내 굳어버렸다. 경찰관의 신분이니까 의심받는다는 게 더 부담스러울지 모른다. 고기가 익자 두 사람은 묵묵히 소주잔을 비웠다. 그러고 보니 어제와 오늘, 구내식당에서 먹은 점심 외에는 식사를 제대로 하지 못했다. 수사가 시작되면 늘 이런 식이었다. 어쩌다 사건 진행 도중에 팀이나 반 단위로 회식을 하는 때도 있지만 사건이 해결되지 않은 상태에서는 늘 판이 싱겁게 끝나곤 했다.

"김 순경은 그 시신이 장기호라는 걸 알고 있었지요?"

진하는 술기가 조금씩 오르자 질문을 시작했다. 같은 경찰이니까 공연히 에둘러 시간을 낭비할 필요는 없었다. 만일 혐의가 드러나면 그때는 달라지겠지만 지금은 사건의 전체 개요를 구성하기 위한 자료 수집에 집중해야 했다. 질문의 뜻을 생각하는지 잠시 동작을 멈추고 있던 김진영은 단호하게 대답했다.

"예. 그렇습니다."

"먹으면서 이야기합시다. 나는 전후 사정을 파악하고 싶어서 김 순경을 만나자고 한 것이니까…… 아버지가 김주현 씨지요?"

그는 농적자금 수령자 중에서 맨 마지막에 사망한 사람이었다. 3억 원의 지원금을 받았던 가장 고액의 수혜자였다.

"예. 아버지는 오래전부터 육우를 하셨어요. 동상읍 부근에 있는 5천 평의 목장에서 비육우 1백여 마리를 키우며 우리 가족은 경제적으로 그리 궁핍하지 않게 살았습니다."

김진영은 젊은 사람치고 소주를 잘 마시는 편이었다. 잔을 다루는 동작도 자연스러웠다. 단지 대화의 소재가 술좌석과 어울리지 않을 뿐이었다. 진하는 말없이 표정과 고갯짓으로만 대응하며 귀를 기울였다.

"아버지가 농적자금에 손을 대신 건 순전히 장기호의 부추김 때문이었어요. 2년 동안 사료를 먹여 키운 소가 송아짓값으로 추락하기도 했고 뚜렷한 원인을 찾지 못한 채 수소 몇 마리가 쓰러져 축산당국에서 조사가 나오기도 하는 등 약간의 시련이 있었는데 이때 장기호가 육우 대신 낙농을 권한 겁니다. 육우와 달리 낙농은 기복이 없는 데다 농적자금을 받아 체계를 잡으면 금방 생활이 안정된다고요. 평생을 육우만을 고집해온 아버지도 계속되는 솟값 폭락에 흔들릴수밖에 없었던 모양입니다. 첨단시설을 설치해야 대출이 된다는 장기호의 권유대로 네덜란드식 자동 착유 처리시설을 들여놓고 분뇨배출시설을 다시 하는 등 목장에 낙농을 위한 설비가 갖춰지기 시작했어요. 그때 저는 고등학생이어서 아버지를 도울 일이 별로 없었습니다."

어느새 밖은 완전히 어두워졌고 여기저기서 혀 꼬부라진 소리가 들려왔다. 실내는 담배연기로 자욱했다. 서너 모금씩 나눠 마시던 김진영의 잔 비우는 속도가 점차 빨라졌다. 진하는 두 병째 뚜껑을 따놓고 잘 익은 삼겹살을 그의 앞에 놓아 주었다.

"우선 1억 2천만 원짜리 착유 처리시설을 무이자 3년간 분할 납부 조건으로 설비를 마치자 무상 50%, 융자 50%의 조건으로 3억 원이 나왔습니다. 다른 사람들처럼 아버지도 이 돈이 모두 공짜라는 데 현혹이 되셨어요. 장기융자는 공짜나 다름없다고 생각한 것이지요. 약속대로 장기호에게 10% 몫을 떼어주고도 2억 7천만 원이 남았잖아요. 사업의 진척에 따라 추가 지원도 가능하다고 하니 다른 계약 조건에는 별로 주의를 기울이지 않았나 봐요. 상호보증이 얼마나 위험한지 당시에는 아무도 몰랐거든요. 낙농자금은 일반 농민보다 3배의 대출금이 나갔으므로 연대보증인이 3명이었어요. 다른 3명이 아버지의 대출금 보증을 서는 대신 아버지도 그 3명에 대한 연대보증인이 되셨어요. 위험부담이 증가할 수밖에 없었습니다. 애당초 잘못 출발하였으니 손가락 계산으론 어림없었어요. 농적자금의 조건만 따진다면 그런 파격적인 축산농가 지원책은 전에도 없었고 아마 앞으로도 없을 겁니다. 그렇지만 무지한 농민에게는 큰 함정이었습니다. 혼자 아무리 성실하게 이행해도 소용이 없었습니다. 연 1.5%의 싼 이자였지만 고정수입이 없는 농민들에게 월 44만 원의 대출 이자는 당초부터 버거운 짐이었거든요. 모두 공짜 돈에만 혈안이 되었지, 이런 계산을 해본 사람은 많지 않았을 겁니다. 처음에는 무상 지원금으로 이자를 감당했으나 차츰 한쪽이 허물어지기 시작했습니다. 돈 욕심 때문에 그 돈으로 딴짓을 하다가 빈털터리가 되기도 했고요. 아버지처럼 목장에 시설투자를 한 사람들도 당장 일정한 소득이 없으니 이자에 쫓기기는 마찬가지였습니다. 결국 자포자기 상태에서 사람들은 죽음이나 야반도주를 선택했습니다. 아버지가 연대보증을 섰던 사람 중 두 사람도 그랬습니다."

둘 다 꽤 술이 올랐지만, 아직 김진영의 발음은 괜찮은 편이었다. 진하는 담배를 피워 물었다. 군대에서 담배를 배웠고 기동대 근무할 때까지는 거의 하루에 한갑 이상을 피웠다. 그러나 담배는 스트레스가 많은 경찰업무에 득보다 실이 더 많았다. 물론 과음도 신체에 과

부하를 만들지만, 흡연으로 호흡기에 지장이 생기기 시작하면 우선 범인추적이 힘들었다. 진하는 무엇이든 최고를 지향하면서 우선 신체적 장애를 경계했으므로 감정과 행동은 자연 그렇게 통제가 되었다. 좌천의 와중에서 다시 담배를 피워 물은 김에 혐의자의 타액을 확보하기 위해서는 어쩔 수가 없었다. 진하가 한 대를 피워 물자 그도 따라서 담배를 피우기 시작했다.

"먼저 밥줄이었던 논과 밭을 처분했고, 결국 목장을 내놓았지만, 아버지 대출금과 연대보증을 섰던 두 사람의 빚을 합쳐 7억 원을 갚기에는 역부족이었습니다. 그렇게 고심을 하던 아버지는 제가 군에서 제대하던 해, 모든 재산을 경매로 넘기고 대장암으로 돌아가셨습니다. 여기저기 농민들을 연결해 주고 수수료를 챙겼던 장기호는 단한 번도 아버지에게 눈길을 돌리지 않았습니다. 누군가 변호사법 위반으로 고소를 했지만, 오히려 고소한 사람이 무고죄로 처벌을 받더군요. 지금이야 체념을 했지만 제가 경찰관이 된 것도 바로 장기호 같은 인간을 징벌하겠다는 객기가 원인이었습니다. 그런데 이곳에서 근무하는 1년 동안 저는 더 참담한 경험을 했습니다."

이제 서먹한 분위기는 모두 가셨다. 이쯤 되면 맨정신으로는 주저하던 말도 쉽게 하게 된다. 진하는 조용히 그의 다음 말을 기다렸다.

"불량배들이 장기호 집에 몰려와 행패를 부린다고 몇 차례 신고가 들어왔습니다. 그런데 출동해보면 가해자란 게 영탄강댐 보상금에 얽힌 피해자들이었습니다. 그들의 하소연을 듣고 장기호를 사기혐의로 상부에 보고를 해봐도 사건화가 되는듯하다가 결국 흐지부지 되었어요. 형사계 직원으로부터 서울 강남에서 활동하던 유 형사님이 합류한다는 말을 들었을 때 불만 반, 기대 반이었습니다. 너무 늦었다는 느낌의 한편에는 비록 죽었지만, 장기호의 소행과 뒷배경을 정확히 밝혀주었으면 좋겠다는 기대도 했습니다."

그럭저럭 두 사람은 소주 3병을 비웠다. 그러나 마시는 속도가 빨랐던 김진영이 훨씬 많이 취할 수밖에 없었다. 그는 비틀거리면서 2차를 가자고 졸랐다. 진하는 재떨이에서 그가 피웠던 담배꽁초를 몰래 집어 든 뒤 밖으로 나왔다.

"오늘 수사 뒷정리를 못 했어요. 언제 조용할 때 한 잔 더 합시다."

진하가 등을 두들기며 그렇게 말하자 그는 아쉬워하면서도 바로 체념했다. 그를 배웅한 뒤 진하는 다시 장례식장으로 향했다. 그런데 병원 건물 입구에서부터 분위기가 어수선했다. 고함 같기도 하고 뭔가를 부수는 소리 같기도 했다. 진하는 걸음을 빨리했다. 장기호의 빈소였다.

"개 같은 놈. 개 같은 새끼. 내 돈 내놔. 피 같은 내 돈, 내 돈 내놓으란 말이야!"

마흔쯤 되었을까. 술에 잔뜩 취한 사내 하나가 몽둥이를 휘두르며 닥치는 대로 박살을 내고 있었다. 그의 고함은 절규였다. 제단은 그가 휘두른 몽둥이로 무너졌고 장기호의 영정사진도 깨지고 찢겨 형체를 알아보기 어려웠다. 그러잖아도 몇 명의 조문객만 얼쩡거리고 있던 빈소가 불청객의 난동 때문에 더욱 을씨년스러웠다. 상주들은 이미 자리를 피하고 없었다. 혹시 종종 보도되던 초상집 폭력배 사건이 아닌가 싶어 긴장하며 주위를 살폈지만 그럴 만한 세력은 없어 보였다. 일단 집단행패 사건이 아니라고 판단한 진하는 우선 난동을 부리고 있는 사내에게 달려들어 몽둥이를 빼앗고 바닥에 쓰러 뜨린 후 수갑을 채웠다. 사내는 계속 악을 쓰며 욕설을 퍼부었다. 진하는 무릎으로 가슴을 누르면서 재빨리 그의 몸을 수색했다. 혹시 칼 같은 무기를 지녔다면 이런 상황에서 큰 사고로 이어지게 된다. 그러나 그의 소지품은 안주머니에서 나온 조그만 수첩뿐이었다. 수첩 안에는 깨알 같은 글씨가 가득 적힌 주소록과 운전면허증이 나왔다. 구자길. 이름이 눈에 익었다. 진하는 즉시 신원조회를 신청했지만, 전과는 없었다. 빈소에서 소란을 피우도록 둘 수가 없어서 그를 비어있는 옆방으로 데려가는데 신고가 들어갔는지 인근 파출소에서 순경 2명이 달려왔다. 그들에게 신병을 인계하면서 내일 아침, 술이 깨면 본서 강력3팀으로 데려다 달라고 부탁했다.

소동이 가라앉은 뒤 관리직원들이 나와서 제단을 수리하는 동안 진하는 장례식장 안팎을 샅샅이 살폈지만 별다른 변화는 없었다. 장기호에게 원한을 가지고 있는 사람은 속속 드러나고 있는데 아직 확연히 눈에 띄는 대상은 없었다. 게다가 미심쩍은 가족들의 행동은 더욱 혼란을 부추겼다. 이경혜와 장미현은 아예 상주 휴게실에 들어앉아 밖을 내다보지도 않았고 강선효로 짐작되는 다리 저는 남자의 접근도 없었다. 술 취한 사내가 휘두르는 몽둥이에 쫓겨 밖으로 피신했던 장기호의 아들들에게도 전혀 긴장감이 없었다. 사람들의 입을 통해 부음이 전해졌는지 텅 비었던 빈소가 조금씩 소란스러워졌다. 자정 무렵 한북지방검찰청 주민위원장인 윤경석이 두 사람을 데리고 나타났다. 그는 그저께 처음 만났던 진하를 오랜 지기인 듯 활짝 웃으며 일행에게 소개했다. 두 사람은 같은 소속의 위원들이었다. 그들이 조문을 마치고 접객실에 자리를 잡자 젊은 여자가 소주와 마른안주, 그리고 육개장을 내놓았다. 각각 넓이가 다른 4개의 빈소 중 이곳은 가장 작아서 접객실에서 분향하는 제단이 훤히 보였다.

"장 총무의 큰아들에게 대충 들었습니다만, 미리 알았으면 위원들 소집이라도 했을 텐데……."

윤경석은 뭔가 불만이 있다는 투로 말했다. 큰아들이 연락했다? 장미현이나 이경혜도 이 사람을 모르던데 아들은 어떻게 알았을까?

"장기호 씨 아들을 아세요?"

"아니요. 오늘 처음 봤어요. 아버지 수첩을 보고 전화를 했다고 하더군요."

"수첩이요?"

"예. 아주 꼼꼼하게 사람들의 연락처를 적어놓은 수첩입니다. 처음 만나는 사람도 기어코 연락처를 물어서 정리하곤 했어요. 그 양반이 늘 가지고 다니던 그 수첩에……. 위원회 회계정리도 그것을 보고 하던걸요."

그렇다면 장기호의 수첩은 마지막까지 지니고 있었던 물건이 아닌가. 어제 수색현장에서 없었던 수첩을 큰아들이 갖고 있었다?

"그렇게 완벽한 사람도 적이 있는지 원……."

윤경석은 제단에 놓인 장기호의 영정사진을 흘깃 바라보며 말했다. 난동의 흔적은 말끔히 복구되어 있었다.

"평이 좋았던 모양이군요."

"좋은 정도가 아니었지요. 총무 일이 천직이었어요. 지난 5년 동안 나무랄 데가 없었던 일등 총무였어요. 그 사람만큼 지역사회에 봉사하고 희생정신이 투철한 사람은 없을걸요. 검사장과 법무부장관 표창도 받았어요. 또 위원 상호 간 친목은 어떻고요. 아마 이 밤이 새기 전에 한 사람도 빠짐없이 조문할 겁니다."

이거야말로 극과 극이었다. 난장판이 되었던 자리에서 이런 상찬이 나올 거라고는 생각하지도 못했다. 사람마다 이중성은 있지만……. 진하는 씁쓸한 기분으로 자리에서 일어섰다. 앞으로 계속 다른 위원들이 합석할 때마다 어색한 인사를 나누고 싶지 않았다. 진하는 그곳을 물러 나와 장남에게 갔다. 아버지와 달리 체격이 큰 편이었고 인상도 그리 날카롭지 않았다. 그는 들고 있던 수첩을 순순히 내밀었다. 아까 미현이가 줬어요. 출처를 묻는 진하에게 그는 대수롭지 않은 듯 그렇게 말했다. 진하는 수첩을 비닐봉지로 감싼 뒤 들고 있던 손가방에 넣었다. 누군가로부터 희롱을 당하고 있는 것 같아 불쑥 화가 치밀었다. 피해자가 사망 당시 소지하고 있었던 물건들이 이런 식으로 나돌아다니다니……. 진하는 수색현장에서 나온 지갑과 마찬가지로 이 수첩 역시 수사를 제대로 하지 못한 자신의 잘못인 것 같아 자책감도 들어 망연히 들고나는 사람들을 지켜보다가 바로 숙소로 돌아가 깊은 잠에 빠져들었다. 이틀 만의 숙면이었다.

습관은 어쩔 수 없었다. 자정을 훨씬 넘어서 잠자리에 들었는데 어김없이 여섯 시에 잠이 깼다. 잠을 잔 시간은 부족했으나 숙면이어선지 개운했다. 진하는 늘 하던 대로 유도장에 가서 30분간 몸을 푼 뒤 구내식당에서 아침식사를 하고 사무실로 올라갔다. 읍내 파출소 순경이 어제 장례식장에서 난동을 부렸던 구자길과 함께 기다리고 있었다.

"해장은 했습니까?"

진하는 구자길과 순경을 번갈아 보며 물었다. 이렇게 밝은 때 보니 그냥 순박한 노동자였다.

"어휴. 밤늦도록 울고 고함치고…… 얼마나 소란스럽게 구는지 혼났습니다."

지연구라는 순경은 새벽에 해장국을 먹었다며 좀 과장된 표정으로 연행 후의 상황을 간단히 들려주었다. 진하는 장기호의 외장 하드디스크에서 인쇄해 놓았던 계약서에서 구자길 부분을 찾아냈다.

"그래, 무슨 일로 남의 초상집을 그렇게 뒤집어 놓았습니까?"

진하는 구자길에게 담배를 권하면서 물었다. 재물손괴죄나 자칫 업무방해죄에도 해당될 수 있으나 우선 이 사건과 관련된 조사만 하기로 했다.

"미안하게 됐습니다."

그는 두통 때문인지 담배를 한 모금 빨더니 미간을 찌푸리면서 재떨이에 비벼 꺼버렸다.

"어쩌다 그런 악질을 만나게 되었는지 모르겠어요."

구자길은 잠시 창 쪽을 바라보며 심호흡을 몇 번 했다. 그의 눈빛을 보면 이미 삶을 포기한 사람 같았다. 진하는 참을성 있게 기다렸다. 2분쯤 지났을까.

"사실 내 욕심이 문제지 남 나무랄 거 뭐 있겠어요. 땅 한 뙈기 없이 십 년이나 남의 일 거들면서 정말 악착같이 돈을 모았습니다. 농

한기에는 도시 공사장에서 막일을 했고요. 노가다가 농사일보다 일당이 셌지만 여기서 자리를 잡고 싶어 농사가 시작될 때는 반드시 돌아와 일을 배웠어요. 비록 마흔이 넘도록 장가를 못 갔으나 내 논밭에서 쌀도 거두고 오이, 고추도 거두게 되면 가정도 가질 수 있잖을까 하는 희망이 있었고요."

말투는 데면데면했지만, 내용이 구체적이었다. 그는 주춤거리다 책상 위에 놓인 담배를 다시 꺼내 물고 불을 붙였다.

"그럭저럭 한 5천쯤 모았을 때였어요. 장 회장이 일터로 찾아왔어요. 내 억척스러움이 사람들 입을 통해 전해졌나 봐요. 저녁을 먹자고 식당으로 데리고 가서 술도 시켰어요. '너 그런 식으로 해서 언제 돈 벌어 장가가고 집 장만할래?' 하고 물었어요. 뭔 말이냐고 했더니 내가 하도 착실하다고 소문이 나서 돈벌이 좀 시켜주려고 왔다더군요. 마을 발전을 위해서라도 열심히 일하는 사람에게 기회가 많이 가야 하지 않겠냐면서요."

진하는 서랍에서 그의 계약서를 꺼냈다. 주소를 검색해 봤더니 건지천 부근 영탄강 뒤편이었다. 역시 수몰지역이었다.

"이걸 사라고 했어요?"

진하가 계약서와 토지 일대의 사진을 보여주며 물었다.

"어떻게 아세요? 맞아요. 이곳이 곧 수몰이 되는데 거액의 보상이 나온댔어요. 벌통 하나에 3백만 원, 유실수 한 주에 3십만 원, 고급 정원수, 장미 같은 화훼작물은 주당 십만 원, 상황버섯 재배용 비닐하우스 한 동에 3천만 원, 컨테이너 박스 2천만 원. 그렇게 보상이 나온댔어요. 그러면서 벌통 오십 개, 상황버섯 재배용 비닐하우스

두 동, 컨테이너 박스 한 동, 유실수 삼십 주, 장미와 정원수 백 주, 모두 합하면 2억4천9백만 원이 나오는 데 그걸 5천만 원에 주겠다는 거였어요. 정말 구미가 당기기는 합디다. 그러나 한편으론 의심이 들어 그런 걸 왜 저한테 주느냐고 물었더니, 자기는 다른 데 농지가 많이 있고 따로 보상받을 게 많아 자기 이름으로 하면 제대로 보상이 나오지 않는다고 했어요. 땅 주인은 따로 보상이 나오니까 그 위에 있는 건 점유자 몫이라면서 자기가 책임지고 보상을 받도록 해주겠다고 했어요. 그 집 농사일을 해본 적이 있어서 그 사람이 꽤 부자라는 건 알고 있는 터여서 못 이긴 척 응했습니다. 그런데……."

구자길의 표정이 잔뜩 일그러졌다. 그는 다시 창 쪽으로 시선을 돌렸다. 진하도 무심결에 그의 눈빛을 따라 밖을 내다봤다. 창밖 하늘은 구름이 많은 편이지만 대기는 깨끗했다.

"그래. 보상은 얼마나 나왔어요?"

너무 뜸을 들이고 있는 것 같아서 대답을 재촉했다. 구자길은 울상을 하며 피식 웃었다.

"물건이 있는 대로 보상이 나오는 게 아니라 어느 시점에서 항공사진에 찍혀있는 것만 준다는데 그것도 장 회장이 말한 건 얼토당토않았어요. 상황버섯인가 뭔가 키운다는 비닐하우스는 겨우 2백만 원이 나왔고, 나무들도 한 주에 3만 원이 고작이었어요. 벌통이나 컨테이너 박스는 항공사진에 안 나와 보상이 없더군요. 보상금 다 모아 봐도 3백만 원이 채 안 됐어요."

"그래서 어떻게 했어요?"

"내 돈 내놓으라고 했지요. 그 돈이 어떤 돈인데요. 먹을 것 안 먹고, 손 부르터가며 뼈 빠지게 일해서 모은 돈이잖아요."

"그랬더니요?"

"그 썩을 인간이…… 안 준다는 소리는 않는데, 차일피일한 게 벌써 2년이 지났어요. 정말 지독한 인간이었어요. 말끝마다 그런 보상이 어디 있냐면서 자기가 알아보겠다고 그러더니, 저렇게 죽어버렸어요. 천벌을 받아 뒈진 건 알겠는데 내 돈은요? 피땀으로 모았던 내 돈은 어디서 찾는답니까?"

비통하다 못해 창자가 끊기는 듯한 그의 하소연을 듣고 있노라니 은근히 화가 치밀었다. 도대체 어쩌자고 이런 돈까지 가로챘을까.

"아무리 그렇더라도 남의 장례식장을 때려 부수면 어떻게 해요? 그 가족들에게 무슨 죄가 있다고……."

"죄송해요. 너무 취해서 뭐가 뭔지 잘 모르겠어요."

모든 일에는 정상참작이란 과정이 있지만 이건 정도가 좀 심했다. 진하는 A4 용지 1장과 볼펜을 꺼내 구자길에게 자술서를 쓰게 했다. 형사계에 넘기더라도 동기 참작이 되도록 해주고 싶었다. 지금까지 말한 건 대충 적고, 무슨 마음으로 술을 먹었고, 어떤 상태로 장례식장에서 그런 실수를 했는지도 쓰세요. 쓰는 요령과 길이, 범위를 구체적으로 알려주고 진하는 밖으로 나왔다.

모녀의 진술

가장을 잃고 방금 장지에서 돌아온 사람들 같지 않게 두 모녀의 움직임은 활발하고 표정도 밝았다. 결국 그들 모녀가 풍겼던 음울하고 어색했던 분위기는 장기호가 원인인 셈이었다. 장기호가 사망했다는 사실을 안 이후 장미현은 북구마을의 집에는 가지 않고 엄마 곁에서 지냈다고 했다. 세 사람은 경찰서 구내식당에서 점심식사를 마친 뒤 조사실 뒤에 있는 별실에서 마주 앉았다. 강선효가 작성한 노트의 내용을 확인하기 위해서였다.

"사실대로 대답해주면 좋겠지만, 거북하다든지 남에게 알리고 싶지 않으면 그냥 있어도 됩니다."

만일 강선효가 범인으로 확인이 되면 장미현도 관련되었을 가능성이 있으므로 묵비권의 기회를 주기 위함이었다. 두 사람은 무슨 말인지 알아들었다고 고개를 끄덕였다. 진하는 두 사람의 인적사항을 확인한 뒤 본격적으로 참고인 신문을 시작했다.

"먼저 이경혜 씨에게 묻겠습니다. 장기호 씨를 언제 어디서 처음 만났습니까?"

이경혜는 잠시 머뭇거리는 듯하더니 입을 열었다.

"제 부모님이 하반신 불구자여서 어릴 때부터 정부지원금으로 생활했어요. 어려운 집안 형편 때문에 중학교만 마치고 식당에서 일하게 됐지요. 거기서 일한 지 4년쯤 됐을 때 장기호 씨가 그 근처에 '올인'이라는 술집을 냈는데 같이 일을 하자더군요. 봉급을 많이 주겠다면서. 한참 망설이다가 자리를 옮겼지요. 집에 빚도 많아 힘들 때였어요."

"알던 사이였나요?"

"아뇨. 일하던 식당이 동네에서 유명한 곰탕 전문점이었는데 장기호 씨가 자주 들러 식사를 했어요. 그때 처음 알게 됐어요."

"봉급을 많이 주던가요?"

"식당 종업원 수입보다 훨씬 많았죠. 하는 일이 다른 데요. 뭐."

중학교를 졸업하면 16세쯤 되는데 그 후 4년이 지났다면 이경혜는 20세 무렵 장기호의 술집으로 옮겨간 셈이었다.

"그럼 따님은?"

진하는 장미현을 흘깃 바라보며 물었다. 강선효가 적어놓은 노트의 내용을 보면 장미현은 장기호를 친아버지로 알고 있었다. 가장의 죽음 앞에서 모녀간에 어떤 대화가 오갔는지는 모르나 이경혜는 친엄마로서 지금까지 딸을 방치해 놓은 셈이었다. 딸 앞에서 정확한 대답을 기대하기 어려울 것 같아서 진하는 장미현을 잠시 다른 방에 가 있도록 했다. 이경혜는 한참 뜸을 들인 후 다시 말을 시작했다.

"참 부끄러운 이야깁니다만, 수사에 도움이 된다면 말씀을 드리지요. '올인'은 술과 안줏값이 비싼 대신 합석했던 애들에게 손님과 2차를 나가게 했어요. 종업원을 고용할 때 그런 조건을 달았고, 또 그런 애들만 모였어요. 그런데 장기호 씨가 제겐 내부 시중만 들게 했어요. 게다가 다른 애들이 2차 나간 수입 못지않게 봉급을 주더군요. 나로선 마다할 이유가 없었지요. 그런데 술집에서 일한 지 1년쯤 되었을 거예요. 하루는 아주 중요한 거래가 있다면서 한 번만 손님을 모셔달라고 부탁하더군요. 다른 아가씨들 눈치가 보여서 준비는 하고 있었어요. 누구라고 말하진 않았으나 상당히 높은 사람이라고 했어요. 금요일 저녁부터 일요일 저녁 늦게까지 접대를 했습니다. 그때 임신이 되었어요. 나는 아이를 지우고 싶었는데 장기호 씨가 반대했어요. 5개월쯤부터 일을 쉬고 따로 방을 얻어 지내면서 출산했어요. 그 아이가 미현이에요."

일단 입을 열기 시작하자 이경혜는 쓴웃음을 지으며 별로 머뭇거리지도 않았다.

"자주 오던 고객이었던 모양이지요?"

"아뇨. 처음 보는 사람이었어요."

"나이가 들어 보이던가요?"

"젊은 분이었어요. 서른도 채 되지 않아 보였어요."

"어디서 일한다는 말은 하지 않던가요?"

"그런 말은 없었고 장기호가 굽실대는 걸 보면 높은 사람이었던가봐요. 잘 기억나지 않지만, 그 사람이 무슨 말을 물으면 어떻게 대답하라고 자세하게 일러주었어요. 그냥 많은 돈을 뿌리고 가는 그런 부류는 아닌 것 같았어요.”

임신이 되었기 때문에 20년 전의 상황을 구체적으로 기억하고 있
는 듯했다. 진하는 서랍에서 사진 한 장을 꺼냈다.

“이 술집인가요?”

‘살롱 올인’이라는 간판 아래에서 장기호와 이경혜가 나란히 서서
찍은 사진이었다. 외장하드에 들어 있던 수백 장 중에 끼어있던 것
이었다. 들여다보던 이경혜가 싱긋 웃었다.

“이게 아직 남아 있었네.”

앳된 자기 모습이 신기한 듯했다.

“24살 때 장기호 씨와 혼인신고를 했더군요.”

“아마 처음부터 그럴 계획이었나 봐요. 아이와 함께 생활할 공간
이 만들어지자 장기호 씨는 당연한 듯 성관계를 요구하더군요. 그
곳에서 정도 이상으로 받았던 돈으로 친정의 생활비와 부모님 병원
비를 대고 있었으니 거절할 수도 없었어요. 3년 후 부인이 사망하자
혼인신고를 했어요. 미현이도 자기 딸로 올리고요.”

“그럼 따님도 그 사실을 알고 있었어요?”

“말할 기회도 없었고……”

“장기호 씨가 말하지 말라고 했겠죠?”

“……”

“언제 알았어요? 부녀간에 일어난 일은…….”

참 묻기 어려운 질문이었다. 계부가 어린 딸의 성을 유린해 온 정
황도 그랬지만 그것을 방치한 친모의 심경을 어떻게 설명할까.

“……”

강선효의 노트에도 이경혜의 변명이 간단하게 적혀 있었다. 수사의 종결을 위해 어차피 확인해야 할 내용이었다.

"자존심 상하겠지만 이젠 모두 끝났잖습니까? 주변을 정리하는 의미에서 솔직히 알려주시면 도움이 되겠습니다."

억지로 입을 열게 할 수는 없겠다고 여겼는데 의외로 반응이 빨랐다.

"첨부터…… 미현이가 말해줘서 처음부터 알고 있었어요."

힘들어하는 기색이었고 그녀의 눈빛이 처연했다.

"말릴 수는 없었나요?"

"……."

그녀가 병원에 입원한 아버지의 간병을 위해 집을 비웠던 시기에 일이 벌어졌다는 사실은 노트에 비교적 상세하게 적혀 있었다.

"당시 성교통이 심해 잠자리에서 다툼이 잦았어요. 질염인 줄 모르고 성병에 감염된 줄 알았던 거죠. 그럴 때 아버지가 대장암으로 수술을 하게 되어 한 보름쯤 다녀왔는데 그새 애한테 못된 짓을 했더군요."

"그냥 뒀어요?"

"그런 상황에서 가만히 있을 사람이 어디 있겠어요. 고함을 지르고 악을 쓰고 고소하겠다고 날뛰기도 했죠."

"그런데도 계속했어요?"

"그냥 계속할 정도가 아니라 처음엔 죽여 버리겠다고 칼을 들이대더니 결국 친정에 대한 지원을 끊어버리겠다고 위협을 했어요. 맥이 풀렸어요. 돌아가실 때까지 부모님 생활비 문제는 가장 만만한 약점

일 수밖에 없었어요. 누군들 자식이 험한 꼴 당하는 걸 보고도 모른 척할 수 있겠습니까? 그러다가 말겠거니 하고 가슴만 태우고 있었는데 갈수록 노골적이더군요. 병원에서는 이상이 없다고 하는데 미현에 대한 문제가 겹쳐 신경을 쓰다 보니 성교통은 점점 심해져 성 불능 상태가 됐고요."

그녀의 감정이 점차 격해져 진하는 잠시 뜸을 들였다. 지체 장애인으로 생활 능력이 없는 친정 부모 외에는 대외적으로 친분관계가 거의 없었던 그녀였다. 어떤 생각을 하며 살았을까. 강선효의 노트에는 이런 내용이 전혀 없었다. 그녀는 한참 만에 다시 입을 열었다.

"외관상으로는 멀쩡했지만 그인 변태였어요. 나가서 몸을 풀고 오라고 해도 들은 척도 하지 않고 내가 아파할수록 더욱 강압적으로 성행위를 했어요. 그런 증상은 부부가 함께 치료해야 한다고 하던데…… 결국 기회를 놓치고 나는 3년 만에 성불능자가 되고 말았습니다."

"헤어질 생각은 안 해보셨어요?"

성 불만으로 인해 가정이 파탄 나는 경우가 흔한 세상인데도 이들 부부는 그 후 10년 이상을 버텨온 셈이었다.

"나로선 어쩔 수가 없었어요. 미현일 생각하면 금방이라도 결판을 내고 싶었지만, 친정 부모님 때문에 죽을 수도 없었지요. 게다가 이혼은 입 밖에 내지도 못하게 했어요. 친정아버지는 그 뒤 3년쯤 앓다가 돌아가셨어요."

선택의 여지라는 문제가 아니라 장기호의 강압적인 최면에 빠져 있었던 것이 아닐까.

"결국 북구마을의 주택은 미현 씨와 함께 살기 위해 지은 것이군요."

진하는 그 집 침실의 정경을 떠올리며 물었다. 순간 그녀는 입술을 실룩이더니 길게 한숨을 내 쉬었다.

"그때 뭔가 끝장을 냈어야 했는데…… 지금 살고 있는 집과 논 천 평으로 입막음을 했어요. 엄마로서 참 한심하고 처참했지만 정말 어쩔 수가 없었어요. 아직 몸이 제대로 자라지도 못한 아이의 나팔관을 묶어버린 사실을 알았을 때도, 밤새 잠 한숨 잘 틈이 없이 그 짓을 했다는 아이의 하소연을 들었을 때도 며칠 동안 통곡을 하면서 그냥 속으로 삭였지요. 나쁜 인간…… 천벌을 받은 거예요."

장기호에 대한 이경혜의 증오심이 어느 정도인지 짐작만 될 뿐 진하의 눈에는 무기력한 모녀의 모습만 보였다. 이런 감정이 수사에 방해만 될 뿐인데…… 화제를 조금 돌려 보았다.

"언제 강선효 씨를 처음 만났습니까?"

"한 1년쯤 됐어요. 미현이가 집으로 데려왔어요."

1년. 강선효가 노트에 적어놓은 글에 의하면 눈인사만 하고 지내던 두 사람이 가까워진 것이 3년 전이라고 했는데 아마 둘이서 함께 나들이를 시작할 때쯤이 아니었을까 싶었다.

"그 사람도 따님 일을 알고 있는 것 같던데요?"

"웬만한 건 미현이 다 말했을 거예요."

"물론 친아빠가 아니라는 사실은 몰랐겠지요?"

"그럴 거예요. 미현이도 모르고 있었으니까요. 아빠가 딸을 겁탈한다는 사실을 알면 놀라지 않을 사람이 없겠지만 강선효 씨는 정도가 심했어요. 말리지 않은 엄마가 더 나쁘다면서 얼마나 닦달하는지…… 금방 무슨 일이 벌어지는 줄 알았어요."

"무슨 일이라면?"

"그건 사람이 아니라고, 짐승보다 못한 짓이라면서 없애버려야 한다고 펄펄 뛰었어요. 당장 칼을 들고 달려갈 기세였어요. 처음 만난 자리에서 그런 수모를 당한 내 처지도 그랬지만 당장 밖으로 새어나갈까 봐 가슴을 많이 졸였어요. 피치 못할 사정이었다고 설명을 하자 약간 수그러들긴 했으나 무슨 말로 설득할 수 있겠어요. 그런 일을……."

마치 당시 상황을 설명하듯 그녀의 표정이 자주 일그러졌다.

"구체적으로 무슨 준비를 하던가요?"

"그건 모르겠어요. 그날 난리법석을 떨었던 기세로 봐서 무슨 일이든 저지를 것 같았는데 그 후론 조용했거든요. 집에도 오지 않았고. 미현이 말로는 아빠를 벼르고 있다면서, 가만두지 않겠다고, 기회만 잡으면 죽여 버리겠다고 하더래요."

"사람을, 그것도 남편을 죽이겠다는데 만류하지 않았어요?"

"남편이라고요? 내가 그런 사람을 남편으로 여겼겠어요? 이런 말하면 잡혀갈까요? 저런 사람은 교통사고도 당하지 않는가, 수십 번도 더 생각했고, 정말 그 사람이 무슨 짓이든 해줬으면 싶었지요. 말리기는요. 장기호를 죽이는 데 필요하다면 무엇이든 구해주고 돕고 싶었어요."

언젠가 요커셔테리어 종이 진돗개에게 대드는 광경을 본 적이 있었다. 길을 잃었는지 털이 엉켜 외양이 말이 아니었는데, 몸집으로

도 진돗개의 상대가 전혀 아니었는데 몸을 웅크리고 달려드는 그 눈빛의 살기는 대단했다. 결국 진돗개가 슬그머니 돌아서 버렸다. 지금 이경혜가 꼭 그 요커를 닮았다는 생각이 들었다.

"어떻게 생각하세요? 강선효 씨가 남편을 죽인 것 같지요?"

진하는 일부러 직설적으로 물었다. 그런 생각이었다면 어떤 식으로든 관여하지 않았을까.

"글쎄요. 어떻게 대답해야 하나요? 단지 죽일 생각만 했는지도 모르는데……."

뭔가 결판을 낼 기세였으나 금방 풀이 죽어 버렸다.

"이경혜 씨의 느낌을 물어본 겁니다. 뭐 특별하게 하고 싶은 말은 없습니까?"

그녀는 가만히 고개를 흔들었다. 살인사건 피해자의 가족이 아니라 여전히 아무 연고가 없는 참고인 진술일 뿐이었다. 그런데 그때 전혀 뜻밖의 생각이 들었다.

"혹시 그 뒤 미현 씨의 친부를 만난 적이 있나요?"

장기호는 왜 아이를 낳게 했을까. 그리고 그 아이를 자신의 호적에 친딸로 올린 일도 범상치는 않았다.

"아뇨. 물어보지도 않았지만, 그 뒤 그 사람에 대해선 전혀 말하지 않았어요."

"궁금하지 않았어요?"

"그때나 지금이나 나는 그 사람 생각대로 움직이는 꼭두각시였어요. 궁금하다고 뭘 묻고 말할 처지가 아니었지요."

결국 이런 상황들이 모여 오늘의 미현을 만들어냈다. 그녀의 이러한 진술은 그들 가족관계의 실상을 정리하는 자료나 사건을 종합적으로 판단하는 참고로 활용하면 좋을 것 같았다. 더는 묻고 싶지 않았다. 용의자나 범죄 혐의자의 처지를 동정하는 순간 진실은 꼬리를 감춘다. 수사관이 가장 경계해야 할 점이었다. 그러나 지금은 그것조차 피하고 싶었다. 강선효는 잠적했는데 피해자의 처는 빈껍데기였다. 딸의 진술에는 뭔가 나올 것인가. 진하는 다른 방에 가 있는 장미현을 불러들였다. 막 도착했을 때와는 달리 얼굴이 창백했다. 확실히 경찰서가 사람들을 주눅 들게 하는 곳임에는 틀림이 없었다. 세상물정에 어두운 이 여자아이도 20여 분 혼자 텅 빈 사무실에 앉아 자신도 모르게 정신적 공황상태에 빠져들고 있었는지 모른다. 우선 안정을 시키기 위해서 신상에 관한 질문을 간단히 했다.

"혼자 있으면서 무슨 생각을 했어요?"

"……."

이경혜가 다가가 어깨를 감싸 안자 미현은 '흐으윽'하며 가벼운 신음을 내뱉었다. 진하는 휴게실에서 따뜻한 보리차 두 잔을 가져와 모녀에게 주었다. 어쨌든 가장의 장례를 치르느라 많이 지쳐있는 사람들이었다. 강선효의 행방을 찾아내고 이들의 관련성도 파악하는 절차지만 안쓰러운 마음은 어쩔 수 없었다. 미현은 오래잖아 기운을 회복했다. 진하는 우선 노트의 첫 장을 펼쳐 그녀 앞에 놓아 주었다.

"이걸 읽어 보고 사실과 다른 내용이 있으면 말해줘요."

부녀간에 이뤄진 성행위를 구체적으로 묻는 게 적절하지 않아 보였고, 이 수사는 패륜을 밝혀낼 목적이 아니라 장기호를 살해한 범인을 찾기 위함이었다. 따라서 이경혜의 진술을 참고하면서 미현을

통해 강선효가 지적해놓은 내용만 제대로 확인한다면 일단 보충자
료는 구비된 셈이었다. 진하는 각 단계에서 강선효가 범인이 아닐
경우도 예상하여 시료와 자료의 현상이 전체적인 결론과 모순이 없
도록 주의했다. 사건이 종결된 후에도 미진했던 일부분에서 엉뚱한
사태로 번지는 경우가 없지 않았다. 그래서 진하는 수사 도중 늘 선
입견을 경계했다.

"이거 아저씨가 쓴 거예요?"

집중하지 못하고 산만해 보였던 미현은 오랫동안 노트를 앞뒤로
뒤적이며 겨우 마지막 장까지 읽어내더니 그렇게 물었다.

"왜? 이상해요?"

진하는 컴퓨터에서 노트의 내용에 따라 미리 작성해 놓은 진술서
를 클릭하면서 물었다.

"그런 게 아니라 내가 모르는 것도 있어서요."

"어떤 거요. 어떤 부분이 그렇지요?"

"나하고 어디로 도망간다든지, 아빠를 어떻게 죽이겠다는 말은 하
지 않았어요. 그냥 '조금만 참아라. 내가 알아서 할게.' 그랬어요."

글 속에서 대충 파악한 강선효의 성향으로 보면 판단력이나 행동
이 미숙한 미현에게 범행 계획을 세세하게 털어놓았을 리는 없었다.
결국 이 글은 어떤 용도로 쓰인 자술서가 아닐까 싶기도 했다. 누구
에게 알리고 싶었을까. 쉽게 발견될 수 있는 책상서랍에 이 노트를
보관했던 점을 고려한다면 범행이 발각될 우려보다는 최악의 경우
에 자신의 행동을 정당화하고 싶어서 쓴 글일 수도 있었다. 글 전체
에서 마치 장기호의 패륜을 고발하는 듯한 느낌이 강했기 때문이었

다. 어쨌든 이 노트의 내용과 모녀의 진술은 이 사건의 보강증거로 활용해도 되지 않을까 싶었다.

"그것 말고는 모두 사실인가요?"

"예."

"혹시 강선효씨가 지금 어디 있는지 알아요?"

"……."

그녀는 가만히 고개를 흔들었다.

"그럼 강선효씨를 마지막으로 본 것은 언젠가요?"

"……."

미현은 잠시 망설이는 듯 했으나 이내 무슨 다짐을 하듯 대답을 했다.

"아빠가 집에 들어오지 않던 날, 해질 때까지 함께 있었어요."

"어디서?"

"막 돌아다녔어요."

그녀는 장난기 어린 듯한 표정으로 그렇게 말했다.

"갔던 곳을 말해 보세요. 어디 어디를 다녔는지?"

"아빠가 집을 나가고 30분쯤 지난 뒤 내가 아저씨 집으로 찾아갔어요. 함께 놀러 가기로 그 전날 약속을 했거든요. 아저씬 마침 외출 준비를 마치고 기다리고 있었어요. 왜 30분이냐 하면요. 아빠가 면사무소 앞에서 직행버스를 타는 데 걸리는 시간이 대충 30분쯤 되거든요. 우리는 아저씨 트럭을 타고 고석루, 현정폭포 같이 부근에 이름난 곳을 한 바퀴 돌았어요. 참 그리고 요양원도 갔다 왔고요. 할머니가 있는데요."

그녀가 요양원을 들먹이자 머리가 하얗게 세고 초췌한 강선효 모친의 모습이 떠올라 진하는 잠시 창밖을 바라보았다. 유월의 햇살에 쫓긴 해그림자가 본관건물 전면을 기웃대고 있었다. 그녀가 잠시 머뭇거리더니 좀 더 작은 소리로 말을 이었다.

"4시쯤 되었을 거예요. 전화벨이 울리기 시작하자 아저씨는 당황해하며 돌아가자고 했어요. 둘이 있는 걸 아빠한테 들키면 혼쭐이 나거든요. 5시쯤 마을에 도착했어요."

그러니까 배터리가 다 닳아서 전화를 받지 못했다는 이전의 진술은 거짓말인 셈이었다.

"그날 아저씨한테 이상한 점은 없었어요? 행동이나 말에서……."

"글쎄요. 지금 가만히 생각해보니 말이 없었던 것 같았어요. 평소에는 먼저 말을 걸고 내 말도 잘 들어주는 편이었는데 그날은……."

강선효의 글을 읽으면서도 그런 생각을 했지만 그가 장기호를 살해할 작정을 했더라도 미현에게는 털어놓지 않았을 것 같았다. 그런 일에 이들 모녀가 어떤 도움을 줄 수 있었을까. 혹시 경제적인 지원이라면, 그 부분은 한번 훑어볼 필요가 있을지 모른다.

"그 뒤로는 아저씨를 보지 못했나요? 다음 날 아침에도?"

"예. 집에 가봤는데, 차도 없고, 전화도 받지 않았어요."

그러니까 오후 5시쯤 집으로 돌아온 뒤부터 강선효의 행적은 전혀 드러나지 않은 셈이었다. 북구마을부터 시작하여 그 일대를 살펴서 그와 함께 사라진 트럭을 확보해야 할 것 같았다.

"혹시 아빠가 컴퓨터를 잘해요?"

"예. 스스로 프로급이라고 자랑했어요. 남의 컴퓨터를 해킹하는 기술도 있다고 했어요. 그 컴퓨터에 별꺼별꺼 다 있었어요."

"별꺼별꺼?"

미현의 볼이 약간 불그레 지더니 '예'라고 조그맣게 대답했다. 미현은 장기호의 홈페이지 도메인 주소를 불러 주었다. 진하는 주소창에다 그 주소를 입력해 보았다. 짜임새가 있는 화면이 떠올랐다. 대충 훑어보다가 나중에 시간을 내어서 살펴보기로 하고 즐겨찾기에 그 주소를 등록해 놓았다. 노트에 적힌 글에 대하여는 더 보충할 것은 없어 보였다. 그들의 진술서를 출력해서 또박또박 읽어준 뒤 서명을 하고 지문을 찍게 했다.

"수고했어요. 미현 씨 뭐 좋아해요? 다음에는 먹고 싶은 것 사줄게요."

손가락에 묻은 스탬프 잉크를 닦을 휴지를 건네며 물었다. 이들에게 아직 털어놓지 않았거나 하고 싶지 않은 말이 있지 않을까. 한 번 더 이런 시간을 가져야겠다고 생각했다.

"얘는 고기를 좋아해요. 스테이크 같은 거."

이경혜가 미현을 바라보더니 설핏 웃으며 대답했다.

"그래요. 다음에는 그것 먹읍시다."

진하는 그렇게 마무리를 하고 순찰차 한대를 배정받았다. 밖으로 나오면서 큰아들로부터 받았던 장기호의 수첩이 생각났다.

"참. 아버지 수첩, 어디서 났어요?"

"예. 아저씨가 다녀가셨던 그 다음 날인가, 대문 곁에 떨어져 있었어요. 사람들의 이름과 전화번호가 많이 적혀 있어서 오빠에게 줬어요. 장례식장에서……."

그날 신발장에서 찾았던 지갑이나 이 수첩에 타인의 지문이 지워진 것으로 보아 누군가 수사를 혼선에 빠트리기 위한 술책일 가능성이 없지 않았다. 그날 확보했던 장기호의 소지품이나 이 수첩 역시 지문이 깨끗하게 지워져 있었기 때문이었다. 피해자가 지녔던 것으로 짐작되는 증거물이 이런 식으로 돌아다니고 있으니……. 진하는 심호흡을 하며 간신히 화를 눌렀다.

　모녀를 집으로 돌려보낸 뒤 비상연락망을 통해 각 파출소와 이장, 통장들에게 차량과 강선효를 수배했다. 아무래도 주변 동네나 야산을 살펴봐야 할 것 같았다. 그가 검찰청 주민위원회 소집일을 D-day로 정했다면 살해를 위해 사전준비 과정이 있었을 것이다. 어떤 경로로 시신을 강가에 유기했는지, 그리고 범행 후에 어떤 계획을 세웠는지도 밝혀내야 했다.

용의자의 사망

　다음날 진하는 지원받은 기동대 2개 중대와 함께 북구마을 현장으로 출동했다. 범행에 사용했던 도구들은 트럭에 있든지 야산 어딘가에 파묻었을 것이다. 강선효의 소재와 함께 어딘가에 주차되어 있을 그 차량을 찾아내야 한다. 진하는 축적 5만 분의 1인 군사용 지도를 펼쳐놓고 등고선을 따라 북구마을을 중심으로 조건에 맞는 곳을 표시한 후 수색장소를 지정해나갔다. 대략 10여 곳이 나왔다. 그는 소대장들을 불러놓고 기동대원들에게 배부할 강선효의 인물사진과 신체적 특징이 적힌 팸플릿, 그리고 차량번호가 적힌 동종차량의 사진을 나눠 주면서 특히 곡괭이와 삽 자국이 있는 구덩이를 놓치지 말라고 당부했다. 기동대원들은 5개 군으로 나눠 현장에 투입됐다.
　기동대원들이 떠나고 나자 그는 시멘트로 포장된 마을 어귀로 나갔다. 장기호가 택시에서 내렸다는 곳부터 다시 훑어볼 작정이었다. 지금까지 네 번째 같은 장소에 섰으나 매번 느낌이 달랐다. 첫 번째는 택시기사와 함께 온 후 낯선 마을을 훑어보았고, 두 번째는 장기호와 강선효의 집을 수색하느라고 주변을 잘 살펴보지 못했고, 세 번째는 그곳에서 피살자의 집으로 이어지는 이동로를 더듬는 데 신경을 집중했었다. 오늘은 가해자의 시각으로 살펴볼 작정이었다. 만일 자신이 살의를 품고 장기호를 기다렸다면, 그리고 장기호가 마을 입구에서 택시를 내린다는 것을 알고 대비했다면 잠복했을 장소를 찾아보기로 했다.

마을로 이어지는 좁은 시멘트 길을 따라 띄엄띄엄 가로등이 세워져 있는데 장기호가 눈치채지 못하도록 숨을 만한 곳은 어디일까. 지도상으로 보면 도로 북쪽 끝에는 이름난 유원지가 있고 남쪽으로는 면사무소, 그리고 좀 더 아래로 영탄강이 흐르고 있다. 지금 기동대원들이 수색을 펼치고 있는 마을 건너편, 즉 도로의 동쪽은 영탄강 너머 해발 8백여 미터의 계곡이 깊은 산악지대였다.

앞뒤가 탁 트인 시멘트 도로의 상행과 하행 방면에는 눈여겨 볼만한 곳이 없었다. 오히려 키 작은 나무들이 빽빽이 들어선 길가의 둔덕 쪽이 몸을 감추기가 쉬워 보였다. 도로를 따라 왼쪽에는 논이 이어져 있었고 오른쪽에는 주먹만 한 돌멩이를 시멘트와 버물어 허리 높이로 쌓아 올린 경계석이 길게 늘어서 있었다. 진하는 그 위에 몇 겹으로 자라고 있는 쥐똥나무 뒤를 살피기 시작했다. 군데군데 논과 밭에서 바람에 날려간 듯한 검은 비닐조각과 생활쓰레기들이 흩어져 있었고 나무 사이에는 잡풀들이 빼곡하게 들어차 있었다. 잠복장소로 의심되는 곳은 멀리 있지 않았다. 현장에서 북쪽으로 10여미터 떨어진 곳에 쥐똥나무가 통째로 세 뼘 정도 잘려 나갔고 뭔가로 깔

아뭉겠는지 부근의 잡풀은 모두 쓰러져 있었다. 도롯가에 쌓인 마른 흙도 그곳에서 흘러내린 듯 보였다. 풀이 누운 상태로 봐서 적어도 2명 이상이 앉았던 흔적이었는데 그리 오래된 것 같지는 않았다. 진하는 주위에 떨어져 있는 담배꽁초 다섯 개를 채집했고 그곳에서 멀지 않은 곳에서 대변을 본 흔적을 발견하고 밑을 닦은 뒤 버린 듯한 광고지를 수거해서 대변과 함께 비닐봉지에 담았다.

그때 전화벨이 울렸다. 기동대장과 동행했던 정형근 형사였다.

"찾았어요. 현장을."

꽤 흥분한 목소리였다.

"강선효는요?"

진하는 비닐봉지를 챙겨 들면서 물었다.

"화물차 운전석에 앉아 있고 곁에 연탄을 피워놓았네요. 빨리 오세요."

정 형사가 현장 사진과 함께 위치정보를 전송해 주었다. 종적을 감춘 지 엿새째였다.

"맥박을 확인해 봐요."

연탄이라는 말에 사망 여부부터 확인하라고 지시했다. 사망 전이라면 당연히 구조에 치중하겠지만 사망 후라면 시신을 발견 당시의 상태로 보존해야 한다. 자칫 시신을 잘못 다뤄 훼손되면 수사의 가장 기본인 죽음의 원인을 밝히는 데 애를 먹게 된다.

"죽었어요. 그리 오래된 것 같지 않아요."

비단 맥박 검수뿐만 아니라 외표검사를 통해 주검은 쉽게 확인할 수가 있다. 진하는 현장에 아무도 접근하지 말라고 당부한 뒤 자동차를 주차해둔 장기호의 집으로 달려가면서 과장에게 상황을 간단히 보고하고 국과수의 지원요청을 부탁했다. 현장은 자동차로 10분 정도의 거리에 있었다. 자동차가 진입할 수 있으나 경사가 심해 평소 인적은 드문 곳이었다. 입구에는 수색을 마친 기동대원들이 현장요원만 남기고 시동을 건 버스를 탄 채 대기하고 있었다. 주변에는 키 작은 잡목들이 우거져 있었고 한창 자라고 있는 활엽수의 잎에 가려 시계가 좋지 않았다. 시신은 머리를 좌석의 머리 받침대에 걸친 채 얼굴을 위로 향하고 있었다. 진하는 시계를 봤다. 오전 10시 20분. 그는 검시용 고무장갑을 낀 뒤 시신을 바닥에 내려 눕히고 바지와 양말을 벗겼다. 상체의 피부는 약간 창백했으나 아직 시반屍斑은 없었다. 시신의 손등과 발목 부위를 손가락으로 눌러보았다. 자국이 약간 났음에도 얼른 원상으로 돌아오지 않았다. 손가락과 발가락 등에서 이미 경직은 시작되고 있는 것 같았다. 등 뒤에는 시반이 희미하게 형성되고 있었다. 이 시반의 상태는 직장온도와 함께 사망 시간을 정확히 측정하는 주요한 자료로 활용될 것이다. 그는 승용차에 비치해놓은 검시용 가방에서 체온계를 꺼냈다. 희멀끔한 액체가 흥건한 항문에 체온계를 꽂았다. 36.5°. 사후 3시간 이내에는 체온이 시간 당 1°씩 내려간다고 보면 숨이 끊어진 시간은 8시 반에서 9시쯤이 된다. 기동대가 북구마을에 도착했을 무렵이었다. 강선효는 대대적인 수색작전이 시작될 줄 알고 미리 연탄을 준비했던 것일까. 어쨌든 그 노트의 내용이나 지금까지 드러난 현상 대부분이 자살 쪽으로 집중되고 있지만 타살 가능성도 열어두어야 했다. 부검으로 정확한 사인이 밝혀지면 어느 쪽인지 판단할 수 있게 될 것이다.

진하는 트럭의 화물칸에서 두어 군데가 찢기고 둘둘 말린 군용 담요, 얼기설기 뭉쳐진 녹색 비닐 끈, 한 아름 길이의 테라밴드 등을 수거했다. 비닐 끈은 합수터의 사체 유기현장에서 수거했던 것과 동일한 것이었다. 그는 화물자동차 구석구석에서 지문을 채취해나갔다. 화물차 운전석 뒤에는 그동안 잠잘 때 덮었던 것으로 보이는 이불과 6개의 빈 막걸릿병이 나왔다. 동네에서 사라진 지 만 엿새째인데 개인 소지품이나 운전면허증 같은 것도 보이지 않았고 심지어 호주머니에는 동전 하나도 들어있지 않았다. 과연 강선효는 그동안 어디서 무엇을 하고 있다가 이 꼴을 하고 죽은 것일까.

차량 내부에 대한 조사가 끝날 즈음에 국립과학수사연구원들이 현장에 도착했다. 진하는 그들에게 강선효의 시신을 부검하기 전에 혹시 타인의 지문이 남아 있는지 확인을 해 달라고 부탁했다. 시신의 모습이 왠지 자연스럽지 못했고 상황이 조작되었을 것 같은 느낌이 들었기 때문이었다. 국과수 직원들에게 시신을 인계한 후에도 진하는 2시간 넘도록 현장 부근을 살폈으나 사망과 관련됨 직한 흔적을 하나도 건지지 못했다. 사람의 출입이 거의 없이 수십 년 쌓인 침엽수의 낙엽 때문이었다. 낙엽이 온전한 형태가 아니고 수색하던 기동대원들의 발자국 때문에 어떤 형체도 남아 있지 않았다.

다음 날 오후, 소회의실에서 수사과장이 주도하는 수사회의가 열렸다. 형로교 아래에서 장기호의 시신이 발견된 지 닷새째였다. 회의에는 각 강력팀장들, 그리고 진하가 소속된 3팀 소속 3명이 전원 참석했다. 팀원이라고 해봤자 정형근 형사 외에는 그날 회식 후 처음 대면하는 사람들이었다. 아마 이 사건이 3팀에 배당되어 진행되었기 때문에 나머지 두 사람도 참석시킨 것 같았다. 가장 유력한 혐의자인 강선효가 사망을 한 이 사건은 오늘 회의의 결과에 따라 이대로 종결이 될 수도 있다. 그동안 현장과 주변에서 수집한 증거, 국립과학수사연구원의 부검과 감정 결과, 그리고 각종 정황들을 종합적으로 판단을 하고 사건의 종결 여부를 결정하기 위한 자리였다. 먼저 팀장인 진하가 형로교 아래에서 장기호의 시신이 발견된 시점부터 시작하여 시신을 유기한 장소로 예상되는 합수터의 채집물과 강선효의 시신 발견 현장의 상황들을 설명했다. 그리고 그에 대한 국과수의 감정 결과, 강선효의 방에서 찾아낸 자필 공책의 내용과 장기호의 의붓딸 미현에 대한 오랜 성적 학대, 사건 당일의 상황, 장기호를 살해한 곳으로 예상되는 지점과 강선효의 시신이 발견된 곳의 지리적 연관성 등 그동안 진행된 수사상황을 묶어서 보고했다. 이어서 아침에 도착한 강선효에 대한 국립과학수사연구원의 부검결과를 설명했다.

"강선효의 직접적인 사인은 일산화탄소 중독입니다. 신체적 특징으로 혈액과 시반이 선홍색을 띠고 있었고 일산화탄소와 혈색소의 결합력을 표시하는 COHb농도가 50% 이상에 이르고 있습니다. 그 외에도 폐에는 기종이, 대뇌전체가 충혈, 울혈, 부종이 보였고 심부전 증상도 있는데 국과수는 다량의 히로뽕 복용으로 인한 급성 중독 현상으로 판단하고 있습니다. 사망 추정시간은 오전 9시경으로 우리가 일대에 대한 수색을 준비하던 시간입니다. 시신의 위, 소장, 대장에 음식물이 거의 남아 있지 않았고 혈중 알코올 농도가 0.1%로 만취상태였습니다. 참고로 시신이 발견된 화물차 안에서는 강선효의 머리카락과 지문만 채취되었습니다."

　아침에 출근해 이 부검 결과를 살펴보면서 진하는 지난 닷새 동안 힘써 확보했던 수사 결과가 한꺼번에 사라져버린 기분이 들었다. 물론 우회 끝에 강선효에게 초점을 맞춘 것이나 수색을 통해 강선효의 시신을 발견한 것은 수사의 개가라고는 할 수 있었다. 그러나 범인이 이렇게 극단적인 선택을 하는 동안 전혀 실체에 접근하지 못했다는 자괴감을 떨쳐버릴 수가 없었다. 그래서 한편으로는 부검 결과에 약간 기대를 했었다. 밀폐된 차 안에 불붙은 연탄 화덕이 있고 그 곁에 사람이 죽어있는 장면을 목격하였다면 누구라도 사인이 연탄가스 중독사라고 여긴다. 이렇게 현장이 너무 노골적이고 단순했기 때문에 진하는 부검으로 뭔가 다른 원인이 드러나기를 은근히 바라고 있었다. 그런데 히로뽕 중독현상이라니…… 정말 엉뚱한 결과였다. 이럴 거면 그냥 집에서 일을 벌이지 뭐 하러 외지를 떠돌다가 이 꼴로 숨을 거뒀을까. 하긴 순박한 시골청년이 의협심으로 사람을 죽인 뒤 그 뒷감당을 하지 못해 방황한 결과일 수도 있다. 그렇다고 그게 이 현상을 정확하게 설명해 주지는 못했다. 이 현장을 놓고만 보더라도 의문은 수없이 많았다. 강선효가 죽음을 선택했을 거란 개연성은 인정하지만, 형사의 직감으로는 뭔가 조작되었다는 느낌을 지울 수가 없었다. 만취 상태에서 그 입구 둘레에 검정 하나 묻히지 않고 연탄불이 핀 화덕을 들여놓을 수가 있었을까. 그리고 차령 3년의 화물차 안이 너무 깨끗했고 차 안에서 습득한 유류품만으로 잠적 엿새 동안의 행적을 추론하기엔 턱없이 부족한 점도 그랬다. 그 외에도 히로뽕에 취한 상태에서 만취하도록 막걸리를 마신 점도 이해하기 어려웠고, 잠자면서 덮은 것으로 보이는 이불 하나, 새로 구입한 듯한 연탄 화덕, 이런 것들은 인위적으로 나열해 놓은 듯 거슬리기만 했다. 게다가 시신의 팔뚝에는 바늘자국이 수없이 나 있었지만 차 안에는 주사기가 보이지 않았다.

의문은 또 있었다. 엿새 동안 화물차 안에서 생활했다고 하더라도 막걸리나 연탄과 화로를 사러 어딘가를 갔을 것인데 주변 도시 상가를 탐문해 봐도 다리를 저는 사람이 화물차를 몰고 다니는 모습을 목격한 사람도 없었고 같은 상표가 달린 물건을 판 상인도 나오지 않았다. 휴전선이 가까운 곳이라 곳곳에 군경 합동검문소가 설치되어 있고 차량까지 지명수배된 마당에 감쪽같이 피해 다닐 수 있었을까. 몇 군데 설치되어 있는 도로의 CCTV를 확인해봐도 강선효의 화물차는 찍혀 있지 않았다. 그리고 어머니를 극진히 생각하는 그가 아무리 수사가 시작되고 있음을 알았더라도 자살하기 전에 어떤 식으로든 요양원에 접근을 했을 법한데 전혀 그러지 않았다. 혹시 강선효를 누군가 살해한 것은 아닐까. 만일 그렇다면, 누군가 그를 감금해놓고 이런 일을 벌였다면 이러한 의심들도 설명이 된다.

그러나 문제는 국과수의 분석 결과는 장기호의 교살흔은 화물칸에 실려 있던 그 테라밴드와 규격과 세기가 일치한다는 분석이었고 담요 내부에 묻어있던 흙은 합수터 경사로의 그것과 일치했다. 담요에 형성되어 있는 굴곡의 흔적은 장기호의 치수와 동일했다. 그리고 현장에서 수거한 녹색 비닐 끈은 이번에 찾아낸 끈의 일부라는 결론이었다. 담배꽁초에 묻어있던 타액에 대한 분석 결과도 마찬가지였다. 농특자금 희생자의 아들인 김종규의 머리카락과 택시기사 홍연수, 그리고 구자길과 김진영 순경의 타액들은 합수터 현장에서 수거한 것과는 유전자가 전혀 달랐다. 즉 강선효 외에는 아무것도 범행과 일치하지 않았다.

"유 팀장 생각은 어떤가요? 현장에서 직접 뛰었으니 제일 정확하겠지."

진하의 보고가 끝나자 수사과장이 불쑥 물었다. 명목은 수사회의라지만 이 중에서 수사가 진행된 닷새 동안 현장에 나와서 직접 상황을 지켜본 사람은 정 형사밖에 없었다. 나머지는 진하가 그날그날 진행상황을 수사과장에게 보고했을 뿐이었다. 그렇더라도 이 질문이 잘못되었다는 생각이 퍼뜩 들었다. 뭐가 어떻다는 것일까. 강선효가 진범인가, 강선효의 자살에 무슨 의문점이 있는가를 묻는 것이 아니라 이대로 사건을 종결하라는 무언의 압박처럼 들렸다. 그러나 수사과장을 만족시킬 만한 대답을 할 수가 없었다. 그동안 강선효에게 혐의를 두고 있었지만, 막상 그의 시신을 발견하는 순간부터 근거도 없는 의구심으로 숨이 막혀왔다.

"강선효에 대한 부검 결과도 그렇고 현장의 상황이 께름칙합니다."

진하는 자료나 현장에서 느낀 의문점을 조목조목 설명해가며 이 사건을 좀 더 살펴보고 싶다고 말했다. 자살동기가 애매하고 아무리 장미현에게 가한 성적 농락에 공분했다지만 효심이 극진했다던 그가 아직 치매 상태인 어머니를 남겨놓고 저런 선택을 할 수 있었을까. 이해되지 않는 부분이 너무 많았다. 자살 쪽보다는 범행 후 수형생활에 대비하여 함께 살아도 될 어머니를 요양원에 입소시켰다는 쪽이 더 합리적이었다. 더구나 잠적 이후의 상황도 전혀 파악되지 않았다. 이러한 여러 상황과 마찬가지로 그의 죽음은 아귀가 잘 맞지 않았다. 정말 이 회의에 참석한 사람들은 어떻게 생각하고 있을까. 진하는 참석자들을 둘러보았다. 지금 여기에는 현장의 상황과 수집된 증거, 국과수의 검증 감정 결과가 빠짐없이 올라와 있다.

"그만하면 혐의는 충분한 것 같고 원래 시신에는 변수가 많잖아요."

그동안 묵묵히 앉아 있던 강력2팀장이 입을 열었다.

"강선효의 체격 조건으로 봐서 타살로 보기는 어렵습니다. 다리 때문에 활동이 자유롭지는 않다고 하더라도 그냥 고분고분 당하진 않았을 것 같네요. 특히 현장에 타인이 개입한 증거나 반항의 흔적이 전혀 없지 않습니까?"

2팀장은 수사과장보다 더 나이가 들어 보였다. 현장에서 산전수전 다 겪은 수사관이라 유력한 증거를 중심으로 사건을 종결하는데 이력이 난 사람이었다. 물론 그런 방법도 장점은 많았다.

"별다른 이익도 없이 남의 일에 끼어들어 살인을 계획할 정도라면 강선효도 정상은 아니잖아. 수사가 합리적인 의심의 정도를 넘어버리면 결론 내리기가 쉽지 않은 법이야."

결국 수사과장도 강력2팀장과 같은 생각을 하고 종결 쪽으로 결심을 굳혔다는 속내를 드러냈다.

"특별히 타살에 대한 증거가 없다면 그냥 종결지어도 괜찮겠는데요."

강력1팀장도 수사과장의 의도를 파악했다는 듯 그렇게 거들었다.

수사 담당자가 좀 더 수사를 진행하겠다는데도 회의의 분위기는 사건을 그냥 종결하자는 쪽으로 기울었다.

"조금만 더 보완해보겠습니다."

진하는 다시 한번 자신의 결심을 말했다. 이 사건을 서둘러 종결시킬 까닭은 없었다. 당장 진하의 손이 필요할 만큼 사건이 밀려있지도 않았다. 장기호에 대한 엉성해 보이는 증거는 용인하더라도 강선효까지 그러고 싶지는 않았다. 정말 이대로는 손을 놓고 싶지 않았다.

"완벽을 기하겠다는 그 마음은 알겠는데…… 그러나 그 정도면 종결해도 괜찮을 것 같네. 보고서 올리게."

수사과장은 마침내 종결을 선언했다.

"……."

처음부터 모든 가능성을 열어놓고 수사를 시작했었다. 장기호의 피살에만 초점을 맞췄을 때는 그의 악행을 따라 다방면으로 조사를 진행했다. 이번에도 그는 지금까지 그가 해왔던 방식처럼 새로운 사실을 찾아내는 한편 전체 상황에서 의혹을 최소화하기 위해 노력해왔다. 강선효 주위에서 증거가 하나씩 나온 뒤에도 제한을 받긴 했으나 그것에만 매달리지는 않았다. 그런데 전혀 예기치 못한 상태로 강선효의 시신이 발견되는 바람에 결론을 짓기가 더욱 어려워지고 말았다. 이러한 상황 때문에 수사과장이 말하는 그 합리적 의심의 정도를 넘어버렸는지는 모른다. 그러나 수사관의 결벽증은 무시하면 안 된다. 그것은 실체적 진실 발견과 연결될 때가 많다. 그리고 정도의 차이는 있더라도 강력계 형사치고 누구나 그런 결벽증은 지니고 있지 않은가. 그럼에도 현재로선 한 발짝 물러서지 않을 수가 없는 분위기였다. 장기호의 지갑과 수첩의 습득을 보고하지 않은 것은 실책이었으나 현재 저들의 언행으로 보면 아마 보고가 득보다 실이 더 많았을 것이다. 그것은 이 사건에 제3자가 개입하였다는 개연성을 드러내는 상황이었으나 한편으로는 강선효의 소행으로 볼 여지도 충분히 있었다. 어쨌든 전입 후 처음 맡은 사건이기도 했지만, 의혹이나 미진함의 정체는 대부분 심증의 수준을 벗어나지 못하고 있기도 했다.

"유 팀장, 수고했어요."

수사과장은 그렇게 쐐기를 박은 후 뒤도 돌아보지 않고 나가버렸다. 윗선에서는 더 진척될 가망이 없는 사건, 특히 이번과 같은 살인 사건에 따라붙는 대책 없는 의혹을 경계했다. 공연히 언론에 노출되면 수사력을 저울질당할 위험도 무시할 수 없었다. 그렇더라도 진하로서는 제발 장기호의 통화기록에서 경찰서 각과의 전화번호가 여러 차례 등장한 사실과 아무 관련이 없었으면 싶었다. 진하는 이쯤에서 장미현 모녀를 한 번 더 만나야겠다고 생각했다. 함께 점심식사를 하면서 강선효의 죽음과 사건종결을 알릴 셈이었다. 이들은 피해자의 가족이지만 사건의 실체가 조금씩 드러나고 주변상황이 밝혀지면서 가장 반사이익을 얻은 수혜자들이었다. 재산으로 따진다면 많은 재산을 명의신탁해둔 전처 아들이 가장 혜택을 받은 셈이지만 그날 이후 이들 모녀들이 누리는 자유와 경제적 이익은 확연했다. 특히 딸은 전신을 옥죄었던 족쇄를 벗은 셈이었다. 그리고 여기에는 어떤 식으로든 강선효의 역할이 있었다. 그동안 이들 모녀와 몇 차례 접촉하여 참고인 진술을 받기도 했고, 강선효의 행적파악을 위해 회유도 했지만, 아직 선뜻 드러내지 못하고 있는 뭔가가 있지 않을까 싶었다. 강선효가 죽었다고 말하면 주저하고 있던 말을 꺼낼지도 모른다.

진하는 강력사건 수사 중 종종 피해자 유족들에게 심리부검 기법을 사용하여 뜻밖의 결과를 얻곤 했다. 대부분 죽은 사람에 대하여 말하기를 꺼리지만, 대화를 통하여 사고 전에 망자와 유족 사이에 있었던 생활과 언행을 되돌아보는 과정에서 유족에게는 상처를 치유하게 되고 물적 증거도 확보하는 일거양득의 효과를 얻기도 했다. 이 사건의 경우, 장기호뿐만 아니라 특히 강선효와 장미현의 관계에는 이 방법이 필요하다는 생각이었다. 강선효가 미현에게 어떤 역할을 했는지, 장기호에 대한 생각과 감정의 상태가 정확히 밝혀져야 그들 모녀도 진정한 자유를 얻게 된다. 그리고 보강수사를 주장하였음에도 더는 손댈 곳이 마땅하지 않은 강선효의 죽음도 이대로 묻고 이 사건을 종결할 수 있다.

모녀는 약속 시간보다 20분쯤 일찍 도착해 전화를 했다. 몇 번 만났다고 이젠 전혀 경계하지 않았다. 진하는 수사 관계 서류를 모두 캐비닛에 넣고 잠근 뒤 사무실을 나왔다. 약속장소인 경양식집 '이팅존'은 영포시 읍내에서 꽤 소문이 난 곳이었다. 미현이 스테이크를 좋아한다고 해서 이 집을 골랐다. 그들은 진하가 도착할 때까지 식당 입구에서 서성거리고 있었다. 시간이 이른 탓인지 식당 안은 아직 한산했다.

"좀 쉬셨어요?"

자리를 잡고 앉으면서 진하가 물었다. 이들 모녀는 며칠간 장례 때문에 거의 밖에서 생활했다.

"예. 그동안 잠만 잤어요."

미현이 생글거리며 대답했다. 며칠 사이에 많이 달라져 있었다. 우울하고 유치해 보였던 분위기는 전혀 없었다. 가볍게 단장을 한 모습이 귀엽기도 했다. 어쩌면 첫 대면에서 보였던 황망한 행동들은 낯섦으로 인한 멀미였을지도 몰랐다. 쾌활하기까지 한 표정을 보면서 강선효가 목숨을 걸 만한 게 그녀에게 있었을지도 모른다는 생각이 들었다.

"고생하셨어요."

진하는 이경혜를 바라보며 말했다. 미현과는 다르게 그녀의 얼굴은 수척해 보였다.

"여러모로 고맙습니다."

말은 다소곳했지만, 그녀의 눈에는 아직 불안한 기색이 남아 있었다. 그때 주문했던 음식이 나왔다. 두 사람은 스테이크, 진하는 오므라이스였다. 미현은 주저 없이 수프를 먹은 뒤 나이프와 포크를 사용하여 고기를 자르기 시작했다. 어쩌면 며칠 사이에 저렇게 달라졌을까. 말은 어눌했고 행동에 자신이 없었던 그녀였다. 장기호가 죽은 지 이제 한 주일 남짓한데 그 속박을 벗어난 미현의 빠른 변신은 살아있는 자의 특혜가 아닐까. 진하는 그녀를 처음 만났던 날을 떠올렸다. '배터리가 다 닳았어요.' 왜 장기호의 전화를 받지 않았느냐고 물었을 때 그녀는 신경질적으로 그렇게 대답했다. '아빠가 집에 없을 때는 일부러 굶어요. 정말 밥하기 싫어요.' 당시는 그 말을 이해하지 못했다.

"아빠가 없으니까 홀가분해요?"

이제는 이해가 될 듯했다. 그냥 홀가분할 정도가 아니겠지.

"예."

씹고 있던 고기를 꿀꺽 삼킨 뒤 그녀는 기분 좋게 웃으며 대답했다.

"사건이 모두 종결되었는데 마지막으로 확인할 내용이 있어서 오시라고 했어요. 일부러 이렇게 식사하면서 묻는 거니까 언짢게 생각하지 말고 솔직하게 대답을 해줘요."

진하는 일부러 입에 밥을 잔뜩 넣고 우물거리면서 두 사람에게 당부했다. 조서는 필요 없었다. 다만 사건종결을 하는데 거리낌만 지울 수 있다면 좋을 것이다. 이들은 이 사건의 중심에 있는 장기호, 강선효와 가장 가까운 곳에서 생활했던 사람이었다. 그러므로 수사기록 몇 군데에 함정처럼 도사린 의문부호에 대한 답을 이들 모녀로부터 확인해야 했다.

"강선효 씨가 죽었어요."

진하는 조심스럽게 말을 꺼냈다. 순간 두 모녀가 마주 바라본 채 동작을 멈췄다. 장기호의 부음을 전하던 때와는 전혀 다른 반응이었다. 역시 식사자리에서 꺼내기는 께름칙하였지만, 오늘 대화는 여기서 시작할 수밖에 없었다.

"그래서 수사를 종결하기로 한 겁니다."

그러면서 진하는 고개를 숙인 채 밥을 먹기 시작했다. 이 집 오므라이스는 밥을 덮은 계란 지단이 적당히 두꺼워서 케첩과 잘 어울렸다. 모녀의 식사가 끝나갈 때쯤 진하는 다시 물었다.

"강선효 씨가 아빠를 없애겠다고 말한 게 언제쯤이었나요?"

기다렸다는 듯 미현이 선뜻 대답했다.

"한참 됐어요."

그녀는 뭔가를 곰곰이 생각한 뒤 말을 계속했다.

"소풍을 갔던 강가에서 선효 아저씨의 꾸중을 들으며 저는 세상이 뒤집히는 줄 알았어요. 좋아하는 사람의 몸을 더듬고 뭔가 해주는 행위가 실은 음탕한 짓이었고 함부로 그렇게 하면 안 된다고 깨닫는 순간, 너무 부끄러워 강물 속에 뛰어들고 싶었어요. 그리고 개나 돼지가 하는 짓을 사람이 하면 안 된다는 꾸지람을 듣고 정신이 멍했습니다. 정말 몰랐어요."

"……."

진하는 시선을 창밖으로 돌렸다. 하늘은 더없이 푸르고 맑았다. 이 사건을 맡은 이후 하늘을 올려다보며 심호흡을 하는 일이 잦았다.

"그때부터 전처럼 아빠를 대하지 못했어요. 아빠는 무슨 일이냐고 물었지만, 그냥 몸이 안 좋다고만 했어요. 이젠 그런 짓을 해서는 안 된다는 걸 안 이상 전처럼 하면 안 되잖아요. 그렇지만 그뿐이었어요. 집을 나갈 엄두도 못 냈고 그냥 몸만 사리고 있었어요. 아빠는 금방 눈치를 챘어요. 선효 아저씨 때문이라는 걸요. 막 욕설을 퍼붓고 험한 말을 하더니 오래잖아 절 괴롭히기 시작했어요. 벌거벗겨 기둥에 매달아 놓고 발바닥을 때리기도 하고 며칠씩 굶기기도 했어요. 이것을 선효 아저씨가 알았어요. 내가 며칠 보이지 않는 데다 아빠는 아저씨를 만나기만 하면 대놓고 화를 내고 욕설을 퍼붓곤 하니까 대충 짐작했겠지요. 아빠가 외출한 사이 담을 넘어 들어왔어요.

148

선효 아저씨가요. 한 번도 그런 일이 없었는데…….”

잠시 말을 마친 미현은 썰어놓은 고기 몇 점을 포크에 찍어 모두 입에 넣은 뒤 빠르게 씹어 삼켰다.

“며칠 굶어서 핼쑥한데다 발바닥이 시뻘겋게 부어오르고 여기저기 터져 있는 내 모습을 보더니 아저씬 막 울었어요. 가만두지 않겠다고 중얼거리면서 한참을 그렇게 울었어요. 그때까지도 나는 겁에 질려서 아무 생각도 할 수가 없었고 아저씨가 혼자 하는 말이 무슨 뜻인지도 몰랐어요. 그동안 아저씨와 함께 다니면서 응석받이가 되었고, 아저씨는 모든 면에서 내 편이 되어 주었기 때문에 그저 날 걱정하고 아빠를 원망하는 줄만 알았어요.”

표정은 굳었으나 수건으로 입을 닦고 물을 마시는 미현의 행동은 자연스러웠다. 볼수록 신기했다. 어쩌면 저렇게 달라질 수가 있을까.

“할머니가 속옷 차림으로 돌아다니고 동네 사람들이 뭘 훔쳐 갔다고 욕을 하고, 평소 그렇게 이상한 행동을 자주 했는데 그 때문인지 아저씨가 할머니를 ‘휴 요양원’에 입원시켰어요. 지금 생각해보니 좀 이상하긴 해요. 할머니의 그런 증세가 꽤 오래됐고 동네 사람도 그러려니 했었거든요. 그동안 밥하고 빨래하고 웬만한 집안 살림은 할머니가 잘 해왔는데…….”

진하도 요양원에서 강선효의 모친과 대화를 하면서도 그런 느낌을 받았다. 상태가 나빠졌을 때를 확인하지 못했으나 그때 상황만 봐서는 사고력이라든지 언행이 일상생활을 하는 데에는 별 지장이 없을 정도였다.

"마지막으로 선효 아저씨를 본 것이 언제였어요?"

이것은 지난번 경찰서에서 조사할 때도 했던 질문이었다.

"아빠가 검찰청 회의에 갔던 그날 하루 종일 함께 있었어요. 윗동네 유원지에서 저녁을 먹고 있었는데 아빠의 첫 확인 전화가 왔어요. 핸드폰 화면에 아빠 전화번호가 뜨자 아저씨가 당황해하며 빨리 먹자고 서둘렀어요. 밥을 먹는 둥 마는 둥 그곳을 떠나 아저씨 트럭을 타고 돌아와 나는 곧장 집으로 들어갔는데…… 그게 마지막이었어요."

어느새 빈 테이블이 없을 만큼 실내는 사람들로 웅성거렸다. 점심시간이 시작되면 항상 이렇게 붐볐다. 진하가 식사비를 계산하고 세 사람은 인근 커피숍으로 자리를 옮겼다.

"그날 있었던 일을 좀 자세하게 말해주세요. 아까도 말했지만 수사 결과는 선효 아저씨가 아빠를 죽이고 자살을 한 것으로 결론을 내렸어요. 물론 미현 씨와 어머니는 이 사건과 관련이 없다는 사실도 밝혀졌어요. 다만 선효 아저씨가 마지막으로 무엇을 어떻게 했는지 알아야 이 사건을 끝낼 수 있기 때문입니다. 알겠지요?"

주문한 커피가 나오자 미현은 고개를 숙인 채 설탕과 프림 두 스푼씩 넣더니 천천히 저으면서 잠시 생각에 잠겼다. 아무것도 첨가하지 않은 채 커피잔을 든 이경혜는 창밖으로 시선을 옮겼다. 만날 때마다 그랬지만 동구마을의 집과 장례식장에서 느꼈던 분위기와는 전혀 달랐다. 지금 나누고 있는 대화가 전혀 가볍지 않음에도 두 사람의 표정과 행동은 자유롭고 여유가 있었다. 그 며칠 사이에 장기호와 강선효가 죽었다. 확실히 그들의 죽음이 이들 모녀를 이렇게 바꿔 놓았다. 미현은 오래잖아 고개를 들고 진하를 바라보았다.

"아빠는 그날 아침에 거의 11시쯤 집을 나갔어요. '집에 아무도 들이지 마!' 하며 흘겨본 뒤 철문 밖으로 자물쇠를 걸었어요. 보통날은 면사무소 주차장에 세워둔 차를 가지고 가지만 검찰청 회의가 있을 때는 거기서 직행버스를 타고가요."

미현의 커피 마시는 방식이 좀 특이했다. 이미 설탕 두 스푼을 넣었음에도 마실 때마다 입 닿는 부분에 시럽을 조금씩 뿌렸다.

"아빠가 나간 지 20분쯤 지나서 아저씨가 전화했어요. 내 핸드폰은 자주 검사를 당하기 때문에 되도록 전화를 하지 않는데 그날은 아빠가 나가기를 기다렸던 모양이었어요. 집으로 오라고 해서 함께 라면을 끓였어요. 어쩌면, 라면 3개를 금방 먹어 치우지 뭐예요."

할머니가 요양원에 들어간 뒤부터 아저씨는 자주 밥을 굶었다면서 호주머니에서 열쇠 하나를 꺼냈다고 한다.

"아빠는 밖으로 자물쇠를 걸면 내가 집안에서 꼼짝 못 할 거로 생각했겠지만, 아저씨가 주는 실리콘 같은 것으로 본을 떠서 만든 거예요."

복제용 거푸집 레진을 말하는 것 같았다.

"말이 없었어요. 그날은…… 아저씨는 책을 많이 읽어서 그런지 뭐든 많이 알고 있었어요. 강이나 유원지로 놀러 다닐 때도 늘 재미있는 이야기를 많이 해주었는데, 그날은 전혀 달랐어요. 가끔 무슨 말을 하려는 것 같더니 오후 늦게야 입을 열었어요. 아저씨의 트럭을 타고 영탄강가에 있는 유원지로 놀러 갔는데 자꾸 시계만 들여다보며 한참 머뭇거리다가 혹시 아저씨한테 무슨 일이 생기거든 할미

니를 자주 찾아가 달라더군요. 그래서 '왜, 아저씨 어디가? 무슨 일인데?' 그렇게 몇 번을 물었지만 대답은 않고 '이제 두고 봐. 아빠가널 괴롭히지 못할 거야.' 그러면서 엄마하고 멀리 가서 살라고 그랬어요. 나는, 무서웠어요. 무슨 일이 일어날까 봐. 자꾸 겁도 났고, 이젠 아저씨를 만나지 못하는 게 아닐까 싶어서 그러지 말라고 사정을했어요. 이른 저녁을 먹으면서도, 아빠의 첫 전화 올 때까지도 그랬어요."

미현은 울상을 지으며 그렇게 말을 맺었다. 진하는 이경혜를 바라보았다. 여전히 창 쪽을 바라봤지만, 줄곧 미현의 말에 귀를 기울이고 있었다.

"부인은 이런 걸 알았어요?"

알고 있었다면, 만일 강선효가 장기호를 살해하리라고 짐작을 했더라도 이경혜로서는 속수무책일 수밖에 없었을 것이다. 말릴 수 있는 처지였더라도 마찬가지가 아니었을까.

"……."

누군가 가족을 살해하려는데 이를 수사기관에 알려 범행을 막지않았다면 방조범이 될까. 물론 구체적 상황에 따라 달라지겠지만 과연 이들 모녀에게 그런 기대를 할 수 있을까. 결국 장기호의 살인범이 강선효라고 전제하면 이들 모녀의 진술은 여기가 한계점이라는생각이 들었다.

"혹시 아저씨가 혼자서 팔에 주사 놓는 것 봤어요?"

강선효의 혈액에서 히로뽕 성분이 발견됐고, 시신의 팔뚝에도 여러 군데 주사바늘 자국이 발견되었다. 그리고 그 부분에 대하여는 전혀 수사가 진행되지도 못했다.

"아뇨. 무슨 주산데요?"

미현이 자신의 팔을 들어 올리며 물었다.

"글쎄 말이다. 전혀 엉뚱하게 나타난 주사 때문에 혼란스럽구나."

그녀의 팔에는 아무 자국도 없었다. 그들을 배웅하고 난 뒤 경찰서로 돌아오면서 강선효의 팔에 난 주사바늘 자국은 화물차 운전석의 정황과 함께 오랫동안 자신을 괴롭힐지도 모른다는 생각이 들었다.

유목회원들

  예전 같았으면 이런 미진한 기분으로 수사를 종결하는 일은 없었
다. 그러나 여긴 유배지고 아직 동료직원들의 얼굴도 익히지 못한
상태였다. 언제까지 여기 머물러 있게 될지 아무도 모른다. 방관만
하고 있던 수사과장이 기다렸다는 듯 종결을 서두르던 모습이 찜찜
했으나 장기호 사건을 더 끌고 나갈 명분이 없었고 여건도 되지 않
았다. 맨 마지막으로 진하를 체념하게 한 것은 장기호의 목에 나 있
던 테라밴드의 흔적이었다. 국과수는 그 자국이 자동차의 화물칸에
있던 테라밴드와 같다고 판단을 했기 때문이었다. 자연스럽지는 않
지만 손잡이 부분에 강선효의 열 손가락과 손바닥 지문이 나온 점도
그랬다. 복기하듯 수사의 전 과정을 되짚어 정리한 뒤 미진하거나
실수한 부분에 대해서는 그 까닭과 보완책 등을 개인 수사일지에 기
록했다. 강력계 형사가 된 뒤 사건이 끝날 때마다 적어두는 일종의
반성문 같은 기록이었다.

154

사건을 정리하여 '공소권 없음' 의견으로 검찰청에 송치하고 나니 공연히 정신이 멍해졌다. 지난 10여 년 동안 진하는 이렇게 무료하게 시간을 보낸 적이 없었다. 남들처럼 신경 쓸 가정도 없었고, 늘 혼자 지내다 보니 묵묵히 일만 하는 습성이 몸에 배어 한가하게 시간을 보내는 데 익숙하지 못했다. 마흔이 가깝도록 결혼을 하지 못한 것은 기피했다기보다는 일에 몰두하다 보니 그럴 엄두를 내지 못했을 뿐이었다. 그동안 주위의 성화로 여러 번 선을 보긴 했지만, 상대방에게 집중하지 못한 탓인지 번번이 퇴짜를 맞곤 했다. 사고로 아버지와 어머니와 여동생을 잃고 어느 날 이 세상에 의지할 곳 없는 외톨이가 되면서 이미 정상적인 삶은 무너져 버렸다. 물론 삼촌과 고모가 있었고 얼마간 그들의 보호를 받았으나 의지할 버팀목은 되지 못했다.

첫 주일을 무료하게 보낸 진하는 두 번째 맞는 주말을 정해 유목회柔睦會 회원들에게 문자를 보냈다. 경찰관으로 임용된 후 공인 단증 정리를 위해 6개월간 유도대학에 파견 나갔던 동기 몇 명과 그 대학에서 만난 학생들이 머리를 맞대고 만든 친목회였다. 당시 회에 가입했던 학생 중에는 무술경관으로 진출한 사람도 있었고 체육관을 운영하거나 사범도 있었다. 또한 나중에 경호업체 운영자 중에서 회원으로 가입한 사람도 있었다. 창립총회를 개최하여 임원을 선임한 뒤부터 정기모임은 거의 못 했다. 자주 대형사건이 터지는 서울에서는 휴일이 따로 없었기 때문에 간혹 한가한 평일 저녁시간을 이용해 약식모임을 갖곤 했다. 이럴 때 지난 10여 년간 한 번도 소집한 적이 없었던 전체 회의를 하면 어떨까 하는 생각이 들어 총무 김현장과 머리를 맞댄 결론이었다. 이곳은 교대 근무제가 엄격하지 않았고 어떤 상황이든 적당히 넘길 수 있겠다는 방심도 생겼다. 한갓진 지역이라는 핑계도 작용했을 것이다. 지역은 넓지만 행동반경은 좁아 비상이 걸리거나 호출이 오면 어디서건 제시간에 출동할 수 있을 것 같았다.

스마트폰으로 참가하겠다는 인원을 점검한 뒤 진하는 장기호 사건을 시작하던 날 눈여겨 봐두었던 강가로 야전 메뉴를 골고루 갖춘 캠핑락 업자를 불렀다. 그들은 텐트나 화덕이나 식기를 포함한 설비 일체를 갖췄고 다양한 식재료 조달도 가능한 업체였다. 폐허가 된 농장에서 그리 멀지 않은 곳이었다. 차량을 주차할 만한 공간이 있는 그 농장을 베이스캠프 겸 집결장소로 정했다. 진하는 현장에 15인용 거실형 텐트 2동과 파라솔, 타프 등을 설치하도록 하고 쇠갈비 50근과 부속재료, 그리고 막걸리 10말을 함께 주문했다. 참가회원 다수의 의견을 따라 1박을 할 요량이었다. 서울에서 멀리 떨어진 곳에서 회식을 한 후 바로 집으로 돌아갈 수 없기 때문이었다.

수사과장을 통해 모임의 성격과 참석자 현황 등을 서장에게 보고하고, 면사무소와 인근 동네 이장에게도 행사를 알렸다. 이상한 소문이 나거나 입방아에 오르지 못하도록 하는 사전작업인 셈이었다. 서장은 라면 5박스를, 수사과장은 굴참나무 숯 2포를 보내주었다. 강력계 형사들은 나름대로 어떤 모양이든 정보원과 수사협력자를 두고 관리하므로 위의 눈치를 볼 까닭은 없었다. 업무의 연장선에서 보더라도 그런 모임의 활성화를 권장하는 편이었다. 종종 조직원들이 대외적으로 말썽을 부리기도 하고 사건에 연루되어 물의를 일으

156

키는 때도 있지만 어쨌든 업무 협조자들의 유지와 관리는 실보다는 득이 많았다. 오늘 모임은 정보원 관리와는 성격이 다르지만 낯선 곳에 많은 인원이 모이므로 그런 사전 조치는 필요했다.

새벽부터 서두른 덕분에 후배들이 하나둘 나타나기 시작한 11시 경에는 모든 준비를 마쳤다. 제일 먼저 도착한 사람은 총무인 김현장이었다. 그는 유망한 경호업체 운영자였다. 미리 와서 거들겠다는 것을 한사코 만류했는데 폐 농장의 위치 지도를 카톡으로 날린 지 10분도 채 되지 않아 현장으로 찾아들었다. 그는 부근에 가면 어떻게든 찾을 수 있겠다고 생각하고 일찍 출발했던 모양이었다.

"저 앞에서 몇 번이나 헤맸어요. 강이 나타났다가 바로 끊겼는데 접근로가 보이지 않으니……."

약간 짜증이 섞인 말투였다.

"그렇지? 입구가 숲에 가려 있어서."

몸보다 마음이 앞서는 회원들이 전문 인력과 뒤섞여 효율성이 떨어질까 봐 미리 오지 말라고 했었다. 그래도 김현장은 총무로서 자신이 할 일을 금방 찾아냈다. 그는 여장을 풀어놓고 바로 폐 농장으로 통하는 입구로 나가 속속 도착하는 회원들의 승용차를 안내하기 시작했다. 그런데 전혀 예상하지 못했던 두 사람이 같은 자동차에서 내렸다. 서울지검의 신형철 강력부장과 경찰 입사동기 이정수 경위였다.

"부장님!"

진하는 두 사람을 확인하자마자 뛰어가 덥석 손을 잡았다. 진하가 검찰청에 무술경관으로 파견 나갔을 때 많은 도움을 받은 이래 지금까지 교류하며 가끔 수사와 관련하여 자문도 받는 분이었다. 그리고 이정수 경위는 진하와 중앙경찰학교 경사 특채반 동기로 현재 경찰청 사이버 수사대에서 근무하고 있었다. 수사를 하다 보면 컴퓨터에 관련된 부분이 있을 때마다 그의 도움을 받곤 했는데 며칠 전 장기호의 외장하드 내용 중 락Lock이 걸려있는 부분에 대한 분석을 의뢰했었다.

"이런 곳은 돈 주고도 오기 힘들겠어요. 정말 멋진 곳인데요."

신 부장이 싱긋이 웃으며 진하와 맞잡은 손을 흔들었다. 그는 가끔 사소한 일로 부하직원들을 감동시키곤 했다.

"어떻게 된 일이야?"

진하는 이정수에게 물었다. 몇 명 동기 외에는 아무도 신 부장과 직접 선이 닿지 않았다.

"내가 연락을 드렸어. 너 그렇게 보내고 싱숭생숭했는데 문자 받고 가보시겠느냐고 전화를 드렸지."

참, 그랬지. 진하는 비로소 자신이 무술경관으로 검찰청에 파견되었을 때 이정수도 전산요원으로 참여했음을 떠올렸다. 그는 대학에서 컴퓨터를 전공했기 때문에 초임 때부터 그 방면으로 두각을 나타냈다. 그 파견근무가 1년 정도였는데 그 후 이 경위는 가끔 이 모임에 참석했으나 검찰청에서 두 사람은 별 조우가 없었다. 벌써 10년 전의 일이었다. 그렇게 신 부장 주변에는 능력 있는 경찰관들이 많이 모였다.

"떠날 때 인사도 못 드렸습니다."

진하는 신 부장에게 변명처럼 말했다. 정말 그땐 아무도 만나고 싶지 않았다.

"인사는 무슨…… 이렇게 건강한 모습을 보니 더 반갑네요. 뭐."

시를 쓰기 때문인지 몰라도 이 사람에게는 관료의 냄새가 거의 나지 않았다. 적당한 키, 약간 여윈 듯한 체격과 걸맞게 겸손하고 매사에 신중했다. 진하는 두 사람을 본부석으로 안내했다.

12시 정각까지 18명의 회원이 모였다. 강가 자갈밭에 화덕 다섯 개에 숯불을 피웠다. 그 위에 걸쳐놓은 돌판이 달아오르자 고기를 굽기 시작했다. 야외행사를 위해 총무 김현장이 준비해서 미리 보내온 장수곱돌이었다. 늘 하던 대로 손놀림이 빠른 회원이 가위와 집게를 잡고 부지런히 고기를 구워냈고 야외용 탁자 위에 일정한 간격으로 진열해 놓은 양은그릇에 막걸리가 채워졌다. 김현장이 앞으로 나갔다.

"오늘 우리는 유진하 회장님의 새로운 일터에 모여 회장님의 영전을 축하하고 우리 회원들의 친목을 다지는 자리를 만들었습니다. 그러고 보니 우리 영목회가 창설된 뒤 이런 야외 모임은 처음이네요. 자 모두 앞에 놓인 잔을 채운 뒤 들어 주세요."

김현장은 진하에게 건배 제의를 부탁했다. 회원들에게는 격식이 필요 없었다. 그냥 만나서 인사하고 함께 먹은 뒤 헤어지면 그만이었다. 영전 축하든 좌천 위로든 명목은 상관없이 모이면 마냥 좋았다. 진하가 술잔을 들고 한 발 앞으로 나갔다.

"주말에 바쁜 일도 있을 텐데 이렇게 멀리까지 찾아와 주신 회원 여러분 정말 고맙습니다. 우리는 지난 10년 동안 각자의 생업에 종사하면서 순수한 마음으로 사회에 봉사도 하고 서로 도우며 열심히 살아왔습니다. 이것이 우리의 자랑이고 긍지이고 보람입니다. 오늘 이렇게 맑고 청정한 자연 속에서 마음껏 들고 기분 좋게 취합시다. 자, 그러면 건배제의를 하겠습니다. 오늘 이 자리에 참석한 우리 모두의 건강과 이 사회의 안녕을 위하여 건배합시다. 영목회!"

잔을 든 사람들은 목청껏 '영목회!'를 외치며 술잔을 비웠다. 왁자한 소음이 맑은 창공으로 흩날렸고 탁자마다 술을 따르고 권하느라 어수선했다.

"대단합니다. 유 형사의 면면과 조금도 다르지 않네요. 참 좋은 모임입니다."

곁에 선 신 부장이 진하의 빈 잔을 채워주며 말했다. 신분을 드러내지 말라는 신 부장의 부탁도 있었지만 참석한 인사가 원하지 않는 한, 일부러 소개는 하지 않았다.

"양보하고 서로를 아끼다 보니 지금까진 큰 무리 없이 유지해오고 있습니다."

보통 칭찬은 건성으로 하는 경우가 많지만, 이분에게는 겸양 같은 예가 필요 없었다.

"2008년도에 경찰청 사이버안전국 직할에 디지털 포렌식 센터가 생겼는데……."

그때까지 묵묵히 술만 마시고 있던 이정수가 입을 열었다.

"사이버범죄에 신속하게 대응하기 위하여 전자적 증거분석을 하는 곳이야. 전에 네가 보내준 폴더 있잖아. 그걸 그곳에서 열었는데 어제 그 결과를 받았어."

이정수는 호주머니에서 USB가 들어있는 자그마한 투명 케이스

하나를 꺼냈다.

"뭔가 냄새가 나는 것 같아. 온통 숫자투성이야."

"그래?"

"응. 그래서 그 안에 찍혀 있는 원본의 IP주소를 확인해놨어. 혹시 막히는 것 있으면 연락해."

"그래. 알았어. 고마워."

진하는 고개를 끄덕이며 이정수로부터 그 케이스를 받았다. 'NDFC'라는 기관명이 선명하게 찍혀 있었다.

"여기 온 지 며칠 됐다고 벌써 일을 벌인 거요?"

신 부장이 싱긋 웃었다. 아직 막걸리를 몇 잔 마시지 않았는데도 얼굴 전체가 붉었다.

"예. 살인사건인데, 도착한 다음 날 배정을 받았어요."

"아직 진행 중인가요?"

"지난 주말에 종결했어요. 그런데 영 개운하지 않습니다."

"왜 그럴까?"

"꽤 재력을 갖춘 사람이 살해되고 범인으로 지목된 사람이 자살한 사건인데요. 확보된 증거도 많았고 서로 연결도 되는데 뭔가 엉성하다는 느낌을 지울 수가 없거든요. 위에서 그만하면 됐다고 서둘러 종결을 했는데……."

진하는 투정이라도 하듯 들고 있던 막걸릿잔을 단숨에 비웠다. 신 부장이 주전자를 들고 활짝 웃으며 빈 잔에 술을 가득 채워주었다.

"나는 검사 이전에 시인의 시각으로 범죄자를 살펴보곤 해요. 물론 보는 각도에 따라 차이가 있겠지만……."

신 부장은 조금 남은 막걸리를 마저 마신 뒤 잔을 탁자 아래에 내려놓았다. 언제나 그의 주량은 여기까지였다.

"인간의 감성을 3단계로 분류하여, 평범한 꿈을 지키며 살아가는 사람들을 제1단계로 구분해놓고 이 사회에 문제를 일으키거나 그런 위험군에 속한 사람들은 제2단계로 나눠봤어요. 두 번째 단계의 사람들은 대부분 특이한 끼를 가지고 태어났으나 그것을 승화시키지 못하고 주저앉아 사회에 온갖 패악을 끼치고 있어요. 정도에 따라 다르겠지만 스스로 가장 좋은 것을 취하고 있는 줄 착각하지만, 실은 그 영혼들은 탐욕과 얼어붙은 불만 덩어리를 꿈처럼 품고 앉아 발버둥을 치는 것이지요. 이것이 내가 지난 15년간 범죄자, 특히 지능범이나 강력범들을 다루는 도중 그들의 눈과 영혼에 도사린 악을 찾아내면서 내린 결론입니다. 그런 내 시각에서 정치, 사회, 문화, 예술 등 각 분야에서 인류의 발전과 향상을 위해 노력하는, 특히 유 형사 같은 사람을 정의한다면 3단계로 분류할 수 있을 겁니다."

서로 나누던 대화와는 생뚱맞은 내용이었지만 그는 범죄자들의 일반적인 성향에 빗대어 진하를 치켜세우고 있었다. 좌천의 현장에서 듣는 분에 넘치는 위안이었다.

"과찬이십니다. 그렇다면 저는 제1단계에 속한, 지극히 평범한 사람인데요. 뭐."

그냥 직업에 대한 사명감, 사회를 지키는 파수꾼으로서 긍지를 가진 보통 서민이라는 생각이었다. 진하는 자신이 이 사회에서 특출하거나 대단한 존재라고 생각해본 적이 없었다.

"그렇지 않아요. 내가 보건대 유 형사는 정예 중에도 단연 돋보이는 경찰관입니다. 다만 안타깝게도 아직 능력 있는 사람에 대한 인식과 평가에 인색한 우리 사회는 뛰어난 인재들을 포용할 품이나 여유가 부족해요. 때를 기다릴 수밖에……. 유 형사의 경우는 단지 서울청의 입김만은 아닌 듯해요."

신 부장은 진하의 좌천이유와 과정에 대하여 어느 정도 파악하고 있는 듯했다. 그러나 말을 아꼈다. 웅성거리는 주위의 분위기 때문만은 아니라는 느낌이 들었다. 그는 현재 진행되고 있는 사법개혁과 날로 규모를 키우고 있는 조직폭력배의 실태에 대하여 한참 설명하더니 행사가 시작된 지 3시간쯤 지나서 이정수와 함께 자리를 떴다. 그들의 배웅을 마친 뒤 진하는 마시고 떠들고 춤추고 있는 무리 속으로 들어갔다. 김정우가 노래를 시작했다. 중앙경찰학교 임용반 훈련 중 10분간 휴식이나 회식이 시작되면 으레 앞으로 불려 나와 목청껏 노래를 부르던 친구였다. 김정우는 다른 회원들이 뒤를 이을 때까지 노래를 계속했다. 그렇게 낮과 저녁과 밤을 함께 하며 회원들은 구운 쇠갈비를 안주로 특제 막걸리를 마시며 회포를 풀고 우정을 나눴다. 새벽녘, 남은 고기를 모두 넣고 라면을 끓여 해장을 한 뒤 잠자리에 들었다. 이 자리를 마련한 사람은 진하였고 오늘 회합의 명목은 단합대회였다. 그러나 참석자들은 벽지로 좌천된 진하를 위로하기 위한 자리라고 생각하고 모여들었을 것이다. 그렇지만 누구도 그런 말을 입 밖에 내지 않았다. 그냥 곁에 있어 주면 위로가 되었고 한곳에 모여 함께 지켜주면서 기운을 북돋아 주었다. 그리고 뭔가 찜찜한 기분이 남긴 했지만 이곳에서 이미 사건 하나를 종결했고, 또 어떤 사건이 발생하더라도 지금껏 해왔던 대로 최선을 다하면 될 것이다.

늦은 아침, 모두 잠에서 깨어나자 인근에 있는 온천장으로 가서 목욕과 점심식사를 마친 뒤 회원들은 모두 집으로 돌아갔다. 처음 전출 소식을 들었을 때는 분노로 정신이 황폐해질 지경이었지만, 이런 일로 좌절하거나 흔들리면 패잔병이 된다는 생각이 들었다. 그래서 벽지로 쫓겨 왔다는 피해의식이나 열등감을 애써 지우며 사건에 집중했는데 이번 행사를 치르면서 보니 잠재의식 속에 그런 찌꺼기가 깔려 있었던 모양이었다. 오후 2시쯤 숙소로 돌아와 진하는 바로 잠자리에 들었다.

골드바 목록

새벽 3시쯤 맑은 정신으로 잠에서 깨어났다. 막걸리를 꽤 마셨는데도 숙취는 거의 없었다. 진하는 냉수 한 사발을 들이켠 뒤 따뜻한 물로 샤워를 하고 책상 앞에 앉았다. 컴퓨터를 켜고 장기호라고 제목을 붙인 폴더 내에 이정수가 건네준 USB의 내용을 전부 복사해 넣었다. 그 안에는 얼핏 보아도 눈길을 끄는 것이 있었는데 바로 '유정'이라고 제목이 붙어있는 파일이었다. 로마자 알파벳 1개와 6개 숫자가 적힌 열 줄 다섯 행으로 된 그 문서는 전부 30면이었다.

C1310001

30면 모두 같은 형식이었다. 면마다 50개로 된 이 조합은 첫 자리는 로마자 알파벳 대문자였고 나머지는 숫자였다. 무엇을 표시한 것일까. 목덜미로 뜨거운 기운이 스멀스멀 올라오기 시작했다. 이렇게 규칙적인 번호로 나열해 놓은 것으로 봐서 암호나 난수표 같지는 않았다. 지금까지 장기호 주위에서 보고 느꼈던 분위기와는 전혀 달랐다. 진하는 인터넷 검색프로그램에 이것을 올려보았으나 아무것도 떠오르지 않았다. 그런데 마지막 면은 문자와 숫자의 행렬은 같았으나 그 조합이 50개가 아니라 30개였고 맨 위에는 제목처럼 다음과 같은 숫자가 적혀 있었다.

130,6,4 131,8,2 108,8,6

중간에 콤마로 구획하고 한 칸을 띄어 각 3개의 항으로 나뉘어 있었다. 이런 조합은 문자를 암호화할 때 흔히 사용하는 방식이었다. 만일 도구가 책이라면 문자의 일정한 위치를 표시하고 있을 가능성이 컸다. 앞자리의 숫자는 페이지를, 두 번째는 줄, 세 번째는 행을 나타낸다고 보면 어떨까. 파일의 제목을 이렇게 암호화했다면 그 내용물은 뭔가 비밀스러운 것을 담고 있음이 분명했다.

우선 이 숫자와 문자의 조합이 무슨 내용인지부터 알아보기로 했다. 만일 범죄와 연관된 것이라면 돈이나 수표일 가능성이 컸다. 어쩌면 무기명채권증서일지도 모른다. 진하는 지갑에서 만 원권과 오만 원권 지폐를 꺼내 펼쳐보았다. 모두 열 개의 조합으로 앞의 2자리와 마지막 1자리가 로마자 알파벳이고 중간 7개는 숫자였다. 숫자가 7자리인 것은 같으나 알파벳이 앞뒤로 붙어있었다. 자기앞수표 역시 10자리이지만 거기에는 알파벳이 없었다. 진하는 다시 인터넷 검색프로그램에 '엔화와 달러의 일련번호'라고 입력해 보았다. 먼저 엔화는 알파벳이 앞에 2개로 자릿수가 모두 9개였고 로마자 알파벳의 위치나 개수와 자릿수는 11개였다.

컴퓨터 앞에 앉아 파일 검색을 하는 사이 뿌옇게 창이 밝아왔다. 어느새 5시가 지나고 있었다. 진하는 자료들을 정리해놓고 새벽 운

동을 나갔다. 컨디션도 괜찮고 몸도 그리 무겁지 않았으나 어제 온
종일 막걸리를 마셨으니 땀을 좀 빼고 싶었다. 습관대로 체육관에서
1시간가량 웨이트 트레이닝을 했다. 온몸을 땀으로 흠뻑 적신 후 간
단하게 샤워를 하고 아침식사로 이어지는 일정한 생활양식은 근무
지 이동에 따라 장소만 다를 뿐이었다.

구내식당에서 식사를 마친 뒤 사무실로 올라가 새벽에 분석한 자
료들을 다시 한번 살펴보는 사이 직원들이 하나씩 둘씩 나타나기 시
작했다. 진하는 잠시 일손을 놓고 직원들과 대화시간을 가졌다. 장
기호 사건을 종결한 지 며칠 되지 않은지라 팀원들과 커피를 마시면
서 얼굴을 익히기로 했다. 이미 명부를 통해 인적사항은 익혀두었
으나 아직 낯이 설었다. 3팀장인 진하의 계급이 경위이고 그 밑으로
경사 1명과 경장 2명으로 편성되어 있었다. 현재 3팀에 배정되어있
는 사건은 모두 8건이었으나 오랫동안 팀장이 공석이었기 때문에 3
팀은 2팀과 공조를 하면서 수사과장의 지시를 받고 있었다. 아직은
서둘러서 팀장인 진하가 사건에 간섭하거나 나설 이유가 없었다. 그
냥 서로 인사만 나눈 뒤 간부 조회가 열리는 회의실로 갔다.

이날 아침 조회는 강력사건 두 건에 대한 보고와 지시에 이어 30
여 분 한담으로 끝이 났다. 진하는 수사과장에게 아직 짐을 제대로
옮기지 못했다는 핑계를 대고 말미를 구했다. 그런 건 주말에나 하
라고 하면 어쩔 수 없었지만, 과장은 장기호 사건의 해결에 대한 포
상휴가조로 시간을 주었다. "그래, 수고했어. 한 이틀 쉬고 와." 수사
통으로 산전수전 다 겪은 노회한 그가 적당히 눈가림하며 일을 덮는
모습을 이번 장기호 사건의 종결과정에서 잘 보았다. 그렇듯 정년

을 코앞에 둔 꼰대들의 선택과 결론은 노병의 가슴에 달린 참전기장처럼 실속은 없으나 번쩍번쩍 광은 났다. 문제는 늘 경계심을 가진 채 이런 상관 앞에 설 수 없다는 점이다. 직무와 양심의 문제가 아니라면 경험상 이럴 땐 한 발을 뒤로 빼는 방법도 나쁘지는 않았다. 오히려 그 앞에서 가감 없이 속내를 드러내다가 어떤 낭패를 당할지도 모른다. 어쨌든 이 짧은 휴가가 진하에게는 여러모로 요긴했다.

진하는 한북시의 호병 IC에서 외부순환도로를 거쳐 동부간선도로를 타고 서울시내로 향했다. 11시가 넘었음에도 정체되는 곳이 몇 군데 있었다. 오늘 일정 중 먼저 경찰학교 동기 석현수 경위를 만날 예정이었다. 어제는 제대로 인사도 못하고 헤어졌는데 마침 문제의 그 숫자 조합에 관한 자문을 구할 일이 생겨 겸사겸사 그부터 찾기로 했다. 몇 년째 남대문서에서 재직 중인 석현수는 지능수사팀에서 주로 화폐와 귀금속 관련 업무를 맡고 있었다. 재작년인가, 경제범죄 수사를 하면서 그의 도움을 받은 적이 있었다. 서울역 지하 주차장에 차를 세운 후 그가 말한 9번 출구 입구에 있는 커피숍에 자리를 잡고 전화를 했더니 금방 달려왔다.

"그날은 분위기 때문에 이런 소리 못했지만 네 전출소식 듣고 나니 내 목덜미가 다 써늘해지더라."

자리에 앉자마자 석현수는 정색하며 말했다. 순간 진하의 손을 잡은 채 그가 지었던 안타까운 눈빛이 떠올랐다. 진하의 좌천소식은 동기들에게 경각심을 주었을지도 모른다. 그들은 경찰 창설 이래 흔하지 않았던 중앙경찰학교 경사 특채반 출신이었다. 함께 경찰학교를 수료한 35명의 동기들은 각 분야의 다양한 특기를 지니고 있었다. 진하는 그들 중에서 단연 선두였다. 졸업성적과 보직은 물론 경위 승진도 가장 앞섰다. 그런 사람이 뚜렷한 실책도 없이 외지로 발령을 받았을 때 대부분 진하의 행보를 조심스럽게 지켜보는 눈치였다. 물론 모든 동기가 다 그러지는 않았지만, 석현수는 진정으로 진하의 처지를 아쉬워하고 걱정했을 것이다.

"그날 봤잖아. 막상 가보니까 견딜 만해. 그동안 너무 긴장하면서 살았어."

진하는 변명 삼아 그렇게 말했다. 실제 2명이나 목숨을 잃은 장기호 사건을 다루면서도 도시처럼 강박관념에 사로잡히지 않았다. 여유를 가지니까 사건을 바라보는 시야가 넓어지는 느낌이 들었다. 종업원이 다가왔다. 두 사람은 같은 커피를 주문했다.

"그래. 심기일전의 기회로 삼으면 이번 경험도 좋은 약이 될 거야."

사뭇 어른스러운 말투였다.

"고마워."

진하는 싱긋 웃으면서 가방에서 아침에 출력했던 자료를 꺼내 탁자 위에 펼쳐놓았다.

"이거 한 번 봐줘."

모든 내용이 숫자와 문자였다. 석현수는 잠시 그것을 유심히 들여다보더니 앞장과 뒷장을 이리저리 살핀 뒤 말했다.

"이거, 1kg짜리 골드바의 고유번혼데?"

"어? 골드바였어?"

"면 당 50개면 모두 1,480갠데 요즘 1kg짜리 시세가 7천 정도하니, 모두 1천3십6억이네? 어디서 나온 거야?"

석현수의 얼굴에 긴장감이 설핏 비쳤다.

"이번에 종결한 살인사건 피해자가 감춰둔 외장하드에서 찾아낸 거야."

"종결되었다고? 범인이 잡혔어?"

"그런 셈이지. 자살했으니까."

"자살? 이것과 연관이 있었어?"

살인사건에 골드바가 개입되었다면 누구나 직감적으로 뭔가 있다고 느낄 것이다.

"아냐. 피해자는 모르겠는데 범인은 금전과 상관없었어."

"이렇게 고유번호가 제각각이라면 시중에서 수집했다는 말인데……."

"응. 그래서 이렇게 들고나왔지. 이 자료는 사건을 종결한 뒤에 나왔어."

"그래?"

석현수는 마지막 파일을 한참 들여다보았다. 진하가 부연설명을 했다.

"좀 더 조사를 해봐야겠지만 마지막 면에 제목처럼 표시된 것은 사람 이름인 것 같아."

"음."

"1kg짜리 골드바가 1,480개라…… 뭔가 냄새가 나지 않아?"

"그렇군."

석현수도 진하의 생각에 동의했다.

170

"이 정도를 확보하기가 쉬울까?"

"글쎄. 이 번호를 정리해보면 혹시 일련번호가 나올지도 모르는데 그렇다면 스위스의 멘드리시오로 가야 했을 거야."

"멘드리시오?"

"응. 스위스에 있는 도신데, 전 세계 금괴 제작의 3분의 1이 이루어지는 곳이야. 어쨌든 일련번호든 아니든 이런 정도라면 취득경로가 꽤 까다로울 텐데⋯⋯."

"그래? 이게 피해자의 소지품에서 나오긴 했으나 개인 소장품이 아닐 수도 있는데 그렇다고 무시하기도 그렇고⋯⋯."

"그러게. 만일 이게 대기업의 비자금이라든지 범죄조직과 관련이 있다면, 그것과 관련되어 이런 골드바를 소장했다면, 보통 문제가 아니지."

장기호 같은 촌부의 가정용 금고에서 발견된 이 자료가 과연 그렇게 거창한 조직에 연계되어 있을까. 공연한 일을 크게 벌이는 게 아닐까 싶기도 했다.

"이 번호를 가지고 금 도매상과 접촉할 수 있을까?"

"접촉하는 건 어렵지 않지만, 그치들 입을 어떻게 여는가가 문제지. 생존의 문제니까. 달러나 금 밀거래는 전쟁 이후 온갖 규제와 단속에도 소멸되지 않은 영역이잖아."

"어쨌든 일단 부딪쳐봐야지 않겠어?"

현장에 들어가 이 문제를 풀어내려면 석현수처럼 일선 담당형사의 협조가 절대로 필요했다. 이 자료의 출처가 어딘지는 알 수 없으나 폴더의 생성일자로 봐서 장기호는 한 달 전쯤 이것을 취득했다.

북구마을 장기호의 집 거실의 컴퓨터가 사라진 게 이 자료와 연관이 있다면? 당시에는 장기호 사망에 관련된 자료를 찾는데 집중했던 터라 분실물에 대하여는 소홀한 면이 있었다.

석현수가 스마트폰의 주소록을 검색하더니 엄 여사라는 여자에게 전화를 걸어 점심 약속을 했다.

"미나 엄마 알지? 그 연락책이야."

석현수가 휴대폰을 탁자 위에 놓으며 말했다. 정오를 막 지나고 있었다. 진하도 큰손들의 이름 정도는 대충 알고 있었다. 소공동 신세계백화점 옆 골목에서 남대문시장 그릇 도매상가로 이어진 암달러 시장과 종로5가 일대의 귀금속 거래시장에는 큰손들이 달러와 금을 주무른다고 알려져 있었다. 다만 점조직으로 움직이므로 그 줄기를 낚아채기가 쉽지 않을 뿐이었다. 미나 엄마는 그 업계에서 자금 동원력이 가장 뛰어난 인물이라고 서울지역 경찰들 간에도 알려져 있었다.

"이런 자료만 가지고는 너무 막연하지만 만일 이게 실체가 있는 거라면 부분적으로나마 어떤 흔적이 남았을 가능성은 있어. 일단 들여다보기나 하자고. 이렇게 유통 중인 골드바의 고유번호를 발췌해 놓았다면 일단 실물을 확보했었다고 볼 수 있겠지. 특히 우리나라의 인천공항 환승통로는 홍콩과 도쿄를 연결해 주는 전통적인 금괴 밀거래선이라고 알려져 있어."

그곳이 전국의 금괴 암시장 중 가장 규모가 크다면 석현수의 말처럼 천억 원에 가까운 골드바를 수집하는 과정에서 흘러나온 정보와 만날 수 있을지도 모른다.

"우리 서는 물론이고 종로서에 근무했던 직원치고 모르는 사람이 없을 정도로 유명인물이지. 엄 여사 말이야."

지하를 벗어나 역 광장으로 나오자 석현수가 담배를 피워 물며 말했다. 어느새 후텁지근한 열기에 휩싸이면서 대도시의 여름도 무르익어가는 중이었다. 조금씩 대기가 흐려지고 있었다.

"묘한 사람이야. 상당히 발이 넓어 보이는데도 막상 어떤 사건에 연루되어 조사를 해보면 이용할 만한 게 별로 나오지 않는단 말이야."

진하는 석현수의 말을 놓치지 않으려고 그 곁에 바짝 붙어 걸었다. 계절의 변화는 광장과 층계 주변을 배회하고 있는 노숙자들의 행색에도 잘 나타났다. 늦은 봄까지 입고 있던 두꺼운 옷이나 무거운 배낭은 거의 보이지 않았다.

"생존 방법을 잘 터득한 것 같아. 핵심은 감춰놓고 수사기관에는 요란하게 생색을 내고……."

그렇지. 정보원들은 가능한 한 노출되는 것을 꺼리는 법이지. 진하는 고개를 끄덕였다. 열차의 출발과 도착시간을 알리는 안내방송과 여행객들의 움직임으로 분주한 대합실을 지나 에스컬레이터를 타고 4층으로 올라섰다. 층 전체에 맑고 아름다운 경음악이 흐르고 있었다. 엄 여사는 먼저 도착해서 두 사람을 기다리고 있었다. 한 50대 초반쯤 되어 보였는데 짙은 갈색의 반팔 블라우스와 잿빛 스커트를 입고 옅은 화장을 한 여인은 한눈에 봐도 미인이었다. 일어서서 사람을 맞는 행동이 자연스러웠다.

"우리가 늦었네요. 시간 맞추느라고 일부러 꾸물거렸어요."

석현수가 먼저 여자와 악수를 한 뒤 진하를 소개했다.

"인사하세요. 내 친구 김동숩니다."

"안녕하세요?"

여자가 손을 내밀며 활짝 웃었다.

"……."

진하도 그녀가 내민 손을 잡았다.

"명함 한 장 주시죠?"

여자가 자리에 앉으며 말했다. 환히 웃는 모습이 참 인상적이었다.

"급하게 오느라고 지갑을 못 챙겼어요."

진하가 어색하게 웃으며 대답했다.

"너무 큰 사건을 맡아 정신이 빠졌어요."

석현수가 변명처럼 말했다. 세 사람이 모두 자리에 앉자 웨이터가 다가왔다. 큰 손의 연락책이고, 석현수가 수첩에 적어놓고 연락을 취할 정도면 평소 경찰과 접촉이 잦은 사람이라는 말이었다. 메뉴판을 들여다보던 엄 여사가 까르보나라 스파게티를 주문했다.

"돈가스 괜찮지? 우린 그걸로 하자. 여기 음식 먹을 만해."

그렇게 말하며 돈가스 두개를 시켰다.

"실은 이 친구 일 때문에 뵙자고 했어요."

웨이터가 물러가자 석현수가 진하를 힐끗 쳐다본 뒤 말했다.

"무슨 일인데요?"

순간 여자의 눈가에 가벼운 경련이 일었지만 금방 눈웃음으로 감춰버렸다.

"골드바 때문인데요. 살인사건을 수사하는 중에 다량의 골드바가 나왔거든요."

정보 관련 대화를 할 때 상대방이 경계심을 풀고 서서히 젖어 들게 하는 방법도 있지만 먼저 본론부터 드러내놓고 조금씩 풀어나가기도 한다. 둘 다 장단점이 있지만 이런 여자처럼 이미 상대방의 턱밑에 다가와 그 의도를 꿰고 있을 때는 후자가 더 효율적일 수 있다. 어차피 드러내야 한다면 핵심을 먼저 말하는 편이 나을지 모른다.

"대량이라면?"

여자가 조심스럽게 물었다.

"지금까지 파악된 게 1kg짜리 1톤인데요. 고유번호가 적혀 있어요."

진하는 일부러 금의 무게와 고유번호에 힘을 주었다. 가능하다면 이 여자를 통해 시중에 어떤 파장을 만들 수 있다면 어떤 반응이 있지 않을까 싶었다.

"밀수는 아닌 것 같고, 다양한 고유번호를 보면 시중에서 부분적으로 걷어 들인 것 같기도 하고요."

여자의 표정을 지켜보면서 진하가 덧붙였다. 전혀 추측이었으나 어떤 구체적인 정보를 가진 양 보여도 괜찮을 것 같았다.

"……."

잠시 침묵이 흘렀다. 여자는 멍한 표정으로 뭔가 생각하는 눈치였다. 제대로 짚은 것인가. 진하는 성급한 기대를 하지 말자고 자신을 다독였다.

"어떤가요? 많은 자금이 움직일 때는 어떤 흐름이 있지 않습니까? 금을 푸는 쪽이나 금을 거두는 쪽이나 어떤 패턴이 있을 것 같은데요."

들고만 있던 석현수가 물었다.

"글쎄요. 어떻게 말씀을 드려야 할지 좀 막막하네요. 특히 살인사건에 연루되었다면…….."

당연히 그렇겠지. 사회가 정의롭든 부패했든 모진 놈 곁에 있다가 벼락을 맞는 경우가 발생하는 법이다. 그러니 제보자에게는 노출 범위를 적당히 조절해야 한다. 자칫 정보수집에 방해가 되기 때문이다. 수사요령은 지혜와 경험의 누적이었다. 그렇지만 모든 경우의 수를 따지고 있는 이런 부류의 여자에게는 살인사건을 감추어도 결과는 마찬가지일지 모른다. 에둘러 가는 것보다 차라리 정공법이 나을 것 같아서 진하는 앞의 방법을 택했다. 어쨌든, 상대방에게 불안감을 주어서는 손해였다.

"살인과 골드바가 직접 연관된 건 아니고요. 피해자의 소지품에서 골드바의 고유번호를 기록한 장부가 발견되었을 뿐입니다."

"살인과 관련이 없더라도 대량의 골드바는 그냥 지나칠 수 없는 거잖아요?"

여자의 반응은 상식 수준이었으나 말하는 투로 봐서 수사의 흐름은 대충 알고 있었다.

"모든 가능성을 살펴보는 중입니다. 아직 본격적으로 추적하는 건 아닙니다."

강선효의 사망에 관하여 미흡한 부분을 해소하기 위해 이 일을 시작했으므로 너무 나갈 필요는 없었다.

"좀 들여다봐야겠지만 몇 가지 조건이 있어요."

여자는 의외로 순순히 나왔다.

"말해 보세요."

석현수가 대답했다.

"제가 드리는 정보는 전혀 위의 승낙 없이 제 판단으로 하는 거니까 제발 우리 언니 귀찮게 하지 마세요. 제 밥줄 끊어지니까요. 기업에 대량거래를 주선하는 것이야 몇 십 년 동안 해온 일이고 이미 사회가 묵인한 건데 거기다 법의 잣대를 갖다 대면……."

"알았어요. 그다음은?"

"어떤 경우에도 저를 노출 시키거나 개입시키지 마세요."

"그건 수사의 기본 상식과 원칙이지요. 또 있어요?"

석현수가 다시 채근했다.

"마침 남대문서에 볼 일이 하나 있는데 석 형사님이 좀 도와주세요."

그 때문에 시간 맞춰 나온 것이라, 이미 여자의 표정에 긴장감은 보이지 않았다.

"좋아요. 무슨 일인지 몰라도 내가 할 수 있는 거면 그렇게 하지요."

석현수가 수락했다. 식탁의 분위기와 손님들의 표정으로 대화가 거의 끝나고 있음을 알았는지 종업원이 식사를 내오기 시작했다. 날씬한 체격임에도 식욕은 왕성한지 여자는 맛있게 음식을 먹기 시작했다. 석현수는 식사를 마치고 1시쯤 경찰서로 돌아갔고 진하는 엄여사와 커피를 마시면서 30분쯤 강력계 형사들의 수사환경에 대하여 얘기를 나누다가 헤어졌다. 진하는 차를 세워둔 지하 주차장으로 내려가서 내비게이션에 서울지방경찰청을 입력한 후 밖으로 나갔다. 그사이 대기가 더욱 탁해졌다. 그냥 날씨가 흐린가 했는데 미세먼지 농도가 심해지는 모양이었다. 여기저기 마스크를 한 사람이 눈에 띄었다. 자동차는 서대문역과 독립문 사거리, 사직터널을 거쳐 내자동에 있는 서울지방경찰청에 도착했다.

"그냥 전화로 하지, 뭐 하러 힘들게 예까지 나왔어?"

주차장에서 출발할 때 연락을 했는데 이정수는 정문까지 나와 있다가 진하를 맞아 주었다.

"응. 석현수에게도 볼 일이 좀 있었고⋯⋯."

진하는 변명 삼아 그렇게 말했지만 실은 이정수의 도움이 절실했다. 그는 진하를 자신의 사무실로 안내했다. 수사1·2과와 사이버범죄수사대가 2층 전체를 사용하고 있었다. 동기 중에서 가장 만남이 잦아서 뜸 들일 필요도 없었다.

"서버에 남아 있는 흔적으로 해커들의 해킹경로나 자료들을 추적할 수 있다던데, 여기서도 가능하니?"

아까 엄 여사와 헤어지고 지하 주차장으로 내려오면서 문득 장미현을 떠올렸다. 당당하고 세련된 엄 여자의 화술이 아직 귓속을 맴돌고 있었는데 갑자기 우둔하고 멈칫거리는 듯한 미현의 음성이 떠올랐던 것이다. 어쩌면 겹겹이 방어망을 치고 제 이익을 앞세우는 엄 여사같은 소극적인 정보 제공자를 찾아다니는 데 대한 반작용일 수도 있었다.

'남의 컴퓨터를 해킹하는 기술도 있다고 자랑했어요. 그 컴퓨터에 별꺼별꺼 다 있었어요.' 장기호가 인터넷을 어느 정도 사용할 줄 아느냐고 물었을 때 장미현은 장기호가 홈페이지 도메인을 가지고 있다면서 그렇게 대답했다. 그 말이 떠오르자 혹시 인터넷을 통해 골드바에 관한 자료들을 해킹한 것이 아닐까 싶었다. 영포경찰서를 나설 때에는 석현수를 만난 후 바로 서점을 찾을 계획이었는데 그 생각 때문에 자연히 이정수로 연결이 되었다.

"북한의 디도스 공격 같은 것은 취급하는 데가 따로 있지만, 특정 컴퓨터를 공격해서 자료를 빼내 가는 단순한 해커의 행적은 여기서도 추적이 가능해. 왜, 그런 게 있어?"

이정수는 구체적인 예를 들어가며 설명을 했다.

"응. 네가 갖다준 그 자료 말이야."

진하는 자료 복사본을 책상 위에 펼쳐놓았다.

"분석해봤더니 이게 전부 1kg짜리 골드바의 고유번호야. 1,480개나 돼."

"그래?"

"이 자료를 가지고 있던 사람이 최초 피살자인데, 혹시 범인으로 지목된 사람 외에 제 3자가 개입된 것은 아닐까 싶거든."

"음. 그런데 해킹은 왜?"

"피살자의 거주지에 있던 컴퓨터가 사고 직후 없어졌어. 현장을 살펴보는 중에 가족들이 피살자에게 홈페이지 도메인이 있었고 해킹기술도 있었다는 진술을 했어. 당시에는 그걸 흘려들었는데 오늘 문득 그런 생각이 드는 거야. 피살자가 해킹으로 이걸 수집한 게 아닌가 싶은……."

진하는 메모지에 장기호의 홈페이지 도메인을 적었다.

"이 자료는 한 달 전에 생성된 거야. 물론 원본이나 저장 폴더의 날짜는 다르겠지만."

이정수는 진하가 내민 자료를 펼쳐본 뒤 정색을 하면서 말했다.

"노련한 해커는 해킹과정에 흔적을 잘 남기지 않아. 금방 잡힐 걸 누가 남의 것을 손대겠어? 그리고 이 작업은 일단 시작을 하면 굉장히 커질 수가 있고 그것을 추적하려면 서버에 대한 압수수색 영장이 있어야 하는데, 너 이거 비공식적으로 계속하고 있지?"

"진짜. 그게 문제겠네."

지난번은 외장하드를 직접 확보했기 때문에 압수영장 없이 친구인 이정수에게 바로 의뢰했었다. 만일 영장을 받기 위해 1톤이 넘는 골드바 건을 결재에 올린다면 수사과장은 어떤 표정을 지을까. 장기호와 강선효 사건을 대충 종결하라고 지시했던 과장에게 미확인 자료를 내놓는 행동 자체가 난센스였다.

"우선 이것의 실체부터 명확히 한 뒤에 영장신청 문제를 생각해봐야겠어. 이 자료는 두고 갈게."

진하는 USB에 담아온 자료를 모두 이정수의 컴퓨터에 복사해놓고 경찰청을 나와 광화문 네거리에 있는 교보생명 지하 주차장에 차를 세웠다. 마지막 면에 적힌 30개 골드바의 고유번호 첫머리에 적혀 있는 이 숫자가 한글 자음이나 모음, 혹은 로마자 알파벳의 조합을 지적하는 것이라면 어떤 책을 기준으로 작성했을 가능성이 컸다. 영포시에 있는 서점에서도 대충 훑어보았으나 이런 체계에 맞는 책은 없었다. 그렇지만 이렇게 큰 서점은 다르지 않을까. 진하는 기대감에 부풀어 계단을 통해 지하1층으로 올라왔다. 과연 전국 최대의 서점답게 교보문고의 매장에는 수많은 책이 진열되어 있었고 특히 관심을 집중하여 들여다보고 있는 사전류 코너에는 나라별, 분야별, 기능별로 백과사전은 물론 어학사전, 각 학과별 용어사전 등이 종류를 헤아릴 수 없이 많았다. 진하는 숫자가 적힌 메모지를 펴놓고 대조를 해나갔다.

130,6,4 131,8,2 108,8,6

이것이 처음의 가정처럼 글자의 조합이라면 책 속의 어떤 내용이 아니라 각 항이 글자 하나씩을 지적하고 있을 가능성이 있다. 확실히 각 숫자가 일정한 규칙에 따라 적혀 있는 듯했다. 어떤 글자를 쉼표로 구획된 숫자의 순서에 따라 '페이지(면)-열-행'을 표시했다고 보면 무난하지 않을까 싶었다. 세 단위로 이뤄진 것 중 앞이 페이지이고 두 번째가 열, 세 번째가 행을 나타낸 것이라면 숫자를 기준으로 면수는 대략 200이내, 15열, 10행 정도의 책이란 말이었다. 보통 4×6배판이나 크라운판으로 된 책은 300면이 보통이고 한 면이 30~40열에 20~30행 정도가 기본이었다. 그러므로 일반 서적은 아니다. 그렇다면 백과사전, 어학사전이나 용어사전과는 달리 완성된 글자가 하나하나 나열된 사전을 집중적으로 살펴야 한다. 한글사전이나 영어사전 같은 것은 페이지와 행은 있는데 숫자로 특정 글자를 지정할 만한 규칙적인 열이 없었다. 결국 숫자의 배열과 격식에 맞는 책은 옥편이나 한자자전류였다.

진하는 옥편과 한자자전이 진열된 책장 앞으로 가서 하나씩 숫자와 대조를 해나갔다. 강희대옥편, 현대활용옥편, 백년옥편, 실용옥편, 최신홍자옥편, 민중활용옥편, 오행한자전, 현대옥편, 새옥편, 최신한자현대옥편, 새실용옥편, 한한명문대옥편, 크라운강희옥편, 전은옥편, 신일용옥편, 옥편수첩, 포켓옥편, 장원활용옥편, 뉴에이스활용옥편, 명문신옥편, 뉴에이스강희옥편, 기본학습옥편······.

한자의 음과 뜻을 풀어놓은 옥편의 종류가 정말 많았다. 거의 모든 옥편에 위 숫자를 대조하여보니 어떤 글자가 형성되긴 했다. 특히 최신홍자옥편이나 명문신옥편 같은 것은 글자가 형성되긴 했으나 사회에서 통용되고 있는 일정한 명칭이 아니었다. 적어도 교보문고에 진열되어 있는 신간 옥편은 맞는 것이 없었다. 그렇다면 이 옥편들의 초판이나 구판, 아니면 절판된 것인지도 모른다. 증보판을 내면서 판을 바꿨다면 초판이나 구판도 대조를 해봐야 한다.

어느새 오후 4시가 지났다. 진하는 교보문고를 나와 안국동 사거리를 거쳐 동대문에 있는 역사문화공원 주차장으로 이동했다. 헌책방을 뒤져볼 생각이었다. 하늘은 여전히 뿌옇고 거리에는 방진 마스크를 한 사람들이 많이 보였다. 중국대륙의 영향도 있겠지만 요즘 형성되는 미세먼지는 대부분 우리 대도시의 구조적 문제였다. 한적하고 공기 맑은 영포시에 몸이 적응되어 가고 있는지 어느새 서울의 혼잡과 혼탁한 대기가 신체에 부담을 주었다. 진하는 심호흡을 하면서 새로 형성된 청계천을 따라 평화시장길로 들어섰다. 예전 대학 다닐 때는 이곳이 모두 헌책방이었는데 이젠 몇 군데 남지 않았다. 서점 주인에게 경찰관 신분증을 보여주며 양해를 구한 뒤 옥편을 뒤지기 시작했다. 전공서적은 교과서와 참고서를 종류별로 진열하고 있었지만 많은 부분이 바닥에 쌓인 채 방치되어 있어서 한 줄 한 줄 일일이 뒤지느라고 시간이 오래 걸렸고 좀체 그럴듯한 책을 찾을 수가 없었다. 고서점 다섯 곳을 뒤지고 나니 어느새 어두워지기 시작했다. 진하는 숙소로 돌아가지 않고 이정수와 저녁을 먹은 뒤 그의 숙직실에서 하룻밤 신세를 졌다.

이튿날, 진하는 아침부터 다시 청계천으로 나가 헌책 속에 파묻혔다. 무모한 일도 신념이나 열정이 있으면 힘들지 않았다. 시간과의 싸움이었다. 전에 발간됐다 유통을 멈춘 옥편까지 모두 조사하려면 서울에 있는 고서점을 모두 뒤질 수밖에 없었다. 여기서 못 찾으면 현재 발행되고 있는 옥편의 출판사를 돌며 그 초판과 중보판까지 확인해야 했다. 엊저녁, 이정수는 해킹 경로 수사에 좋은 소식을 전해주었다. 장기호가 등록했던 포털 사이트 〈네이처〉사의 운영실장이 경찰청의 디지털 포렌식센터 출신인데 그의 도움을 끌어낸 모양이었다. 판사의 영장 없이 일을 진행할 수 있다는 말이었다. 이 사건은 성격상 공개적으로 수사하는 데 한계가 있었다. 만일 이것을 공식화하여 보고체계가 형성될 경우 지역경찰의 정보망에 이 사건이 역으로 노출될 위험이 있고 자칫 수사가 중단되거나 어떤 압력이 내려올 가능성도 없지 않았다. 그렇게 되면 사건의 본질이 왜곡되거나 변질되면서 자칫 수사체계에 큰 혼란이 오거나 사회적 비난에 직면할 수도 있게 된다. 만일 이 숫자가 어떤 인명을 표시했고 그 인물이 권력을 쥔 실세라면 어떤 역공작을 할지 알 수 없다. 그렇게 되면 벽지의 경찰서 강력팀장으로 감당할 수 없는 상황이 될 수도 있다. 현재 진하로서는 그럴 때 바람막이가 되어 줄 곳이 없었다. 다행이었다. 어짼든 비공개적으로 하되 해킹 상대방을 밝혀내는 일도 지금 고서점을 뒤지는 일과 병행해야 의미가 있게 된다.

청계천 상인들이 주 고객인 부근의 중국음식점에서 짜장면으로 점심을 때우고 진하는 신축 상가지역을 벗어나 재개발지역까지 돌면서 작업을 계속했다. 서점주인들은 경찰관이 헌책을 뒤적이면서 수사를 하는 모습을 신기하게 지켜보며 이것저것 묻기도 하고 자신들의 처지를 하소연하기도 했다. 그들의 신세 한탄 중 대다수가 업종의 쇠퇴 문제였다. 기존 청계천에 현대식 건물이 들어서고 임대료가 급속히 상승하다 보니 이 지역 터줏대감으로 상가를 분양받아 소유권을 취득한 몇몇 사람 외에는 버텨내지 못하고 있다고 했다. 자연 고서점은 점점 외곽지역으로 내몰려 그 수가 현격히 줄고 있다는 호소였다. 어떤 서점주인은 곁에서 말을 걸다가 책 검색을 도와주기도 했다. 문제의 책은 마지막 두어 군데를 남겨놓고 마침내 찾아냈다. 사전류만 골라서 수집하는 곳이었다. 표지도 떨어져 나가고 없는 그 책은 명문당이라는 출판사가 1952년도에 초판을 발행한 후 1970년에 제9판으로 수정증보를 한 옥편이었다.

130,6,4 131,8,2 108,8,6　朴松揮

밤 10시쯤 영포시로 복귀하자마자 진하는 컴퓨터를 켜놓고 저명인사 인명부를 폈다. 이 인명부는 진하가 고위직 비리수사를 할 때 참고하기 위해 구해놓은 자료였다.

박송휘: 변호사(현), 서울지방검찰청 부장검사
박송휘: 판사(현), 사법연수원 3*기

숫자가 실체를 드러내자 긴장감은 점차 고조되어갔다. 박송휘 변호사는 서울법대 출신으로 서울지방검찰청에서 부장검사로 근무하다가 5년 전에 개업한 사람이고 또 한 사람은 연수원을 수료한 지 10년쯤 되는 판사였다. 두 사람 중 골드바와 관련되었다면 변호사일 것이다. 언뜻 변호사라는 직업과 돈이라는 관점에서 보니 사건 수임료가 먼저 떠올랐다. 전관예우를 이용하여 퇴직 후 몇 년 간 집중적으로 고액의 수임료를 챙긴다는 부장검사 출신, 사건수임으로 1kg짜리 골드바 30개를 받았다면 좀 많긴해도 불가능한 액수는 아니라는 생각이 들었다. 물론 현금이 아닌 골드바를 주고받았다는 점에서 정상적 사건은 아닐 것으로 짐작이 됐다. 지난 5년간 전관예우를 받으며 최고의 활동을 한 결과라고 하더라도 그 소득을 이렇게 골드바로 받았다면 뭔가 구린 구석이 있다는 말이었다.

진하는 법조인 명부와 연합통신에서 발행한 한국인명사전에서 박송휘 변호사의 이력을 살펴보았다. 49세, 경기도 영포에서 태어나 서울법대를 졸업한 뒤 사법시험에 합격하였고 한북지방검찰청이 초임이었다. 속초와 강릉에서 각각 근무한 2년을 제외하면 거의 수도권에서 전형적인 엘리트 코스를 거쳤고 주로 마약, 조직범죄, 첨단범죄 등을 전담했다. 우연일 수도 있겠지만 진하는 우선 이 사람과 자료를 가지고 있는 장기호가 같은 영포시 출신이란 점에 주목했다.

이렇게 순서가 뒤죽박죽인 골드바 고유번호의 목록은 왜 만든 것일까. 돈만 있으면 얼마든지 구할 수 있는 골드바지만 1,480개를 한 곳에 모아놓았고 그중 30개가 한 사람에게 집중되어 있다는 점은 분명히 의심스러웠다. 가장 먼저 고려할 사항은 검은 거래일 가능성이었다. 일반 상거래를 위한 정상적인 사업자금이라면 굳이 이런 목록을 만들 필요가 없을 것이고 또 만들었다고 하더라도 이렇게 숨겨둘 필요가 없었기 때문이었다. 만일 이것이 검은 거래라면 이름을 암호화한 것과 연관이 있을 것이다. 일테면 반대급부를 노리고 작성해 놓은 자금 루트가 아닐까 싶었다. 흐릿하긴 하지만 어떤 비밀스런 표적을 보는 것 같아 가슴이 두근거렸다. 이런 기록이 시골 졸부인 장기호의 소지품에서 나왔다는 점이나, 이 기록이 혹시 께름칙하게 종결했던 장기호와 강선효 사건과 어떤 연관이 있지 않을까 하는 기대감 때문이었다. 장기호가 이것을 직접 입력하였다면 무슨 용처에 대한 설명이 있을 텐데 전혀 그런 내용은 보이지 않았다. 그렇다면 이 목록은 다른 곳에서 해킹한 것이 틀림없었다.

은행강도 사건

이틀간 휴가를 마치고 업무에 복귀하자마자 관내에 비상이 걸렸다. 오전 10시 30분쯤 영포농협 구산면지점에 권총을 휴대한 강도가 침입하여 현금 2억 원을 강탈해간 사건이었다. 범인에게 저항하던 농협직원 하나가 범인이 쏜 총에 맞고 중상을 입었다고 했다. 수사과장은 이 사건을 3팀에 배당했다. 진하는 팀원인 정형근 경장과 주경식 경사와 함께 즉시 현장에 출동했다. 한창 공장이 들어서고 있는 산업단지에 인접한 구산면은 읍내에서 6km 가량 떨어진 곳이었다. 사고현장에는 파출소 순경들이 외부인의 출입을 통제하고 있었다. 주 형사와 정 형사에게 사고 당시 현장에 있었던 직원들의 진술을 정리하라는 지시를 내린 뒤 진하는 실내의 CCTV 녹화기록부터 확인했다. 범인은 2명으로 175cm 정도의 건장한 체격이었는데 둘 다 눈만 제외하고 얼굴을 가렸고 휴대한 무기는 엉성해 보이는 사제권총이었다. 진하는 범인들의 동선을 따라 족적과 지문을 찾아보았으나 모두 장갑을 끼고 있어서 지문채취는 실패했다. 그들이 돈을 강탈해 정문을 나선 뒤 바로 오토바이 엔진소리가 났다는 직원들의 진술에 따라 농협으로 이어지는 도로상에 설치된 3개의 CCTV 영상을 모두 뒤졌다. 진하는 사건 발생 전 24시간과 발생 이후 현장 주변을 통과한 오토바이와 행인들을 모두 조사대상에 포함했다.

실내와 실외의 영상을 비교하면서 체격과 몸짓이 비슷하고 농협 주위를 배회하고 있는 듯한 청년들을 찾아냈으나 CCTV 앞을 통과할 때는 의도적으로 얼굴을 가렸고 부근 식당의 음식배달용 스쿠터 외에는 번호판을 식별할 수가 없었다. 범행시간 즈음해서 농협 주변을 통과한 오토바이는 모두 5대로 125CC 정도의 소형 스쿠터였다. 지역을 넓혀가며 예상 도주로를 살펴보았으나 범행 현장에서 반경 1km 밖에서는 해당 스쿠터의 모습이 잡히지 않았다. 즉흥적인 범죄는 아니라고 단정했다. 침입, 탈취, 도주가 불과 7분 내에 이뤄진 것으로 보면 사전 준비가 얼마나 치밀했는지 알 수 있었다. 남자 직원이 저항하지 않았으면 일은 좀 더 빨리 끝냈을지 모른다. 손발을 척척 맞춰 돈을 터는 장면을 보면서 진하는 범인이 내부사정을 잘 알고 있다는 느낌이 들었다. CCTV 영상에 찍힌 범인들은 움직임이 재빠르고, 침착해 어느 정도 세상 물정을 터득한 젊은이인 듯했다. 범인들은 그날이 인근 공장 직원들의 봉급날이었고 그곳에는 외국인 근로자가 많아 온라인 이체를 하지 않고 직접 현금으로 봉급을 지급하는 업체가 꽤 된다는 점, 그리고 30분 전에 현금수송차량이 다녀간 사실도 염두에 두었다고 봤다. 쉰을 갓 넘겼을까, 지점장은 여자였다. 진하는 아직도 몸을 가볍게 떨면서 말을 더듬고 있는 그녀에게 한 가지 부탁을 했다.

"현직은 물론, 이곳을 거쳐 가거나 사직한 직원들, 그리고 내부적으로 농협의 업무와 관련이 있는 사람들의 현황을 좀 뽑아주세요."

상처를 입은 직원의 문병도 아직 못 했다고 하소연하던 그녀는 사건과 관련된 임무를 부여받고서야 안정을 되찾은 듯했다. 내부 조사업무를 마친 주 형사와 정 형사는 번호판을 가린 오토바이 사진을 확대하여 시 관할 전역의 판매점과 수리점을 대상으로 탐문에 들어갔다. 진하는 전화로 2팀장에게 동종 수법 전과자들의 현황을 파악해달라고 부탁을 한 후 강탈당한 2억 원 중에 들어있었다는 수십 장의 백만 원 권과 십만 원권 자기앞수표의 고유번호 목록을 영포시와 한북시 일대의 상가에 배포했다. 그리고 얼굴을 가린 채 직원들을 위협하여 돈을 강탈하고 있는 범인들의 영상을 각 방송사 기자들에게 제공했다. 전형적인 공개수사였다. 이처럼 농협 강도사건에 깊이 빠져들고 있을 때 이정수로부터 전화가 왔다.

"찾았어."

"그래?"

"비공식적인 조사라서 기록을 남기면 곤란한 모양이야. 나와서 설명을 듣고 가."

"그래. 알았어. 비상이 풀리면 바로 나갈게."

갑자기 마음이 바빠졌다. 비로소 골드바 목록의 실체가 밝혀지려나? 한 사건에만 집중해도 빠듯할 판인데 양쪽에서 죄어드는 느낌이었다. 가능하다면 이 사건을 누군가에게 맡기고 이정수에게 달려가고 싶었다. 그러나 사건의 재배당을 위해서는 사유를 밝혀야 하는데 골드바 목록은 아직 공개할 수 없었다. 무리가 따르고 힘이 들더라도 두 어깨의 짐을 감당해야 했다. 우선 이 사건을 종결지은 뒤 생각하기로 했다.

벽에 박힌 탄흔을 채취한 뒤 농협이 정상 업무를 시작하자 진하는 현장에서 철수했다. 물증이나 자료를 모두 확보했으므로 현장을 통제하거나 그곳에서 잠복하고 있을 필요는 없었다. 점심식사를 한 뒤 진하는 컴퓨터로 각 자료들을 정리해나갔다. 주 형사와 정 형사가 오토바이 관련 상점들에서 수집해 보내준 자료와 농협이 제공해준 전 현직 직원, 그리고 운영에 관계하며 출입했거나 출입하고 있는 사람들의 현황들을 종합해서 용의자를 정리해나갔다.

수사과장에게 1차 수사 보고를 한 뒤 세 사람은 지역을 분담하여 탐문에 나섰다. 읍·면사무소의 협조를 얻어 자료 속에 등장하는 사람들의 이름과 주소를 중심으로 용의자들의 신체적 특징을 확인했다. 오후 2시 뉴스부터 각 방송국에서 범행화면과 번호판을 가린 오토바이의 주행 장면을 방영하기 시작했다. 얼굴을 가렸으나 함께 생활하거나 이웃에 사는 사람들이 방송을 보면서 혹시 눈에 익은 어떤 특징이나 동작을 알아본다면 제보해 달라는 보도였다. 진하는 그동안 수집한 자료들과 현장에서 팀원들이 탐문한 정보들을 놓고 오후 내내 분석하여 유력한 용의자 2명을 추려냈다. 그 첫 번째는 사회복무요원으로 구산면의 사회복지 업무를 보조하면서 사고 농협에 자주 출입하던 구훈서라는 29세 된 청년이었다. 구산면장과의 전화통화로 대외비임을 알리고 구훈서에 관한 정보를 제공해 달라고 부탁했다. 면장은 인사기록카드에 적힌 대로 하나씩 불러주었다. 그는 서울의 명문대를 졸업한 후 5급 공무원 공채시험을 준비하느라 입대 시기를 놓쳐 농협에서 500m 거리에 있는 구산면사무소에서 병역대체 복무를 하는 중이었다. 이 청년은 평소 스쿠터를 타고 다니며 일을 하고 있었고 신장이 178cm로 신체적으로 범인과 흡사했다. 두 번째는 농협의 무인경비를 담당하고 있는 보안업체 '유스콤' 직원으로 근무하다가 6개월 전에 퇴직한 임정호라는 34세 청년으로 신장이 176cm였고 유스콤에서 퇴직한 후 일정한 직업 없이 지내고 있다고 했다. 그리고 또 하나는 오토바이 대여업을 하는 주민이 전화로 제보한 것인데 이틀 전 자신의 업소에서 범행에 쓰인 것과 같은 종류의 스즈키 익사이트125 스쿠터를 도난당했다는 신고였다. 진하는 우선 신원조회를 통해 이 두 사람의 정확한 인적사항을 파악하고 주 형사를 관할 면사무소로 보내 주민등록부에서 사진을 확보했다.

첫 용의자 구훈서는 저녁 9시경 숙소에서 임의동행 형식으로 연행했다. 다른 혐의자 임정호는 외출 중이어서 SK와 LG의 협조를 얻어 주 형사와 정 형사가 통화 장소를 중심으로 위치추적을 계속하는 동안 진하는 급히 두 사람의 주거지에 대한 압수 수색영장을 신청했다. 진하는 구훈서의 인적사항과 간단한 경력으로 본인 여부를 확인한 뒤 이 사건의 개요와 그가 왜 연행되었는지 설명을 해주고 곧바로 신문을 시작했다.

"구훈서 씨가 구산면사무소에서 어떤 일을 하고 있는지 간단하게 말해주세요."

"배치될 때 면사무소 업무보조라고 되어 있었으나 그냥 노가답니다."

구훈서는 피식 웃으면서 그렇게 대답했다. 경찰서에서 조사받으면서도 주눅 들지 않았다.

"그럼 출근해서 퇴근할 때까지 어떤 일을 하는지 구체적으로 말해 주세요."

"아침 8시에 출근하면 물걸레로 바닥 청소를 하고 주차장 청소를 합니다. 9시 반부터 직원들의 지시에 따라 복사, 물건 운반, 외부 심부름, 운전, 농협 입출금 등 가리지 않고 하고 있습니다. 오후 6시가 지나면 사무실을 대충 정돈한 뒤 퇴근을 합니다."

"영포농협 구산면지점에는 자주 갑니까?"

"오전과 오후, 하루에 두 번씩 갑니다."

"농협에 가서 무슨 일을 합니까?"

"돈을 찾아오고 입금을 하는 일을 합니다. 직원 봉급이나 수당 같은 큰돈은 회계직원이 직접 취급하지만 구내식당 운영비, 취로사업에 참여하는 농민들의 일당도 찾아오고, 민원서류 발급 수수료나 자치센터에 납부되는 수강료 같은 돈을 입금하고 옵니다."

"거리가 500m 쯤 된다는데, 걸어서 갑니까?"

"대부분 스쿠터를 탑니다."

"개인 소유입니까?"

"아닙니다. 면사무소 비품입니다."

"그것으로 출퇴근을 합니까?"

"자취방이 면사무소 부근이어서 걸어서 다닙니다."

"스쿠터가 스즈키 익사이트125입니까?"

"그렇습니다."

"무슨 색깔이지요?"

"흰색 바탕에 짙은 청색입니다."

범행현장에서 찍혔던 스쿠터와 같았다.

"오늘 오전 9시부터 12시까지 어디서 무슨 일을 했는지 설명할 수 있지요?"

"물론입니다. 평소처럼 8시에 출근해서 청소를 마친 후 9시 30분쯤 농협으로 가서 돈 1백5십만 원을 찾았고, 영포시장에 가서 직원들이 신청한 사무실 비품을 샀습니다. 나간 김에 읍내에 있는 곰탕집에서 점심을 먹고 12시 반쯤 면사무소로 돌아갔습니다."

구훈서는 차분하게 시간별로 자신의 위치를 설명했다. 그러나 이것만으로는 자신의 현장 부재증명을 입증하기엔 부족했다. 특히 범행시간 앞뒤 30분의 행적이 분명하지 않았다.

"좀 더 자세하게 시간을 세분하여 몇 시 몇 분에 어디서 무엇을 했는지 적어보세요. 장소를 정확히 표시하고 그곳에서 만난 사람을 구체적으로 명시하고……."

요즘 웬만한 곳에는 CCTV가 설치되어 있어서 동선을 확인할 수가 있었다. 그 화면만 확보하면 이 청년이 한 진술의 진위여부는 금방 드러나게 된다. 오후 10시 반쯤 압수수색영장이 나왔다. 한북지역에서는 비중이 큰 사건인지라 평소에는 제한된 야간집행이 허가되었다. 행적에 관한 진술서 작성을 마친 구훈서를 데리고 기동대 1개 소대와 함께 우선 그의 자취방부터 수색을 시작했다. 방 여섯 개가 붙어있는 임대용 주택이었는데 각 방의 출입구가 따로 있어서 독립적으로 사용이 가능한 구조였다. 부엌의 찬장에는 식기 몇 개가 고작이었고 별다른 살림이 없었다. 6평 남짓한 방의 한 벽에는 법률서와 행정학 관련 서적이 가득했고 벽장과 간이 옷장이 있었다. 그런데 서랍에서 찾아낸 사고농협의 예금통장에는 2천여만 원이 저축되어 있었고, 옷장에는 현금 5만 원권 두 다발이 나왔다. 돈을 묶은 띠지에 찍힌 표시는 영포농협이 아닌 다른 은행의 상호였다. 뚜렷한 수입원이 없는 구훈서에게 이런 고액의 돈이 나와 의심이 들었으나 대충 출처가 확인되어 더는 캐지 않았다. 영장에 집행결과를 적은 뒤 구훈서의 서명을 받고 다른 수색지로 향했다.

두 번째 수색장소인 임정호의 집은 한북시와 인접해있는 소현읍의 한 연립주택 2층이었다. 우선 주변을 돌며 스쿠터를 찾아봤으나 길가에 낡은 바이크가 1대 세워져 있을 뿐이었다. 이미 11시가 가까웠으나 수색은 자정까지 마쳐야 했다. 진하는 부근 파출소에서 순경 3명을 지원받아 바깥 경계를 맡긴 뒤 집 안으로 들어갔다. 20여 평쯤 되는 공간을 전 가족이 함께 사용하고 있었고 임정호가 사용하는 곳은 2평 남짓한 문간방이었다. 임정호가 어제부터 집에 들어오지 않았다며 막아서는 가족들에게 영장의 내용을 설명한 뒤 우선 임정호의 방부터 수색을 시작했다. 4칸짜리 장 하나와 이불 2채, 그리고 자그마한 책상 위 1단짜리 책꽂이에는 공무원 수험서가 가지런히 꽂혀 있었다. 진하는 장 뒤편 공간에서 범인이 범행 시 입었던 것과 같은 상 하의를 찾아내어 이를 압수했다. 책상 서랍에서는 공이나 총신 등 총기부품으로 보이는 쇠붙이가 여러 개 나왔다. 그때 전화벨이 울렸다. 주 형사였다. 주 형사와 정 형사는 초저녁부터 스마트폰의 위치추적으로 용의자를 뒤쫓는 중이었다.

"종로 3갑니다. '클럽1234'란 유흥업손데 지금 특실에서 임정호와 공범으로 보이는 청년이 여자들과 술을 마시고 있습니다."

보통 범인 여럿이 현금을 강탈했을 때 즉시 돈을 분배하고 몸을 숨겼다. 그렇다면 이들이 범인인데 저러고 있다면 아직 돈을 분배하지 않았다는 말이었다. 그렇지만 야간 검문이 잦은 서울시내 밤거리를 2억 원이나 되는 현금뭉치를 들고 다닐 리는 없었다. 농협을 나설 때 한 명이 배낭을 메고 있었고, 이 장면이 방송에 나간 뒤 수없이 반복 방영되었기 때문이었다. 분명히 돈을 어딘가 숨겨두었을 가능성이 크므로 이들을 지금 체포해서는 안 된다. 그렇다고 오늘 밤을 넘겨도 위험부담이 따랐다. 집에 대한 압수수색을 했으므로 어떤 형태로든 연락이 되어 경찰이 그들을 쫓고 있다는 사실을 알게 되면 상황이 나빠지게 된다. 지금까지 확보한 증거들은 아직 결정적이지 않으므로 돈을 찾지 못한 채 이들을 체포하였다가 구속영장을 받아내지 못하면 바로 석방해야 한다. 그렇게 되면 이 사건은 점차 미궁에 빠질 가능성조차 있다.

"조금만 더 지켜봅시다. 내가 갈 때까지 감시만 하세요."

진하는 주 형사에게 다른 팀의 지원을 요청하라는 지시를 덧붙인 뒤 전화를 끊고 옷과 쇠붙이에 대한 압수목록을 작성하여 임정호 가족들의 서명을 받았다. 파출소 순경에게 압수물을 본서로 보내달라고 부탁한 뒤 서둘러 현장으로 향했다.

'클럽1234'는 종로3가 국일관 인근의 5층 건물 중 지하층과 1층을 사용하는 술집이었다. 주 형사는 계산대 뒤에서, 정 형사는 클럽 입구에서 잠복 중이었다. 진하는 뒷문과 비상구를 점검한 뒤 만약을 위해서 정 형사를 뒷문에 배치했다. 업소 사장에게 두 사람이 강도사건의 수사대상자라고 밝히고 협조를 부탁했다. 사장은 술집 운영에 대해서는 손대지 않는다는 약속을 받은 뒤 그들이 술을 마시고 있는 지하층 특실 옆의 방을 열어주었다. 벽에 귀를 대니 두런두런 하는 말소리와 간간이 여자들의 웃음소리도 뒤섞여 들렸다. 이미 자정이 넘었고 두 사람은 혀가 꼬부라지기 시작했지만, 아직 일어설 기색은 없었다. 30여 분간 집중해보았으나 그냥 일상적인 대화일 뿐이었고 농협과 관련된 말은 전혀 없었다.

"매상 좀 올려주세요. 졸지만 마시고⋯⋯."

3시 무렵, 여자의 아양 섞인 목소리가 들렸고 '이년들이 얼마나 벗겨 먹으려고⋯⋯.' 사내의 핀잔이 뒤따라 날아왔다. 둘의 목소리는 메마르고 투박했다. 구시렁대는 소리가 계속되다가 다시 조용해졌다.

새벽 4시 반경, 그들은 마침내 자리를 털고 일어섰다. 여자들에게 짜증을 부려대던 사내들은 호기롭게 팁을 뿌린 후 술값 계산도 현금으로 한 뒤 밖으로 나갔다. 진하 일행은 최대한 멀찌감치 그들을 둘러싸며 미행을 시작했다. 그러나 긴장은 오래가지 않았다. 종각역 지하도를 건넌 후 그들이 바로 택시를 잡아탔기 때문이었다. 택시는 서울역 택시승강장에서 멈췄고 그들은 지하철 2번 출구의 계단으로 내려갔다. 지하철이 움직이려면 아직 30분쯤 남아 있었다. 여기저기 골판지를 바닥에 깔고 잠이 든 노숙자들과 띄엄띄엄 느린 걸음으로 걸어가는 행인들이 눈에 띄었다. 미행이 노출되면 모든 게 헛일이었다. 주 형사가 통로 구석에 노숙자들이 버린 종이상자 1개를 집어

들더니 바닥에 누웠다 일어서기를 반복하며 앞으로 나아갔다. 정 형사를 지상으로 올려보내 1번 출구 쪽으로 접근을 시킨 뒤 진하는 바닥에 버려진 소주병 하나를 집어 들고 술에 취한 듯 비틀거리며 그들을 따랐다.

그들이 발걸음을 멈춘 곳은 개찰구와 나란히 설치되어 있는 물품보관함 앞이었다. 사방을 두리번거리며 한참 뜸을 들이더니 그중 하나의 문을 열었다. 그들이 꺼낸 것은 등산용 배낭이었다. CCTV에 찍혔던 바로 그 배낭이었다. 그중 한 명이 그것을 꺼내 둘러메는 순간 진하는 테이저건을 빼 들고 주 형사에게 손짓하며 재빨리 그들에게 접근했다.

"꼼짝 말고 그대로 있어!"

두어 발자국 뒤에서 진하가 테이저건을 겨누며 소리치자 배낭을 메지 않은 한 명이 재빨리 품에서 뭔가를 꺼냈다. CCTV 화면에도 잡혔던 그 사제권총이었다. 순간 진하는 다리를 구부리고 힘을 주어 그 반동으로 뛰어오르며 옆차기로 무기를 든 손을 힘껏 걷어찬 뒤 들고 있던 테이저건 손잡이로 그의 오른쪽 어깨를 내리쳤다. 사제권총이 바닥에 둔탁한 소리를 내며 떨어졌고 그가 비명을 지르며 쓰러지자 곁에서 배낭을 메고 있던 다른 한 명이 휙 몸을 돌렸다. 배낭의 무게 때문인지 휘청거리는 그를 놓치지 않고 주 형사가 달려들어 사내를 바닥에 꿇어 앉히고 수갑을 채웠다. 사진을 꺼내 대조를 해보니 배낭을 맨 자는 임동호였다. 이런 소란 중에 통로 여기저기서 잠을 자고 있던 노숙자들이 깨어 웅성거리기 시작했다. 1번 출구로 갔던 정 형사도 합류한 뒤 모여드는 구경꾼들을 뒤로 물렸다. 배낭 속의 내용물은 5백만 원권 돈다발과 수표였다.

119대원들이 출동하여 공범의 상처 부위에 대해 응급조치를 하는 동안 진하는 그가 바닥에 떨어뜨린 총기류와 함께 그들의 소지품을 모두 꺼내 봉투에 담았다. 그리고 물품 보관함과 열쇠에 묻어 있는 두 사람의 지문도 채취했다. 행인들이 신고했는지 남대문경찰서 야간 근무자들이 달려왔으나 금방 상황을 알아차리고 수습을 도왔다. 현장 정리가 끝날 무렵 도착한 본서 지원팀의 7인승 순찰차를 타고 수사진은 영포시로 향했다. 공범이 계속 고통스럽게 신음을 내뱉었다. 체포할 때 테이저건으로 내려친 상처의 부위가 생각보다 큰 모양이었다. 그가 꺼내든 사제총을 제압하기 위해 정도 이상의 타격을 했지만 어쩔 수 없는 일이었다. 한 번 사람을 해친 강력범은 자포자기 상태여서 단번에 제압하지 못하면 어떤 결과를 초래할지 알 수 없었다. 그런 상황에서 테이저건을 발사하지 않은 것은 위험부담 때문이었다. 술 취한 사람에게 전기침을 꽂았다가 결과가 좋지 않아 곤욕을 치른 경찰관도 있었으므로 최소한의 원칙을 따랐을 뿐이었다. 본서에 도착하여 증거자료와 함께 임정호를 인계하면서 공범의 신원을 확인해보니 임동호와 나이가 같고 이름은 김동수였는데 폭행치사 혐의로 수감되었다가 3개월 전에 석방이 된 인물이었다. 그를 즉시 영포시 의료원에 입원을 시켰다. 역삼각형 모양의 넓적한 어깨뼈와 가시위오목에 금이 가고 회전근띠에 손상이 왔다는 진단이 나왔다. 우선 근육 손상에 대한 치료를 한 뒤 깁스를 했다. 일단 1단계 조치가 끝난 후 김동수의 감시는 2팀에 맡기고 세 사람은 찜질방에서 곯아떨어졌다.

오후 2시부터 의료원 입원실 205호실에서 본격적인 신문이 시작됐다. 부상을 입은 김동수는 병상에 누운 채로였고 임정호는 진하와 마주 보게 했다. 강탈한 돈과 수표 대부분, 그리고 범행에 사용했던 사제권총을 압수하였으나 이 사건을 종결하기 위해서는 범행의 동기와 목적, 공범의 존재 여부, 도피 과정 등에 대한 보강조사가 필요했다. 임정호와 김동수는 5만 원권 1백장 묶음 하나를 풀어 쓰다만 돈 2백여만 원, 범행 이후 이들이 쓰고 받은 현금영수증 8장, 부산행 KTX의 오늘 아침 5시 40분발 승차권 2장 등을 지니고 있었다. 진하는 신문 과정을 촬영하는 카메라를 바라보며 우선 진술거부권부터 고지했다. 물증이 확실한 터에 침묵한다고 유리할 이유는 없었다.

"두 사람은 어떤 관계입니까?"

전혀 다른 경로를 따라 용의자로 지목이 되었는데 두 사람이 한곳에서 술을 마시고 있었다는 사실이 놀라웠다.

"영포농고를 같은 해 졸업했습니다."

임정호가 대답했다.

"두 사람은 지금 무슨 일을 하고 있습니까?"

"……."

"……."

"기록에 보니까 임정호 씨는 보안업체 '유스콤'에서 6개월 전 퇴직한 후 지금껏 놀고 있는 것 같은데, 김동수 씨는 무슨 일을 하고 있나요?"

진하는 두 사람을 번갈아 바라보면서 물었다. 한참 뜸을 들이다가 김동수가 볼멘소리로 대답했다.

"뭐, 되는대로 살고 있어요. 공사장에서 막일도 하고, 대리운전도 하고……."

"유스콤에 근무할 당시 영포 농협 구산면지점의 내부구조와 보안 상태를 잘 확인했기 때문에 그곳을 선택한 것인가요?"

"……."

그 질문에 임정호는 고개를 숙였다.

"이 총은 어디서 구했나요?"

진하는 김동수에게서 빼앗은 사제총을 들고 물었다. 22구경인 이 총은 공이와 공이를 작동하는 스프링, 총열과 방아쇠 등은 모두 실제 권총의 부품이었고 외양만 따로 제조한 것이었다.

"인터넷에서는 이보다 더한 것도 살 수 있어요."

김동수가 이마를 찌푸리면서 대답했다. 고단위 진통제를 맞았음에도 아직 어깨가 아픈 모양이었다.

"실탄도 함께 샀나요?"

"아뇨. 실탄은 미군 사격장에서 훔쳤어요."

"언제부터 농협을 털려고 했나요? 즉흥적으로 그런 것은 아닐 테고……."

"……."

"두 사람은 자주 만나지는 않았지요?"

"예."

"다시 묻습니다. 이 일 때문에 언제 두 사람이 처음으로 만났어요?"

"한 달쯤 됐어요."

"물론 임정호 씨가 목표를 정했겠지요?"

"……."

김동수가 임정호를 힐끗 바라봤다.

"부산에 연고가 있나요? 거기서 뭘 하려고 했어요?"

"섬으로 가려고 했어요. 당분간 피해 있으려구요."

임정호가 대답했다.

"그럼 바로 떠나지 왜 다음날 새벽차표를 끊었어요?"

"의견이 잘 맞지 않아서요. 동수는 그냥 돈 나눠서 각자 행동하자고 했고, 나는 동수를 믿을 수가 없었고요."

"다른 공범이 있었기 때문이 아닌가요?"

이미 두 사람이 지난 1주일간 통화한 사람들을 모두 조사하면서 다른 공범은 없다고 결론을 내렸다.

"아닙니다. 우리 둘뿐입니다."

체념한 표정으로 임정호가 말했다.

"김동수 씨는 어제 오토바이 대여점에서 스쿠터를 훔쳤지요?"

제보자는 스쿠터가 없어진 것은 어제 오전 9시 반이었다고 신고했다. 김동수는 말 대신 고개를 끄덕였다.

"그 스쿠터, 어디 됐어요?"

"……."

진하는 스마트폰에서 스쿠터의 이미지를 찾아 보여주었다.

"이것과 같은 종류였지요? 색깔도 같고……."

"……."

"대답하지 않으면 수긍한다고 적어놓을 겁니다. 이것과 같은 스쿠터였지요?"

"예."

"지금 어디 있어요. 이 스쿠터?"

"……."

진하는 스마트폰에 입력해놓은 CCTV 녹화 영상을 틀었다.

"어때요? 이 영상 속의 두 사람, 임정호 씨, 김동수 씨 맞지요?"

"예."

"두 사람의 체격으로 보아 총을 쏘지 않고도 일을 끝낼 수 있었을 텐데, 왜 그랬어요?"

진하는 계속 얼굴을 찡그리고 있는 김동수를 바라보며 물었다. 농협의 피해 직원은 총알이 복부를 관통해 출혈이 심했지만, 생명에는 지장이 없다는 연락을 받았다.

"새끼가 비상벨에 손만 대지 않았으면……."

지점장과 다른 직원이 모두 여자여서 뭔가 책임의식을 느낀 모양이었다. 군 복무를 마친 사람이라 총 모양이 엉성해서 모형이 아닌가 하고 의심을 했는지도 모른다.

"이제 스쿠터가 있는 곳을 말해 보세요."

진하는 다시 한번 스쿠터의 행방을 물었다. 이것은 회수한 현금, 압수한 사제권총과 함께 범행에 관련된 물건이므로 반드시 회수해야 한다.

"현북면 사무소 후문에다 버렸어요."

임정호가 말했다. 현북면이면 범행현장에서 북쪽으로 3~4km 떨어진 곳이었다.

"농협을 나선 뒤 바로 그쪽으로 도주를 했군요. 그곳에 연고가 있어요?"

"아뇨. 그 도로에는 CCTV가 없거든요."

임정호가 희미하게 웃으며 대답했다. 그러니까 이들은 접근로, 범행 장소, 도주로까지 답사하고 세밀한 계획을 세웠다는 말이었다.

"현북면 사무소 후문에 스쿠버를 버린 뒤 어디로 갔어요?"

범행 후 이들의 행적에 대한 조사는 사건을 전체적으로 형상화하고 종결하는 데 꼭 필요했다.

"택시를 타고 영포시 시외버스 터미널로 갔어요."

임정호가 말했다. 김동수는 대답할 기력도 없는 듯했다.

"배낭은 누가 멨어요?"

"내가 멨어요."

처음부터 끝까지 돈 관리는 임정호가 한 것 같았다.

"터미널에서 시외버스를 탔겠군요."

"예."

"어디까지 갔어요?"

"한북역 앞에서 내려 식사를 한 뒤 지하철을 타고 서울역까지 갔어요."

"김동수 씨를 믿을 수 없었다고 했지요?"

아까 이들은 섬으로 가기 위해 부산행 차표를 끊었다고 했었다.

"동수는 전과가 많아서 안심할 수가 없었어요. 그래서 당분간 함께 지내자고 했어요."

"서울역에 도착한 후 어떻게 했어요?"

"우선 멀리 벗어나려고 했는데 동수가 물 좋은 데 가서 좀 놀다 가자고 해서……."

"그래서?"

"우선 배낭을 물품 보관함에 넣어두고 다음 날 첫차 차표를 끊었어요."

"그때가 몇 시쯤 되었어요?"

진하는 그들 소지품 중에서 열차표를 찾아서 펼쳤다.

"아마 오후 2시쯤 되었을 겁니다."

"그 시간에 바로 그 클럽으로 갔어요?"

"아닙니다. 배낭을 보관한 뒤 영화관에 가서 〈아가씨〉라는 영화를 봤고 극장 부근 식당에서 라면을 먹은 뒤 6시쯤 그 클럽에 갔습니다."

"잘 가던 곳인가요, 클럽1234에?"

"잘 가긴요. 우리가 무슨 돈이 있어서……. 동수가 교도소 동기를 따라 한 번 가봤는데 아가씨들도 괜찮고 특히 시설이 끝내준다더군요."

"그곳에서 꼬박 열 시간을 지낸 셈인데……."

바로 옆방에서 그들의 대화를 엿들으며 네 시간을 보냈는데 그곳은 탁자와 소파 외에는 별로 특별한 시설이 없었다.

"돈만 있으면 열 시간이 아니라 온종일 지낼 수도 있겠던데요. 별실이 있어서 피곤하면 쉴 수도 있고, 아가씨와 재미도 볼 수 있고."

아, 그래서 이들이 새벽 4시 반까지 버티고 있었구나. 그 시간까지 죽치고 앉아 술을 마시면서 별실에서 모든 일을 다 처리한 모양이었다. 이 정도면 범행 후의 행적도 모두 드러난 셈이었다.

"더 할 말 있으면 해보세요."

진하는 카메라 쪽을 바라보며 촬영이 잘 되고 있음을 확인한 후 마지막 질문을 했다.

"죄송합니다."

임정호가 사과하자 김동수는 눈을 감았다. 그의 표정과 입에서 새어 나오는 신음소리로 보아 마취가 거의 풀려 통증이 점점 심해지는 듯했다. 진하는 피의자신문조서를 출력하여 읽어주고 두 사람에게 오른쪽 엄지 지문을 찍게 한 뒤 손가락 열 개의 지문도 따로 채취했다. 카메라와 녹화된 CD를 챙기고 김동수를 수술실로 들여보내면서 읍 지구대에 감시 임무를 맡겼다. 임정호를 우선 경찰서 유치장에 가둔 뒤 진하는 사건의 발생에서부터 수사의 각 과정, 그리고 범인 체포과정에 따라 자세한 수사보고서를 작성했고 두 사람에 대한 구속영장도 신청했다. 수사과장은 진하가 작성한 수사보고서를 토대로 하여 각 언론기관에 제공할 보도자료를 준비하면서 내일 영장이 나오면 바로 검찰에 송치하라고 지시했다.

일찍 퇴근하여 부족한 잠을 보충한 진하는 이튿날 출근하자마자 영포농협 구산면지점 특수강도 사건의 검찰송치를 위해 온종일 바쁘게 뛰어다니다가 오후 4시경 사무실을 나왔다. 지하철이 있는 한북시까지 교통편이 시원치 않아 승용차로 가기로 했다. 일이 언제 끝날지 알 수 없으므로 돌아올 때를 대비해야 했다. 진하는 한북경찰서 지상 주차장에 차를 세워놓고 정문 근무자에게 소속과 차량번호를 신고해놓은 뒤 택시를 탔다. 이정수와 저녁 6시 30분에 만나

저녁을 먹기로 했으니 아직 시간은 넉넉했다. 〈네이처〉 운영실장 윤두일도 나온다고 했으니 자료의 출처는 어느 정도 파악된 모양이었다. 택시는 10분도 되지 않아 한북역 택시 승강장에 도착했다. 아직 퇴근시간이 남아선지 역 주위는 한산한 편이었다. 진하는 막 출발하는 지하철을 탔다.

언론의 집중을 받은 꽤 비중 있는 사건을 만 하루 만에 해결해놓고도 정작 진하는 장기호 사건 때문에 자족할 여유도 없었다. 온종일 함께 고생했던 주 형사와 정 형사에게 양해를 구했으나 마음이 편하지는 않았다. 서울에서는 이런 사건 하나 해결하고 나면 동료들과 푸짐한 회식을 하곤 했었다. 그러나 벌써 한 달이 지났음에도 영포에서는 모두 낯설었다. 장기호 사건이야 거의 진하 혼자서 뛴 셈이었고 수사과장이 서둘러 종결했으니 아예 그럴 기분도 나지 않았다. 그러나 이번 사건은 달랐다. 팀이 일사불란하게 지혜를 모으고 움직인 결과물이었으니 서로 속마음도 털어놓을 겸 술자리를 함께할 필요는 있었다.

정해진 시간보다 10여 분 일찍 약속장소인 세종문화 회관 지상주차장 쪽 '아귀 동태탕집'에 도착했다. 자리를 잡고 있으니 5분도 채되지 않아서 두 사람이 함께 들어왔다.

"일찍 왔구나."

이정수가 손을 내밀며 말했다.

"지하철로 왔어."

진하도 이정수의 손을 맞잡으며 함께 온 사람을 쳐다봤다. 동년배로 보였다.

"인사해. 윤두일 형이야. 〈네이처〉 운영실장."

두 사람은 서로 악수하며 통성명을 했다. 서로 인사를 나누고 세 사람이 자리에 앉자 이정수가 아귀찜과 소주를 주문했다.

"전에 말한 대로 윤형은 경찰청의 디지털 포렌식 센터 출신이야."

경찰청의 디지털 포렌식 센터는 범죄와 관련된 사람의 스마트폰이나 개인용 컴퓨터, 그리고 범죄현장이 찍힌 CCTV 같은 디지털 기기 등을 분석하거나 복원하는 것이 주 임무였다. 그 외에도 설치했다가 지워버린 프로그램, 통화나 문자 내역, 많이 사용한 앱 같은 것에서 범죄에 이용한 흔적을 복원해 수사에 도움을 주기도 했다. 윤두일은 경사로 재직하다가 사촌형이 인터넷 포털사이트인 〈네이처〉를 창립한 후 급속도로 발전해 나갈 때 조직관리를 위해 합류했다고 한다.

"요즘은 범죄의 혐의가 있어도 고객들의 정보보호 때문에 법원의 영장 없이는 자료를 제대로 열람할 수가 없어. 얼마 전 미국 애플사는 사회적으로 충격을 주었던 총기 난사범이나 마약거래상이 지니고 있던 아이폰에 대한 법원의 잠금장치 해제명령을 표현의 자유를 내세워 거부했잖아. 고객들의 정보를 보호하기 위해 불이익을 감수하고서라도 국가 강제력을 거부했다고 해서 세계적 이슈가 되기도 했지. 아무튼 과거와는 달리 갈수록 인터넷 기기에 대한 공권력의 강제가 잘 먹혀들지 않는 추세야."

장기호의 행적을 토대로 하여 법원에서 영장을 받아 〈네이처〉의 전산망에 들어갈 수는 있었다. 그러나 보안유지가 어렵고 시간도 많이 소요되기 때문에 이런 비공식 루트를 이용할 수밖에 없었다. 음식이 나오고 소주가 한 순배 돌 무렵 윤두일이 상의 안 호주머니에서 USB 한 개를 꺼내 슬그머니 진하의 손에 쥐여주었다.

"아시겠지만 이 결과물은 〈네이처〉와 전혀 상관이 없고 어디까지나 제 개인의 위험부담으로 드리는 겁니다. 따라서 참고만 하시고 어떤 경우든 유출하거나 증거자료로도 제공해서는 안 됩니다. 만일 꼭 수사용으로 사용해야 한다면 정식 경로를 통하여 절차를 밟으세요. 전직 형사로서 중요한 수사에 협조한다는 명분으로 도와드립니다."

벌써 눈가가 불콰해진 윤두일이 조곤조곤 말했다.

"잘 알겠습니다. 말씀하시지 않아도 잘 알고 있습니다. 정말 고맙습니다. 어려운 부탁을 들어주셔서."

진하는 윤두일을 향해 고개를 숙였다. 이정수가 빙그레 웃으며 두 사람을 바라봤다. 술이 한 순배 더 돈 후 윤두일이 목소리를 낮추며 다시 말을 이었다.

"장기호의 해킹 수준은 초보였지만 집념이 굉장했습니다. 지난 1년간 상대방 사이트에 파고든 흔적이 200회가 넘었으니까요. 결국 상대방 컴퓨터에 저장된 자료를 복사했더군요. 상대방은 전혀 모르고 있다가 최근에야 역추적한 흔적이 보였고요. 최종적으로 장기호는 'highway'라는 해킹 프로그램을 사용했는데 그것으로 상대방의 아이디와 비밀번호를 알아낸 뒤 상대방의 컴퓨터를 샅샅이 훑었고요. 그 과정과 상대방에 대한 정보는 금방 드린 USB 안에 다 들어있습니다."

"수고하셨습니다. 다시 한번 감사드립니다."

진하는 비어있는 윤두일의 잔에 술을 따르며 말했다.

"이번에 판교 벤처 단지에 〈네이처〉 본사 건물을 준공했더군요."

이정수가 감탄스럽게 말했다.

"예. 몇 군데로 흩어져 있던 부서가 얼마 전에 모두 이사를 했습니다."

윤두일이 환히 웃으며 대답했다.

"참 대단합니다. 〈네이처〉가 2008년에 창립됐지요?"

이정수는 상대방의 기분을 맞춰가면서 대화하는데 참 능했다.

"그렇습니다. 처음, 용산역 부근에서 5평짜리 사무실을 빌려 책상 3개를 놓고 6명의 창업요원이 머리를 모았다는데, 불과 10년도 되지 않아 직원 6백 명의 거대한 기업으로 성장했습니다."

"윤형은 진로를 제때 잘 바꿨군요."

이정수가 부럽다는 듯 말했다.

"지금 와서 보면 그렇지만 당시에는 참 고민을 많이 했습니다. 물론 사촌 형이 어느 정도 터전을 잡아놓고 저를 불렀지만 2008년 11월 경찰청 디지털 포렌식센터가 개설될 때 주위사람들의 추천으로 창설요원이 된 저는 센터 내에서 장래가 보장된 상태였습니다. 〈네이처〉가 이렇게 급성장할 줄은 꿈에도 모르고 제 딴에는 한참 고민을 하면서 전부를 버린다는 위험부담을 안고 형과 합류했지요."

그동안 진하 주변에도 적지 않은 동료들이 적성에 맞지 않는다며 사직을 했지만 경찰출신들은 어디를 가도 잘 적응하지 못했다. 무일푼 신세가 된 후 보험영업사원이나 할부책 판매원이 되어 전직 동료들을 찾아다니는 사람들도 없지 않았다. 반면에 윤두일은 좋은 환경에서 적절한 선택으로 성공한 경우였다.

"이렇게 열심히 일하는 전직 동료들을 만나거나 지켜보는 것도 즐겁고, 또 도와줄 수 있어서 보람이 있습니다."

그는 말만 그렇게 하지 않고 화장실에 가는 길에 밥값을 모두 계산해 버렸다. 얼큰하게 취한 세 사람은 전 세계상품을 모아놓았다는 맥줏집으로 자리를 옮겨 11시가 넘도록 기분 좋게 마시다가 헤어졌다. 진하는 한북경찰서 주차장으로 가서 대리운전자를 불러 숙소로 돌아왔다.

검찰청주민위원회장

　새벽에 눈을 뜨자 비가 내리고 있었다. 지난 번 폭우이후 한 열흘 간 마른장마로 열기가 전국을 휩쓸던 참이었다. 진하는 냉장고에서 냉수를 꺼내 컵에 따라 연거푸 두 잔을 마셨다. 기분 좋게 마셨지만 역시 주취는 어쩔 수 없었다. 기본체조를 한 뒤 책상 앞에 앉아 어제 윤두일에게 받았던 USB를 컴퓨터에 꽂았다. 파일을 열자 그림으로 된 몇 개의 회로표시가 있고 그 아래에 숫자로 된 컴퓨터의 IP주소 와 이름이 나왔다.

　IP주소 : 59.9.44.15
　윤경석
　침투 시도기간 : 201*. 3. 15~201* 11.30 (1년 4개월간)
　침투 연월일 : 11. 05. 01: 22 (이후 212차례)
　역추적 기간 : 202*. 05. 11~202* 06. 01 (20일)

윤경석? 익숙한 이름이었다. 한참 동안 기억을 더듬다가 비로소 한북지방검찰청 주민위원회 회장이라고 자신을 소개했던 사내를 떠올렸다. 커피숍 델리로티에서 장기호를 칭찬했고, 다음 날 그의 빈소가 차려진 영포시 의료원에도 주민위원회 위원들과 함께 찾아와 조문했던 인물이었다. 의외였다.

수사관은 사건의 많은 부분을 감으로 풀어나간다. 간접증거의 사건연결이나 증거능력 여부에 관한 판단도 그렇고, 사건을 종결하는 과정에도 무수한 직감이 작용한다. 그런데 선입견 때문이었을까. 당시 진하는 윤경석에게 거의 혐의를 두지 않았다. 장기호의 행적에 집착한 나머지 윤경석으로부터는 택시운전사 홍연수처럼 정보를 얻는 데 더 치중했다. 장기호와 5년 이상 검찰청 주민위원회에서 일했다는 사실을 바탕으로 장기호의 마지막 행적을 파악하는 데 만족하고 그를 열외로 젖혀두었는지도 모른다. 그 때문에 장기호의 마지막 날 통화에 등장했던 인물이란 점도 간과했다. 간과라기 보다는 본인과 가족의 통화기록에서도 특이점이 없었던 탓이었다.

그 외장하드에 들어있던 '유정' 폴더가 윤경석의 컴퓨터에서 나왔다면 그는 분명 장기호 사건과 연관이 있다고 봐야 한다. '유정'이라고 이름이 붙은 폴더의 내용이 실제 상황을 적어놓은 문서였고 그것을 장기호가 해킹했다면, 그리고 컴퓨터의 주인인 윤경석이 해킹사실을 알게 되었다면 그가 취할 행동은 뻔했다. 갑자기 양쪽 관자놀이가 지끈거리기 시작했다. 아무래도 어제 입가심으로 마신 맥주의 양이 너무 많았던 모양이었다. 진하는 다시 냉장고에서 냉수를 꺼내와 병째 물을 벌컥벌컥 들이켰다. 정체도 잘 파악되지 않은 윤경석을 섣불리 건드리면 무슨 일이 벌어질지 모른다. 금괴 목록에 적혀 있던 박송휘가 부장검사 출신인 그 변호사라면 이 사건의 배후에는 전혀 새로운 세력이 도사리고 있을 가능성도 있다. 무엇보다 이미 종결해버린 사건을 어정쩡하게 재개하기도 쉽지 않았다. 쉴 새 없이 새로운 사건이 발생하고 있는데 이것을 어떻게 풀어나가야 할까.

진하는 체육관에 가서 운동을 한 뒤 구내식당에서 아침을 먹고 일찍 사무실로 나왔다. 농협 특수강도 사건을 검찰에 송치하고 피의자의 신병을 한북구치소로 인계함으로써 법적, 행정적 절차는 완전히 종결됐다. 다만 기자들의 요청으로 서장이 개최한 간담회 형식의 기자회견이 남았으므로 사무실 분위기가 오전 내 어수선했다. 진하는 사건을 해결한 팀장으로서 전체적인 사건의 개요와 개략적인 상황 설명만 하고 뒤로 빠졌다. 구체적인 수사과정과 체포과정에 얽힌 무용담은 수사과장과 주 형사에게 넘겨주었다. 무기를 휴대하고 은행에 침입하여 직원을 상해하고 돈을 털어 도주한 대형사건이었다. 이런 사회적 초관심 사건을 만 하루 만에 해결한 업적은 자랑할만했으나 지금 진하의 마음은 온통 윤경석을 향하고 있었다.

기자회견장에서 나온 진하는 유목회 회원인 송경우에게 전화를 했다.

"잘 있지요?"

송경우는 현재 서초동에서 경호업체 '탑'을 운영하고 있다. 육군 대위로 육군체육부대에 근무하던 중 청와대 경호원으로 차출되었다가 과잉경호 문제로 퇴직을 한 사람이었다. 그는 유도대학 경호학과 출신들을 몇명 데리고 3년 전에 '탑'을 창업했다. 주로 연예인들이나 사업가들에 대한 밀착 경호가 주 업무라고 했다. 유목회에는 5년 전 진하가 취급한 사건에 연루되었다가 혐의가 풀리면서 가입하게 되었다. 얼마 전 영탄강 모임 때에도 참가했었다.

"한 번 모이고 나니까 회장님 목소리 자주 듣습니다. 잘 지내고 계시지요?"

진하보다 서너 살 위이지만 그는 늘 예의가 발랐다. 그리고 그의 목소리는 활기가 찼다.

"덕분에요."

"그 관할에 큰 사건이 하나 터진 것 같던데요?"

"농협 강도사건 말이지요?"

"예."

"제 사건입니다. 오늘 종결했습니다."

"벌써 종결하셨어요?"

"예. 오늘 검찰에 송치했습니다."

"과연! 회장님 축하합니다."

"고맙습니다. 그런데 송 사장님, 부탁 좀 드릴게요."

그날 영탄강 모임 때 송경우는 직무 범위를 넓혀갈 예정이라고 말했었다.

"예. 말씀하세요."

"입이 무겁고 행동이 민첩한 요원이 필요합니다."

"사건입니까?"

"예. 2명만 좀 보내주세요."

렌터카를 빌려 윤경석을 미행해볼 작정이었다. 전에는 이럴 때 유목회 회원 중에서 상황에 따라 도움을 받곤 했었는데 이번에는 송경우의 전문가 실력을 믿어보기로 했다.

"알겠습니다."

유목회는 운동하는 사람들의 모임이라 상호관계에 군대문화와 질서가 뒤섞여 있었다. 회원들의 일을 돕거나 공유할 때는 특별한 경우가 아니면 조건을 달거나 이유를 따지지 않았다. 그러나 송경우는 이것을 업으로 하는 사람이므로 보수문제는 따로 계산해야 할 것이다. 전화를 끊은 뒤 진하는 종결했던 장기호 사건기록을 바탕으로 경찰정보망을 통해 윤경석의 가족관계를 조회했다. 부부와 출가한 딸 1명, 아들 2명, 모두 5명이었다. 수사대상에는 제외되었지만, 장기호 사건을 수사할 때 윤경석의 이동전화 사용기록을 들여다본 적이 있었다. 장기호와의 관계를 확인하기 위해서였다. 그러나 그의 휴대폰 사용기록은 그리 많지 않았다. 그렇지만 통화량이 많든 적든 윤경석의 움직임 그 자체가 이젠 중요한 수사자료가 된 셈이었다. 지난 번보다 좀 더 적극적으로 외연을 넓혀 윤경석과 가족들의 정보도 다시 살펴보기로 했다.

정오 무렵 송경우가 보낸 청년 둘이 진하를 찾아왔다. 첫인상이 좋아 보였고 보통 키에 탄탄한 체격을 가져 호감이 갔다. 그들이 내민 송경우의 추천장에는 둘 다 갓 서른을 넘긴 경호학과 출신이었다.

"이호민, 추상기 씨?"

진하는 얼굴과 이름을 확인한 뒤 경찰서 부근에 있는 커피숍으로 두 사람을 데리고 갔다. 두 사람은 라떼 커피를 주문했다.

"어떤 사람의 행적을 살펴보는 일인데 애매한 문제가 있어요. 수사와 관련이 있으나 강제력을 행사할 수도 없고 그저 미행해서 상황 파악만 해야 합니다."

진하는 두 사람이 앞으로 해야 할 일의 성격과 방법을 낮은 목소리로 설명했다.

"예. 잘 알겠습니다."

"절대 이쪽을 드러내서는 안 됩니다. 상대방이 미행을 눈치채게 되면 수사에 큰 지장을 주게 될 뿐만 아니라 두 사람의 신상에도 위험이 따르게 되니까요. 할 수 있겠어요?"

"예. 열심히 해보겠습니다."

"열심히 하는 것만으로는 부족합니다. 꼭 그렇게 해야 합니다. 이미 배웠겠지만 불법적으로 남의 뒤를 밟으면 개인의 자유에 대한 침해가 되나 공익을 위한 목적이라면 죄가 되지 않습니다. 그러나 아직은 이 수사가 인지 단계이기 때문에 조심하라는 겁니다. 그런 일이 있어서는 안 되겠지만 만일 두 사람의 신분이 노출되는 경우가 생기더라도 영포경찰서를 들먹여서는 안 됩니다. 두 사람이 소속된 '탑'의 업무수행일 뿐입니다. 무슨 말인지 알겠지요?"

이에 대해서는 송경우의 양해를 미리 받았다.

"예."

"또 하나, 여기서 보고 들었던 사항은 전부 대외비입니다. 다른 사람에게 말하거나 일체 다른 데로 옮기면 안 됩니다."

"명심하겠습니다."

두 사람은 단호한 표정으로 그렇게 대답했다. 이들의 신분이나 신용관계는 일단 송경우를 믿기로 했다. 진하는 윤경석의 홈페이지에서 복사한 스냅사진 3장, 그리고 집 주소를 적은 쪽지와 함께 각자에게 우선 3일간의 일당으로 45만 원씩 주었다. 기름값과 매 끼니 밥값을 포함한 경비 전부는 따로 지급할 예정이었다. 이들이 할 일의 양과 범위는 일주일간 윤경석의 동선만 확인하도록 당부하고 미행 결과는 급한 일 외에는 다음 날 아침에 알려달라고 했다. 경찰임용 후 쓰고 남은 봉급을 모두 저축하여 꽤 많은 돈이 모였는데 진하는 이것을 거의 개인용 수사자금으로 사용해왔다.

"차량은 매일 종류를 바꾸세요."

'탑'의 명의로 예약해둔 렌터카 회사 '산천'의 주소를 알려주면서 청년들에게 마지막 지시를 한 뒤 진하는 사무실로 돌아왔다. 곧 새 사건이 배정될 텐데 그 틈새를 이용하여 윤경석을 추적하는 일은 여의치 않을 것이다. 그러나 이 사건을 공론화하는 데에는 몇 가지 문제가 있었다. 장기호 피살사건 종결을 반강제로 지시한 수사과장을 설득하는 일도 쉽지 않겠지만 영포 경찰서의 보안 문제도 영 마음에 들지 않았다. 장기호의 이동전화에 저장되어 있던 경찰관들의 명단도 그랬고 사건을 다루는 간부들이나 형사들의 산만한 태도에도 부쩍 경계심이 생겼다. 그러나 정보공개 문제로 사회적 몸살을 앓고 있는 현실에서 법원의 영장 없이 윤경석의 정체를 밝혀내기는 불가능했다.

석현수 경위 습격사건

어물쭈물하다가 어느덧 날이 어두워지기 시작했다. 진하는 윤경석과 관련된 기록들을 책상 서랍에 넣고 자물쇠를 걸었다. 오후 8시가 넘었고 직원들도 벌써 퇴근했는지 주위에는 몇 명 보이지 않았다. 구내식당에서 저녁 식사를 한 뒤 숙소로 돌아와 잠이 들었는데 새벽녘에 전화벨이 울렸다. 이정수였다.

"야, 큰일 났어."

꽤나 다급한 목소리였다. 새벽 4시가 막 지나고 있었다.

"무슨 일이야?"

갑자기 가슴이 '쿵' 하고 내려앉았다.

"석현수가 사고를 당했대."

"뭐. 현수가? 무슨 사고?"

진하는 걷잡을 수 없이 불길한 생각에 빠져들었다.

"어젯밤, 칼을 맞았대. 집 부근에서……."

전화 속에서 이정수의 목소리가 윙윙하고 울렸다.

"이게 무슨 말이야. 지금 어디 있대. 현수?"

"신촌세브란스 응급진료센터래. 지금 동기들끼리 연락이 오가고 있어."

순간 엄 여사의 얼굴이 떠올랐다. 공연히 갈급한 심정이 되어 진하는 옷을 걸치고 주차장으로 달려갔다. 어쩌면 이 사고는 그 여자와 연관이 있다는 생각이 불쑥 들었다. 현수가 위험을 감수하고 골드바의 고유번호 100여 개를 그녀에게 전송했던 모양인데 자꾸만 불길한 예감이 들었다.

"지금 어떻대? 어떤 상태래?"

경찰관에 대한 공격은 대부분 보복이나 경고의 목적이다. 경찰관은 늘 범죄자들에게 노출되어있지만, 강력팀과는 달리 석현수가 근무하는 지능수사팀은 체포되거나 고소 고발된 혐의자에 대한 조사를 진행하는 곳이다. 따라서 칼을 맞을 만한 위험은 강력팀이나 형사팀보다는 훨씬 덜한 편이다.

"피를 많이 흘렸대. 수혈할 사람을 찾고 있어."

이정수는 골드바 목록 때문에 지금 진하와 석현수 간에 어떤 일이 진행되고 있는지 자세하게 알고 있었다. 진하는 1팀장에게 사정을 설명하는 메시지를 보낸 뒤 바로 서울로 향했다.

진하와 석현수는 15년 전 신림동 고시 학원에서 처음 만났다. 법대를 나온 진하와 달리 충남 홍성 태생으로 상대 출신인 석현수와는 경제적인 형편이 매우 달랐다. 그는 고향에서 꽤 부유한 집안에서 자랐다. 친척 중에 판사가 있어서 어릴 때부터 동경을 했던 모양이었다. 그는 수능 성적이 조금 모자라 상대로 진학을 했지만 한 번도 그 꿈을 포기한 적이 없다고 했다. 그런 면에서 석현수는 가족도 없이 일 년 중 반은 일터에서 반은 학원에서 시간을 쪼개 사법시험 공부를 해야 했던 진하보다 경제적으로 넉넉한 편이었다. 그런데 합격자 1천 명 시대를 맞았으면서도 두 사람은 점차 합격권을 벗어났다. 장학금 특혜를 노리고 1차만 덤벼드는 법과대학 저학년들에 밀려 번번이 1차에서 나가떨어졌다. 그 무렵이었다. 어느 날 석현수가 진하를 잡아끌었다. 어디서 들었던지 팔이 하나밖에 없는 외팔이인데 선거나 시험의 당락을 기가 막히게 잘 맞히는 점쟁이가 있다고 했다. 예약을 해도 하루 이틀은 기다려야 차례가 올 정도로 손님이 많지만, 복채는 그리 비싸지 않으니 한번 가보자고 했다. 애초에 점에는 관심도 없었던 진하는 들은 척도 하지 않았는데 석현수는 틈만 나면 졸랐다. 혼자 가라고 퇴박했으나 그건 싫은 모양이었다. 그러던 중에 해가 바뀌고 곧 1차 시험을 치렀다. 온종일 문제 푸느라고 기진맥진하여 시험장을 나오니 학교 정문에서 석현수가 먼저 나와 기다리고 있었다.

"어제 예약을 했어. 지금 가면 대충 차례가 됐을 거야."

또 점쟁이 이야기였다. 아예 작정한 모양이었다.

"야! 그런 정성으로 문제나 몇 개 더 풀어보지."

그렇게 핀잔을 하면서도 1차 시험이 끝난 마당에 못 이긴 척하고 따라나섰다. 점집은 사당동 쪽 관악산 기슭에 있었다. 서둘러 갔는데도 이미 마감 시간인 6시가 좀 지나버렸다. 그런데 이상한 일이 생겼다. 접수하는 사람이 '희한하다'면서 마감 5분에 칼같이 자리를 털고 일어서는데 오늘은 뭔 일인지 모르겠다고 연방 고개를 갸웃거리면서 두 사람을 안으로 안내했다. 상담실로 들어가니 아랫목에 놓인 앉은뱅이 의자에 이마는 벗어졌으나 턱수염과 머리카락이 눈부시도록 하얀 영감이 앉아 있었다.

"이리 와 앉어!"

영감은 카랑카랑한 목소리로 말했다. 정말 오른쪽 팔이 없었다. 두 사람은 쭈뼛거리며 그 앞에 가서 앉았다. 외팔이는 한참 동안 두 사람을 번갈아 쳐다보더니 불쑥 말을 꺼냈다.

"전부 다 판사, 검사해 버리면 입회서기는 누가 하나?"

순간 진하는 묘한 반발을 느꼈다.

이 영감이 사람을 뭘로 보고…….

그러나 무시당했다는 느낌의 한편으로는 단칼에 상대방을 쳐버리는 위엄에 압도당해버렸다. 외팔이는 진하를 유심히 살피더니 '원뿌리가 다 잘렸는데도 잔뿌리로 잘도 버티고 있군그래.'라고 말했다. 원뿌리와 잔뿌리. 뿌리는 생존의 근원이 아닌가. 진하는 이 영감이 자신의 가족상황을 꿰고 있다고 생각했다. 공무원이던 진하의 부모님은 진하가 12살 되던 해, 교통사고로 사망했다. 친지의 상가에 다녀오다 만취상태의 운전자가 운전하던 차량이 중앙선을 침범하는 바람에 발생한 사고였다. 무일푼인 가해자도 사망해버려 보상을 제대로 받지 못했다. 삼촌과 고모가 한 명씩 있었는데 이들이 진하를 양육한다는 조건으로 보험금과 부모님 직장의 퇴직금을 일시불로 수령했다. 그 후 진하는 고모와 삼촌 집을 반년씩 오가며 눈칫밥으로 성장했다. 그러나 그것도 오래지 않아 퇴직금이 바닥났다며 틈만

나면 앓는 소리를 하는 통에 고등학교 졸업을 앞두고 독립을 했다. 그 무렵 보험회사에서 어머니가 진하를 위해 가입했던 교육보험의 존재를 알려주어 그 보험금을 자금으로 일을 하면서 대학을 다녔다.

"그것만 길이 아냐. 방향을 좀 틀어 봐."

그러면서 외팔이는 자리에서 일어섰다. 두 사람은 어정쩡하게 그 방을 나와 버렸다. 모욕을 당한 것 같은데 전혀 기분이 나쁘지 않았다. 한 달 후의 1차 합격자 발표에서 탈락한 두 사람은 자포자기 상태에서 경찰청의 경사특채반 모집공고문을 봤다. 시험과목은 1차 객관식으로 영어, 경찰관직무집행법이었고, 2차 논문식은 형법, 형사소송법, 행정법 등 3과목이었다. 그리고 무술 공인 3단 이상이라는 단서가 붙어있었다. 흡사 두 사람을 위해 시행하는 시험인가 하고 눈을 의심했다. 생활고로 더는 수험생활을 견딜 수 없었던 진하가 먼저 원서를 접수하자 이를 본 석현수도 망설이지 않고 수험생활을 접었다. 그 외팔이의 권고도 조금 작용하지 않았을까. 결국 나란히 합격하여 둘이 함께 경찰이 되었다. 석현수는 3년 전에 결혼하여 공덕동에 신혼집을 차렸고 1년 전에 아들을 낳아 얼마 전 돌이 지났다.

얼마나 속력을 냈는지 신촌에 도착하니 5시 반이었다. 응급진료센터는 신촌역의 북쪽 도로변에 있었다. 진하는 접수실에서 석현수의 현재 위치를 물었다.

"지금 본관 9층, 중환자실에 있어요."

접수실의 남자 직원은 컴퓨터를 두들겨보더니 무뚝뚝하게 대답했다. 본관 9층에는 이정수 외에도 동기 몇 명이 이미 와 있었다. 채혈실에는 남대문경찰서 직원들 십 수명이 와서 대기 중이었다. 진하는 석현수와 O형으로 혈액형이 같았다. 서둘러 채혈을 한 뒤 보호자 대기실에서 석현수의 처를 만났다. 진하가 결혼식 사회를 봤고 집들이나 아들 돌잔치 같은 집안 행사가 있을 때는 빠지지 않고 참석해서 동기 중에는 제일 친숙한 사이였다. 아이는 어디 맡겨둔 모양이었다. 그녀는 얼마나 울었는지 눈이 퉁퉁 부었고 목이 쉬어 말도 제대로 하지 못했다. 그런 모습을 바라보고 있으니 가슴이 먹먹해졌다.

"어쩌면 좋아요? 도대체 이게 무슨 일이랍니까?"

이럴 때 어떤 말로 위로가 될까. 적절한 말이 도통 떠오르지 않았다.

"조금만 빨리, 빨리 병원으로 옮겼으면 좋았을 건데……. 너무 늦은 시간에 습격을 당했어요."

그녀는 간신히 말을 이어갔다. 입술과 볼에 경련이 일었고 몸을 떨고 있었다.

"집 부근이었나요?"

석현수 가족은 서부지방법원 뒤편 언덕바지에 있는 아파트에서 살았다. 직장 회식이 있을 때는 집이나 경찰서 지하 주차장에 차를 두고 다닌다고 했는데 어제는 대리운전자를 불러 집으로 돌아온 모양이었다.

"예. 거의 사람의 행적이 끊긴 시간이어서……."

아파트에 주차공간이 부족해서 퇴근이 늦을 때는 단지 내 인적이 드문 곳에 차를 세워둔다고 했는데 그곳은 약간 가파른 오르막이었고 가로등도 시원찮아 주위가 음침했다. 석현수는 주차장소로 부터

100m 가량 떨어진 곳에서 괴한의 습격을 받았는데 칼에 등을 찔려 심장탐포네이드 현상, 즉 칼끝이 심장벽을 건드려 심낭 내에 피가 흘러드는 바람에 심장박동이 제한된 상태라고 했다. 집도의의 말에 따르면 다행히 심낭이 찢어지지 않아 심낭에 고인 피를 뽑아내는 한편 인공심장으로 대체해놓고 찢어진 심장벽을 복원하는 수술을 준비하고 있다고 했다.

"피를 너무 많이 흘렸대요."

그녀의 목소리는 갈라진 듯 거칠었다. 남대문서 직원들이 하는 말로는 석현수가 취급하고 있는 사건을 중심으로 범인을 찾고 있다고 했다. 진하는 석현수의 처에게 가만가만 물었다.

"소지품은? 현수의 스마트폰은 어디 있습니까?"

"남대문경찰서에서 가져갔어요."

수사가 꽤 구체적으로 이뤄지는 모양이었다. 그녀는 억양도 고르지 않았다. 저대로 두면 몇 시간 버티지 못할 것 같았다.

"혹시 현수의 스마트폰에 락을 걸어놨어요?"

"예. 기역자예요. 제일 위에서부터 가로로 끝까지 가서 아래로 그으면 돼요."

"통화기록을 좀 살펴보려고요."

진하는 이정수에게 행선지를 말하면서 그녀를 어디 데리고 가서 좀 쉬게 해주라고 부탁했다. 밖은 이미 출근 차량으로 붐볐다. 차를 가지고 갈까 하다가 그냥 지하철을 타고 서울역으로 나왔다. 남대문서 수사과 지능팀과 형사과 강력팀들이 회의를 하고 있었다. 분위기를 보니 밤샘을 한 듯했다. 진하는 지능수사팀 직원에게 신분을 밝히고 석현수의 스마트폰을 열었다. 사흘 전 통화기록에서 엄지현의 전화번호를 찾아 적은 뒤 다시 병원으로 돌아왔다. 동기 두 명이 보호자 대기실을 지켰고 나머지는 석현수의 처와 함께 본관 3층에 있는 식당으로 이동 중이었다. 한사코 사양하는 그녀에게 국물이라도 마시라며 생태탕을 시켜줬다. 진하는 영포서 정형근 형사에게 전화번호와 이름을 불러주고 엄지현의 집 주소를 알아봐 달라고 부탁했다.

"정수야. 동기들에게 연락해서 두 명씩 당번을 정하자."

경찰학교 과정을 마칠 때 수료생 35명은 동기회를 창립하면서 이런 경우를 포함한 상조규약을 만들었다. 그때 회장이라는 직제는 두지 않았고 동기회의 모든 업무는 학번 순서에 따라 차례가 된 총무가 맡기로 했다. 2년 임기의 이번 총무는 공교롭게도 석현수였다. 직장이 제일 가까운 이정수가 그 역할을 대신하기로 했다.

"그래. 내가 알아서 할게."

진하는 이정수에게 뒤를 맡기고 자리를 떴다. 엄지현이 사용하는 전화번호는 정민숙으로 등록이 되어 있었고 정 형사가 조회해준 정민숙의 주소는 중구 다동의 상가지역이었다. 만일 석현수가 공격을 받은 이유가 엄 여사에게 정보수집을 부탁한 골드바 때문이라면 진하 역시 안전하지 못할 것이다. 진하는 차를 태평로파출소 앞에 세우면서 트렁크에 넣어둔 방검복을 점검했다. 스스로 미끼가 될 작정을 했으니 덥고 답답하더라도 그들의 공격에 대비해 놓아야 한다. 파출소에 주차 신고를 한 뒤 다동길을 따라 2호선 을지로입구역 쪽으로 걸었다. 음식점은 아직 문을 열지 않았으나 거리에는 사람들의 왕래가 활발했다. 진하는 유목회 총무 김현장에게 전화로 상황을 설명하고 여기서 가장 가까이 있는 회원 몇 명만 차출해달라고 부탁했다.

엄 여사, 정민숙의 주소는 동포면옥 바로 옆집으로 아담한 양옥이었다. 진하는 대문 앞에서 전화를 했다. 금방 여자가 전화를 받았다.

"엄 여사님?"

"누구시죠?"

구슬이 구르는 듯한 목소리, 그녀였다.

"며칠 전 석현수 형사와 함께 만났던······."

"아, 김 형사님! 어쩐 일이세요?"

그때 석현수는 진하를 '김'으로 소개했다. 현수는 이런 사태를 짐작하고 있었을까? 엉뚱한 이름을 대는 바람에 약간 당황했었다.

"저, 엄 여사님 댁 앞에 와 있습니다."

문패에는 다른 이름이 적혀 있었지만 엄 여사의 본명이 정민숙이라면 이 집이 분명했다.

"예?"

"동포면옥 바로 앞에 있습니다."

"······."

숨소리가 좀 거칠게 들렸다.

"잠깐 좀 나와 주시겠어요?"

진하는 한껏 목소리를 가다듬었다. 약간 뜸을 들이는 것 같더니 그녀는 전화를 끊었다. 잠시 후 그녀가 마당으로 나와 대문을 열었다.

"어쩐 일이세요? 여기까지 찾아오시고."

잔뜩 굳은 표정이었다. 이런 갑작스러운 방문에 마음이 상한 듯 보였다.

"차 한잔하시지요."

아무리 침착하려 해도 감정을 주체하기 어려웠다. 이러다간 일을 그르칠지도 모른다. 진하는 숨을 깊이 들이마신 후 천천히 내뱉었다.

"오른쪽으로 돌아가시면 '뮤즈'라는 카페가 있어요. 금방 나가겠습니다."

여자는 어쩔 수 없다는 듯 손가락으로 방향을 가리키며 말했다.

'뮤즈'의 실내는 커피향과 경음악으로 꽉 찬 느낌이었다. 입구에서 멀찍이 떨어진 곳에 자리를 잡고 앉았다. 그녀에게 무엇을 묻고 어떤 말을 해야 할지 대충 내용을 정했다. 이 정도라면 고의든 묵시적이든 그녀가 석현수의 사고에 개입되었을 개연성은 충분했다. 그렇다면 가능한 한 진하가 이곳에 온 목적이 석현수와는 상관없어야 하고 또 그렇게 믿도록 해야 한다. 덫이 노출되면 헛일이었다. 전혀 예상치 못하도록 목표물을 혼란 시켜야 한다. 진하는 김현장에게도 문자를 보내 '뮤즈'의 위치와 전화번호를 알렸다. 강력 사건을 다룰 때 손이 부족하면 가끔 이런 식으로 도움을 받곤 했다. 테이저건을 휴대하고 있지만 '경찰관 직무집행법'에는 무기사용이 엄격히 제한되어 있다. 일단 사고가 생기면 경찰관의 귀책 사유부터 따지기 때문에 귀찮기 그지없었다. 그래서 총기의 사용은 최대한 억제를 하게 된다. 농협 강도사건 범인인 김동수가 총기를 꺼냈을 때도 위험을 무릅쓰고 무력으로 해결했다. 더욱이 사람들의 이동이 빈번한 시간, 도심에서는 흉기를 든 범인과 맞닥뜨리게 되더라도 무기사용이 더욱 제한되었다. 주위 사람들을 살상할 위험 때문이었다. 게다가 오늘 같은 날 상황이 발생하게 되면 골드바 사건은 바로 수면 위로 떠오르게 되고 그 반작용으로 목표물은 순식간에 사라질 수가 있다. 이런 우려 때문에 김현장에게 도움을 청했다. 게다가 이런 시도는 자신을 미끼로 하므로 더욱 위험이 따랐다. 덩치는 물론 무술 실력도 진하에 버금가는 석현수가 당했으니 자칫 어떤 봉변을 당할지 모른다. 그녀는 거의 30분이나 지체한 후 '뮤즈'에 나왔다.

"여기까지 찾아오실 줄은 전혀 짐작하지 못했어요."

이전의 웃음을 되찾은 것을 보니 기분은 많이 풀린 듯했다.

"죄송합니다. 위에서는 자꾸 재촉하고 석 경위는 전화를 받지도 않고……."

진하는 최대한 감정을 억제하고 부드럽게 행동했다. 그러면서 멀리 창 쪽을 살폈다.

"상황 파악도 못 하고 윗사람들은 그저 호통만 치죠?"

언제 불쾌했던가 싶게 그녀는 깔깔댔다.

"그러게요."

진하도 따라 웃었다.

"여기 커피 좋아요. 주인이 전국에서 몇 손가락 안에 드는 유명한 바리스타예요."

그러면서 그녀는 종업원을 불러 커피를 시켰다. 무슨 소린지 알아듣기가 어려운 이름이었다.

"그런데 커피값이 좀 비싸요."

그녀가 장난스럽게 웃었다. 실내를 꽉 채우는 듯한 느낌을 주는 피아노곡이 흘러나오고 있었다. '가을의 속삭임'이던가? 애드립 부분에서는 실내 바닥으로 뭔가 굴러가는 듯한 착각이 들 만큼 영롱한 멜로디가 흘러나왔다. 한여름에 음악을 통해 가을의 분위기에 심취하는 호사도 괜찮은 경험이었다. 이 가게의 '뮤즈'라는 상호도 어떤 의미가 있음 직했다. 커피 못지않게 음향기기도 명품이었다.

"재작년부터 간헐적으로 종로 일대에서 1kg짜리 품귀현상이 있었대요. '니꼬동제련'이나 '조폐공사' 같은 국내 제조사는 물론이고 밀수조직까지 요동을 쳤다는 소문도 있고요."

곡이 끝날 때쯤 그녀가 정색하며 속삭이듯 말했다. 저런 표정 때문에 자신이 뭔가 잘못 알고 있다는 가책이 들기도 했다. 미와 선은 별 관련성이 없는데도 흔히 예쁜 사람은 지성적이고 선할 거라고 믿어버리는 '후광효과' 앞에서 혼란을 겪는다. 이렇게 그녀와 마주 보고 앉아 있으면 새벽에 병원에서 품었던 적개심이 맥없이 흐려져 버리는 이런 현상을 말하는 것이리라. 경험상 이런 틈새를 비집고 사기범이 날뛴다. 진하는 흘깃 창밖을 바라봤다. 별다른 변화는 없는 듯했다. 커피가 나왔다.

"그건 '수프리모'라고 하는데 콜롬비아 산이에요."

종업원이 그녀에게 먼저 커피를 갖다 놓았지만, 진하 앞에 커피가 놓일 때까지 기다렸다가 커피 이름을 알려주었다.

"그건 '에스메랄다 게이샤'라고, 파나마 산이고요."

"둘 다 남미커피군요."

진하가 잔에서 커피향을 맡으며 말했다.

"에티오피아와 과테말라, 코스타리카 산도 있어요. 이 집에…….

모두 지역적으로 독특한 맛이 있어요. 드세요.”

그녀가 먼저 잔을 드는 것을 보고 진하도 한 모금을 마셨다. 뭐랄까. 맹물처럼 밋밋하게 혀를 스친 액체는 파문처럼 퍼지며 점점 진한 맛을 형성해가다가 목젖 부근에서 긴 여운을 남겼다. 지금까지 마셨던 커피와는 전혀 다른 느낌이었다.

“암거래로 골드바를 대량 사들이는 세력들은 사회적으로 떳떳하지 않겠지요? 엄 여사님은 어떻게 생각하세요?”

이러한 질문에는 이 업계에 몸을 담고 있는 그녀의 정체성도 포함되어 있었다.

“꼭 그렇진 않다고 봐요. 세상의 모든 거래는 필요 때문에 생기는데, 예로부터 사회가 불안정하면 금 사재기 현상이 생기잖아요. 특히 기업이나 부유층은 환금성 때문에 금을 사 모으지만, 상인들은 부가세 때문에 암거래시장을 형성하는 것 같아요.”

이들의 암거래시장에 대한 설명은 자기합리화일 수도 있지만, 확실히 거래액의 10%를 걷어가는 부가가치세는 정상 거래에 치명적인 장애가 될 수 있겠다는 생각이 들었다.

“혹시 시장을 둘러보는 과정에 좀 이상하다고 느낀 점은 없었어요?”

오늘 그녀를 찾아온 것은 석현수를 공격한 세력이 그녀와 관련이 있는지 살펴보기 위해서였다. 그러나 모든 것이 조심스럽기만 했다.

“무슨 말씀이신지?”

그녀는 잠시 숨을 고르는 듯하다가 되물었다. 석현수 사고 소식을 노골적으로 말한 뒤 그녀의 대답이나 반응을 보고 싶었으나 가까스로 참고 약간 돌려서 다시 물었다.

"골드바와 관련하여 누군가에게 석현수 경위에 대해 말한 적이 있습니까?"

"왜 그러세요? 무슨 일이 있었어요?"

그녀는 놀란 표정으로 그렇게 물었다. 자신의 방어를 위해서 진하는 이미 위치추적 서비스에 가입하였고 스마트폰에 위치 앱도 가동해 놓았으니 개인적 위험은 그리 크지 않은 상태였다. 더구나 지금쯤 김현장이 보낸 사람들이 도착했을 것이다. 그렇지만 아직 때가 아니었다. 그녀의 표정이나 태도로도 의심할 만한 낌새는 없어 보였다.

"아닙니다. 빨리 이 사건에서 손을 떼고 싶은데 며칠 석현수가 전화를 받지 않아서요. 성과는 없는데 위에서는 성화를 부리니 다른 일도 제대로 못 하고 있거든요."

남대문서가 본격적인 수사를 시작했으니 이 여자도 그 대상이 될지 모른다. 머지않아 자신이 소환할 것이니 지금 일부러 석현수의 사고를 드러낼 필요는 없을 것 같았다.

"참, 술 하세요? 석현수 경위 연락되면 자리를 한 번 만들겠습니다."

"술, 좋지요."

여자는 활짝 웃으며 말했다. 진하는 잔에 남은 커피를 비운 뒤 일어섰다. 여자는 자리에 앉아 예의 그 미소로 고개를 끄덕였다. 계산서에는 삼만 삼천 원이 찍혀 있었다. 계산대의 전자시계가 막 11:00를 표시했다. '뮤즈'를 나선 진하는 차를 세워둔 태평로 파출소를 향해 걸으면서 김현장에게 메시지를 보냈다.

　-일단 영포로 철수할 예정임.

　즉시 신호가 울렸다. 그새 답장인가 싶어 들여다보니 이정수가 보낸 메시지였다.

　-여기 걱정 하지 말고 열심히 해. 사무실과 병원을 오가며 바쁜 시간을 보내고 있다. 현수는 아직 수술 중이야. 너도 몸조심해.

　진하는 즉시 답장을 보냈다.

　-고맙다. 힘들겠지만 조금만 더 고생해. 동기들 연락은 다 됐지?

　-그래. 돌아가면서 대기실 지키고 있어. 그리고 우선 기금을 좀 모으고 있어.

　-잘했다. 지금 영포로 들어간다. 내 몫은 네가 좀 준비해 줘. 다시 연락할게.

　-조심해.

　거리는 점차 사람들과 차량으로 붐볐다. 아직은 어떤 낌새도 없었다. 진하는 차를 뺀 뒤 종로와 자하문터널을 거쳐 세검정 입구에서 내부순환도로로 들어섰다. 윤경석을 미행하고 있는 두 사람은 아직 이렇다 할 연락이 없었다. 어쩌면 지루한 싸움이 될지도 모른다. 석현수 피격 소식을 들었을 때 퍼뜩 엄 여사가 떠올랐고 병원에서도 이건 불명히 골드바 추적과 관련되었을 것이라고 단정했으나 막상 그녀를 만나보니 밑바닥에 깔려 있던 경계심이 몽글거린 것이 아닌가 싶었다. 그렇다고 이대로 둘 수는 없을 것 같았다. 이젠 골드바 목록의 정체를 수면 위로 올려야 할 시기와 방법을 결정해야 했다. 점점 덩치가 커지는 이 사건을 편법으로 감당하는 데에는 한계가 있었다. 범인을 찾아내고 징벌하기 위해서는 정당한 수사절차를 거쳐야 한다. 이 절차는 형사소송법과 관련 부속법이 구체적으로 규정하고 있다. 꼭 법규의 제한이 아니더라도 목적을 위해 수단을 무시하는 억지를 부리고 싶지는 않았다.

겨우 한나절이었는데도 며칠 자리를 비운 듯 사무실 분위기가 서먹했다. 상관에게 직접 보고를 하지 않고 직장을 이탈했기 때문이었다. 주 형사와 정 형사의 눈빛에서 그런 감이 왔다. 진하는 수사과장에게 가서 입사 동기 석현수의 피격 소식과 함께 서울지역 경찰관들이 줄을 서고 있는 수혈 현장 분위기, 그리고 범인 체포를 위한 수사본부의 분위기 등을 자세하게 설명했다. 새벽의 근무지 무단이탈이 어쩔 수 없는 상황이었다는 변명이었지만 의외로 수사과장은 진지하게 들어 주었다.

"동기들이 차례로 병실을 지키고 있습니다. 가능하면 저도 참여하고 싶습니다만……."

이럴 땐 연가라도 냈으면 좋겠는데 전입한 지 이제 겨우 한 달 반이라 엄두가 나지 않았다. 경감 승진에 치명적이 될 테지만 골드바사건 해결을 위해서라면 휴직이라도 하고 싶었다.

"동기들이 몇 명이나 되지?"

"모두 서른다섯인데, 반 이상이 수도권에서 근무하고 있습니다."

"그래. 곧 휴가철이니 공백이 생기지 않도록 잘 이용해 봐."

절반의 승낙인 셈이었다. 마침 강력3팀이 당직 차례여서 과장실을 나온 뒤 팀원들이 처리하고 있는 사건의 기록 검토와 결재를 하면서 오후 시간을 보냈다. 퇴근 무렵, 이정수가 어수선한 보호자 대기실 분위기를 전하면서 시골에 계신 석현수의 부모님이 병원에 도착했다고 알려주었다. 임용후보자 교육 중 중앙경찰학교 면회실에서 그분들께 처음 인사를 드렸다. 겸손하고 경우가 바른 분들이었는데 누군들 아들의 참변 앞에서 태연할 수 있을까.

전입 이후 줄곧 장기호 사건을 처리하면서 당직을 실감하지 못했는데 처음으로 맡은 사건 없이 홀가분하게 밤을 새웠다. 전입 첫날 서장이 영포 경찰서의 관할구역은 전국 시군 중 열 손가락 안에 들만큼 면적이 넓지만 강력사건 발생률은 꼴지에 가깝다고 자랑을 했었다. 이곳 근무에 긍지를 가질 만하지 않으냐고 묻기도 했다. 그러나 회식 자리에서 군부대와 산악지대가 많은 지정학적 특성을 빼고나면 그런 수치는 엉터리이고 자랑이나 긍지는 가당치도 않다고 말하는 직원들도 많았다. 어쨌든 야간 당직이 소란하지 않아서 좋긴했다. 자정 무렵 교통계 쪽의 음주운전 사고로 조금 시끌시끌하다가이내 조용해졌다. 진하는 윤경석의 정체를 밝혀낼 방법에 골몰하면서도 이따금 석현수 쪽으로 귀를 기울이기도 했다. 수술이 벌써 10시간째 계속되고 있었다. 이정수는 전국의 동기들에게 시간마다 그의 상태를 전하고 있었다.

주식회사 한영

새벽녘에 잠이 쏟아져 의자에 기댄 채 두어 시간 졸았다. 날이 새자 진하는 바로 체육관으로 가서 아침운동을 한 뒤 식당으로 갔다. 아침식사를 마치고 나서 커피를 마시고 있는데 윤경석을 미행했던 이호민과 추상기가 나타났다. 일을 맡긴 지 나흘째 되는 날이었다. 지난밤 잠이 부족했던 진하처럼 눈자위에 핏발이 선 두 사람의 얼굴에도 피로가 역력했다. 그들은 식판을 들고 배식대에서 음식을 담은 후 창가에 자리를 잡은 진하 앞으로 와서 앉았다. 진하는 주위를 둘러봤다. 낯선 사람은 없었다.

"새벽에 윤경석이 움직였습니다."

식사를 시작하면서 얼굴이 넓적한 이호민이 긴장된 표정으로 말했다.

"그래요?"

너무 움직임이 없어서 헛물을 켜는가 싶던 참이었다. 이호민이 스마트폰을 열어 진하 앞에 내밀었다.

"이곳처럼 교통량이 적은 지역에서는 차량의 미행이 쉽지 않네요. 위험부담도 크고요. 그래서 첫날 윤경석의 자동차에 위치추적기를 달아 놓았습니다. 그렇게 하면 눈치채지 않게 멀찍이서 추적할 수가 있거든요. 그런데 며칠 동안 온종일 집에서 꼼짝하지 않더니 사흘째 되는 날 새벽 2시경, 갑자기 차가 움직이는 겁니다. 지방 고속도로를 이용하여 서울로 나가더군요."

이호민의 스마트폰에는 어둠 속 창문에 불을 밝힌 한 건물의 영상이 들어있었다. 그가 화면을 움직이자 여러 각도로 찍힌 건물의 모습이 나왔다.

"강남역에서 7호선 논현역 쪽으로 도로변 오른쪽 약 500m 쯤에 있는 7층짜리 건물입니다."

이호민이 다시 자신의 스마트폰에 사진을 띄웠다. 전면이 대로로 향해있고 2층부터 5층까지 층마다 창이 3개씩 달린 건물이었다.

"'주식회사 한영'이라는 회사가 건물의 로비를 겸하고 있는 1층 전체를 사용하고 있고 3층으로 되어 있는 지하층과 지상 2층부터 5층까지는 '청사초롱'이라는 룸살롱이었어요. 그 위로는 외부에서 접근할 수 없었고요. 새벽인데도 1층에는 덩치가 큰 남자들이 검은색 정장차림으로 드나들고 있었는데 모두 윤경석에게 허리를 굽혀 인사를 했어요. 윤경석은 그 건물에 오전 3시 반에 들어가서 5시쯤 나왔습니다."

이미 드러난 자료로 봐서 룸살롱이 전혀 생뚱맞은 곳은 아니었다. 그의 공식 직함은 한북지검 주민위원장이었으나 뭔가 있을 거라고 짐작하고 있던 참이었다. 매복 3일 만에 움직인 것을 보면 매일 나가는 곳은 아닌 것 같았다. 룸살롱이 건물의 3분의 2이상을 차지하고 있다면 건물주와 관련된 업소일 것인데 그렇다면 윤경석은 건물주와 어떤 관련이 있지 않을까 싶었다. 진하는 이호민으로부터 건물 사진을 전송받았다.

"그 사람의 움직임을 조금 더 살펴봐 주세요. 눈치채지 않게 더욱 조심하고……."

아직 속단하긴 이르지만 이젠 윤경석을 본격적으로 파헤쳐도 될 것 같았다. 어떤 식으로든 윤경석에 대한 수사가 시작되면 이 사람들은 필요가 없게 될 것이다. 휴식을 위해 두 사람을 돌려보낸 뒤 진하는 인터넷 지도 검색으로 '주식회사 한영'과 그 건물의 등기부를 열람해보았다.

2년 전에 설립한 회사로 목적은 건물의 관리 및 임대업, 주류 도·소매업, 음료 및 식품 도·소매업, 기업회계 대행업, 인력관리 및 소개업으로 되어 있었고 자본금이 25억 원이었다. 대표이사는 주호영이라는 인물이며, 그 외에 이사가 7명, 감사가 2명이었다. 윤경석은 여기서 무슨 역할을 할까. 혹시 골드바 목록이 여기서 비롯되지 않았을까. 그렇다면 석현수 습격사건도 이곳에서 비롯되었을 가능성이 있다. 직접 현장을 둘러본 뒤 다음 일을 시작하고 싶었다. 골드바 목록이라든지 인터넷상의 흔적으로 봐서 한북지검 주민위원장은 위장일 가능성이 짙었다. 그런 점에서 서울 강남에 있는 룸살롱의 경영에 어떤 식으로 개입하고 있는지 여러 각도로 들여다볼 필요가 있었다. 전에 승진을 하지 않은 채 만년 순경이었던 어떤 경찰관이 직원 오십여 명을 거느리고 연 1백억 원 이상의 수익을 올리는 건설회사 사장이라는 사실이 알려져 많은 경찰관이 부러워했던 적이 있었다. 회사를 외부로부터 방어하기 위해 경찰직에 머물고 있었으며 다른 지역으로 전근되지 않도록 일부러 승진을 피했다는 그의 고백을 듣고 혀를 내두르지 않은 사람이 없었다. 어쩌면 윤경석도 그 경찰관처럼 자신의 주 사업장을 방어하기 위해 수입도 없고 명예직인 주민위원장직을 5년 이상 유지하고 있는지도 모를 일이었다. 장기호에게 피해를 입은 사람들이 그를 고소해봐야 소용이 없었다는 호소도 이런 맥락에서 보면 이해가 되었다. 서울이나 대도시에서는 어림도 없을 일이 이런 산골에서는 가능할 수도 있었다.

오후 다섯 시쯤 진하는 지하철을 이용하여 서울로 나왔다. 스스로 생각을 해봐도 이렇게 일을 하다간 오래잖아 이곳 상관들에게 미움을 받지 않을까 싶었다. 경찰관으로 임용된 지 13년이 되었지만 이렇게 직장에 소홀한 적은 없었다. 어떤 식으로든 정리를 해야 했다. 한 번 나쁜 소문이 나면 어느 곳에 발령을 받더라도 만회가 쉽지 않은 것이 경찰조직이었다.

강남역 11번 출구를 통해 지상으로 올라오니 땅거미가 내려앉는 중이었다. 5년의 세월 동안 길바닥에서 많은 시간을 보내고 땀을 흘리며 살았으니 황혼녘의 번화한 거리가 친근했고 눈에 익었다. 갑자기 뭔가 뇌리를 스치고 지나갔다. 몇 년 전 조폭출신이 운영하던 술집, '오성파'라는 조직폭력배 두목이 개과천선하여 사업을 시작했다고 경찰서로 인사를 온 일이 있었다. 혹시 '청사초롱'이 그 작자가 운용하는 업체가 아닐까. 사무실에서 본 등기부에서 주식회사 한영의 대표이사가 주호영이었는데……. 진하는 강남경찰서에서 함께 근무했던 강형원 형사에게 전화를 했다.

"이게 누구야?"

강형원은 반갑게 전화를 받았다. 그는 진하와 경위 승진을 같은 날 했지만 경찰 입문은 그가 5년 정도 빨랐다. 지난 5년간 강력계에서 근무하는 동안 한 번도 같은 팀에서 근무한 적은 없었으나 서로 호형호제하며 친한 편이었다. 활동적인 강형원은 혹 '청사초롱'의 실상을 알고 있을지 모른다.

"형, 술 한잔합니다. 강남역 11번 출구에서 기다릴게요."

세종문화회관 옆 골목에서 이정수와 〈네이처〉 윤두일과 함께 한 이후 술 마실 기회가 없었다. 최고급 룸살롱이라서 주눅이 들었다기보다 막상 거기를 혼자 들어가려니까 좀 막막했다. 어쨌든 누가 그곳을 드나드는지 접대의 수준이 어느 정도인지 그냥 한번 확인하고 싶었다. 일부러 업소 확인을 하러 왔으니 살인이나 골드바 수집과 연관을 맺고 있을 만한 분위기인지 파악하고 싶었다. 기다린 지 20여 분 만에 강형원이 나타났다.

"야. 더 훤해졌는데?"

강형원은 진하의 손을 잡아 흔들며 활짝 웃었다.

"형도 잘 지내고 있지요?"

영포로 인사발령이 났을 때 가슴 아파하던 동료였다.

"그럼. 열심히 살아가는 것, 내 주특기잖아."

그는 말이나 행동으로 상대를 참 기분 좋게 하는 사람이었다. 심지어 피의자 신문을 할 때도 상대의 고민부터 털어놓게 하는 재주가 있었다. 두 사람은 어깨를 나란히 하고 걸음을 옮겼다.

"'청사초롱'에서 한잔하려고요. 형."

앞을 보며 나란히 걷던 그가 걸음을 멈추며 진하를 쳐다봤다.

"으응? '청사초롱'이라고? 무슨 일 있어? 형사가 무슨 돈으로?"

"뭐 좀 확인할 것도 있고……. 어쨌든 오늘은 그곳에서 한잔합시다."

진하는 강형원의 팔을 잡고 끌었다. 비싸겠지만 오늘은 작정을 하고 시작한 일이었다. 얼마 되지 않아 사진에서 봤던 건물이 모습을 드러냈다. 청사초롱. 2층에서부터 5층까지 길게 설치된 화려한 대형 네온이 상호를 가운데 놓고 온갖 무늬와 형상을 만들어내고 있었다.

"야, 이거 공연히 기분이 뻑적지근한데……. 무엇이 우리 유 형사를 저런 곳으로 몰아갔을까?"

강형원은 다시 발걸음을 멈췄다.

"3년 전에 저 업소, 발칵 뒤집힌 거 몰라?"

"글쎄요. 그런 일이 있었어요?"

순간, 며칠간 속을 끓였던 일련의 사건들이 한 줄에 엮이는 느낌이 들었다. 이런 진하의 표정을 지켜보던 강형원이 팔을 끌었다.

"내가 잘 아는 데 있으니까 오늘은 거기로 가자."

'청사초롱'이 조폭들의 소굴이라는 사실을 확인하고 나자 섣불리 접근하기가 좀 부담스러웠다. 두 사람은 다시 강남역 지하도를 거쳐 역삼동 언덕 쪽으로 갔다. 갈비 통구이 잘하는 데가 있어. 그러면서 그는 아세아타워 인근의 한 식당으로 진하를 데리고 갔다. 2층으로 된 식당 안은 빈자리가 없을 정도로 만원이었다. 두 사람은 사내 둘이 막 식사를 마치고 일어서는 2층의 한구석에 자리를 잡았다. 테이블이 정리되자 강형원이 돼지갈비와 소주를 주문했고 종업원은 소주와 잔을 먼저 올려 주었다.

"참, 그런데 유 형사는 '청사초롱'에 뭔 볼 일이 있어?"

강형원은 진하의 잔에 술을 따르면서 물었다.

"혹시 형도 들었어요? 남대문서 석 형사 사건?"

"아, 형사가 밤늦게 칼 맞았다는?"

"알고 있었군요. 그 친구가 임용 동깁니다. 혼자서 범인을 쫓다가 이렇게 시궁창까지 왔네요."

"유 형사는 '유정' 사건 내막을 잘 모르지? 청사초롱 전신……."

"아, '유정'이 그 건물에 있었어요?"

맞아. 골드바 목록이 '유정'이라는 폴드 안에 있었지.

"응. 지금은 '청사초롱'으로 상호를 바꿨지만 원래 이름은 '유정'이 었는데 그 건물을 통째로 사용하는 고급요정이었어. 이른바 풀살롱 이라고 했지. 5~7층 전체가 호텔급 객실로 꾸며져 있었고 지하에서 4층까지 30개 이상의 룸이 있었어. 강남역에서 코엑스로 이어지는 '테헤란로'에 무역회사가 집결하고 있는 건 유 형사도 잘 알잖아. '유 정'은 외국 바이어들 때 벗겨주는 곳으로 유명했지만, 고급 공무원들 접대코스로도 이름을 날렸지."

그렇지, 그게 유정이었지. 상호를 바꿨기 때문에 쉽게 연상이 되지 않았다. 진하는 조금 전에 다녀온 그 7층 건물의 화려한 네온사인을 떠올렸다.

"여기서 근무하는 여자들은 미모나 지적수준이 전국의 10%안에

든다고 '텐프로'라고 불리기도 했어. 특히 '미모 여대생 다량 입하'라는 광고도 돌았어."

모두 혀를 끌끌 차는 중에 입맛을 다시는 경찰관들도 없지 않았다. 그때 진하는 술이나 여자를 가까이하지 않았으므로 그런 소문을 귀담아듣지도 않았다.

"건물 안에 밀실을 차려놓고 풀코스 접대를 한다는 소문이 나자 우리 경찰은 물론이고 구청, 세무서 같은 감시기관이 손을 대기 시작했지. 식품위생법 위반, 윤락행위방지법 위반, 탈세 등등으로 입건이 되었지만 그럴수록 '유정'은 점점 더 번성해가기만 했는데……."

화로와 석쇠가 놓이자 여자 종업원이 고기를 구워 석쇠의 열기가 미치지 않는 곳에다 구운 고기를 빙 둘러 진열했다. 이렇게 빈 좌석이 없을 정도로 손님이 들끓는 원인은 맛과 가격에 있는 듯했다. 오랜만에 전신이 맛있는 음식으로 채워지는 포만감을 느꼈다.

"뽕에 중독된 여자 하나가 제출한 탄원서가 불을 붙였잖아. 노예계약으로 발목을 잡혔던 그 여자가 탈출하여 구원을 청했지."

"맞아요. 마약전담반이 투입되고 그랬었지요."

진하가 맞장구를 치자, 강형원은 앞에 놓인 잔을 다 비운 뒤 말을 계속했다.

"그래. 그때 나도 출동을 했는데, 실제로 가보니 뽕은 없더라고. 없다기보다 정보가 샜는지 모두 치운 뒤였어. 집단생활을 하고 있다는 노예계약자들도 모두 사라졌고, 어쨌든 그 사건으로 대표가 구속되고 업소 폐쇄조치까지 내려졌지. 업소의 실태가 적나라하게 언론에 보도되었고…….'"

진하는 강형원의 빈 잔에 술을 채워 주었다. 마약과 윤락행위 같은 지저분한 사건이어서 별로 관심을 두지 않았는데, 강력팀에서 인력지원까지 한 줄은 전혀 모르고 있었다.

"그런데 어떻게 저리 멀쩡하게 장사를 하고 있을까?"

순간, 골드바 목록과 마지막 장 첫머리에 적혀 있던 박송휘라는 이름이 떠올랐다. 1천억 원과 2십1억 원……. 아직 큰돈을 가져본 적도 없어서 이 금액의 규모나 실체가 어느 정도인지 실감할 수는 없었다. 다만 장기호 사건에 이끌려 여기까지 왔다. 정말 박송휘라는 인물이 변호사라면 어쩌면 그 '유정'사건과 어떤 관련을 맺고 있을지 모른다는 생각이 들었다.

"요란하고 시끌벅적하게 시작한 것과 달리 끝이 흐지부지되어 버려 모두 김이 빠졌었지."

점점 박송휘의 정체가 드러나는 듯한 느낌이 들었다.

"참, 오성파 두목의 이름이 주호영입니까?"

당시 본명 대신 오성이라는 이름이 통용되고 있었다. 그래서 그 패거리를 '오성파'라고 지칭하는 신문도 있었다.

"주호영? 글쎄. 그때 오한근이라는 놈이 재판을 받은 후 집행유예로 나왔고, 모두 그놈이 두목인 줄 알고 있었는데, 주호영은 또 누구야?"

오한근? 진하는 스마트폰에 저장된 법인 등기부를 꺼내 보았다. 이사 중에 오한근이라는 이름은 없었다. 건물 소유자인 법인의 대표이사가 주호영이라면 그 패거리의 중심인물일 텐데……. 오성파가 아닌 다른 조직일까. 사회적으로 한바탕 난리를 치르면서 경영권이 다른 곳으로 넘어갔는지도 모른다. 대량의 골드바가 유통된 경로를 탐문하는 경찰관을 살해하려고 했다면 3년 전의 범죄행위가 현재와 관련이 있다는 말이었다. 강형원이 계속 다른 수사 비화를 말하는 동안 두 사람은 꽤 많은 소주를 마셨다. 공연히 마음이 조급해지기 시작했다. 차가 끊기면 잠자리도 마땅찮고 장거리 택시 대절도 부담스럽기 때문이었다. '청사초롱'에 들어가 보지는 못했지만 많은 자료를 건진 기분이었다. 2차를 가자는 강형원을 간신히 떼어놓고 지하철 막차를 이용하여 영포시로 돌아온 진하는 오랜만에 숙면을 했다.

  ― 현수 불쌍해서 어떡해.

다음 날 오후 늦게 이정수가 전국 회원들에게 날린 문자 메시지가 떴다. 수혈한 피를 공급하면서 심장과 뇌혈관 전문의사가 합동하여 진행했던 심장수술은 32시간 애쓴 보람도 없이 실패로 끝난 모양이었다. 쿵하고 내려앉은 심장은 좀체 진정되지 않았다. 그날 석현수를 찾아가지만 않았어도 이런 일은 없었을거라고 생각하니 가슴이 아프고 미안하기만 했다. 수술 중인 그의 곁을 제대로 지켜주지도 못했는데……. 진하는 석현수를 위해서라도 빨리 범인을 잡아야겠다고 다짐을 했다. 진하의 주민등록지는 아직 전 하숙집인 대치동이었다. 저들이 위치정보를 이용하여 진하의 현 위치를 파악하고 있다고 하더라도 접근 가능성을 더욱 높여야 한다. 만일 엄지현이 석현수 습격과 관련이 있다면 진하도 안전하지 않을 것이다. 그렇다면……. 진하는 퇴근 무렵, 서울로 나와 선릉역에서부터 도곡초등학교 앞에 있는 하숙집 주변을 몇 차례 돌다가 다시 선릉역으로 나왔다. 만 하루 동안 접근하는 기색이 전혀 없었으나 허점을 흘리고 다니면 미끼를 물겠지. 진하는 호프집마다 찾아 들어가 맥주를 한 잔씩 마셔가며 어두워질 무렵 다시 하숙집 쪽으로 접근하기로 했다.

늘 경제적으로 쫓기던 진하는 중앙경찰학교에서 임용후보자 교육을 받으면서 비교적 가정형편이 넉넉했던 석현수로부터 많은 도움을 받았다. 특히 졸업 즈음해서 5일간 해군 UDU에서 실시했던 일명 지옥훈련이라는 생존훈련을 받으러 갔을 때는 마주 보며 같이 호흡을 했을 만큼 서로를 의지했다. 그런 중에 둘에게 큰 위기도 있었다. 온종일 몸속의 진이 다 빠져나가도록 훈련을 마친 후 취침할 시간에 석현수와 한 조가 되어 외곽 보초를 나갔다. 피교육자의 뱃속에는 거지가 몇쯤 들어앉아 있었다. 먹고 돌아서면 금방 배가 고팠는데 극한상황을 극복하라는 것인지 생존훈련의 마지막 이틀간은 일체 식사가 금지되었다. 피교육자의 그런 사정을 잘 아는지 자정이 넘은 시간임에도 주변 상인들이 삶은 고구마를 팔러 나왔다. 현수가 철모에 가득 차도록 고구마를 샀고 둘은 땅에 퍼질러 앉아 정신없이 먹었다. 너무 배가 고파 굶고 있는 동료들 생각도 미처 하지 못했다. 허기진 배를 채우는 문제도 급했지만 새벽 2시는 방심할 만한 시간이었다. 그렇기에 순찰에 대비할 생각을 하지 못했다. 주위는 칠흑 같은 어둠뿐이었는데 갑자기 불빛 하나가 둘의 머리 위로 날아와 꽂혔다. 당직순찰이었다.

"이런 놈들이 경찰 간부가 되겠다고?"

순찰자는 가장 아프고 감당하기 힘든 곳을 찔렀다. 이런 놈들이……. 긍지와 자부심으로 교육을 이수해가던 임용후보자에게는 치욕이었다. 그러나 치욕의 순간도 잠시일 뿐, 급전직하 피교육자 위치로 떨어져 내렸다. 입 안 가득 쑤셔 넣었던 고구마를 급하게 삼키면서 큰일 났다는 생각이 들었다. 인간의 한계를 극복하기 위한 생존훈련 중에 무엇을 먹었다는 가책에 앞서 졸업을 며칠 앞두고 퇴교를 걱정할 상황이었다. 그때 석현수가 벌떡 일어나더니 순찰자의 팔을 끌었다. 오래잖아 순찰자는 아무 일 없었던 듯 그 자리를 떠났고 둘은 어떤 벌칙도 받지 않았다. 그날 석현수가 순찰자를 어떻게 달랬는지 한 번도 묻지 않았다. 그러나 진하는 뼈에 사무치도록 그날의 일을 반성했다. 물론 석현수도 마찬가지였다.

옮겨 다니며 한 잔씩 하다 보니 확실히 취기는 덜 했다. 앞으로 벌어질 상황을 예측하며 긴장을 해서 그럴지도 몰랐다. 강한 상대를 향해 압박해 들어가는 부담보다는 자신을 향해 죄어오는 세력을 의식하며 견디는 압박감이 심적으로는 훨씬 두렵고 힘이 드는 법이었다. 그래서 술을 선택하긴 하지만 이것도 덫의 일종이었다. 바로 상대의 공격을 끌어내는 매개였다. 그날 만취한 석현수는 놈들의 습격에 제대로 대항하지 못했다. 그러나 미리 알고 대비한다면 이렇게 술을 마시면서 거리를 배회하더라도 언제든 역공을 펼 수 있는 법이다.

11시가 지나자 진하는 최대한 느린 걸음으로 비틀거리며 도곡초등학교 담장 길로 들어섰다. 이미 사람이나 차량의 통행이 거의 끊긴 한적한 시간이었다. 주위에 인기척이 있으면 일부러 가로등 불빛이 미치지 않는 곳으로 들어가 비틀거리며 오줌을 누는 척도 했다. 어제 아침 엄지현에게 골드바 사건의 부진 때문에 상관의 질책을 받고 있다는 말을 흘렸다. 그 말이 전해졌다면 오늘 밤 진하의 행동은 그에 대한 부연 설명이 될 수도 있다. 그러나 자정이 지나고 새벽 1시가 되도록 어떤 상황도 일어나지 않았다. 남대문서에서 전방위로 이 사건의 수사를 하고 있다는 사실을 새삼 깨달았다. 도곡초등학교 정문 앞에서 30분쯤 더 머뭇거리다가 택시를 타고 병원으로 향했다.

석현수는 중환자실에서 1인용 일반병실로 옮겼으나 이미 뇌사상태였다. 현수의 처는 기진해서 몸을 벽에 기댄 채 숨만 헐떡거렸고 그의 부모님은 거의 실신 직전이었다. 새벽 3시가 지난 시간인데도 이정수가 수도권에서 근무하는 동기들 6명과 지방에서 온 동기들 3명과 함께 비어있는 옆방 병실에서 진하를 기다리고 있었다.

"금괴 시장을 장악하고 있는 깡패조직인 것 같긴 한데……."

진하는 동기들에게 그동안의 상황을 자세하게 설명해 주었다. 방의 분위기는 점점 침울해져 갔다.

"진하가 수고 많구나."

용산서에서 근무하는 주선기가 진하의 어깨를 두들겼다.

"병원 측은 뭐라고 해?"

뇌사상태라면 소생할 가망성이 없다는 말이었다.

"내일 아침에 뇌사판정위원회가 열린대."

"뇌사판정위원회?"

"얼마 전 경찰청에서 경찰관들에게 장기기증을 권고한 일이 있었잖아. 그때 현수도 서명을 했다는데……."

2년 전이던가, 몇 건의 대형사고로 경찰들의 대외적 이미지가 나빠졌을 때, 경찰청에서 분위기 전환용으로 직원들에게 장기기증

서약서라는 것을 돌린 일이 있었다. 기분 나쁘다고 많은 경찰관이 불평했는데 현수는 서명한 모양이었다. 그때 진하는 용지를 찢어 버렸다.

"그 서약을 한 사람이 죽거나 뇌사상태가 되면 반드시 뇌사판정위 원회를 열어야 한다나 봐."

"그 뒤에는?"

"위원회에서 뇌사판정이 나면 바로 장기적출 절차로 들어가는 모 양이야."

"가족들의 동의는 필요 없대?"

"현수는 기증의사를 표시한 것으로 간주되고, 가족대표로서 현수 처의 동의는 필요한 것 같아."

"이거 참."

한동안 동기들 간에 된다, 안 된다며 장기적출 문제로 다툼이 일 었다. 어떤 생각이든 친구를 위한 진정이었다. 진하가 나섰다. 어제 도 당직 때문에 잠을 제대로 못 잔 상태였다.

"자, 우선 눈을 좀 붙이자. 이대로 밤을 밝히면 내일 어떻게 할 거 야?"

스마트폰으로 조회를 해보니 신촌 로터리 부근에는 숙박시설이 몇 군데 있었다. 갑자기 짙은 피로가 전신을 휩쌌다. 미행자를 의식 하고 밤늦도록 배회하면서 쌓였던 긴장감이 이제 풀리는 듯했다. 형 사라는 직업 때문에 긴장하며 보내는 날이 많긴 하지만 지난밤에는 정말 많은 생각을 했고 많이도 걸었다. 이정수와 동기들 역시 현수 의 용태를 지켜보며 긴 하루를 보냈을 것이다. 평일이어서 신촌역

건너편 모텔들은 빈 곳이 많았다.

밤새도록 많은 꿈을 꾸었다. 꿈속에서도 그 상황을 벗어나려고 발버둥을 쳤다. 평소 맞춰놓았던 알람이 몇 번을 울렸는데도 잠에서 깨어나지 못했는데 비몽사몽간에 진하는 번쩍 눈을 떴다. 창의 커튼 사이로 환한 빛이 새어들고 있었다. 진하는 세수를 하고 모텔을 나섰다. 이렇게 기다리고 있어서는 안 된다. 아직 근무시간 이전인데도 남대문경찰서 강력계는 분위기가 어수선했다. 불량배 차림의 몇몇이 형사들로부터 신문을 받고 있었다. 진하는 조사팀장의 양해를 구한 뒤 현수의 스마트폰을 다시 한번 열었다. 사고를 당한 날부터 일주일 정도의 전화 수신기록과 사고 당일의 메시지 현황을 모두 복사하여 자신의 휴대폰으로 전송했다. 그리고 지하 주차장에 견인해 놓은 석현수의 자동차를 열고 자동차 보험증서도 꺼냈다. 일부러 정보를 흘리고 상황을 만들어 주었음에도 반응이 없는 이유는 남대문서의 전면수사 때문일지도 몰랐다. 그렇다면 이번에는 역으로 추적해보기로 했다. 언젠가 운행 중 타이어 펑크가 나서 보험회사의 출동서비스 신청을 했었다. 그때 고객상담실 직원이 위치공개 동의를 받더니 2분도 되지 않아 렉카를 보내 펑크수리를 해주었다. 그러니까 보험사고 신고센터에서는 고객들의 현 위치를 추적하는 시스템이 있다는 말이었다.

그날 회식 장소인 후암동에서 공덕동까지는 자정 무렵의 신호등 상태를 참작해도 택시로 15분에서 20분 정도 거리였다. 범인들은 경찰서부터 식당까지는 직접 미행했겠지만, 식당에서 아파트까지는 서울시내의 고르지 못한 신호체계 때문에 석현수 차의 대리기사가 임의로 선택한 경로를 따라가기 어려웠을 것이다. 그리고 주차지점에서 아파트까지 걸어가는 짧은 시간에 범행하려면 위치정보라는 매개를 이용하지 않으면 불가능했다. 술을 즐기지 않는 편인 현수가 만취상태로 귀가하는 경우는 드물었으므로 범인이 그런 상태를 노렸을 리도 없었다. 물론 통신사나 보험회사 고객상담실의 위치정보 이용은 엄격히 통제되겠지만 상대적으로 상담직원만 회유하면 정보를 이용할 수도 있겠다는 생각이 들었다.

진하는 한중생명보험 본사를 찾아가서 고객상담실장을 찾았다. 실장은 여성이며 나이가 꽤 들어 보였다. 신분증을 제시하니 금방 표정이 굳어졌다.

"바쁘신데 죄송합니다. 수사 중에 급히 확인할 일이 있어서 이렇게 찾아뵙게 되었습니다."

진하는 정중하게 찾아온 사유를 밝히고 현수의 자동차 보험증서를 꺼냈다.

"며칠 전 이 사람이 밤늦게 만취한 채 대리운전을 이용하여 집으로 가던 중 차가 고장이 났는데 대리기사도 돌아가 버리고 혼자 끙끙대다가 고객서비스 신청을 한 모양입니다. 취중에 렉카가 오자 혼자 집으로 돌아갔답니다. 지금 숙취 때문에 일어나지 못하고 있는데 수사상 급히 자동차를 회수해야 할 필요가 있어서 이렇게 찾아왔습니다. 그 양반, 렉카 기사의 명함은 받은 모양인데 찾을 수가 없다고 하네요. 렉카 기사 전화번호를 좀 알 수 있을까요?"

진하는 렉카 기사의 전화번호를 적으려는 듯 스마트폰의 메모란을 열었다. 추측한 대로 렉카가 출동한 사실이 없으므로 그 기록이 있을 리 없었다. 다만 위치정보를 이용했는지 여부만 알고 싶었다. 실장은 컴퓨터에 들어가 몇 차례 검색하면서 고개를 갸웃거리더니 누군가를 불렀다. 남자 직원이 그녀 곁으로 왔다. 아직 서른도 되지 않았음 직한 앳된 직원이었다. 여자가 불렀던 이름을 재빨리 메모란에 적어 넣었다.

"이 건 말이야. 왜 렉카 기록이 없어?"

그녀가 가리키는 화면을 들여다보다가 남자직원은 순간적으로 당황하며 진하를 쳐다봤다.

"렉카는…… 없, 없었는데요."

말을 더듬고 있는 남자직원을 바라보며 진하가 민망한 표정을 지으며 큰 소리로 말했다.

"렉카를 부르지 않았어요? 이 친구 혼이 빠진 모양이었군. 아니 그럼 도대체 누가 끌고 갔다는 거야?"

실장이 묘한 미소를 지으며 진하를 쳐다보았다.

"아, 이거 바쁘신 데 정말 죄송합니다. 하여튼 이 친구 술 때문에 패가망신하게 생겼네."

실장에게 가볍게 인사를 한 뒤 진하는 상담실 밖으로 나갔다. 로비에서 얼쩡거리다가 고객상담실로 전화해 호연상을 찾았다.

"아까 찾아갔던 경찰관입니다. 잠깐 내려오실래요?"

"지금 바빠서……."

그는 조금 전의 상황에 대해 질책을 받고 있는 것 같았다.

"그럼 이동전화 번호를 알려주세요."

"……."

대답도 없이 얼마간 시간이 흐른 후에 그는 더듬더듬 번호를 불러
주었다. 진하는 그것을 메모란에 적어 넣었다. 보험회사를 나온 진
하는 병원으로 돌아가려다가 마음을 바꿔 발길을 서초동으로 돌렸
다. 자신이 감당할 수 있는 한계는 여기까지가 아닌가 싶었다. 더는
이런 식으로 수사를 계속하기 어렵겠다는 판단이 들었다.

서울지검 강력부

"자주 봅니다."

방문목적을 간단하게 설명하고 시간약속을 했지만 진하가 11층 강력부 사무실에 들어서자마자 신형철 부장은 우연히 마주친 듯 환히 웃으며 반겼다. 그는 하던 일을 밀어놓고 집무실로 진하를 안내했다. 여직원이 커피를 들여놓고 문을 닫았다.

"뭐가 잘 안된다고 했던 것 같은데?"

정면 전체가 유리창이고 옆면에는 직무에 관한 각종 서적이, 뒷부분의 책장에는 형사판례집이 가득 진열된 아담한 집무실이었다. 같은 강력범죄를 다루는 부서임에도 경찰과는 분위기가 전혀 달랐다.

"지난번 영탄강 단합대회 때 잠시 말씀드린 대로 살인사건을 종결하면서도 뭔가 미진한 느낌이 들었는데 그 후 심상찮은 자료가 나와서 그동안 추적을 계속하고 있었습니다."

당시 이정수가 건네준 USB 안에 들어있던 자료는 피살자 장기호의 금고에서 나왔는데 거기에는 1kg짜리 골드바 1,480개의 고유번호가 기록되어 있었다. 그 목록 마지막 장의 제목에 적힌 이름이 박송휘였는데 서초동에서 활동하고 있는 박송휘 변호사일지 모른다. 이 자료는 피살자 장기호가 총무로 활동하던 한북지검 주민위원회장 윤경석의 컴퓨터에서 해킹이 되었고, 역 추적 흔적도 발견된 점과 금괴 시장을 수소문하던 중 이에 협조하던 석현수 경위가 괴한으로부터 기습을 당해 뇌사상태에 빠져있는 상황을 차례로 설명했다.

"골드바 목록의 출처로 확인된 윤경석을 미행하다가 '청사초롱'이라는, 조직폭력배들이 운영하는 것으로 보이는 룸살롱까지 찾아냈는데 제 혼자 힘으로 더는 진행하기가 어렵습니다."

신 부장은 묵묵히 진하의 설명을 듣고 있었다.

"앞으로는 공개적으로 수사를 시작해야 하는데…… 장기호 사건을 재기하여 판을 다시 짜볼까도 생각해보았으나 영포경찰서의 수사체계로는 무리일 것 같습니다."

골드바 목록을 확인했을 때부터 이런 문제를 예상하였으므로 되도록 자료를 확보하는 데 치중했었다.

"내가 어떻게 도와주면 되겠어요?"

한동안 뭔가를 골똘하게 생각하고 있던 신 부장이 물었다. 어떤 반응을 보일까 내심 걱정도 했는데 일단 진의는 전달이 된 듯했다.

"이 사건을 부장님 인지사건으로 올려주십시오. 앞으로 다방면의 영장청구와 용의자들에 대한 체계적인 압수 수색도 해야 하므로 총괄적인 지휘체계가 필요합니다."

"인지사건이라……."

신 부장은 창밖을 한참 쳐다보다가 말을 이었다.

"좀 껄끄러운 문제가 있겠군요. 내가 사건을 맡더라도 일단 유 형사가 일을 계속해야 할 거 아닙니까? 그런데 지금 검·경 갈등 때문에 경찰관 파견이 제대로 이뤄지지 않고 있어요. 현재 여기 파견 나와 있는 경찰관 2명도 정원 문제 때문에 일선 경찰서의 불만이 많아 복귀시키려고 하는데……. 게다가 수사권독립이라는 난제가 불거져 있어서 사실 검찰도 점점 경찰청의 눈치를 보고 있는 형편이오."

신 부장은 사건을 추적해온 진하의 입장을 더 고려하는 듯했다. 진하는 아차 싶었다. 그런 문제까지는 생각하지 않았다.

"그런 문제라면, 파견이 장애가 된다면 사건 전체를 그냥 드리겠습니다. 어떤 식으로든 장기호 사건을 깨끗하게 종결하고 싶습니다."

아쉽지만 어쩔 수 없는 일이었다.

"일단 경찰청과 의논을 해봅시다. 마침 경찰로 간 내 사법연수원 동기 한 명이 경찰청 경무담당관으로 근무하고 있어요. 정원 문제까지 해결할 수 있다면 검토를 해봅시다."

비록 검찰과 경찰 간에 극단적 대립단계까지 가 있으나 그것은 정치권의 장난질에 놀아나는 몇몇 고위직 사이에서 벌어지고 있는 세력다툼이 아닐까 싶었다. 혹시 인맥이 개입되면 한두 명 정도의 파견근무는 가능할지도 모른다. 어떤 방향으로 결정되든 우선 자료의 정리가 급했다. 서울지검을 나온 진하는 열두 시가 조금 넘어서 영포경찰서로 복귀했다. 이정수로부터 석현수의 가족들과 동기 몇 명이 모여 장기이식 문제로 고심하고 있다는 메시지가 도착했다. 뇌사판정위원회가 결론을 내린 모양이었다. 여러 가지 일이 한꺼번에 벌어진 듯 마음이 번잡해지고 잘 안정이 되지 않았다. 아무것도 손대기가 싫어 숙직실로 가서 벌렁 드러누워 버렸다.

연일 무더위가 극성이더니 밤을 지나면서도 그 열기가 식지 않았다. 산과 물이 많은 영포지구는 서울보다 평균온도가 3~4도는 낮다고 하는데 새벽운동 후 구내식당으로 향하는 데도 열기가 만만치 않았다. 사무실에 올라왔더니 어린이 유괴사건 하나가 3팀에 막 배당이 되었다. 진하는 팀원들과 합류하기 위해 막 주차장을 나서는데 서장이 찾는다는 연락이 왔다. 서장실에는 과장들이 모두 모여 있었다.

"뭔 짓을 한 거야?"

서장이 문을 열고 들어서는 진하를 향해 소리를 빽 질렀다. 방안의 모든 간부가 진하를 쳐다봤다. 뭔 짓이라니, 진하는 문 앞에서 걸음을 멈춘 채 서장을 바라봤다.

"……."

"얼마나 알랑방귀를 뀌었기에 전입한 지 겨우 달 반밖에 안 된 놈에게 이런 인사발령이 났는가 말이야."

인사발령장. 신형철 부장이 일을 빨리 진행한 모양이었다.

"아, 그거…… 얼마 전에 서울지검 강력부에서 차출이 내려갈 거라고 하더니 벌써 왔나 보군요."

진하는 대수롭지 않은 듯 과장들이 앉아 있는 응접의자 맨 끝에 가서 섰다.

"미리 귀띔이라도 줘야지, 이런 법이 어디 있어?"

수사과장이 나무라듯 말했다.

"차출은 뭔…… 아예 경찰청으로 명령이 났는데?"

서장은 계속 못마땅한 표정이었다. 그렇지만 분위기는 처음 전입
신고를 할 때와는 달랐다. 그때는 무슨 짓 하다가 쫓겨 왔어? 하는
비아냥거림이었지만 지금은 과장들의 표정에 부러워하는 기색도 보
였다.

"저는 잘 모르겠습니다. 전에 함께 일했던 부장검사 한 분이 서울
지검 강력부에 계시는데 일손이 부족하니 좀 도와달라고 해서 제도
적으로 가능한지 모르겠다고 말씀드렸어요. 전입 이후 제가 눈코 뜰
새 없이 바빴던 것은 서장님이나 과장님들이 잘 알고 계시지 않습니
까?"

무슨 알랑방귀…… 라는 말이 목구멍까지 올라왔다.

"유괴사건이나 처리하고 가지."

수사과장이 정색하며 말했다.

"오늘 자 발령인데…… 2팀으로 넘기시오. 제길, 이럴 거면 뭐 하
러 보냈어? 이거 직원들 분위기 흐릴까 봐 걱정이네."

서장은 계속 투덜거렸다. 경무과장이 분위기를 바꾸려는 듯 들
고 있던 결재판을 서장 앞에 놓았다. 진하는 그 틈에 가만히 서장실
을 빠져나왔다. 현장에 나가 있는 주 형사와 정 형사에게는 메시지
로 대충 인사발령에 관한 상황을 전하고 양해를 구했다. 이런 내용
을 들고 현장에 나갔다가 공연히 분위기만 흔들어놓을 수도 있었다.
곧 2팀과 교체되겠지만 비공개 수사여서 모두 행동을 극도로 조심하
는 중이었다. 본서에 남아 있는 강력팀 직원들에게만 인사를 한 뒤

바로 서울로 나온 진하는 경찰청에 가서 신고를 하고 서울지검 파견 명령서를 수령했다. 영포를 떠난 지 꼭 3시간 만에 서울지검 11층에 있는 신형철 부장의 사무실에 도착 신고를 했다.

윤경석 가택 수색

'면목 없다'는 말은 이런 경우를 두고 생겨난 건지. 석현수의 영결식이 거행되고 있는 경찰병원 장례식장 대신 법원으로부터 압수수색 영장을 기다리면서 진하는 참담한 심정을 겨우 추슬렀다. 동기들은 진하에게 장례식에 오지 말고 범인을 일망타진하라고 했다. 그동안 석현수와의 우정과 사고에 대한 원인 제공자로서의 가책 때문에 발인식에는 참석하려고 했다. 그러나 진하는 도저히 현수의 영정 사진을 바라볼 자신이 없었다. 윤경석의 주변을 수색하는 일을 서울지검 강력부 파견 후 첫 순서에 넣은 까닭도 가능하면 빨리 '청사초롱'과 '한성'에 접근하여 석현수 사건을 종결짓고 싶어서였다. 현수의 죽음에 원인을 제공하긴 했지만 지금 친구로서 해줄 수 있는 가장 절실한 것이 진범 체포였다. 남대문서에서 체포한 용의자 두 명의 진술 내용이 현수의 장례에 엉뚱한 영향을 미치고 있었다. 술집 종업원인 그들은 석현수로부터 폭행을 당한 보복으로 살해했다는 진술을 하고 있어 자칫 현수의 사망이 사생활의 사고사로 분류가 되어 순직으로 인정받지 못할 가능성이 있다는 것이다.

그런 의미에서 이번 사건 수사의 병목현상을 뚫고 지름길을 만들어내기 위해 선택한 것이 윤경석의 주거지에 대한 압수수색이었다. 신형철 부장실로 자리를 옮긴 후 첫 번째 업무이니 결과 못지않게 절차도 신중을 기해야 했다. 진하가 영장청구서에 중점적으로 기술한 것은 장기호가 가지고 있던 천억 원 상당의 골드바 목록이 윤경석의 컴퓨터에서 해킹되었다는 사실이었다.

압수수색 영장은 정오 무렵 발부가 되었다. 서울지검 한기웅 수사관이 팀장, 진하는 참여관이 되고 수사요원 8명이 집행요원에 편성됐다. 수색팀은 구내식당에서 점심식사를 마친 뒤 윤경석의 집으로 향했다. 그의 집은 한북시 문락동에 있었는데 전에 그를 처음 만났던 커피숍 '델리로티' 인근에 있는 2층 단독주택이었다. 주변이 거의 아파트 단지와 상가 지역이어서 땅값이 꽤 비쌀 것 같은데도 대지가 꽤 넓었다. 윤경석은 집에 없었다. 진하는 그 부인에게 영장을 제시하고 압수수색을 시작했다. 집 안에 있는 컴퓨터는 모두 3대였다. 일단 모두 본체를 열어놓고 그 내용물을 확인한 후 그 안에 저장된 자료들을 검색해 나갔다. 가족들 소유로 보이는 컴퓨터에는 특이한 내용물이 없었다. 진하는 스마트폰에 기록해둔 해킹 대상 컴퓨터의 IP주소와 윤경석의 컴퓨터 IP주소를 대조해봤다.

59.9.44.15

골드바 목록의 출처로 기록된 IP주소와도 일치했다. 장기호가 해킹했던 윤경석의 컴퓨터가 분명했다. 진하는 이 컴퓨터의 하드디스크를 분리하여 압수목록에 넣었다.

"이건 완전히 고물인데……."

지하창고를 수색하던 수색팀이 본체의 덮개가 분해되고 내부 연결줄이 너덜거리는 컴퓨터를 하나 들고나왔다. 진하는 이 컴퓨터의 하드디스크를 윤경석 컴퓨터에 연결했다. 북구마을 거실에서 없어졌던 장기호의 컴퓨터가 분명했다. 본체 덮개를 뜯어내어 각 부품별로 꼼꼼하게 살피고 있는데 바깥에서 고함소리가 들렸다.

"뭐야. 어떤 새끼들이 남의 집을 함부로 뒤져?"

곧바로 현관문이 활짝 열렸다.

"너희들 누구야? 어떤 놈들인데 감히 내 집을……."

윤경석이었다. 진하가 앞으로 나갔다.

"우리는 서울지검 강력부에 근무하는 수사관들입니다. 법원의 압수수색 영장을 가지고 집행을 나왔으니 협조하여 주시기 바랍니다."

"영장 좋아하네."

윤경석은 스마트폰을 꺼내 어디론가 전화를 했다. 지난번 커피숍과 장기호 장례식장에서 보였던 친절하고 침착하던 그가 아니었다. 오래지 않아 그는 전화기를 진하에게 건네주면서 받아보라고 했다. 응할 필요도 없지만 저 기세를 누그러뜨려야 수색이 원활하게 된다는 생각이 들어 전화를 받았다.

"여보세요."

"누구시죠? 나는 한북지검 사무국장입니다."

그리 유쾌한 목소리는 아니었지만, 대응은 필요했다.

"서울지검 강력부 소속 수사관들입니다. 법원의 압수수색 영장을 집행 중입니다."

"실례지만 누구시죠?"

진하는 전화기를 팀장인 한기웅 수사관에게 건넸다. 통화는 그리 오래가지 않았다. 한북지검 주민위원회 위원장 댁이니 정중하게 대해 달라네요. 한 수사관이 웃으며 말했다.

"금고 좀 열어주시죠."

진하는 안방 창가에 놓여 있는 철제금고를 가리키며 윤경석에게 말했다.

"미쳤어? 내가 그것을 열게. 어? 당신 영포경찰서 그 형사 아냐?"

비로소 진하를 알아본 모양이었다. 이대로 계속 시간을 지체할 수는 없었다.

"강제집행을 위해서 어쩔 수 없군요. 양해하십시오."

진하가 눈짓하자 수사요원 두 명이 윤경석의 팔을 붙잡았다. 동행한 열쇠공이 바닥에 몇 가지 도구를 펼쳐놓고 다이얼을 돌리기 시작했다. 3~4분이 되지 않아 철컥하고 금고가 열렸다. 가로로 칸막이 하나가 되어 있고 아래에는 서랍이 달려있었다.

"이 새끼들 두고 봐. 너희들 무사할 것 같아?"

윤경석은 악을 쓰며 계속 고함을 질렀으나 진하는 무시해 버렸다. 금고의 위 칸에는 1kg짜리 골드바 5개가 있었다. 진하는 '유정' 폴더가 생각나서 골드바의 고유번호를 찍은 뒤 금고 안을 샅샅이 살폈다. 골드바가 놓인 안쪽에는 은행의 예금통장 3개와 미화 1백 불짜리 2다발, 5만 원권 11다발, 금전출납부 2개가 나왔다. 아래에 있는 서랍을 열자 반지나 목걸이 등이 들어있는 보석함이 있었다. 진하는 플래시를 비춰가며 그 안을 꼼꼼하게 살폈다. 위 서랍의 바닥 안쪽으로 뭔가 붙어있는 것이 보였다. 손톱만한 크기인데 투명 스카치테이프로 고정해 놓은 것이었다. 진하는 주머니에서 휴대용 칼을 꺼내 그것을 뜯어냈다. 유심칩이었다. 혹시 범행에 사용된 스마트폰은 아닐까? 머리 뒷덜미가 서서히 달아오르는 느낌이었다. 수색영장 신청서를 작성할 때부터 제3의 휴대용 전화를 찾아내리라고 다짐에 다짐을 거듭했었다. 제발, 진하는 간절한 마음으로 예금통장과 금전출납부, 그리고 유심칩을 추가로 압수목록에 넣은 뒤 신 부장에게 전화를 걸어 현 상황을 설명했다. 현재로선 골드바와 현금 등은 압수할 명분이나 필요가 없었다.

"금고를 봉인하되 이것을 뜯으면 강제집행면탈죄로 처벌하겠다고 경고를 하세요."

신 부장은 망설이지 않고 간단하게 결론을 내려주었다. 진하는 골드바와 현금이 진열된 금고 내부를 촬영하고 문을 닫은 뒤 손잡이와 미닫이 부분을 2중으로 봉인했다. 오늘 압수수색은 골드바 목록 관련 자료와 분실되었던 장기호의 컴퓨터가 수색의 주목적이었다. 누구 것인지는 몰라도 여분의 유심칩까지 확보했으니 괜찮은 성과였다. 이것이 범행용 스마트폰에 사용된 것이라면 그야말로 대박이었다. 수사요원이 붙잡고 있던 윤경석을 놓아 주었다. 골드바나 현금이 압수대상에서 제외되었어도 윤경석은 크게 당황하고 있었다. 압수조서 목록에 손을 대려 하지 않았다. 수색팀이 거실의 바닥에 자리를 잡고 앉자 수사요원 1명이 밖으로 나가서 커피를 사 왔다. 이 집 식구들의 긴장된 표정과 커피를 마시는 수사요원들의 느긋함이 만들어내는 묘한 분위기 속에서 윤경석은 거의 30여 분을 버티다가 체념한 듯 결국 압수목록에 서명했다. 수색팀은 빈 커피잔을 하나씩 들고 바로 현장에서 철수했다.

사무실로 돌아온 진하는 우선 유심칩을 대검의 디지털포렌식센타에 보내고 윤경석과 장기호의 컴퓨터 하드 드라이브는 전산팀에게 분석을 의뢰했다. 윤경석이 어떤 식으로든 장기호 사건에 영향을 미쳤고, 그 과정에 스마트폰을 사용했으며, 이 유심칩이 그 스마트폰이라면 더할 나위 없는 증거를 확보한 셈이었다. 윤경석이 완전범죄를 꿈꾸며 숨겼던 그 사건 관련 인물들이 포렌식의 결과에 구체적으로 드러날 것이다.

윤경석의 컴퓨터에 대한 결과 분석은 그리 오래 걸리지 않았다. 장기호가 해킹했던 1.5톤의 골드바 목록은 없었으나 1kg짜리 골드바를 정리해놓은 사진은 여러 장 찾아냈다. 맨 위에 있는 골드바의 고유번호 4개를 목록과 대조해 보았다. 같은 번호가 나왔다. 골드바 목록에 적힌 숫자와 로마자는 실제 현물의 고유번호가 틀림없었다. 진하는 이 폴더를 복사하여 자료 폴더 안에 넣었다. 그런데 윤경석의 컴퓨터에 있는 자료는 거의 비밀번호가 걸려있지 않았는데 시스템 폴더 안에 'han'이란 폴더와 'jang'이란 폴더는 'admin'이란 박스가 떴다. 비밀번호를 넣고 'enter'를 치라는 명령문이 나왔다. 시스템 작동을 위한 파일도 아니었다. 장기호의 폴더와는 달리 단지 비밀번호의 입력만 요구했다.

"이것 좀 봐주세요."

진하는 수사요원 중 전산담당에게 도움을 청했다. 그는 이 폴더를 복사하여 자신의 노트북에 옮겨놓고 3분 정도 조작을 하더니 폴더를 열었다.

"아주 초보네요."

그는 싱긋 웃으며 풀어놓은 3개의 파일을 이메일로 보내주었다. 2개는 han에 있던 자료이고 나머지 한 개는 jang에 들어있던 파일이었다. han이란 한북지방검찰청의 약자로 보였다. 그는 한북지검 주민위원회 위원장직을 5년째 맡고 있다고 했는데 아마 그들을 접대한 기록인 듯했다. 내용을 보니 파일 하나는 3명의 사내들이 여자들을 앉혀놓고 술을 마시고 있는 모습이었고, 다른 하나는 12명의 사내들이 5명의 여자를 사이사이에 앉혀 놓은 장면이었다. 야한 장면은 없었지만, 음식과 양주로 봐서는 꽤 고급스러운 접대였다. 그리고 jang 폴더 안에 있는 파일은 장기호의 하드디스크를 그대로 복사한 듯한 내용물이었는데, 300GB 분량으로 시스템 파일까지 모두 복사되어 있었다. 〈네이처〉 윤두호의 분석에 따르면 당시 장기호는 골드바 목록 외에도 몇 개의 문서를 더 해킹했는데 대부분 상태가 좋지 않았다고 말했다. 진하는 파일을 하나씩 전부 열어보았다. 대부분 동영상 파일이었는데 그 내용이 참 지저분했다. 시중에 떠돌고 있는 온갖 성관계 장면을 비롯하여 장기호가 의붓딸 장미현과 교접하는 장면을 2~3분씩 체위별로 촬영한 사진이 수백 개나 되었다.

장기호의 컴퓨터에 달린 하드디스크는 깨끗하게 포맷이 된 상태였다. 본체 내부를 샅샅이 뒤진 흔적이 곳곳에서 보였다. 줄을 죄 헝클어놓았고 메모리나 부속들 자리가 빈 곳이 많았다. 윤경석은 그 내용물을 따로 복사한 뒤 전체를 지워버린 듯했다.

차명 스마트폰

오후 늦게 대검이 분석해놓은 포렌식 분석지가 도착했다. 분석지에는 1대의 스마트폰 전화번호와 5명의 명단, 전화번호, 그리고 한 달간의 통화 현황이 들어있었다.

박정대(13회), 박상길(2회), 문소길(125회), 윤달기(152회), 윤형구(171회)

그런데 그 스마트폰의 명의인은 윤경석이 아니고 주상기로 등록이 되어 있었다. 우선 진하는 이 5명에 대한 신원을 조회했다. 그러나 동명이인이 너무 많아 누가 누군지 알 수가 없었다. 또 통신사에 아쉬운 소리를 해야 하는가 싶어서 한숨이 나왔다.

"서초경찰서 교통계에 협조를 구해 보세요. 요즘 전산화가 되어 있어서 전국에서 취급하는 운전면허 현황이 다 조회가 될 겁니다."

함께 압수수색을 나갔던 한기웅 수사관의 조언이었다. 아참, 그렇지. 요즘 만18세만 되면 누구나 면허를 취득하니 지금 필요한 정보가 다 있을 것 같았다. 그동안 수사를 하면서 개인의 정보를 조회하는 일은 부지기수였으나 이렇게 많은 인원의 종합정보가 한꺼번에 필요했던 적은 거의 없었다.

"고맙습니다."

한 수사관에게 인사를 한 뒤 진하는 서초경찰서 교통계에다 이들의 인적사항을 문자로 보내고 그 주소와 주민등록번호를 받았다. 이 자료를 가지고 신원조회를 해보니 박정대, 박상길은 폭력 전과 3범이었고 문소길은 절도 5범이었다. 그리고 윤달기와 윤형구는 철송군이 고발하여 과태료 처분을 받은 기록이 몇 번 있었을 뿐 형사 전과는 없었다.

박정대 27세 서울 송파구 오금동 693-2
박상길 27세 서울 강남구 개포동 442-34
문소길 42세 경기도 안양시 만안구 박달동 168번지 8호
윤달기 62세 강원도 철송군 윤기면 성지리 468-4
윤형구 55세 강원도 철송군 윤기면 성지리 332-9
주상기 61세 서울 노원구 상계동 산152-24

전과기록이 있는 박정대, 박상길 그리고 문소길의 형사사건 번호를 찾아서 기록해 놓았고 전과기록이 없는 스마트폰의 명의인 주상기는 인적사항과 주소를 메모했다. 진하는 신 부장에게 오늘 처리

한 압수수색 현황과 포렌식 결과에 대한 보고서와 함께 한북지검에 장기호 사건기록을 송부해 달라는 문서의 결재를 올려놓고, 주상기의 스마트폰이 등록되어있는 티월드에 통화요금 결제에 대하여 조회를 신청했다. 대금 결제를 누가 했는지 확인하면 실제 사용자를 알 수 있을 것이고 대포폰이라면 주상기의 신병만 확보하면 자연히 밝혀지게 된다. 만일 윤경석이 이 스마트폰을 어떤 목적으로 비밀리에 사용한 사실이 밝혀진다면 수사는 급물살을 타게 될 것이다. 진하는 혹시 싶어서 북구마을 진입로 부근에서 확보했던 대변과 휴지 및 담배꽁초에 대한 분석결과를 챙겨 놓았다. 강선효 사망현장이 깨끗하게 정리된 데 반해 그곳은 아무런 제재도 없는 방임상태였고 특히 대변과 타액의 건조상태가 장기호 사망시간과 거의 일치하고 있다는 점에 기대하고 있었다. 진하는 그때 확보해놓은 DNA 분석지도 함께 분류해 두었다.

다음 날 오전에 한북지검에서 보관하던 장기호의 사건기록이 도착했다. 주상기 명의의 스마트폰 사용요금이 윤경석의 처 진성희의 은행계좌에서 자동이체되고 있음이 확인되었다. 진하는 직접 문소길의 소재를 추적해보기로 했다. 연령으로 봐서 두 윤 씨는 윤경석과 관련이 있을 것 같았고, 앞의 두 박 씨는 행동요원으로 보여 뒤로 미뤘다. 그러나 문소길은 연령이나 통화 회수를 참작하면 윤경석과 밀접한 관계가 있는 것으로 보였다. 아무래도 체포영장을 신청해야 할 것 같았다. 진하는 사무실을 나오기 전에 정식으로 문소길에 대한 위치정보 서비스를 신청하고 그의 주소지인 안양으로 향했다.

안양은 진하가 경찰 임용 후 두 번째 근무했던 곳이어서 안양역을 중심으로 하는 구 도시의 지리에는 밝은 편이었다. 산본 IC에서 외부순환도로를 벗어난 뒤 명학역 쪽으로 방향을 잡았다. 운전면허증 교부신청서에 등록된 문소길의 주소는 박달동 예비군훈련장 서쪽 기슭에 있는 허름한 판잣집이었다. 움직임이 자유롭지 않은 노모와 정신지체 장애인인 아들이 살고 있었다.

"벌써 몇 번이나 애비 찾으러 왔는데……."

노모는 진하를 보자 겁부터 냈다. 가끔 돈만 얼마씩 부쳐주었을 뿐 집에 안 들어온 지 1년이 넘었다고 했다.

"사업을 하다가 주식투자에 실패하고 살림이 궁해지자 며느리가 집을 나가 버렸다우. 그런 담부터 저렇게 밖으로만 나돌지 뭐유."

그러면서 노인은 몇 장의 편지봉투를 꺼내 보여주었다. 서울 미근동 우편취급소 소인이 찍혀 있었다. 서울역 부근이었다. 진하는 봉투에서 노숙자 냄새를 맡았다. 노인이 내주는 문소길의 명함판 사진 한 장만 들고 그 집에서 나왔다. 그때 아침에 신청해 놓았던 문소길의 휴대폰 위치가 뜨기 시작했다. 역삼동 부근이었다. 노인이 보여준 자료와는 전혀 엉뚱한 곳이었다. 1시간 가까이 문소길의 위치를 추적한 결과 무엇보다 놀라운 것은 문소길의 현 위치가 주식회사 한영의 사무실이라는 점이었다. 진하는 사무실로 나와서 다시 티월드에 전화를 하여 문소길의 한 달간 통화기록과 통화료 납부현황을 조회했다.

다음 날 아침 진하는 티월드가 보낸 자료를 받았다. 문소길의 통화요금 자동이체는 ㈜ 한영의 계좌라는 확인과 한 달간 통화한 1,535회분의 상대방 현황을 표로 표시한 것이었다. 진하는 이것을 들고 바로 신 부장실로 들어갔다.

"포렌식 결과 확인된 앞의 3명에 대한 체포영장을 신청해도 되겠습니까?"

문소길의 위치 및 통화요금 납부처가 주식회사 한영이라는 사실은 그가 윤경석과 어떤 식으로든 얽혀있다는 것을 말해주었다. 게다가 장기호가 살해될 무렵에 두 사람이 125회나 통화를 했다는 사실역시 그런 단정을 뒷받침했다.

"48시간 내에 구속영장을 청구할 수 있겠어요?"

신 부장이 걱정스럽게 물었다.

"문소길이 윤경석과 관련됐다는 증거는 확보했고 장기호 피살 즈음해서 윤경석이 박정대와 15회, 박상길과도 2회씩 통화를 한 사실이 밝혀졌습니다."

"체포영장은 조금 더 보강한 후에 신청하기로 하고 우선 한영에 대한 압수수색부터 시작합시다."

신 부장은 전담 수사실과는 별도로 큰길 건너편에다 수사진이 거처할 오피스텔까지 마련해놓고 있었다. 이 사건은 컴퓨터 분석작업이 많다는 점 때문에 이정수도 수사진에 포함되었다. 지금 이정수는 서울추모공원 양재 화장터에서 석현수의 유해를 수습하는 중이므로 그 일을 마저 끝내면 합류하게 된다. 일찍 저녁 식사를 한 후, 진하는 창가에 놓인 원형 탁자에서 한영에 대한 압수수색영장 신청서를 작성하기 시작했다. 우선 장기호 사건이 앞부분에 나오므로 서울지방법원에서 재판을 할 수 있는지 여부에 대한 토지관할 문제를 짚고 가야 했다. 이 사건의 중심인 장기호, 강선효의 피살과 1.5톤 분량의 골드바 목록의 해킹, 살인사건을 주도한 것으로 의심되는 주식회사 한영과 그 임원들이 서울지방법원 관할인 법인과 그 소속원이라는 점을 명시한 후, 압수 및 수색의 대상을 하나씩 언급해 나갔다.

주식회사 한영
1. 풀살롱으로 의심되는 '청사초롱'의 관리회사이다.
2. 조직폭력조직인 오성파의 사업장으로 장기호, 강선효 살인사건의 교사가 여기서 이뤄진 것으로 추정된다.
3. 장기호, 강선효의 살해 용의자로 추정되는 문소길이 이 회사를 터전으로 삼고 있고 관련자들의 통화기록 상 모든 지령이 이 회사에서 비롯되었다는 의심이 들며 이 회사의 조직체계와 인적구성 및 기타 증거를 확보하기 위하여 압수 및 수색이 필요함.
4. 별지 골드바 목록의 현물 보관지로 추정됨

압수수색영장 신청서를 작성한 후 관련된 증거 문서를 뒤에 첨부하고 나서 새벽 3시경 잠이 든 진하는 평소처럼 새벽 6시에 일어나 오피스텔 부근에 있는 체육관에서 하루를 시작했다. 진하는 유단자였던 아버지의 영향을 받아 어릴 때부터 유도를 시작했고 삼촌과 고모 집에서 고등학교를 졸업할 때쯤 공인 2단을 땄다. 운동은 생활을 단순화하고 몸을 지키기 위한 삶의 방편이었다. 군 복무시 꾸준히 운동을 하여 제대 무렵 3단 승단을 했다. 덕분에 경찰관 채용의 문턱을 넘을 수 있었다. 그런데 경찰생활 13년 동안 운동을 게을리하지는 않았으나 승단절차는 몇 차례 빼먹었다. 경험상 단련된 심신은 범인을 추적하거나 체포할 때 가장 효율적인 무기였다.

사무실에 출근한 진하는 신 부장에게 밤새 준비한 압수수색영장 신청서 결재를 올리면서 남대문서에서 조사하고 있는 석현수 살인 사건의 송치 요청서, 살롱 '유정'과 관련된 오한근 사건의 형사기록 열람신청서도 함께 제출했다. 석현수 사건은 한중생명보험의 상황을 미루어보건대 그곳에서 위치정보를 흘린 것으로 보이므로 여기서 종결히는 것이 나을 것 같았고 '유정' 관련 사건은 진작부터 보고 싶었던 자료였다. 지금 처리하고 있는 이 사건은 어떤 식으로든 종결 가능하지만 어디다 집중하느냐에 따라 성과가 다를 것이다. 증거인멸과 압력이나 간섭이 우려되기 때문이었다. 신형철 부장을 절대적으로 신뢰하므로 큰 걱정은 하지 않지만, 중간에 공백이 생기면 어떤 상황이 벌어질지 알 수 없었다. 부장 전결로 10시쯤 압수수색영장 신청서를 법원에 접수 시킨 후 엄지현과 호연상을 포함하여 나중에 체포영장을 받아 신문해야 할 사람들의 이름, 주민등록번호, 주소, 이동전화번호를 중심으로 표를 만들었다. 압수수색 후에 그 결과를 가지고 신문 순서를 정할 작정이지만 우선 전체적인 흐름을 정리해 나갔다.

영장은 오후 4시경 떨어졌다. 신 부장은 서초경찰서에 요청하여 시위진압용 경찰 2개 소대를 수색에 참여하게 해주었다. 비록 상호를 변경했고 유정 관련 사건도 지지부진하게 종료되었지만, 공공연히 히로뽕 유통업소로 소문이 났던 곳이었다. 더구나 1층을 독점적으로 사용하고 있는 주식회사 한영은 한 꺼풀만 벗겨보면 깡패들의 소굴이나 다름이 없을 것 같았다. 수색팀은 좀 불편하더라도 전원이 방검복을 착용하고 테이저건으로 무장하기로 했다. 오후 5시 30분에 건물 앞에 도착했다. 그런데 출발부터 가동했던 문소길에 대한 위치표시가 오늘도 이 건물 앞에서 멈췄다. 지금 문소길이 이 건물 안에 있다는 표시였다. 아직 살롱 '청사초롱'의 정규 영업시간까지는 3시간 정도가 남아 있었다. 진하는 먼저 사장 주호영을 찾았다. 그는 잘 생기고 키가 큰 신사였는데 그 옆에 사나운 눈매와 긴 얼굴 등 외관상으로도 살기를 느낄 만한 사내가 함께 있었다. 진하는 주호영 앞에서 압수수색 영장과 혐의점을 읽어주고 수색이 끝날 때까지 현장에 참여해달라고 부탁했다.

먼저 1층 주식회사 한영의 사무실에 대한 수색이 시작되었다. 여기서는 이 회사 전 직원의 명부 확보가 가장 핵심이었다. 7층 건물을 진압경찰 2개 소대가 포위하고 있어선지 입구에서부터 도열하여 무력시위를 하고 있던 우락부락한 사내들도 노골적으로 막아서지는 않았다. 진하는 곁에 서 있는 총무과장에게 캐비닛과 책상, 금고를 열어달라고 요구했다. 주호영이 눈짓을 하자 총무과장이 차례로 문을 열었다. 진하는 우선 이 회사의 정관, 임원진의 명부와 주주현황부터 확인했다. 법인 등기부상으로는 자본금이 25억 원, 대표이사는 주호영, 이사 7명, 감사 2명으로 등재되어 있었다. 예상대로 주호영은 보유하고 있는 주식이 없었다. 오성파 두목 오한근도 주주명단에는 없었다. 주주는 모두 5명으로 여자들이었는데 4:2:2:1:1로 배분이 되어 있었다. 진하는 강력부장실에 주주들의 신원확인을 부탁했다.

윤경석은 등기이사는 아니지만 이 회사의 관리이사로 명부에 올

라 있었다. 진하는 새로 작성된 듯한 사원명부에서 박정대와 박상길
은 확인했지만 문소길이란 이름은 없었다.

"누구시죠?"

진하는 주호영 곁에 서 있는 사나운 인상의 사내에게 물었다.

"상임이사님입니다."

주호영이 대신 대답했다. 진하는 사원명부를 확인했다. 상임이사
차승후. 진하는 호주머니에 손을 넣어 단축키 11을 눌렀다. 문소길
의 휴대폰 번호였다. 벨소리가 나자 상임이사 차승후가 호주머니에
서 휴대폰을 꺼내 전화를 받았다. 진하는 테이저건을 겨눈 채 그의
손에서 휴대폰을 빼앗았다. 실내에 있던 회사 직원들이 공격자세를
취했으나 주호영이 만류했다.

"본인 휴대폰인가요?"

진하가 차승후를 보고 물었다.

"현관에서 주웠소."

차승후가 인상을 쓰며 대답했다.

"문소길이라는 사람 모르나요?"

"누군데요, 그 사람?"

"바로 이 휴대폰의 주인입니다."

증거를 앞에 두고도 잡아떼는 데에는 도가 튼 사람들이었다. 진하
는 빼앗은 휴대폰을 비닐봉지에 넣은 후 사원명부의 복사본을 압수
목록에 적어 넣었다. 부장실에서 조사한 이 회사 주주 중 3명은 임
원들의 부인이었고 2명은 독신 여성이었다. 40%를 가진 여자는 오
한근의 처, 20%를 보유한 한 명은 상임이사 차승후의 처였다. 그리

고 나머지 20%의 보유주는 윤경석의 처인 진성희로 되어 있었다. 진하가 주식회사 한영의 직원현황을 조사하는 동안 이 건물 전 층의 수사에 나섰던 팀장은 건물의 전체 구조, 청사초롱 근무자 명부, 장비 및 비품현황의 파악을 마쳤다. 골드바는 나오지 않았으나 회사 현황에 관한 문서와 문소길의 휴대폰 확보는 큰 수확이었다.

"청소를 잘하셨군요."

진하가 주호영을 바라보며 말했다.

"덕분에요."

차승후가 뼈있는 대답을 했다.

"또 뵙겠습니다."

진하는 직원명부를 복사한 문서를 집어 들고 일어서면서 말했다.

"사양하겠습니다."

주호영이 따라 일어서면서 응수했다. 당초 우려했던 일은 일어나지 않아 수색팀은 시위진압 경찰들과 함께 현장에서 철수했다. 저녁 7시가 지났고 검찰청사의 다른 층은 깜깜했으나 11층은 전체가 환하게 불을 밝히고 있었다.

"더운 날씨에 고생이 많으시죠? 저는 서울지검 강력부장 신형철 검사입니다."

막 부장실로 들어서는데 신 부장의 목소리가 흘러나왔다.

"석현수 경위의 사고소식을 들었습니다. 속 많이 상하시죠?"

상대는 남대문서 형사과장인 듯싶었다. 진하는 고집스럽고 꽉 막힌 듯한 그의 모습을 떠올리며 씁쓸하게 웃었다. 신 부장의 맞은편에 이정수가 앉아 있었다. 진하가 오른손을 들자 그가 미소를 지었다.

"제가 인지한 사건 하나가 그 사건과 겹쳐서 양해 말씀을 구하려고 전화를 드렸습니다. 왜 요즘 조폭들이 기업가 행세를 하면서 세를 넓혀가지 않습니까? 한영이라는 업체를 조사하는 과정에 석현수 경위 관련 자료가 나왔습니다. 남대문서 직원과 관련되어 있어서 좀 조심스럽지만, 과장님이 양해해 주신다면 그 사건을 제가 마무리하고 싶습니다."

아직도 경찰에 대한 검찰의 강압적인 언행이 사라지지 않았으나 신 부장은 늘 이런 식이었다. 공손한 부탁을 거절할 경찰관은 없었다.

"아, 정말 고맙습니다. 잘 조사해서 그 사건 실체도 밝혀내고 과장님의 답답한 가슴도 시원하게 열어드리겠습니다. 수사하신 자료들과 범인들을 이곳으로 보내주시면 고맙겠습니다."

아침에 올린 건의가 이제야 결실을 거뒀으니 신 부장의 오늘 하루가 얼마나 바빴는지 짐작이 갔다. 신 부장이 전화를 끝내자 이정수가 진하에게 다가왔다.

"고생 많았지?"

그러나 정작 이정수의 얼굴은 말이 아니었다. 경기도 광주의 메모리얼파크라는 납골당에 석현수의 유해를 안치하고 돌아온 길이었다.

"나야 뭐…… 너가 애썼다."

진하는 그의 등을 두들기면서 울컥했다. 사건의 전후를 따지거나 석현수와의 친분을 보더라도 그가 오늘 묵묵히 감당한 일은 진하가 져야 할 짐이었다. 다만 범인 체포와 사건종결을 위해서 모든 것을 꾹 누르고 이정수에게 맡겼다. 전화를 끝낸 신 부장이 직원에게 중

국 음식을 주문하라고 지시하더니 압수절차에 참여했던 한기웅 수
사관과 진하, 이정수, 참여계장을 회의실로 불렀다.

"오늘 중으로 압수물에 대한 분석을 끝내고 내일부터 신병확보에
들어갑시다. 이런 사건은 지체할수록 상황이 나빠지게 돼요. 전체적
인 계획은 유 수사관이 세워 봐요."

신 부장은 진하에게 지시를 했다. 유 수사관이라는 호칭이 퍽 생
소했다. 경찰 신분인 진하가 검찰청에서 사건을 수사하게 되는 절차
상 어려움을 해결하기 위하여 편법을 쓰게 되었다. 이 사건을 강력
부장의 인지사건으로 진행하고 있으나 앞으로 남은 일이 거의 신문
절차인데 신 부장은 세부적인 내용을 잘 알지 못했다. 헌법 제27조
제1항에는 '모든 국민은 헌법과 법률이 정한 법관에 의하여 법률에
의한 재판을 받을 권리를 가진다.'고 규정되어 있다. 따라서 재판은
반드시 일정한 자격을 갖춘 법관이 진행하여야 한다. 문제는 검사였
다. 현 제도나 체계상으로 지방법원과 고등법원, 대법원의 관할과
대립 혹은 병행하여 지방검찰청과 고등검찰청, 대검찰청이 설치되
어 있고 기소권은 검사가 독점한다. 그러면 수사권은 어떨까. 검찰
청에서 처리하는 사건을 위 헌법 규정에 준용하여 '모든 국민은 헌법
과 법률이 정한 검사로부터 신문을 받고 절차를 진행'해야 할까. 그
건 아니다. 실제 대한민국의 수사권은 검사가 독점하지 않고 경찰이
나 행정부의 특별사법경찰관들도 검사의 지휘를 받아 수사권을 행
사하고 있다. 문제는 앞서 지적한 것과 같이 검찰청 부장실에서 근
무하는 경찰관이 그의 신분으로 피의자를 신문할 수 있는가에 있다.
이런 의심을 잠재우기 위해 신 부장은 현직 경찰관인 진하를 검찰총

장의 명의로 '수사관 대우'라는 한시적 임시직급으로 임명을 해놓은 상태였다. 그만큼 신 부장은 진하의 능력을 신뢰하고 있었다. 물론 경찰청의 협조로 경찰계급은 한시적 직위해제가 된 상태였다.

"잘 알겠습니다."

진하는 오늘 압수한 물품을 종류별로 분류해 봤다. 주식회사 한영은 '청사초롱'의 관리회사이며 조직폭력조직인 오성파의 사업장으로 장기호와 강선효의 살인 교사가 여기서 이뤄졌다는 확인작업, 그리고 윤경석과 살해 당일을 전후하여 150여회의 통화를 했던 문소길과 차승후의 관계를 확인하고 이 회사의 조직체계와 인적구성 및 기타 증거를 확보하기 위한 준비작업이었다. 따라서 오늘 압수한 자료를 분석하여 대검 포렌식 결과로 드러난 6명이 이 회사에서 어떤 역할을 하고 있는지를 확인하고 그들의 신원에 관한 자료를 추출하는 일과 이 회사의 실제 운영자 및 윤경석의 관계, 그리고 1.5톤의 골드바가 어떻게 마련되고 사용되고 있는지, 현품을 은닉하고 있는 장소에 관한 조사를 병행하면 될 것이다. 진하는 오늘 확보한 자료에서 우선 체포영장을 위한 준비와 골드바 문제를 살펴봐야겠다고 생각하고 수사요원들을 불러 모았다. 팀장급은 진하를 포함하여 한기웅 수사관과 이정수 등 3명이었고 나머지는 보조업무를 담당할 직원이었다.

"맡고 싶은 일이 있으시면 말씀해 보시지요."

이 수사팀이 구성될 때 진하를 중심으로 수사가 이뤄질 것이라는 신 부장의 당부가 있었지만 그래도 의견을 물어보는 것이 좋을 것 같았다. 진하는 ① 회사의 운영실태와 직원현황에 대한 조사 ② 청사초롱과 한영의 경리 회계 문제 ③ 체포영장 관련 사항과 골드바 문제 등으로 분야를 나눈 계획서를 나눠주었다.

"①번은 제가 조사를 하겠습니다. 어차피 체포영장이나 골드바 문제는 유 수사관님이 처리하셔야 할 것이니까요."

한기웅 수사관이 먼저 나섰다.

"그럼 제가 ②번을 맡지요."

이정수가 말을 이었다.

"그럼 그렇게 하기로 하고 나머지 직원들은 한 수사관님이 각 팀별로 배정을 해주시면 좋겠습니다."

진하가 그렇게 말하자 이정수가 즉석에서 어제 압수한 자료들을 종류별로 나눴다. 조사는 즉시 진행되었다. 어제 확인한 대로 차승후가 문소길의 스마트폰을 사용하고 있었다. 아마 윤경석이 주상기의 명의를 사용하고 있는 것처럼 그것도 대리로 개설한 차명폰일 가능성이 컸다. 문소길이 노숙자가 아니라 강남의 어느 직장에서 근무하고 있다는 전제는 역시 난센스였다.

"차승후와 박정대, 박상길의 인적사항을 조사해 보세요."

진하는 배정된 수사요원 경수한에게 포렌식 분석자료 중에서 문소길, 주상기의 통화기록과 회사의 명부를 주면서 말했다. 통화기록에서 상대방과 통화한 횟수를 파악해 보면 대충 얼개가 그려질 것이고 남대문서의 사건기록을 봐야겠지만 여기서 현수를 공격했다는 자들의 정체나 관련자들도 드러날지 모른다. 진하는 회사의 자산을 먼저 추적해 보기로 했다. 이정수가 조사하고 있는 청사초롱과 한영의 경리와 회계현황이 어떻게 나올지 모르나 이들이 법인이라도 기장을 제대로 하지 않았을 것이므로 재산현황을 파악하기는 쉽지 않을 것이다. 진하는 인테넷 등기소에 들어가 역삼동 7층 건물의 등기부를 열람해봤다. 이 건물은 원래 개인 소유로서 풀사롱인 '유정'이 영업을 하고 있었는데 3년 전에 국가의 압류로 공매가 개시되어 주식회사 한영이 낙찰을 받은 것으로 나와 있었다. 취득가액 천억 원이 넘는 이 건물에 은행대출은 5회에 걸쳐 2백억 원 정도의 근저당권이 설정되어 있었다. 이 부동산만 놓고 보면 재무구조가 양호한 편이었다. 등기부의 구석구석을 살피던 진하는 공매에서 낙찰을 받았던 3년 전, 1회 근저당권등기의 공동담보란에서 생소한 주소 하나를 찾아냈다.

강원도 철송군 연화면 강변리 28번지

진하는 이 주소의 등기부를 열람해봤다. 1층 건물로 건평 165㎡, 대지 6,610㎡로 꽤 넓은 부동산이었는데 소유자는 주식회사 한영이었다. 그런데 토지의 전 소유자가 윤경석이었다. 이번에는 전자지도에서 이 주소를 검색해 봤다. 중부전선과 가까운 최북단으로 영탄강 변에 있었다. 이곳은 건물이 넓은 토지 위에 건축이 되어 있었으나 과세표준액이 3천만 원 정도밖에 되지 않았다. 아마 초기에는 자금이 부족하여 이것도 담보에 넣은 모양이었다. 진하는 윤경석에 대한 체포영장 청구서를 작성한 후 경수한이 조사해놓은 자료를 가지고 차승후와 박정대, 박상길의 것도 마무리했다. 이들을 신문한 뒤 그 결과를 가지고 윤경석에 대한 구속영장 청구를 할 예정이었다. 박정대와 박상길에 대한 청구서는 이미 정리해놓은 것을 보충했고 차승후는 문소길의 것을 보완한 뒤 차승후가 문소길 명의를 빌려서 스마트폰을 개설한 경위를 자세하게 덧붙였다. 한 수사관과 이정수가 조사한 자료에는 특별히 체포영장에 참작할 만한 것이 없었다. 한 수사관과 수사과 직원들은 1시쯤 집으로 돌아갔고 새벽 3시가 조금 지나서 작성이 완료되었다. 신 부장이 퇴근하자 자료들은 모두 부장실의 금고에 넣어놓고 진하와 이정수는 숙소로 내려갔다.

체포영장

아침에는 운동도 생략하고 늦잠을 자다가 부근 식당에서 간단하게 아침을 먹고 9시경 부장실로 올라갔다. 신 부장은 이미 출근하여 어제 출동했던 한기웅 수사관과 수사과 직원들을 소집해놓고 두 사람을 기다리고 있었다.

"오전 중으로 용의자들의 신병을 확보한 뒤 바로 신문을 시작합시다. 오래 끌면 끌수록 시끄러워지겠어요."

간단한 조회를 마친 후 신 부장이 그렇게 당부했다. 체포영장 청구서를 법원에 제출한 뒤 진하는 이진수의 자료 확인 작업을 거들다가 오전 10시 반경 영장이 나오자 다시 수사팀과 합류했다. 윤경석의 체포영장은 이진수가 집행하기로 하고 진하는 한 수사관과 함께 주식회사 한영으로 향했다. 주호영과 차승후는 사장실에서 뭔가를 속삭이고 있다가 수사관들을 막아섰다. 진하는 체포영장이 발부된 사람들의 명단을 주호영에게 제시했다.

"사장님께 협조를 구합니다. 이 사람들을 집합시켜 주시기 바랍니다."

"왜 그래야 하는데요?"

또 차승후가 사납게 가로막고 나섰다.

"이곳의 평화를 위해섭니다."

진하는 빙긋이 웃으며 또박또박 대답했다.

"지금 장난하는 거요? 평화라니⋯⋯."

차승후의 인상은 볼수록 험악했다. 그리고 인상만큼 성격이 거칠었다. 직원들이 모여들어 입구를 막아섰다. 식칼이나 쌍절곤 같은 무기를 쥐고 있는 사람도 보였다.

"당신은 나서지 마세요. 나는 지금 이 회사 대표이사인 주호영 사장께 협조를 구하고 있습니다."

진하는 정색을 하며 차승후에게 경고했다.

"협조를 구하는 태도가 아닌 것 같은데요?"

주호영이 입을 열었다.

"이 회사의 평화를 위해서라고 했을 텐데요? 만일 협조가 이뤄지지 않으면 이 사람들 신병을 확보할 때까지 이 부근에서 개별 신문과 불심검문이 계속되고 청사초롱 출입자의 신분도 일일이 확인하게 됩니다. 그러면 영업이 제대로 되겠어요?"

진하는 모든 직원이 들으라고 큰 소리로 말했다.

"직원들의 생활 터전인 업소만은 영업할 수 있도록 봐 드리는 겁니다. 이쯤 되면 평화를 위한 조치가 아닙니까?"

진하는 일부러 테이저건을 꺼내 탁자 위에 놓았다. 지난 5년간 강남경찰서 강력계에서 이런 부류의 세력들과 몇 차례 충돌도 경험했고 이들을 어떻게 다뤄야 할지를 알고 있었다. 주호영이 곁에 선 총무과장에게 눈짓했다. 그는 문 앞에서 시위 중인 직원들에게 가서 뭐라고 속삭였다. 오래잖아 사내 둘이 사장실로 들어왔다. 진하는 그 두 명이 박정대와 박상길, 그리고 차승후의 신분증을 제시하게 하여 일일이 신원을 확인했다.

"나는 시울지방검찰청 강력부장실에서 근무하는 유진하 수사관입니다. 두 건의 살인사건을 수사하던 중 여러분의 인적사항이 들어있는 자료를 습득했는데 그 때문에 여러분에게 체포영장이 발부되었습니다."

그러면서 진하는 한 명씩 체포영장의 내용을 읽어 준 뒤 변호사의 도움을 받을 수 있음과 진술거부권의 내용을 알려주었다. 수사과 직원들이 차례로 그들에게 수갑을 채웠다. 박정대와 박상길의 표정이 일그러졌으나 차승후는 수갑을 차면서도 싸늘하게 웃으며 태연했다. 이런 사람들은 밥 먹듯 불법행위와 탈법행위를 하면서도 시비를 걸고 법을 악용하는데 능하므로 모든 절차는 법 규정대로 집행했다.

"죄 없는 사람에게 이래도 되는지 어디 두고 봅시다."

직원들 앞에서 무기력하게 끌려가기가 민망했던지 차승후가 거칠게 말했다.

"죄가 있는지 없는지는 조사를 해보면 알겠지요."

진하는 수사요원들에게 눈짓했다. 두 명이 좌우로 차승후의 팔짱을 꼈고 나머지는 한 명씩 붙어 섰다. 큰 탈 없이 검찰청 구치감에 신병을 인계한 뒤 수사과 직원들과 함께 구내식당에서 식사를 마쳤다. 사무실로 돌아온 진하는 체포영장이 발부된 3명에 대한 신문내용과 허위답변에 대해 반박할 자료도 꼼꼼하게 챙겨 나갔다. 박정대와 박상길은 구치감에서 유전자검사를 받았고 검사결과는 본격적인 신문 전에 도착했다. 가능하면 한 두 차례 신문으로 체계를 잡아 구속영장을 신청할 생각이었다. 진하는 한 수사관에게 엄지현과 호연상의 혐의점을 기록한 문서를 건네주면서 1차 신문을 부탁했다.

오전 11시부터 신문이 시작되었다. 대기실에 와있던 박정대와 박상길 중에서 윤경석과 통화를 더 많이 한 박정대를 먼저 불러왔다. 진하는 변호사 조력권과 진술거부권을 다시 일러주고 인적사항을 확인했다.

"박정대 씨는 지금 어디서 무슨 일을 하고 있습니까?"

키가 175cm에 75kg으로 체격이 당당했다.

"주식회사 한영의 직원으로 경호업무를 하고 있습니다.

"지난 6월에 영포시에 간 일이 있나요?"

"……."

갑작스런 질문이었는지 그는 잠시 당황한 표정을 지었다.

"피의자는 박상길씨와 지난 6월 23일 밤, 경기도 영포시 갈현면 북구마을 입구에 있었지요?"

"……."

박정대가 계속 미적대자 진하는 2장의 검사지 분석표와 당시 상황을 촬영했던 대변과 광고지를 박정대에게 보여주었다.

"길가 축대 안에서 누구를 기다리면서 담배도 피우고 대변을 보기도 했더군요."

"……."

진하는 서랍 안에 넣어두었던 담배꽁초 및 대변의 유전자 분석현황을 박정대에게 보여주었다.

"이 중 하나는 피의자가 그날 밤에 배설했던 대변과 담배꽁초에서 채취한 DNA 결과이고, 다른 하나는 구치감에서 검사한 DNA 결과입니다. 보세요. 2개의 정보서열이 꼭 같지요?"

"……."

"말하자면 이것은 박정대 씨가 지난 6월 23일 오후에, 경기도 영포시 갈현면 북구마을 입구에 있었다는 증거입니다. 알겠어요?"

"……."

박정대는 고개를 숙인 채 대답하지 않았다.

"혹시 윤경석이라는 사람을 알고 있나요?"

"……."

"몰라요? 윤경석이라는 사람."

압수했던 박정대의 스마트폰을 꺼내서 해당 날짜의 통화기록을 보여주었다.

"박정대 씨는 지난 6월에만 윤경석과 13번 통화를 했어요. 그래도 모르겠습니까?"

"통화한 것은 맞는데 그 사람이 윤경석인지는 모르겠어요."

"그럼 차승후는 어때요?"

"상무이사님은 잘 알고 있습니다."

"문소길은 알고 있나요"

"처음 듣는 이름입니다."

286

"그때 그 장소에는 왜 갔나요?"

"……."

"아직 박정대 씨가 여기 왜 와있는지 감을 잡을 수 없는 모양인데 박정대 씨가 현재 처해있는 상황을 잠시 설명해 줄게요. 그날 밤, 장기호라는 사람이 그곳에서 목이 졸려 죽었고, 사흘 뒤 그곳으로부터 2km 정도 떨어진 야산에서 강선효라는 청년이 죽었어요. 우리는 박정대 씨와 박상길 씨, 그리고 윤경석 씨 세 사람이 차승후의 지시에 따라 그 두 사람을 살해했다는 증거를 가지고 있습니다. 알겠어요?"

"……."

사건기록에 적힌 대로 강선효가 그날 장기호를 살해하기 위하여 마을입구에서 기다렸다면 충돌되는 부분이 있었다. 당시 두 사람이 머물렀던 장소는 장기호가 택시를 내렸던 곳에서 불과 20여 미터밖에 되지 않았다. 풀벌레 소리 외에는 소음이 전혀 없는 시골의 밤인데 장기호를 기다리고 있던 강선효를 보지 못했을 리가 없었다. 결국 현장에 강선효가 없었든지 아니면 범행을 실행하기 전에 무슨 일이 일어났을 것이다.

"그곳에 왜 갔는지 설명해 보세요."

"……."

"주식회사 한영에는 언제 입사했어요?"

계속 입을 다물고 있어서 다른 질문을 던져보았다.

"……."

회사의 직원명부에 의하면 두 사람이 입사한 것은 3년 전이었다.

"피의자는 윤경석을 모른다고 했는데 아까 말한 대로 피의자의 핸드폰 통화기록에는 윤경석과 13차례나 통화한 것으로 기록이 되어 있어요."

다시 통화기록을 지적하면서 말해주었다.

"……."

"그리고 문소길과도 7번 통화를 했군요. 그때 차승후 상무가 문소길의 스마트폰을 가지고 있었어요."

"……."

박정대가 입을 닫고 있으므로 진하는 좀 더 확실한 증거를 제시했다. 윤경석의 컴퓨터에서 찾아냈던 5백만 원 권 수표 4장의 이미지였다. 뒷면에 적힌 박정대, 박상길의 서명과 주민등록번호를 확대했다. 그리고 그들로부터 압수했던 운전면허증을 책상 위에 놓았다.

"이 수표, 기억나지요? 윤경석으로부터 받았던 5백만 원 권 자기앞 수표."

"……."

"이거 피의자의 주민등록번호와 필체가 맞지요?"

"……."

"어떤 일을 하고 이 수표를 받았나요?"

"……."

박정대는 진하의 눈치만 살필 뿐 질문에 대답하지 않았다.

"잠시 생각할 시간을 줄게요."

여기까지 신문을 한 뒤 진하는 박정대를 대기실로 돌려보냈다. 지금까지 여기서 있은 일은 가감 없이 박상길에게 전해질 것이다. 진하가 보기에는 윤경석과 차승후가 두 사람에게 전화를 한 회수로 보나, 두 사람의 체격 차이로 보나 박정대보다는 박상길 쪽이 공략하기가 더 쉬울 것 같았다. 윤경석과 통화한 기록, 자신의 이름과 주민등록번호를 배서한 수표가 나왔으므로 이를 부인하지는 못할 것이다. 단지 자백을 하거나 수사관의 질문에 선뜻 응하지 못하고 있을 뿐이었다. 자백이 증거의 왕은 아니지만 여러 진술을 토대로 각 상황들을 종합하여 모순 없는 결론을 낼 수 있다면 확실한 증거가 된다. 되도록 범인의 입에서 바른말이 나오도록 유도하는 것 또한 좋은 수사기법의 하나이다. 그러나 범죄자는 아무리 위기가 와도 뭔가 믿는 구석이 있을 때는 여유를 부리고 딴짓을 한다. 더는 달아날 길이 없도록 퇴로를 막아야 한다. 수사관은 피의자의 모든 변명과 궤변의 가시를 발라가면서 비록 엉겅퀴일망정 한 올 한 올 엮어 진실의 타피리스를 짜낼 수 있어야 한다.

플리바게닝

박정대를 돌려보낸 뒤 30분쯤 지나서 진하는 박상길을 불렀다. 박정대를 통하여 상황이 점차 심각해진다는 사실을 충분히 확인했을 시간이었다. 법률적인 고지와 신원확인을 마친 뒤 바로 신문에 들어갔다.

"박상길 씨는 윤경석의 전화를 3번, 차승후의 전화는 1번밖에 받지 않았군요?"

일부러 피의자라는 용어는 사용하지 않았다.

"……."

"지금 사건이 어떻게 진행되고 있는지 대충 들었겠지요?"

"……."

"박정대 씨한테 질문했던 것은 반복하지 않겠습니다. 다만 지난 6월 23일 밤, 경기도 영포시 갈현면 북구마을 입구의 도로변에서 박정대 씨가 대변을 보는 동안 박상길 씨는 담배를 피웠어요. 그 필터

290

에 묻어있던 타액이 오늘 검사한 것과 DNA가 일치했어요. 그것은 박상길 씨도 박정대 씨와 함께 그날 밤 사건 현장에 있었다는 명백한 증거입니다. 그리고 5백만 원짜리 자기앞수표 4장에 서명한 것도 확실하고요."

"……."

진하는 순간 박상길의 눈빛에 스치는 낭패감을 보았다. 수사 도중 용의자의 가족관계를 들여다보는 경우가 종종 있는데 범죄에 얽혀든 사람들은 대체로 결손가정이나 성장과정이 불우한 경우가 많았다. 그런데 박상길의 경우처럼 단순하고 평범한 가정에서 태어났음에도 길을 잘못 든 사람도 종종 볼 수 있었다. 미혼인 그의 가족관계는 홀어머니와 괜찮은 기업에 취업을 한 여동생이 한 명 있었다. 대학을 다니다 군 입대를 하였으나 제대 후 방황하다가 이 길로 들어선 것 같았다.

"그렇지만 박상길 씨는 박정대 씨보다 죄가 가벼워요. 형법은 사람을 죽인 자는 5년이상 징역에 처한다고 규정하고 있으나 여러 가지 감경하는 규정을 두고 있어요. 예를 들면 어쩔 수 없이 범행에 가담한 경우나 가담한 정도가 가벼운 경우, 그리고 범행 후 자신의 행위를 뉘우치고 자백하거나 진범 체포에 적극 협조한 경우에는 형량을 줄여줍니다."

진하는 두 사람의 이전 형사사건 기록을 통하여 박상길의 소극적인 성격을 파악하고 있었다.

"요즘 우리나라도 피의자가 자신의 행위를 자백하고 수사에 협조하면 형량을 줄여주거나 조정해주는 제도가 생겼어요."

얼마 전 국무회의에서 조직범죄 등의 가담자가 사건해결 또는 공범 검거에 기여할 경우 기소 자체를 면제해 주거나 형을 감경해 주는 '사법협조자 소추면제 및 형벌감면제'를 의결하였으나 반대 여론이 많아 시행이 유보되고 있다. 그런데 신 부장의 귀띔에 의하면 검찰은 영미법에서 시행하고 있는 '플리바게닝'이라는 사전형량조정제도를 비공식적으로 적용하고 있는 모양이었다. 진하는 이 제도를 활용해보기로 작정했다.

"이 사건은 증거가 많아 이대로 기소를 하면 박상길 씨는 징역 15년 이상 형이 선고됩니다. 그러나 나는 사건의 정확한 내용을 직접 행위자의 자백으로 기록해 놓고 싶어서 이런 제안을 합니다. 이제부터 박상길 씨는 박정대 씨와 만나지 못하게 하겠습니다. 그리고 회사 사람들 누구와도 접촉이 되지 않도록 할 생각입니다. 생각해보고 문법에 맞지 않아도 좋으니 그동안 일어난 일을 써보세요. 그 내용에 따라 박상길 씨는 검찰 구형 2년까지 혜택을 받을 수도 있습니다."

진하는 박상길을 간단한 휴게시설이 있는 야간 신문실로 보내고 남대문서 사건기록을 꺼냈다. 그리고 기록과 함께 송치된 민석호와 육주현을 불러들였다. 둘 다 몇 건의 폭력전과가 있는 서른 살 전후의 청년들이었다. 진하는 신문실로 들어서는 두 사람의 표정을 유심히 살폈다. 일반적으로 폭력배들이 지닌 살기 따위는 보이지 않았다. 석현수가 직원들과 그날 밤 마지막 회식을 했던 '원조 마포갈비' 부근과 같은 날 공덕동 석현수의 아파트 입구에 설치된 CCTV를 분석한 끝에 체포한 인물들이었다. 이들은 그날 아파트 단지 입구에 세워둔 석현수의 승용차에 침입했다는 진술도 했었다. 그렇지만 어제 압수해온 주식회사 한영의 직원명부에는 이들의 이름이 없었다. 이들은 남대문서에서 조사를 받을 때 석현수를 살해한 까닭을 개인적인 감정으로 돌렸다. 술집 종업원으로 근무하면서 술을 마시러 온 석현수로부터 구타를 당한 일이 있었는데 그 보복을 하기 위하여 한 달 동안 준비하여 범행을 저질렀다는 진술이었다. 조서 곳곳에 이들의 진술을 번복시키려는 시도가 보였으나 전혀 먹혀들지 않았다. 두 사람은 휴대폰을 가지고 있지 않았다. 진하는 두 사람에게 진술거부권과 변호인 조력권이 있음을 고지한 뒤 신문을 시작했다. 이들은 남대문서에서 이미 범행을 인정하고 자백했으므로 사실관계를 약간 수정하거나 보충하기로 했다.

"7월 12일 오후 8시경, 두 사람은 서울 용산구 후암동 대우빌딩 뒤편에 있는 '원조 마포갈비'로 갔는데 그곳에는 남대문경찰서 형사들이 회식을 하고 있었지요?"

"예."

"피의자들은 석현수 형사의 얼굴을 정확히 알고 있었어요?"

"예."

"형사들의 회식이 11시 20분쯤 끝났지요?"

"예."

"식사를 마치고 나오는 사람 중에서 석현수 형사를 금방 찾았나요?"

"……."

이들이 석현수를 따라 범행현장까지 갔던 경로나 범행을 한 방법

등의 자초지종은 이미 자세하게 조사가 되어 있으므로 진하는 바로 공범 추궁을 하기로 했다. 진하는 책상 옆에 두었던 지문채취기로 두 사람의 손가락 지문 10개를 모두 채취해놓고 서랍에서 비닐봉지 하나를 꺼냈다. 그 안에는 손때가 많이 묻은 구형 핸드폰과 지문 여러 개가 찍힌 종이가 있었다. 진하는 채취한 지문들을 책상 위에 진열했다.

"이 핸드폰에서 민석호 씨의 지문 두 개가 나왔어요. 민석호 씨가 이것을 사용했다는 증거입니다."

"……."

"두 사람은 강남역 부근에 있는 '영빈'이란 주점에서 일을 하고 있지요?"

"……."

"범행일 즈음해서 누군가 주점 '영빈'의 물품보관소에서 이 핸드폰을 몰래 빼내 왔지요?"

"……."

"두 사람은 차승후라는 사람을 알고 있습니까?"

"그런 사람, 모릅니다."

"그럼 문소길이라는 사람은 어떻습니까?"

"그 사람도 모릅니다."

남대문서의 조사기록에는 차승후나 문소길은 언급되지도 않았다. 진하는 문소길의 통화기록을 보여주었다.

"여길 보세요. 그날 저녁부터 밤 11시 30분까지 차승후란 사람이 이 핸드폰을 가지고 있던 사람과 50초, 15초, 20초 등 11번이나 통화를 했어요."

"……."

진하는 두 사람 곁에 자리 하나를 만든 뒤 또 한 사람의 참고인을 불렀다. 바로 이 핸드폰의 소유자로 확인되어 오후에 수사과 직원들이 연행해온 사람이었다.

"참고인의 이름은?"

"표형식입니다."

"혹시 문소길이라는 사람을 알고 있나요?"

"문소길? 잘 모르겠는데요."

"표형식 씨의 핸드폰 번호가 010-4056-879*이 맞나요?"

"예. 맞습니다."

진하는 문소길의 통화기록을 보여주면서 물었다.

"지난 7월 12일 오후 4시부터 12시 30분까지 문소길이라는 사람이 표형식 씨 핸드폰과 11차례 통화를 했는데 한 번 확인해보세요."

표형식은 망설이지 않고 대답했다.

"아까도 자세하게 설명해 드렸지만, 지난주 목요일에 강남역 부근에 있는 '영빈'에서 친구들과 함께 술을 마신 뒤 술값이 모자라 시계와 핸드폰을 맡겼다가 사흘 만에 찾아왔어요."

표형식은 책상에 놓인 자신의 핸드폰을 가리키면서 말했다. 지문이 대부분 몇 번씩 겹쳤지만 배터리 삽입구 부근에서 모양이 다른 3개의 단독 지문도 찾아냈다. 3개 중 2개가 민석호의 것으로 확인이 되었다.

"민석호 씨."

"예."

"표형식 씨 핸드폰에 왜 민석호 씨의 지문이 묻어있는지 설명해
보겠어요?"

"……."

"그날 그 핸드폰으로 차승후와 통화를 했어요?"

"……."

"육주현 씨."

"예."

"이에 대해서 뭐 아는 거 있나요?"

"……."

"피의자들은 '영빈'이라는 주점에서 얼마나 근무했나요?"

"……."

"이곳에서 근무를 해봐서 물품보관실 운영상태를 잘 알고 있었지
요?"

"……."

"이 '영빈'에서 석현수 형사로부터 구타를 당했던가요?"

"……."

"두 사람은 그때까지 석현수 형사의 얼굴을 본 적이 없었고 사진
으로만 확인했지요?

"……."

"남대문서에서 두 사람은 석 형사로부터 까닭 없이 구타를 당해서
보복을 했다고 진술했는데, 그건 거짓말이지요?"

"……."

"이렇게 두 사람이 차승후의 지시에 따라 석 형사를 공격한 증거가 나왔는데도 계속 거짓말을 할 건가요?"

"……."

진하는 두 사람을 한쪽으로 비켜 앉게 하고 차승후를 불렀다. 원래 차승후는 장기호 사건을 마무리하는 단계에서 신문을 시작하려고 하였으나 석현수 사건을 마무리하기 위해 일찍 소환했다. 그는 박송휘 변호사와 함께 들어왔다. 미란다 원칙에 따라 구체적으로 고지를 한 후 인적사항을 꼼꼼히 확인하여 적으면서 진하는 박송휘 변호사를 어디선가 본 것 같다는 느낌을 받았다.

"차승후 씨는 이 두 사람을 알지요?"

질문을 받은 차승후는 두 사람을 힐끗 쳐다본 후 대답했다.

"모릅니다."

진하는 차승후에게 문소길과 표형식의 통화기록을 하나하나 읽어주었다.

"이것은 스마트폰을 관리하는 통신사의 공식기록입니다. 이 통화기록에 의하면 피의자는 지난 7월 12일 오후 8시부터 자정 무렵까지 010-4056-878*에 11차례 전화를 했습니다. 맞습니까?"

"……."

"피의자가 사용했던 그 전화기는 문소길의 명의로 등록된 차명폰인데 범행을 위하여 사용하였지요?"

"나는 모르는 일입니다. 그 휴대폰은 그날 회사 입구에서 주웠습니다."

"그리고 상대 전화기는 표형식이라는 사람의 것인데 앞에 앉아 있는 민주호 씨가 습득하여 그날 피의자와 통화를 했습니다. 맞습니까?"

"모르는 일입니다."

진하는 한 시간 전에 한 수사관이 1차 신문을 끝낸 한중해상보험 직원 호연상을 불렀다.

"이름과 나이, 그리고 근무처를 말해주세요."

"이름은 호연상이고 나이는 35살, 현재 한중해상보험 고객상담실에서 근무하고 있습니다."

진하는 호연상의 통화기록을 펼쳐놓았다. 이 사람과 통화한 것은 문소길의 휴대폰이 아니었다.

"자동차보험 가입자 중에서 긴급구조서비스에 가입한 사람이 구조신청을 할 때 본인의 동의하에 이동전화의 위치추적을 할 수 있지요?"

"예. 그렇습니다."

"호연상 씨는 지난 7월 12일 고객상담실 당직을 했습니까?"

"예."

"호연상 씨는 7월 12일 22시부터 24시까지 2시간 동안 010-9654-489*에 대하여 위치추적을 한 사실이 있습니까?"

"예."

"본인의 동의를 받고 위치주척을 했습니까?"

"아닙니다."

진하는 호연상의 은행입출금 기록표를 찾아서 보여줬다. 이것은 호연상이 근무하는 보험회사 건물 안에 있는 은행지점에 대하여 첫

날 법원 영장지휘를 받으면서 확보한 자료였다.

"그날 오후 4시 경 돈 1백만 원이 계좌이체 되었고, 입금자는 차승후로 되어 있는데 이것은 뭔가요?"

"……."

"혹시 여기 아는 사람 있나요?"

진하는 차승후와 박 변호사를 가리키며 물었다.

"……."

"돈이 입금된 시간은 오후 4시경이고 실제 밤 10시 이후에 위치추적이 있었네요. 그 일 때문에 일부러 야간당직을 자청한 것은 아닌가요? 참고인이 위치추적을 해준 경찰관은 그날 등에 칼을 맞고 죽었습니다. 어떻게 책임을 지겠어요?"

"……."

호연상이 갑자기 부들부들 떨기 시작했다. 진하는 차승후에게 물었다.

"왜 이 사람 계좌에 1백만 원을 입금했나요?"

"……."

대답은 없었으나 꾹 다문 입술에 어떤 결의가 보였다.

"차승후 씨와 어떤 관계입니까?"

진하는 호연상에게 물었다.

"고향 선배님입니다."

"평소에 자주 만나는 편입니까?"

"아뇨. 선배님은 고향에서 성공한 사업가라고 소문이 날 정도로 우리 같은 사람은 접근하기도 힘든 분입니다."

"그런데 그렇게 귀한 분이 전화를 했군요?"

"예. 오후 근무시간이었어요. 저는 처음 깜짝 놀랐습니다. 누구와 어떻게 되며 고등학교 기수까지 들먹이며 신분을 확인해 주시는데 그 유명한 선배님이 확실했습니다."

"그래서 만났나요?"

"아뇨. 제 휴대폰 번호를 물으시더니 얼마 후 다시 전화를 했어요."

"휴대폰으로 무슨 부탁을 했던가요?"

"차량번호 하나를 알려주면서 밤에 차량 소유자의 휴대폰 위치를 좀 알려달라고 부탁하더군요."

"그게 가능한가요?"

"고객센터에는 차량고장 시 고객들의 동의하에 핸드폰의 위치를 조회하는 시스템이 되어 있습니다."

"고객들의 위치를 함부로 조사하거나 남에게 알려줄 수가 있나요?"

"그러면 안 되지만 워낙 귀한 분이 일부러 부탁하시는데 거절하기가 어려웠습니다."

"그날 당직이었나요?"

"아뇨. 당직을 바꿨습니다."

"그래서 알려주었나요?"

"예. 11시 20분부터 40분간 계속 추적해서 알려드렸습니다."

"본인의 동의를 받지 않았지요?"

"예. 정말 죄송하게 되었습니다."

"돈 때문에 그런 일을 한 것은 아닌가요?"

"아닙니다. 돈이 입금된 사실은 다음 날 알았습니다."

"호연상 씨가 위치정보를 알려준 상대 전화번호가 010-6644-123*입니까?"

진하는 차승후의 전화번호를 또박또박 불러주었다.

"예. 맞습니다."

진하는 호연상과 차승후의 통화기록을 펼쳐놓고 차승후에게 물었다.

"호연상 씨의 진술에 대하여 할 말이 있나요?"

"……."

"이때는 문소길이 아닌 피의자의 휴대폰을 사용했지요?"

"……."

진하는 다시 호연상에게 물었다.

"더 할 말 있나요?"

"저 때문에 고객이 희생되었다니 어떻게 해야 할지 감당이 되지 않습니다. 무슨 처벌이든 받겠습니다."

그러면서 호연상은 당시 통화내역을 녹음했다면서 USB 한 개를 꺼내놓았다. 진하는 컴퓨터에 그것을 꽂아 클릭한 뒤 스피커 볼륨을 높였다. 호연상이 진술하는 내용 그대로였고 전화의 상대방은 차승후의 음성이 분명했다. 진하는 호연상의 진술조서에 본인의 서명 날인을 받은 뒤 그의 당일 핸드폰 통화기록과 통장사본, 그리고 이 USB를 첨부했다. 진하는 호연상을 대기실로 돌려보냈다.

"차승후 씨는 장민숙이라는 여자를 알고 있나요?"

지난번과는 달리 오늘은 정식으로 출두요구서를 발송하여 엄지현을 소환해서 아까 한 수사관이 1차 신문을 했었다.

　"모릅니다."

　"그러면 엄 여사는 알고 있습니까?"

　"엄 여산지 염 여산지 나는 잘 모릅니다."

　"이동전화번호 010-6636-042*는 알고 있습니까?"

　"아니 이름도 모르는데 전화번호를 어떻게 압니까?"

　역시 만만치 않았다. 진하는 대기실에 있는 엄지현을 불렀다. 그녀를 차승후의 건너편에 앉게 했다.

　"이 여자분을 모른다고요?"

　"모릅니다."

　차승후는 그녀를 바로 쳐다보지도 않았다.

　"이분과 통화한 적도, 만난 적도 없습니까?"

　"나는 이 여자가 누군지 모릅니다."

　이렇게 무조건 부인하는 사람은 증거로 무너뜨릴 수밖에 없다. 진하는 수사요원이 작성한 조서를 앞에 놓고 엄지현에게 물었다.

　"엄 여사님의 본명이 뭐라고 하셨지요?"

　"장민숙입니다."

　"그런데 사람들은 왜 엄 여사라고 부릅니까?"

　"저의 활동범위가 좀 넓고 많은 사람과 접촉을 하면서 대인관계를 잘 유지하는 편입니다. 왜 엄지라는 말 있잖아요. 칭찬하면서 호감을 갖기 때문에 엄지 여사, 혹은 엄 여사라고 부르나 봐요."

　"그럼 저도 엄 여사님으로 불러드릴게요. 엄 여사님은 무슨 일을 하고 있습니까?"

"남대문과 종로5가 일대에서 달러와 골드바 상인들을 관리하고 수집된 물건을 한곳에 모으는 일도 하고 있습니다."

"엄 여사님은 이 사람을 알고 있습니까?"

"예. 전화통화도 했고, 3차례 만나기도 했습니다."

"전에도 알고 지내던 사람입니까?"

"아녜요. 이번에 처음 만났어요."

"어떻게 만나게 되었습니까?"

"열흘쯤 되었을 거예요. 이 분이 전화를 했어요. 제가 명함을 많이 뿌리고 다니기 때문에 생면부지의 사람으로부터 전화를 자주 받는 편입니다. 좀 만나자고 해서 상공회의소 건너편에 있는 '투썸 플레이스'라는 커피숍에서 만났어요."

진하는 1차 조사 때 그녀가 제출했던 명함을 책상 위에 놓았다.

"이 명함입니까?"

"예."

"뭣 때문에 만나자고 했나요?"

"호주에서 자수성가한 사업가를 모시고 있다면서 한국에서 무역회사를 설립하려고 하는 데 좀 도와달라더군요."

"어떤 도움을 구하든가요?"

"1kg짜리 골드바 30개만 확보해 달라고 했어요. 부가세 외에 5%를 더 붙여주겠다면서요."

"그렇게 하겠다고 했습니까?"

"처음 만난 사람과 이렇게 거래해요. 우리 일은 늘 위험부담이 있잖아요. 신분 확인을 해달라고 했죠."

"신분 확인을 해주던가요?"

"못 믿겠으면 대신 선금을 주겠다고 하더군요."

"선금을요?"

"예. 며칠 후 액면 1억 원짜리 자기앞수표를 주더군요."

"저 사람이 배서를 했습니까?"

"예. 이름과 주소를 직접 적었습니다."

진하는 1차 조사기록에서 수표 사본을 꺼내 명함 옆에 놓았다.

"그때 받은 수표가 이것입니까?"

"예."

"골드바 확보 말고 다른 부탁은 없었습니까?"

"골드바 수집 과정에 주의할 것이 있으면 좀 알려달라고 하더군요."

"어떤 것을 알려주었습니까?"

"남대문경찰서에 근무하는 석현수 경위 같은 분을 조심하면 된다고 했습니다."

"왜 그 경찰관을 조심하라고 했습니까?"

"이 분을 만나기 사흘 전쯤 석 형사님이 서울에서 골드바 수집상 간에 1.5톤 가량이 거래된 정황이 있다면서 정보를 좀 수집해 달라고 부탁했어요. 선금으로 1억 원을 받았으니 일을 성사시켜야겠다는 생각으로 저도 모르게 그분을 들먹인 거예요. 무슨 악의가 있었던 건 아니었어요."

"그랬더니 뭐라고 그래요?"

304

"정말 고마워했어요. 이분은 그런 경찰관은 피하는 대신 만나 협조를 구하는 것이 더 효과적이라면서 전화번호를 묻더군요."

"번호를 알려주었어요?"

"예."

"어떻습니까? 이분의 진술이……."

차승후는 대답하지 않았다. 진하는 수표 뒷면 배서 부분을 가리키며 물었다.

"이것 피의자의 필체가 맞습니까?"

"……."

"변호사님 의견은 어떠세요. 이 여자 분의 진술이……."

진하는 박 변호사를 바라보며 물었다. 볼수록 눈에 익은 얼굴이었다. 어디서 봤을까?

"그걸 왜 내게 묻소?"

"피의자가 확실한 증거도 부인하고 있으니, 혹시 변호사님이 그렇게 하라고 시켰는가 싶어서요."

그때 신 부장이 다가와 진하의 등을 가만히 두들겼다. 진하는 장민숙의 통화기록을 차승후 앞에다 펼쳐놓았다.

"차승후 씨. 이제 이 통화기록은 인정하겠지요?"

"……."

진하는 장민숙을 대기실로 보내고 민석호와 육주현을 그 자리로 옮겨 앉게 했다.

"민석호, 육주현 씨. 여기 앉아 있는 분은 주식회사 한영의 상무이사 차승후 씨입니다. 이분을 알고 있습니까?"

"……."

"mk통신사에서 보내준 문서에서 확인한 바와 같이 민석호 씨와 이 사람이 소지하고 있던 휴대폰의 통화기록이 정확히 일치하고 있습니다."

진하는 아까 두 사람에게 했던 질문을 다시 한번 반복을 했지만 두 사람은 대답하지 않았다.

"정확히 해주세요. 차승후 씨의 휴대폰에는 이 두 사람과의 통화기록이 없을 텐데요?"

박 변호사가 막아섰다.

"차승후 씨는 어떻게 생각합니까?"

진하는 박 변호사에 대한 답변을 미뤄두고 차승후를 보고 물었다.

"나는 모릅니다."

이제 확실한 그물을 던질 차례였다. 온종일 남대문과 서울역 주위를 탐문하여 찾아낸 문소길을 수사요원이 데리고 들어왔다. 진하가 안양에서 얻어온 명함판 사진이 결정적인 역할을 했다. 그는 진하가 묻는 대로 이름과 주민등록번호와 집 주소를 또박또박 대답했다.

"문소길 씨가 현재 거처하는 곳은 어딘가요?"

"서울역 대합실에서 잠을 자고 인근 무료급식소에서 끼니를 때우고 있습니다."

"언제부터 서울역 대합실에서 생활했나요?"

"한 3년쯤 됐습니다."

"지금 휴대폰을 가지고 있습니까?"

"돈벌이도 못하는 놈이 통화료 감당을 어떻게 하려고요. 없습니다."

"혹시 휴대폰을 개설한 적은 있습니까?"

"두어 달 전인가, 누가 20만 원 주면서 명의를 좀 빌려달라고 해서 주민등록초본을 가지고 함께 대리점에 간 적은 있습니다."

"혹시 이 중에 아는 사람이 있습니까?"

진하의 물음에 그는 주위를 살펴보았다.

"없는데요."

"요 며칠 사이에 강남역 부근에 간 적이 있습니까?"

"없습니다. 그런 곳에는 무료급식소도 없어서 쫄쫄 굶게 되는데 뭐 하러 가겠습니까?"

"이 휴대폰 본 적이 있습니까?"

진하는 어제 아침, 차승후로부터 압수한 휴대폰을 문소길에게 보여주었다.

"아뇨. 처음 봅니다."

"이 휴대폰은 문소길 씨의 명의로 되어 있습니다. 그리고 이것을 가지고 있는 사람이 강남구 역삼동에 있는 '청사초롱'이란 술집 입구에서 주웠다고 합니다. 어떻게 생각합니까?"

"나는 신용불량자가 된 뒤 한 번도 휴대폰을 가져본 적이 없었어요. 이것도 나하고 상관이 없습니다. 그리고 나는 지난 3년 동안 강남역 근처에 간 적이 없습니다."

"박 변호사님. 아까 질문하신 것에 대해서 답변이 됐습니까?"

"……."

박 변호사 역시 아무 대답을 못 했다. 진하는 차승후에게 물었다.

"차승후 씨는 지난 6월 23일부터 어제까지 문소길 씨 명의로 등록된 이 휴대폰을 사용하여 윤경석, 박정대, 박상길, 민석호, 육주현 등 여러 사람과 통화를 하였습니다. 맞습니까?"

"……."

진하는 다시 곁에 앉아 있는 민석호와 육주현에게 물었다.

"차승후가 알려준 위치정보를 가지고 두 사람은 석 형사를 칼로 찔렀지요?"

"……."

진하는 여기서 신문을 마감하고 이 조서 뒤에 장민숙과 호연상, 표형식의 진술조서, 1억 원짜리 자기앞수표 사본, 호연상이 제출한 음성파일, 골드바 구입 계약금 1억 원과 수고비 명목으로 3천만 원을 차승후에게 보낸 회사의 통장 사본과 이 돈 중 1천 만 원과 1백만 원을 윤경석과 호연상의 계좌에 각각 이체한 차승후의 통장 사본, 돈이 입금된 윤경석, 호연상의 통장사본, 세 사람의 통화기록, 후암동 '원조 돼지갈비' 앞과 공덕동 사고현장 부근에서 CCTV에 찍힌 갤로퍼의 영상, 차주의 진술서, 석현수의 사망진단서와 진료기록, 남대문서에서 작성했던 민주호, 육주현의 자백조서, 그리고 이 대질신문 상황이 촬영된 영상기록을 첨부한 뒤 참석자들의 지문을 받았다. 지문날인을 거부하는 차승후에 대해서는 이름 뒤에 변호사 박송휘가 참여한 가운데 조서를 작성했음과 날인을 거부한 사실을 적어 넣었다. 진하는 차승후를 대기실로 돌려보내고 민석호와 육주현만 남게 했다.

"범죄행위를 자백하면 형이 많이 감경됩니다. 그러나 자백을 하더라도 일부를 감추면 감면을 받기 어렵습니다. 혹시 차승후 상무가 두렵고 나중에 보복당할 것이 걱정된다면 내가 확실하게 단언합니다. 차승후 상무는 3건의 살인교사와 마약류관리법 위반으로 중형을 받게 됩니다. 즉 앞으로 두 사람과 마주칠 기회는 거의 없습니다. 그런데도 뭘 지키겠다고 허위사실을 말한다면 이처럼 어리석은 일이 어디 있겠어요. 다행히 거역할 수 없는 위치에 있는 사람의 지시로 죄를 범한 경우는 형량이 줄어듭니다. 그러므로 두 사람은 앞으로 하기에 따라 사형을 당할 수도 있고 징역 몇 년 정도로 끝날 수도 있습니다."

이들은 차승후가 살해지시를 하거나 관련된 사실은 철저히 은폐한 반면 칼로 석현수를 공격한 사실은 자백했다. 따라서 이 기록에 첨부한 각종 증거와 남대문서에서 확보한 CCTV 화면, 통화기록 등 정황증거를 종합하면 유죄입증에는 별 어려움이 없었다. 이제 보험회사의 위치추적 정보 제공 등도 보완을 했으니 두 사람의 처벌과 석현수의 명예회복은 된 셈이었다. 그러나 전체를 부인하거나 묵비권을 행사하고 있는 차승후에 대하여는 사건마다 구체적인 증거가 필요했다. 민석주나 육주현의 진술을 확보해야 하므로 우선 대기실로 보냈다.

박상길을 감시하고 있던 경수한 수사요원이 그의 자술서를 갖다주었다. A4용지 앞뒤로 3장이었다. 진하는 보고를 위해 맞춤법이 엉망인 이 자술서를 정리했다.

테이블마다 보증금을 걸고 자릿세를 납부하면서 손님들이 주는 팁으로 생활하는 다른 대형 클럽 종사자들과 달리 '청사초롱' 종업원들은 매월 일정한 급여를 받았고 팁에 대한 상납도 없었다. 그래서 강남 일대에서 이 업종에 종사하는 사람들은 '청사초롱'이 꿈의 직장이었다. 박상길 역시 혼신을 다해 그 꿈을 이뤘다. 이곳에는 입사하는 즉시 조직의 한 부분이 되어 함께 움직이고 개인의 존재는 무시되었다. 입사할 때 회사에서 지시하면 어떤 일도 감당하겠다는 충성맹세를 했고 그 맹세에는 살인도 서슴지 않겠다는 내용이 포함되어 있었다. 박정대는 키 170cm에 레슬링으로 다진 건강한 체격 덕분에 면접을 통과했다. 자신의 행동 때문에 회사에 누를 끼치는 상황이 발생하면 회사의 처분이나 명령에 따라 죽음도 각오하겠다는 혈서도 썼다. 그리고 마지막으로 목숨을 건 최종 담력 테스트에 합격한 후 '청사초롱'에 입사했다.

지난 6월 22일 그곳 웨이터로 근무하고 있던 박상길은 박정대와 함께 차승후의 호출을 받았다. 상무이사는 일반직원이 접할 수 있는 회사의 가장 높은 어른이었다. 팀장이나 과장, 부장도 아닌 상무의 직접 호출을 받았으니 동료들이 모두 부러워했다.

"구체적인 임무는 현지에 가면 알게 된다. 아무에게도 말하지 말고 내일 새벽 5시에 회사 앞에서 출발하는 승합차를 타라. 옷이나 신발, 생활필수품 일체는 승합차에 준비해놓겠다. 두 사람이 앞으로 열흘 정도 근무할 곳은 경기도 영포시에 있는 한 시골마을이다. 앞으로 필요에 따라 내가 직접 전화를 하겠다."

무슨 일을 하는지, 가서 누구를 만나는지에 대한 사전지식도 없이 두 사람은 그렇게 승합차를 타고 현지에 도착하여 숙소로 정해진 시골집의 방 한 칸을 사용하게 되었다. 그날 두 사람은 차승후가 보낸 윤이라는 남자에게 이끌려 어떤 동네에서 오후 2시까지 모내기를 하고 돌아왔다. 윤 씨는 숙소까지 따라오더니 내일 밤에 술 취한 남자 하나를 처치하는데 두 사람은 뒤에서 지켜보기만 하면 된다면서 현장실습을 나가자고 했다. 윤 씨는 두 사람에게 어느 마을 입구에서 다음 날 밤에 벌어질 일의 예행연습을 시켰다. 트럭을 몰고 영탄강가에 가서 처치한 남자의 시신을 버리는데 그 일을 돕는 연습을 하고 사용한 물품은 그 트럭에 되 싣고 돌아오면 된다고 했다. 그리고 다음 날이었다.

아무리 회사의 절대적인 명령이라지만 사람을 죽이는 현장에 간다는 그 자체가 큰 부담이었다. 때문에 박상길은 농사일을 하러 가서도 마음이 편치 않았다. 밥도 잘 먹지 못하고 오전 일만 마치고 돌아와 유원지 등지를 돌아다녔다. 늦은 시간에 저녁 식사를 한 후 숙소로 가서 미리 준비해놓은 옷과 신발을 갈아 신고 윤 씨가 갖다 놓은 화물차로 9시쯤 대기장소인 길섶 부근에 차를 세운 뒤 매복을 시작했다. 담배를 피우지 말라고 했지만, 긴장 때문에 몇 번 담배를 피웠는데 이때 박정대는 인근 숲에서 대변을 보았고 저녁 먹을 때 식당에서 받았던 광고지로 뒤를 닦았다. 10시 반쯤 윤 씨로부터 대기하고 있느냐는 확인전화가 왔고 11시쯤 덩치가 큰 남자 2명이 현장에 나타났다. 두 사람은 그들과 합류했다.

11시 50분쯤, 택시 한 대가 오더니 술 취한 남자 하나를 내려놓고 갔다. 남자는 뭐라고 소리치며 마을을 향해 걸어갔다. 좀 전에 현장에 도착했던 키 큰 두 사람은 조용히 뒤로 다가가서 화물칸에 실어놓았던 고무 튜브 같은 것으로 그 남자의 목을 졸랐다. 한참을 버

둥거리던 그 사람이 조용해지자 예행연습을 했던 대로 박상길은 박
정대와 함께 화물칸에 있는 담요에 시신을 싸고 노끈으로 묶었다.
그리고 미리 답사했던 강가에 시신을 버리고 담요와 노끈 등을 모
두 챙겨와 화물차 짐칸에 실었다. 머리에는 두건을 쓰고 절대 지문
을 남기지 않도록 하라는 주의대로 항상 2중으로 장갑을 꼈다. 숙소
는 원래 빈집이었던 것을 얼마 전 대대적인 수리를 했다고 들었는데
다음 날 아침, 잠에서 깨어보니 그 집에는 둘 외에 몇 사람이 더 있
었다. 전날은 너무 어두워서 얼굴을 보지 못했지만 직접 범행을 한
사람이 틀림없었다. 10시쯤 윤 씨가 전화를 했다. 어제 도와줘서 고
맙다는 말과 함께 범행에 사용한 트럭의 번호판을 다른 것으로 바
꾼 뒤 철송군에 있는 한 주차장에 세워놓고 오라고 했다. 지시대로
한 후 택시를 타고 숙소로 돌아왔더니 이번에는 차승후가 전화를 하
여 함께 있는 사람들이 시키는 대로 일을 거든 후 모든 사람이 떠나
거든 이틀만 더 있다가 돌아오라고 지시했다. 그런데 모두 자유롭
게 안팎으로 나돌아다니는데 안방에는 꼼짝도 하지 않고 이따금 신
음소리를 내는 한 사람이 더 있었다. 은근히 신경이 쓰였지만, 누구
냐고 묻지도 못했다. 이틀 동안 두 사람은 계속 농사일을 다녔고 저
녁에는 다른 사람들과 막걸리를 마셨다. 일이 있은 지 사흘째 되는
날, 새벽에 두 사람은 윤의 지시대로 철송군에 주차해놓았던 트럭을
가져와 집 앞에 두었다. 그 후로 키 큰 남자들은 그 집으로 돌아오지
않았다. 윤 씨로부터 수고비로 수표를 받은 뒤에도 계속 농사일을
다니다가 회사로 돌아왔다.

결국 박상길은 도와주기만 했을 뿐 직접 장기호를 죽이지는 않았

다는 내용이었다. 강선효의 행적이 처음으로 등장했다. 진하는 박상길이 직접 쓴 자술서 뒤에 자신이 정리한 글을 붙여서 결재서류 안에 넣어 두었다.

진하는 이제 윤경석을 불렀다. 순서상으로는 차승후가 먼저였지만 석현수 사건 종결을 위해 신문을 하는 도중 질려 버렸다고나 할까, 이성과 순리가 통하지 않는 그에게는 진술보다 정확한 증거를 통해 처벌해야겠다는 생각 때문에 뒤로 미뤘다. 윤경석도 박송휘 변호사와 함께 나왔다. 진하는 먼저 인적사항에 대한 인정신문과 다음과 같이 진술거부권을 고지했다.

"본 신문절차에서 윤 선생은 진술을 하지 않거나 신문자의 질문에 대하여 답변을 하지 않을 수 있습니다. 그리고 진술이나 답변을 하지 않더라도 그 때문에 불이익을 받지 않습니다. 만일 윤 선생이 침묵할 권리를 포기하고 진술을 할 경우에는 그 진술은 법정에서 유죄의 증거로 사용됩니다. 알겠습니까?"

지금까지 차승후 외에는 본인들의 이름을 불렀지만 이제 피신문자의 용어를 정리할 때가 된 것 같았다.

"예."

가택을 수색당하고 컴퓨터와 감춰둔 스마트폰의 유심칩을 압류당한 충격에서 아직 벗어나지 못한 듯 하지만, 곁에 참여하고 있는 변호사 때문인지 헛기침을 곁들여 태연한 척 행동했다.

"저는 서울지검 강력부에 근무하는 유진하 수사관입니다. 피의자 신문조서에는 윤 선생은 피의자로, 저는 본인이나 신문자로 기재됩니다. 그리고 이 신문절차는 영상으로 녹화되고 있습니다. 피의자의 집 주소는 경기도 한북시 문락동 123번지 7호이지요?"

"예."

"강원도 철송군 연화면 강변리 28번지에도 피의자 소유인 부동산이 있었는데 주식회사 한영에게 매매를 했나요?"

"예."

"그곳은 어떤 용도로 사용하고 있었나요?"

"집을 짓기 위해 마련했던 것입니다."

윤경석은 박 변호사를 힐끗 바라보며 대답했다.

"피의자는 주식회사 한영의 관리이사이지요?"

"예."

"법인등기부에는 이사로 되어 있지 않던데, 사외이사입니까?"

"예."

"월 보수는 얼마나 받습니까?"

"월급은 없고 일이 있을 때마다 조금씩 받습니다."

"혹시 주호영이나 오한근과 친척관계인가요?"

"오한근이 제 외사촌 동생 됩니다."

"그래서 회사의 일을 도와주고 있군요?"

"예."

구 등기부 외에는 회사 어디에도 오한근과 관련된 이름이 없었으나 윤경석은 자연스럽게 그 존재를 시인했다.

"주호영과는 어떻게 됩니까?"

"그 사람은 같은 임원일 뿐입니다."

"회사 일은 언제부터 하고 있나요?"

"3년 되었습니다."

"청사초롱의 영업에도 관여하고 있나요?"

"직접 참여는 하지 않으나 필요에 따라 보조는 하고 있습니다."

"주식회사 한영의 실소유자는 누굽니까?"

"오 대장 겁니다."

"오 대장이란 오한근을 말합니까?"

"예."

진하는 직원명부 복사본을 윤경석에게 보여줬다.

"피의자는 차승후를 잘 알고 있지요?"

"예. 회사 상임이사님입니다."

"문소길이라는 사람은 알고 있습니까?"

"모릅니다."

"그럼 박정대와 박상길은 잘 알겠군요."

"……."

"두 사람은 잘 모르나요?"

"예."

"피의자는 스마트폰 2개를 사용하고 있지요? 피의자 명의와 주상기 명의로 등록된 것 말입니다."

"주상기 명의의 핸드폰은 내가 사용한 것이 아닙니다."

"그럼 누가 사용한 것인가요?"

"……."

진하는 통신사에서 발행한 주상기 명의 스마트폰의 통화요금 자동이체 확인서와 1년간 통화요금 명세서를 탁자 위에 올렸다.

"그런데도 요금은 부인인 진성희씨의 계좌에서 빠져나갔네요?"

"……."

"주상기가 누군가요? 왜 그 사람의 명의를 빌려서 스마트폰을 개설했나요?"

"……."

오늘 수사관들이 추적한 결과 주상기는 며칠 전 사망했으나 아직 사망신고는 되지 않은 것으로 확인이 되었다. 진하는 통신사가 제출한 통화기록을 모두 펼쳐놓았다.

"장기호와 강선효가 사망할 즈음인 지난 6월 23일부터 30일까지 피의자가 박정대와는 13회, 박상길과는 3회 통화를 한 내용입니다. 정말 이 사람들을 모릅니까?"

"……."

"피의자는 장기호와 강선효의 사망사건을 지시하고 방조한 것으로 보이는데 어떻습니까? 이 두 사람을 누가 어떻게 살해했는지 밝힐 생각은 없습니까?"

"……."

박 변호사가 잠시 시간을 달라고 말했다. 골드바 목록은 박송휘 변호사가 곁에 있어서 일부러 꺼내지 않았다. 구체적인 증거를 확보할 때까지는 보류할 생각이었다. 박 변호사가 윤경석을 데리고 대기실로 돌아가자 신 부장이 진하를 부장실로 불렀다.

"수고했어요. 골드바 목록은 일부러 언급하지 않은 것이지요?"

신 부장은 진하의 의도를 이미 파악하고 있었다. 장기호와 강선효 사망사건의 매듭에 더 집중하기로 했기 때문이었다.

"예. 결국 장기호 사건과 골드바 목록은 하나로 연결되어 있다고 봅니다. 참 부장님, 이 주소에 한성 소유의 부동산이 하나 있는데 압수수색을 해봤으면 좋겠습니다."

진하는 신 부장에게 역삼동과 철송군의 등기부등본을 보여주며 말했다. 등기부에서 강원도의 주소를 확인한 신 부장은 고개를 끄덕이며 말했다.

"알았어요. 이것은 한 수사관에게 지시할 테니 윤경석에 대해서 잘 마무리를 해보세요."

부장실에서 물러 나온 진하는 전산요원에게 지금까지 작성한 진술조서와 피의자신문조서를 모두 프린트로 출력해 달라고 부탁했다. 이미 구속영장이 발부된 민석호와 육주현 외에는 모두 체포영장으로 조사를 진행했으므로 구속영장 청구를 하기 위함이었다.

"장기호는 박정대, 박상길이 죽였어요."

박 변호사로부터 자문을 받는지 10여분 후 혼자 신문실에 들어온 윤경석은 구체적으로 자백을 하기 시작했다. 어떤 대가를 요구하거나 흥정도 않은 채 하는 그의 진술은 마치 그동안 막혔던 장벽이 와르르 무너지는 느낌이었다. 구체적인 스마트폰의 통화기록이 결정적 작용을 한 것 같았다. 그렇지만 강선효 문제까지 터뜨린 박상길의 진술이 아직 남아 있었다. 어쨌든 윤경석은 어떤 범위까지는 자백할 작정인 것 같았다.

"좋아요. 내가 아는 대로 말하겠소. 참, 한 길 사람 속을 모른다더니……."

진술을 듣기 전에 우선 주위를 좀 정리하기로 하고 진하는 여직원에게 음료수를 갖다 달라고 손짓을 했다. 이 더운 날 어제부터 구치소와 검찰 구치감을 오가며 영육이 황폐해질 수밖에 없었다. 이곳 대기실도 마찬가지였다. 윤경석은 기다렸다는 듯 여직원이 가져온 생수병을 받더니 단숨에 비웠다. 진하는 노트북을 열어 아까 작성하던 조서를 이어나갈 준비를 마친 후 윤경석과 마주 보고 앉았다. 이번에는 노트북의 음성기록 장치를 작동해놓고 CCTV를 끄는 시늉을 했다. 진행이 영상으로 기록되고 녹음된다는 것을 의식하면 특히 결정적인 순간에 엉뚱한 진술과 행동을 하는 사람이 종종 있었다. 진하는 윤경석이 장기호에 대해 극과 극의 진술을 했던 것을 떠올렸다.

"왜 표리부동이란 말 있잖아요? 요즘 장기호란 인간을 앞에 놓고 가만히 생각해보면 꼭 그 말이 어울려요. 처음에는 몰랐지요. 그의 표정이나 말솜씨는 사람의 마음을 끌어당기는 뭔가 있었어요. 보는 데에서는 참 잘했어요. 아무리 험한 일을 시켜도 잘했고, 불평하는 걸 본 적이 없었어요. 그저 공손하고 분위기에 꼭 맞는 말을 잘하여 주위를 감동하게 하므로 많은 사람이 그를 좋아했지요. 오죽했으면 그 귀찮다는 주민위원회 총무를 5년간이나 맡았겠소."

그건 윤경석 역시 마찬가지였다. 장기호를 칭찬할 때 그는 참 선한 모습이었다. 물론 과장된 행동이었지만 며칠 동안 이 사람을 대하면서 전혀 상충하는 면을 경험했었다.

"검찰청 주민위원회가 좋은 점도 많고 대외적으로 장점도 있긴 하지만 그곳에 이름을 올린 회원들을 보면 솔직히 말해서 좀 그래요. 재산 좀 가지고 방귀깨나 뀌는 사람들이 제 명함에 새겨 넣을만한 그럴듯한 직위 하나 얻어 허한 구석도 채우고 남에게 과시하고 싶어 하는, 그런 면이 없지 않지요. 그래서 성격들이 괴팍하고 독특한 사람들이 꽤 기웃거립니다. 장기호는 그런 사람들의 비위를 잘 맞췄어요. 검찰청에서 나오는 예산이야 한 달에 회식 한 번 할 정도여서 회원들이 내는 회비로 경비를 충당하는데 무슨 행사를 하더라도 기금이 부족한 적은 없었어요. 여유 있는 회원들로부터 찬조금을 받아내는 역할도 그렇고, 자기 돈을 보태기도 하면서 조직의 존재감을 드러냈어요. 그런 사람을 누군들 안 좋아하겠소?"

물 마시는 횟수가 잦으니까 여직원이 생수병 2개를 더 갖다 놓았다. 대기실에도 정수기가 있었다. 어제오늘 눈여겨보았으나 대기자들 대부분이 심적으로 불안해서인지 그 물은 잘 마시지 않았다. 그는 아예 물병을 들고 한 모금씩 입을 적셔가며 말을 이어갔다.

"그런 모임에서는 보통 가족들 이야기는 하지 않아요. 그래서 회원들도 남의 집안 사정은 잘 몰라요. 한 달에 한 번 모여서 안건을 처리하고 끝나면 밥도 먹고 세상 돌아가는 이야기 좀 나누다가 헤어지면 그만이지요. 그런데 장기호 이 친구는 수시로 회원들의 직장이나 가정을 찾아다녔어요. 무슨 목적이 있는 것 같지는 않았어요. 회원들 집안에 대소사가 있을 때는 아예 팔을 걷어붙이고 힘을 보탭니다. 어느 행사에든 '한북지방검찰청 주민위원회 회장 윤경석'이란 리본을 붙인 조화나 화환을 갖다 놓아 내 환심을 샀고 무엇이든 혼주나 상주에게 절실한 일을 찾아내서 도와주곤 했지요."

범죄의 현장에서 별별 인간의 밑바닥을 들여다보지만, 진하는 장기호의 흔적을 들추고 다녔던 지난 한 달 반 동안 피해자들과 함께 그의 패륜적 행동과 결과 앞에서 마음을 많이 다쳤다. 도대체 무슨 이런 인간이 있을까 싶었다. 특히 어린 의붓딸을 농락하여 성노리개로 삼은 사실이 드러났을 때는 수사를 멈추고 싶기도 했다. 달라도 너무 다른 한 인간의 두 모습이었다.

"나는 아무리 친한 사이라도 집에는 잘 들이지 않아요. 우리 집 밥쟁이가 낯을 많이 가려서 웬만한 건 밖에서 다 해결하고 집에서는 내색을 잘 하지 않지요. 그런데 장기호는 집사람의 결벽증까지 걷어내고 우리 집에도 자주 드나들었어요. 임진강의 싱싱한 자라나 그 귀한 대형 잉어를 구해다 주는가 하면 비무장지대에서 나온 각종 약초를 심심찮게 들여놓기도 했어요. 정말 꿈에도 의심하지 않았는데……. 컴퓨터 프로그래머인 큰딸이 내 일을 도와주다가 컴퓨터에서 이상한 걸 찾아냈어요. 며칠 동안 끙끙대더니 장기호란 놈을 찾아내더군요."

그는 잠시 말을 끊고 창밖을 내다보았다. 그의 눈빛이 싸늘했다. 이 사람 역시 양면의 칼을 지니고 있지만 단연코 장기호가 한 수 위였다.

"딸이 홈페이지를 만들어 주면서 자료를 올리고 관리하는 요령을 가르쳐줬지만 그게 제대로 되지 않았어요. 딸도 제 일이 바쁘니 잘 들여다보지 못했고요. 나는 공연히 우쭐하여 친구들이나 이웃들에게 홈페이지 자랑만 할 줄 알았지, 자료가 그렇게 까발리는지 몰랐어요. 컴퓨터에 넣어놓으면 세상 안전한 줄 알았지요. 그런데 장기호는 홈페이지 내용을 샅샅이 살펴본 뒤 내 컴퓨터 안에 저장해놓은 자료까지 기웃거렸어요. 딸에게 부탁해서 완성해 놓은 복잡하고 양이 많은 자료 몇 개를 컴퓨터 깊숙이 넣어 두었는데 그걸 빼간 겁니다. 그게 유출이 되면 내 사업에도 낭패가 올 수 있겠다 싶으니 덜컥 겁이 났어요."

"해킹한 자료를 가지고 무슨 협박이라도 했습니까? 장기호가······."

"무슨 내색을 해야 액션이라도 취하지요. 너무 태연해서 우리 딸이 뭔가 잘 못 알았는가하고 의심이 들 정도였어요. 그렇다고 드러난 증거도 없는데 내 편에서 시비를 걸 수는 없잖아요. 그게 회사 기밀에 속한 거라 자칫 낭패를 당할 수도 있을 것 같아서 어쩔 수 없이 차승후 상무에게 이실직고했어요. 그래서 박정대와 박상길이 오게 된 겁니다."

"박상길의 진술에 의하면 중간에 키가 큰 사내 2명이 끼어들었다고 하던데요."

"글쎄요. 나는 모르는 일입니다."

이왕 상황을 밝히면서 왜 그런 가공인물을 끼워 넣었을까? 면피용일까?

"강선효는 어떻게 알게 된 겁니까?"

진하 역시 살아있는 강선효의 얼굴은 보지 못했다.

"처음 내 컴퓨터 자료를 도둑맞은 걸 안 뒤 고민이 돼서 며칠 동안 장기호의 집 주위를 살피고 다녔댔어요. 그때 장기호 옆집에 사는 강선효를 알게 됐어요. 몇 번 만나 술도 한잔했어요. 성격이 단순해서 쉽게 친해졌어요. 장기호의 딸 때문에 고민을 많이 하고 있더군요. 장기호 그놈 정말 인간도 아니란 걸 새삼 느꼈어요. 내 명함을 주면서 알고 있는 일을 자세하게 적어주면 내가 대신 처리해주겠다고 했지요. 그런데 며칠 후 강선효가 건네준 글을 읽으면서 정말 섬뜩하기까지 했어요. 장기호의 패륜도 패륜이지만 강선효의 증오심에는 살기가 느껴졌어요."

"노트 말이지요?"

"예."

일기체인 글이 뒤에 가서 무슨 보고서를 읽는 느낌이 났던 이유가 바로 이 때문이었을까.

"결국 그걸 이용한 거군요."

진하는 그 글이 강선효의 필체임을 확인하면서도 왜 그 공책이 누구나 볼 수 있는 곳에 놓여 있었는지 의심스러웠다.

"나는 잘 모르겠어요. 그 글을 차승후에게 읽어보라고 주었는데……."

"그럼 장기호와 강선효를 모두 차승후가 주도하여 죽였다는 말인데, 모든 계획을 그 사람이 주도했다는 겁니까?"

"……."

"그럼 피의자는 뭣 때문에 박정대, 박상길에게 전화를 했어요? 그것도 13번씩이나……."

"그건 일이 잘 진행되지 않는다는 차승후의 닦달 때문에……."

"강선효를 납치해서 감금했던 농가에 대해서 말해 보세요."

"그건 나도 잘 모릅니다."

"박정대, 박상길이 장기호를 살해한 후 시신을 강선효의 트럭에 싣고 합수터에 버린 것은 알고 있지요?"

"당시 나는 현장에 있지 않아서 잘 모릅니다."

"앞뒤가 잘 맞지 않습니다. 장기호와 강선효 살인사건에서 피의자의 역할은 뭐였습니까?"

"……."

"그리고 장기호의 집 거실에 있던 컴퓨터가 왜 피의자의 지하실에서 뒹굴고 있었어요?"

"……."

대답을 잘 하다가도 불리하다 싶으면 바로 입을 다물었다. 진하는 윤경석의 컴퓨터 하드디스크에서 찾아낸 5백만 원권 자기앞수표 4장의 사본을 꺼냈다.

"피의자는 일이 끝난 후에 박정대와 박상길에게 5백만 원권 자기앞수표 두 장씩 나눠줬지요?"

수표의 수신란에는 두 사람의 이름이 적혀 있었다.

"……."

"이 수표의 발행일자는 강선효가 죽은 다음 날입니다. 결국 이 일까지 피의자가 주도했다는 증거가 아닌가요?"

"……."

어쩌면 박 변호사의 조언은 여기까지가 아니었나 싶었다. 갑자기 박정대, 박상길의 범행을 까발린 후 일사천리로 진행되던 진술이 여기서 막혀 허우적거렸다.

"강선효에게 내가 장기호를 죽여 버리겠으니 화물차 좀 빌려달라고 했어요. 그 말을 믿고 밤 9시경 강선효가 현장에 나와 있다고 하더군요. 박정대, 박상길 두 사람이 강선효를 데려다가 그 집에 감금했다고 합니다."

윤경석을 처음 만났을 때 그가 내민 명함에는 '한북지방검찰청 주민위원회 위원장 윤경석'이라고 적혀 있었다. 일반인들이 생각할 때는 무슨 대단한 직함인 줄 오해할만했다. 아마 강선효도 그 명함에 현혹되었을지 모른다. 이 사람에게 맡기면 일부러 손에 피를 묻히지 않아도 되겠다고 생각하지 않았을까. 강선효가 마을에서 사라진 시점도 제각각이었다. 수사 당시에는 강선효가 어머니가 입원한 신망애 요양원을 방문한 뒤로 행적이 끊겼다는 결론을 냈는데 장미현의 진술로는 그 다음 날 함께 유원지에 놀러 갔다가 해 질 무렵 헤어진 사실이 확인됐다.

"그럼 강선효의 공책을 서랍에 넣어놓고 담요, 노끈, 테라밴드를 화물자동차에 실은 사람이 누굽니까?"

"강선효로부터 공책을 받은 건 나였지만 그 뒤 일은 차승후에게 물어보세요."

"사건 전날, 예행연습을 했나요?"

"예."

"예행연습에는 피의자와 박정대, 박상길이 참여했나요?"

"예."

"합수터까지 함께 갔다 왔나요?"

"예."

"다음날 주민위원회가 열리고 한북지검장과 회식이 예정되어 있어서 당일 현장에 나오지 못하기 때문에 예행연습을 한 것입니까?"

"예."

"장기호에게 일부러 술을 많이 권했습니까?"

"그런 건 아닙니다."

"박정대에게 전화를 자주 한 것도 회식의 진행상황을 알려주기 위해서였습니까?"

"사람을 죽이는 일인데……. 걔들도 바짝 긴장해 있었으니까요."

"장기호를 살해한 뒤 왜 합수터에 버렸습니까? 그냥 묻어버렸으면 감쪽같았을 텐데요."

"사건이 미궁에 빠지면 계속 파고들 거 아닙니까?"

"그렇다면 사건을 조속히 종결하기 위해 강선효를 죽였군요?"

"나는 강선효 일에 대해서는 모릅니다."

"강선효의 시신을 경찰이 찾아낸 뒷날 5백만 원권 자기앞수표를 두 사람에게 주었는데요?"

"그 수표는 한성에서 제공한 것을 내가 전달했을 뿐입니다. 두 사람은 이런 일에 능숙한 폭력 전과자들입니다. 그냥 장기호 하나만 살해하고 흔적도 없이 사라져 버리면 되었을 텐데……. 내 추측으로는 장기호만 살해하고 달아났다면 일파만파로 수사가 확대될까 봐 그랬던 것이 아닌가 싶습니다. 결국 우려했던 일이 현실로 일어나긴 했지만……."

"장기호가 해킹했다는 문서가 이겁니까?"

진하는 미리 출력해놓았던 골드바 목록을 책상 위에 올려놓았다. 무심결에 그 문서를 쳐다보던 윤경석의 눈이 휘둥그레졌다.

"아니, 이, 이걸, 이것을 어떻게?"

윤경석은 장기호의 컴퓨터를 훔쳐 가서 모조리 뒤졌지만, 이것은 이미 이경혜의 집으로 빼돌린 뒤였다.

"이것은 피의자가 작성한 것인가요?"

"……."

"이 많은 것을 어떻게 기록했습니까? 1,480개나 되는 것을……."

골드바의 개수를 말하자 그는 눈썹을 파르르 떨었다.

"이 목록을 만든 목적이 있을 텐데요?"

"……."

"지금 이 골드바는 어디에 있나요?"

"……."

"1kg짜리 30개를 박송휘 변호사에게 준 이유가 뭔가요?"

"도대체 무슨 말을 하고 있어요? 골드바는 뭐고, 박송휘 변호사는 또 뭐랍니까?"

당황한 기색이 뚜렷했다. 진하는 서류철에서 윤경석의 금고에서 찍은 골드바의 사진과 골드바 목록을 펼쳐놓았다.

"뭘 숨기려고 하십니까? 이건 1kg짜리 골드바이고 이건 1,480개의 고유번호입니다. 마지막에 적힌 이 제목은 '박송휘' 아닙니까?"

"……."

그는 한참 동안 진하의 얼굴을 멍하니 바라보고 있었다.

"다시 한번 묻겠습니다. 이 많은 것을 어떻게, 무슨 목적으로 기록했습니까?"

"그것은 차승후 상무에게 물어보세요. 차 상무는 오 대장의 대변인이고 손발이나 다름없습니다. 나는 훗날 무슨 일이 있을까 봐 그것을 만들었을 뿐입니다. 아무리 오 대장과 외사촌 간이지만 그 사람 비위 거슬렸다간 형이고 동생이고 살아남지 못합니다. 나는 그 사람을 도와줬을 뿐, 별 권한이 없었어요."

"피의자는 룸살롱 '유정'의 경영에도 관여하셨지요?"

"유정?"

유정 사건이 터진 시기와 강원도 그 주택의 건축이 1년 전후였으므로 분명 어떤 연관이 있을 것 같았다.

"풀 살롱으로 유명했던 그 유정 말입니다."

"……."

"박송휘 변호사가 그 사건을 맡았던데, 그 사건과 관련하여 목록을 만든 게 아닙니까?"

아직 구체적으로 사건기록을 읽지 못했으나 그 표지 변호인란에서 박 변호사의 이름을 이미 확인했다.

"……."

"그 목록 유출 때문에 장기호를 죽인 거지요?"

"……."

5시가 가까워져 오고 있었다. 진하는 신 부장에게 가서 오늘 신문을 종결하겠다고 보고한 뒤 지금까지 진술한 것을 출력하여 윤경석에게 읽어주고 우무인을 받았다. 오늘의 진술서 기록 뒤에 지금까지 확보한 증거서류를 첨부하고 그 뒤에 장기호, 강선효 사건기록을 연결했다. 진하는 이정수에게 오늘 작성한 조서의 검토를 부탁한 뒤 구속영장 신청서를 작성하고 있는데 신 부장이 호출했다.

"오늘은 저 사람들에 대한 구속영장을 청구해놓고 내일 아침 일찍 강원도의 그 주택을 압수 수색하러 갑시다."

신 부장은 만족한 표정으로 그렇게 말했다. 수색을 한 수사관에게 맡기려고 했던 당초의 계획을 변경한 모양이었다. 진하 역시 사건 깊이 들어갈수록 그곳에 뭔가가 있다는 확신이 들었다.

"알겠습니다."

진하는 빙긋이 웃으며 힘차게 대답했다.

마이더스의 덫

이튿날 신 부장은 체포영장 집행자들에 대한 구속영장실질심사에 강력부 소속 검사들을 참여하게 하고 진하와 이정수, 한기웅 수사관을 중심으로 20명의 수색팀을 구성했다. 그리고 서초경찰서의 기동대 1개 중대의 병력을 지원받았다. 지금까지의 수사상황을 검토한 강력부장의 직관이 작동한 것 같았다. 오전 8시쯤 진하와 이정수는 신 부장과 함께 강력부 전용 승용차로, 한기웅 수사관은 수색팀과 함께 검찰청 버스를 타고 서울지검을 출발했다.

신설 고속도로를 타고 철송군 초입의 군 초소를 경유하여 시가지를 지나고 나니 내비게이션은 영탄강 줄기와 방향이 비슷한 국도를 진로로 표시했다. 시원하게 달리는 차창 너머로 흐르고 있는 도로변 풍광을 바라보고 있는데 이정수가 입을 열었다.

"윤경석의 조서를 보니 통화내역이 제 역할을 했던데 차승후는 그게 안 되던 모양이지?"

"그래. 윤경석은 넘어갔는데 차승후는 별로야. 저 바닥에서 닳고 닳아 증거를 앞에 놓고도 일단 부인하는데 질려 버렸어."

"요즘 나온 신형 스마트폰에는 거의 통화녹음 앱이 깔려 있는데 그걸 지웠더라도 통화기록은 남아 있을지 모르니 일 끝나고 들어가거든 그거 나 좀 보여줘."

"알았어. 그런 게 나온다면 얼마나 좋겠어."

입을 다물고 있던 윤경석이 통화기록을 본 후 완전히 태도가 달라져 버린 일은 지금 생각해도 짜릿했다.

"중학교 2학년인 제 막내아들은 마치 게임을 하듯 핸드폰을 다루더군요."

오십대 초반으로 보이는 운전기사도 대화에 끼어들었다.

"연령대에 따라 스마트폰 활용도가 전혀 다르다고 하더니 정말 맞는 말인가 봐. 부지런히 공부해야겠어."

신 부장도 한마디를 거들었다. 시가지를 벗어나자 자동차는 말끔히 단장된 지방도로를 더욱 상쾌하게 달렸다. 오래지 않아 비무장지대 안내판을 지나고 나자 내비게이션의 빨간 줄이 오른쪽으로 타원형을 그렸다. 멀리 조그마한 동산이 하나 보였고 빨간 기와를 얹은 주택이 나왔다. 이런 산골에서는 보기 드물게 잘 지어놓은 건물이었다. 운전기사는 건물 앞 주차장에 차를 세웠다. 세 사람이 차에서 내린 지 2분도 채 되지 않아 검찰청 버스와 서초경찰서 기동대 버스가 도착했다. 기동대원들이 대열을 형성하는 것을 보면서 진하는 신 부장보다 두어 걸음 앞서서 주택 현관을 향해 걸어갔다.

마당으로 들어선 수색팀이 각 모퉁이에 한 명씩 경계 배치를 하자 진하는 조심스럽게 현관문을 열었다. 50대로 보이는 사내 둘이 수색팀을 맞았다. 신원을 확인해보니 윤달기와 윤형구로 별장 관리인이었다. 진하는 그들에게 압수수색영장을 읽어주고 건물 전체에 대하여 수색을 하겠다고 말했다. 먼저 CCTV 녹화기부터 확인했다. 외곽을 감시하는 4대의 영상부터 살폈다. 16채널로 된 고화질 제품이었다. 저장용량이 2TB였으나 3일 단위로 회전만 시킬 뿐, 따로 저장된 메모리가 없었다. 최근 기록에는 특별한 내용이 없었다. 진하는이 건물의 전체적인 구조를 살펴보았다. 모두 5개의 구간으로 된 공간이었으나 주택은 방 3개에 거실 1개, 주방 1개였고 거실과 침실의 바닥에는 고급 대리석이 깔려 있었다. 거실의 천장에 달린 샹들리에는 조명기능을 넘어 그 화려함이 음향기기와 함께 실내 분위기를 압도할 만했다. 진하는 샹들리에에 은밀하게 붙어있는 카메라를 찾아냈다. 내부 촬영용이었다. 천장을 통해 선이 건물 뒤쪽으로 연결되어 있었다.

부속건물에 대한 수색이 계속됐다. 외부창고나 종사원들의 숙소는 손댈만한 물건이 없었다. 다만 주방과 연이어진 창고의 구조가좀 복잡했다. 그 창고는 벽 양쪽으로 식재료 보관용 선반이 설치되어 있고 창 쪽에는 지하로 통하는 좁은 계단이 있었다. 담장 안의 터가 넓어 냉장시설이라면 모를까 지하실을 따로 만들 필요가 없는 구조인데도 꽤 규모가 컸다. 문을 열자 뭔가 돌아가는 듯한 소음이 와락 달려들었다. 소리의 진원지는 보일러실이었다. 꽤 큰 공간에 발전기와 난방기구가 열을 뿜으며 돌아가고 있었다. 산간벽지여서 전기나 물을 스스로 공급하는 듯 보였다. 대형 보일러 곁에서 계속 돌아가는 기계는 발전시설과 지하수 급수시설이 분명했다. 보일러실을 지나자 전혀 다른 공간이 나왔다. 꽤 편안하고 자유로운 느낌이 들 만큼 조명과 설비가 갖춰진 곳이었다. 안으로 문이 나 있어서 그것을 열었더니 폭 2m, 길이 10m 정도의 통로가 나오고 지하 차고로 연결이 되었다. 천장도 높고 공간이 넓지만 자동차는 1대밖에 주차할 수 없는 구조였다. 한쪽에 리프트가 설치되어 있기 때문이었다. 리프트 쪽 벽에는 공구가 잔뜩 진열되어 있었다. 여기서 자동차 하체도 정비를 하는 모양이었다. 그런데 차고에 어울리지 않게 바닥은 전부 대리석이었다. 출입문 개폐 버튼을 누르자 멜로디와 함께 중간에서 좌우로 미닫이문이 열렸는데 차고에 흔히 사용하는 주름형 새시가 아니라 철 구조물이었다. 햇살이 들어오자 하얀 벽이 빛을 반사하여 눈이 부셨다. 벽도 벽이지만 대리석 바닥 역시 자동차가 출입하는 곳이라고 할 수 없을 만큼 깨끗했다. 차고를 왜 이렇게 고급스럽게 꾸몄을까. 진하는 차고의 벽 구석구석을 일일이 손바닥으로 더듬어가며 무슨 장치가 있는지 살폈다. 공구 진열판도 유심히 살폈으나 특별히 의심스러운 곳은 없었다. 본관 천장의 샹들리에에 설치되어 있던 카메라가 어디론가 연결된 듯한데 식자재 창고나 부속건물은 물론이고 복도 어느 곳에도 선이 보이지 않았다. 내부배관은 육안으로 확인할 수 없겠지만 녹화기는 어딘가 설치되어 있을 법했다. 이런 건물에 설계도를 비치해놓을 리도 없었다. 밖으로 나가 살펴보니 이 차고는 본채와 50여미터 이상 떨어져 있었고 주변에는 다른 건물이 없었다. 진하는 차고에 있는 모든 전원장치를 점검해보다가 마지막으로 리프트에 붙어있는 전원을 넣고 스위치를 눌렀다.

리프트는 웅웅 소리를 내며 천천히 받침대를 위로 들어 올렸다. 건물이 신축된 지 2년이 넘었음에도 이 리프트는 별로 사용하지 않은 듯했다. 기둥과 부속마다 윤활유가 골고루 칠해져 있으며 녹슨 곳은 없었다. 출입문을 다시 닫은 뒤 리프트를 다시 한번 꼼꼼하게 살펴보았다. 그런데 무엇을 건드렸는지 갑자기 리프트 쪽 바닥 한 면이 움직이면서 사람의 상체가 넉넉히 들어갈 만한 공간이 생겼다. 진하는 그 안을 꼼꼼하게 살폈다. 리프트 기둥 안쪽에 조그만 버튼이 하나 보였다. 바닥의 공간은 그 버튼으로 조작하게 되어 있었다. 밑으로 계단이 보였다. 발을 내딛자 자동으로 조명이 들어왔다. 진하는 조심스럽게 아래로 내려갔다. 그곳에서부터 거의 100m 이상 되는 긴 회랑이 나왔고 그 끝은 암벽이었다. 이런 공간을 왜 만들어 놓았을까. 지하를 뚫는 이런 공사는 지상보다 많은 비용이 들고 힘이 들 텐데, 전쟁이나 재난에 대비한 대피소로 보기에는 부대시설이 전혀 없었다. 진하는 벽을 두들겨보기도 하고 부근의 바닥을 쿵쿵 치면서 되돌아 나왔다. 벽을 더듬으며 오른쪽으로 5m쯤 되돌아 나오는데 손바닥에 어떤 이물감이 느껴졌다. 돌기 같은 것이었다. 진하는 그것을 통통 주먹으로 쳤다. 순간 벽이 움직이면서 안으로 또 다른 시설이 나왔다. 입구의 벽을 더듬어 스위치를 올리니 거의 30평 이상은 족히 될 듯한 공간이 나왔다. 중앙에 가로세로 길이가 1m쯤 될만한 창이 있었는데 그 창 앞으로 바위가 가려있어 밖에서는 이곳을 볼 수 없는 구조였다. 창밖은 절벽이었고 20여 미터 아래는 강이었다. 이곳이 영탄강을 끼고 앉은 동산이라는 점을 절묘하게 살린 시설이 아닌가 싶었다. 땅속이라는 것을 느낄 수 없을 만큼 실내의 습기나 공기를 밖으로 배출하는 환풍시설도 소리 없이 잘 돌아갔다. 안쪽 벽에는 대형 모니터가 걸렸고 그 아래에 놓인 설비는 각종 전자기기였다. 방 중앙에는 긴 탁자 하나와 그 위에 비닐을 접착하는 대형기계가 한 대 놓여 있었다. 진하는 탁자 끝에 설치된 붙박이장의 문을 열어보았다. 그 안에는 철제로 된 대형 금고가 하나 놓여 있고 그 옆에는 비디오테이프가 수북이 쌓여 있었다. 진하는 수색팀과 함께 출동한 열쇠 기사를 불렀다.

오랜 시도 끝에 금고문을 열었다. 금고 안에는 하얀 가루를 담은 비닐봉투가 잔뜩 쌓여 있었다. 이게 뭔가. 진하는 자신도 모르게 심호흡을 했다. 히로뽕. 그는 직감적으로 그것이 히로뽕임을 알았다. 흰 봉지는 오른쪽에 쌓아놓은 3줄 전부에 가득 들어있었다. 도대체 지금 꿈을 꾸고 있는가 싶었다. 그리고 두 번째 칸의 문을 열자 한눈에도 골드바라고 짐작될 만한 누런 금속이 있었다. 어느새 내려온 신 부장이 수사팀을 지휘하기 시작했다.

내용물을 밖으로 옮겨놓고 보니 히로뽕은 1kg짜리 392봉지였고 골드바 역시 1kg짜리 520개였다. 듣기로 히로뽕은 0.2~0.3g 단위로 거래된다고 하던데 1kg짜리 봉지 392개라니, 그야말로 대박이었다. 신 부장이 철송경찰서의 비상용 차량 1대를 지원받았다. 히로뽕에 대한 수사는 해보지 않아서 잘 모르겠지만 엄청난 양임에는 틀림이 없었다. 수사팀이 서초동에 도착하자마자 신 부장은 일단 히로봉은 마약을 전담하는 형사부로, 골드바는 1,480개의 고유번호가 적힌 목록과 함께 경제범죄전담부로 각각 이관을 한 뒤 장기호, 강선효 살해사건을 중심으로 이 사건을 종결한다는 방침을 정했다. 체포영장 발부대상자여선지 이들에 대한 구속영장은 모두 발부가 되어 있었다.

한 시간 정도 휴식을 취한 뒤 진하는 마지막 남은 차승후에 대한 신문절차를 시작했다. 이정수가 문소길의 스마트폰에는 처음부터 통화녹음의 앱 자체를 깔지 않았다고 알려주었다. 이번에도 차승후는 박송휘 변호사와 함께 신문실로 들어왔다.

"본격적인 신문을 시작하기 전에 차승후 씨에게 한 말씀만 드리지요."

지금까지의 신문과정에서 드러난 이들의 범죄행위는 거의 확정적이지만 진하는 가능하면 하나라도 범죄를 확정할 수 있는 증거수집에 집중하기 위해 박상길이 진술했던 시골집에 수사요원들을 보냈다. 그리고 무모한 시간낭비를 피할 목적으로 일단 차승후를 설득해보기로 했다. 한나절 구치감에 갇혀있었고 이곳에 불려와 여러 사건의 추궁을 당하는 동안 그의 날카롭던 눈빛도 무뎌져 있었다. 아무리 강한 체해도 마음의 벽에 실금이라도 생기기 시작하면 무너지는 것은 시간문제였다. 곁에서 참관하고 있는 박송휘 변호사의 얼굴에도 초조한 표정이 나타나고 있었다. 숱한 경험을 통해 이런 수사의 시작과 과정과 결과를 훤히 들여다보면서 풀어나갈 방법까지 꿰고 있을 그였다. 다만 그 머릿속이 복잡해지고 있을지 모른다.

"이 사건은 3년 전에 흐지부지된 '유정'식으로 끝나지 않습니다. 가만히 보니 모든 사건이 차승후씨로부터 시작되고 있는데 참 충성심이 강한 분이네요. 이렇게 세상이 급속도로 변하고 있는데도 아직 누군가에게 목숨을 걸 만큼 충성을 다하고, 받는 사람이 있다는 게 신기하기도 하고 존경스럽기도 합니다. 그렇지만 그런 행위 때문에 국가와 사회질서가 무너지고 많은 사람을 죽음과 불행에 빠뜨리고 있다면 문제가 다르지요. 이 사건이 끝나면 마약류관리법 사건이 본격적으로 시작됩니다. 마약사건은 살인교사 정도와는 비교할 수도 없이 관련자들에게 걷잡을 수 없는 고통이 될 것입니다."

진하는 철송군 별장의 지하에서 압수한 물건들을 촬영한 사진을 책상 위에 펼쳐놓았다. 차승후가 화들짝 놀라며 몸을 떨었고 의자가 삐걱거렸다.

"강원도에 숨겨뒀던 히로뽕과 골드바는 모두 압수하여 담당 수사기관으로 이관되었습니다. 아직 어딘가에 뭉칫돈을 감춰두었다면 회사건물과 식구들의 모든 거처를 다 파헤쳐서라도 모조리 찾아낼 예정입니다. 앞으로 벌어질 수사에 비하면 이 사건은 하찮을 수도 있겠지요. 지금이라도 회사의 지원이라든지 히로뽕에 대한 기대를 버리고 영포시의 두 사건과 석현수 형사사건을 종결합시다. 차승후 씨는 고향에서 성공한 사업가로 존경을 받고 있다면서요?"

"……."

차승후는 잔뜩 찌푸린 표정으로 여전히 충격에서 벗어나지 못하고 있었다. 진하는 어제 작성했던 민석주와 육주현의 진술과 엄지현, 호연상의 진술을 기록한 조서를 다시 한번 차분히 읽어주었다. 그러나 그는 귀담아듣질 않았다. 어쩔 수 없는 일이었다. 무조건 부인으로 일관하는 이런 사람에게는 정확한 증거와 대질신문밖에 없을 것이다. 진하는 박정대, 박상길, 민석주, 육주현을 불러와서 차승후와 마주 보게 했다. 우선 전체적인 범죄흐름과 가담 정도를 정리하기 위하여 윤경석부터 박정대, 박상길의 피의자 신문조서와 진술조서를 읽어가면서 상황마다 이들의 의견을 물었다. 장기호가 윤경석의 컴퓨터를 해킹하여 회사관련 자료를 빼냈는데 이것을 회수하려다가 여의치 못하자 차승후의 지시에 따라 차승후가 선정한 두 사람이 아예 장기호를 죽이기로 하였고, 장기호의 살해혐의를 강선효에게 덮어씌우기 위해서 행한 여러 조치들, 구체적으로 장기호를 살해하고 시체를 유기한 상황들을 하나씩 언급하면서 이들의 의견을 물었고 그때마다 이를 입증하는 증거들을 조서에 표시해 나갔다. 차승후는 모든 신문에 부인을 하거나 입을 닫았다. 비록 이들이 어떤 시인도 부인도 하지 않았으나 진하는 그 반응대로 피의자신문조서에 주석 형식으로 기재하여 그들의 서명날인을 받았다.

다음은 차승후와 윤경석만 한 자리에 앉혔다. 자술서를 작성했던 박상길이 윤경석이 박상길을 살해범으로 지목했다는 말을 들려준 후 처벌을 감해 주겠다는 제안을 받아들여 결정적인 자료를 내놓았기 때문이었다. 몰래 촬영한 강선효 살해현장의 동영상이었다. 바지 호주머니에 난 구멍을 통해 촬영한 거라서 화면이 제대로 잡히지 않았으나 부분적으로 드러난 영상과 녹음된 음성을 비교해보면 현장에 있었던 사람들을 확인할 수 있었다. 박상길은 폭력행위로 교도소 생활을 했으나 사람을 살해하는 일은 내키지 않아 나중을 위해서 촬영을 했다고 털어놓았다. 여기에는 머리와 손, 발에 덮개를 쓴 사람이 트럭 문을 열고 연탄 화덕을 보조석에 들여놓는 장면과 강선효를 화물칸에서 운전석으로 옮기는 장면은 부분적으로 보였고 옆에서 지시하는 사람들의 목소리, 대답하는 목소리 등이 담겨 있었다.

강선효를 옮기는 일과 운전석 내부를 정리하고 일이 끝난 뒤 비품을 치우는 일은 박상길도 직접 참여를 했는지 근접 화면만 보였다. 진하는 이 영상을 대형화면에 띄워 두 사람에게 보여주면서 물었다.

"윤경석 씨는 강선효 살해현장에는 가지 않았다고 했는데 이 목소리는 누구의 것이지요?"

— 잘 들어. 땅에 끌지 말고,

강선효를 옮길 때 운전석의 문을 잡고 있던 남자의 목소리였는데 윤경석이 분명했다. 주상기의 스마트폰에는 이 시간대에 문소길의 스마트폰과 2분가량 통화를 한 기록이 있었다.

"그리고 윤경석 씨는 여기서 차승후 씨와 통화를 꽤 오래 했어요. 두 분 할 말 없어요?"

"……."

"……."

자신이 제공한 이 영상으로 키 큰 두 사람이 직접 범행을 했다는 박상길의 자술서 내용은 허위라는 것이 밝혀진 셈이었다. 이 자술서를 쓸 때만 해도 영상을 공개할 엄두를 내지 못했던 모양이었다. 이정도면 누가 장기호와 강선효를 살해했는지 입증이 된 셈이지만 석현수의 살해범인 민석호, 육주현의 범행동기에 대한 자백은 받아내지 못해 아쉬웠다. 그러나 살해에 관한 자백은 있었고 호연상, 엄지현의 구체적인 진술을 보완했으므로 기소를 하는 데에는 문제가 없을 것 같았다. 골드바는 이 사건을 종결하는 매개는 되었으나 그 용도라든가 어떻게 조성되었는지는 경제팀이 밝혀낼 것이고 히로뽕역시 마약팀에서 종결을 할 것이다.

종결한 기록에 대한 결재를 올려놓고 진하는 숙소로 돌아왔다. 이
정수는 밖으로 나갔는지 보이지 않았다. 현장근무가 없기 때문인지
그는 평소 운동을 잘 하지 않았다. 몇 차례 함께 야근을 해보았으나
새벽에는 늘 그랬다. 사무실이 조용해지자 진하는 사흘 전에 인출해
놓았던 '유정'사건의 기록을 꺼내 들었다. 종결된 기록이지만 이 사
건의 성격과 담당 변호인이었던 박송휘라는 인간의 실체를 살펴보
고 싶었다. 대한변호사협회의 홈페이지에는 다음과 같이 변호사의
사명과 책임을 공시하고 있다.

'변호사는 공공성을 지닌 독립된 법률전문직으로서 국민의 기본적
인권을 옹호하고 사회정의를 실현하며 사회질서 유지 및 법률제도
의 개선에 노력하여야 할 사명이 있다. 또한 소송에 관한 행위 및 행
정처분의 청구에 관한 대리행위와 일반 법률사무를 그 직무로 하고,
품위유지의 의무, 진실의 의무, 비밀유지의 의무 외 직무상 제반 의
무를 수행할 책임이 있다.'

물론 조직폭력배들도 국민의 한 사람으로서 보호받을 기본적 인
권이 있다. 그들도 이것이 침해당하면 변호사의 도움을 받는 건 당
연하다. 그러나 사회정의와 사회질서 유지에 방해가 되는 행위는 제
한을 받게 마련이다. 특히 사회활동 그 자체가 범죄행위로 얼룩져
있는 단체의 고문변호사가 되어 공권력의 행사를 방해한다면 그 또
한 제재를 받아야 할 것이다.

기록에는 '유정'에서 감금된 채 혹사를 당하고 있던 여종업원 한
명이 탈출하여 경찰청장에게 제출한 탄원서로부터 시작되었다. 한
때 미스코리아 신발대회 서울예선에 출전한 적이 있었던 한미정이

라는 이 종업원은 일류여대 3학년 재학 중에 부친의 사업실패로 갑자기 생활이 어려워지자 '유정'측의 달콤한 채용공고를 보고 응모하여 1학기 학비와 집의 한 달 생활비를 선금으로 받았다가 함정에 빠졌다고 한다. 처음 계약을 할 때는 술좌석에서 손님들 접대만 하기로 했으나 업소에서는 자신도 모르게 히로뽕을 먹여 다른 종업원들과 함께 집단관리가 시작되었고, 고급손님들의 성 접대원이 되고 말았다. '유정'은 유흥과 섹스와 숙박을 한 건물에서 해결하는 풀코스 업소였고 종업원들의 미모와 몸매, 학력수준이 전국 10% 안에 든다고 해서 '텐 프로'라는 별칭으로 불렸다.

돈을 벌거나 스폰서를 구하기 위해 스스로 몸을 던진 다른 종업원들과 달리 이런 요정의 속성도 잘 모르고 함정에 빠졌다는 한미정의 탄원서는 경찰 수사단계에서는 신중하게 다뤄졌다. 그러나 기소단계로 갈수록 점차 사건이 변질되었다. 함께 숙식했던 다른 여자 종업원들의 전혀 다른 진술이 구체적으로 등장하더니 검찰의 압수수색 과정과 재판부의 현장검증을 거치는 동안 히로뽕 문제는 빠져나가 버렸다. 사장 오한근과 지배인 등 몇 명은 성매매특별법 위반으로 징역 3년에 집행유예 5년으로 종결이 되었다. 이 사건으로 처벌을 받았던 지배인 중에서 '청사초롱'이나 주식회사 한영에 이름을 올린 사람은 아무도 없었다. 사장이었던 오한근 마저 빠져나가 외관상으로는 전혀 다른 업체였다. 이 사건의 변호사가 바로 박송휘였고 그 1심 재판장이 박송휘와 대학 및 사법연수원 동기였다. 박송휘는 이 사건의 수임료로 1kg짜리 골드바 30개를 받았다. 그리고 그 금액이 국내에서 통용되고 있는 변호사 수임료로는 지나친

고액이었다.

진하는 박 부장실에서 한국인명사전을 꺼내와 '박송휘 변호사'를 검색했다. 청계천 헌책방에서 그의 이름을 찾아내던 날 확인한 적이 있었다. 49세, 경기도 영포 출신으로 서울법대 졸업, 한북지방검찰청이 초임이었다. 그의 명함판 사진을 들여다보다가 갑자기 어떤 얼굴을 떠올렸다. 박 변호사의 낯이 익었던 이유는 바로 장미현 때문이었다. 두 사람의 눈 주위 윤곽이 너무 닮았던 것이다.

영포출신, 한북지검이 초임, 장기호가 운영하던 살롱 '올인' 이경혜.

우연이 아니라 지독한 악연인 셈이었다. 신 부장이 이 문제까지 다룰지는 모르겠으나 진하로서는 장기호와 강선효 사건을 이쯤에서 종결짓기로 결심했다. 자신의 역할을 여기까지로 한정했다. 뭔가 아쉬운 느낌은 들었으나 더는 미진한 구석이 남지 않았고 모든 속박에서 풀려난 듯 홀가분했다. 신 부장에게 보고를 마친 진하는 부근에서 친구를 만나고 있는 이정수를 불렀다. 두 사람은 안국동 '홍어와 막걸리집'으로 방향을 정한 뒤 김현장도 불러냈다.

에필로그

　9월 초순까지도 무더위가 극성을 떨더니 10월 중순이 되어서야 아침저녁으로 서늘한 바람이 불기 시작했다. 태풍이 몇 차례 지나간 뒤 며칠 동안 하늘은 구름 한 점 없이 맑고 푸르렀다. 무르익은 가을이라서 그런지 뒷산은 온통 단풍으로 물들었고 여기가 공동묘지라는 선입견만 없다면 괜찮은 풍광이었다. 아직 지정된 시간까지는 한시간 정도 남았음에도 전국에서 활동하고 있는 동기들이 정복차림으로 속속 모여들고 있었다. 서울경찰청으로 복귀한 뒤 2개월 동안 진하는 이곳 납골당에 임시로 안치해놓았던 석현수의 유해를 국립묘지에 안장하기 위한 절차를 진행해왔다. 당초 남대문서의 자체 수사결과 개인적 원한관계로 살해했다는 민석호와 육주현의 진술 때문에 석현수를 순직으로 처리하지 못하고 있었다. 장기이식 문제로 서둘러 장례식을 치른 탓도 있었다. 다행히 진하가 종결한 대로 법정에서 골드바 추적 수사를 방해하기 위하여 담당형사를 공격했다는 사실이 인정되었다. 그런데 차승후와 정범에 대한 유죄판결이 내려졌음에도 공직사회의 잘못된 업무관행 때문에 뻔한 결과를 놓고도 처음의 결정을 번복하는데 많은 절차와 시일이 걸렸다. 그동안 진하는 근무시간의 반을 국가보훈처에 가서 살다시피 했다.

그러던 중 1심 재판이 빠른 속도로 진행이 되어 순직 처리와 현충원 경찰묘역 안장문제가 해결되어 오늘 그 절차를 진행하게 되었다. 도피 중이던 오한근은 여전히 오리무중이지만 드론을 이용하여 영탄강을 통해 북한에서 히로뽕을 들여오고 그 대가로 골드바를 보내며 치부를 했던 장면이 CCTV에 기록되어 있어 차승후는 살인교사와 히로뽕 유통에 대한 책임을 지고 1심에서 무기징역을 받았고 박상길을 제외한 나머지 정범들은 15년 전후의 유기징역을 선고받은 후 지금 항소심 재판이 진행되고 있다. 여러 결정적인 증거를 제시하고 자백을 한 박상길은 3년 징역에 5년 집행유예로 석방이 되었으나 사건을 종결하는데 꽤 많은 도움을 주었던 윤경석은 히로뽕 사건에 관한 여죄가 드러나서 중형을 벗어나지 못했다. 그리고 석현수의 희생에 대한 애석함을 물질로 희석할 수는 없겠지만 경찰청장은 오늘 석현수의 처를 경찰청 직원으로 채용하는 임명장과 2살짜리 석현수의 아들은 후일 본인이 원할 경우 경찰로 특채하겠다는 명예임명장을 수여하기로 되어 있다. 오늘, 동기 중 25명이 이 자리에 참석할 예정이다.

멀리서 경찰청 군악대와 의장대 버스가 도착하고 있는 것이 보였다.

'친형제 같았던 현수. 신림동 고시원에서부터, 경찰학교와 지옥

훈련장을 거치면서 늘 곁에서 고난과 아픔을 함께 나눴던 내 친구. 잘 가거라. 일에 대한 내 의욕이 지나쳐 너의 도움을 청하러 갔던 게 화근이었다. 그러나 어쩌겠니? 적재적소에 배치되어있는 동기들의 힘과 능력은, 혼자서 감당하기 어려운 상황에 놓였을 때 언제든 손을 벌려 함께 사용해야 할 공기公器잖아. 누군가가 져야 할 형사라는 짐, 우리 어깨에서 이 굴레를 벗을 때까지 또 같은 일이 반복되더라도 동기들은 서로 도와야 하지 않겠니. 뭐든 닿는 대로 금을 만든다는 마이더스의 손을 적재적소에 덫을 설치하여 막아내는 일을 우리는 멈출 수 없겠지. 정말 미안하다. 현수야. 그러나 너의 모습과 정신은 다른 동기들의 활약을 통하여 어김없이 부활할 것으로 믿는다.'

여름 내도록 뜨거운 열기를 뿜었던 태양에게 시위하듯 청명한 가을 하늘에는 조개구름이 얼개를 형성하며 몰려들고 있었다.

마이더스의 덫

초판 1쇄 인쇄일 • 2021년 9월 10일
초판 1쇄 발행일 • 2021년 9월 15일

지은이 • 김명조
펴낸이 • 임성규
펴낸곳 • 문이당

등록 • 1988. 11. 5. 제 1-832호
주소 • 서울시 성북구 동소문로 65-2 삼송빌딩 5층
전화 • 928-8741~3(영) 927-4990~2(편)
팩스 • 925-5406

ⓒ 김명조, 2021

전자우편 munidang88@naver.com

ISBN 978-89-7456-538-1 03810